Claudia Cravens

Claudia Cravens a grandi dans la région de San Francisco et vit aujourd'hui dans la vallée de l'Hudson à New York. Son premier roman, *L'Affranchie*, best-seller d'*USA Today*, a paru aux éditions Les Escales en 2024.

L'AFFRANCHIE

CLAUDIA CRAVENS

L'AFFRANCHIE

Traduit de l'anglais (États-Unis)
par Carine Chichereau

LES ESCALES

Titre original :
LUCKY RED

ISBN : 978-2-266-35070-9
Dépôt légal : juin 2025

PREMIÈRE PARTIE

LA FIN DU VOYAGE

1

Dans le temps, j'ai fait la putain à Dodge. C'était avant que je me lance dans ma profession actuelle, à l'époque où les troupeaux parcouraient la prairie, comme les poissons dans les rivières. Être une cocotte, ça me dérangeait pas – c'est une bonne occupation quand on est dans la bonne maison –, mais il faut vraiment savoir se tenir à carreau, et moi je suis plutôt du genre qui s'agace, qui tient pas en place, les mirettes toujours rivées à la fenêtre, à jeter des coups d'œil vers la porte, donc c'était seulement une question de temps avant que je passe à autre chose. Les gens qui ont la bougeotte, souvent, ils vous laissent croire qu'ils se sont réveillés un matin et qu'ils se sont esbignés aussi sec, salut la compagnie – sauf que tout ça, c'est des symphoneries. La vérité, c'est qu'on trace son chemin petit à petit, pareil à une toute petite mioche qui rampe, puis va à quatre pattes, et finit par trouver le moyen de franchir la porte de la cabane, après, elle peut aussi bien se faire bouffer par les coyotes que partir chercher fortune ; mais dans un cas comme dans l'autre, impossible de revenir en arrière. Tout ça pour dire que même si je suis devenue une jolie fille habillée en garçon, équipée comme une femme et armée comme un homme, j'ai débuté beaucoup plus simplement, avec pas grand-chose, et seule pour l'essentiel.

Avant d'être catin au Kansas, j'avais été la fille d'un pauvre ivrogne en Arkansas. Mon vieux, c'était pas un mauvais bougre, mais la vie n'avait pas eu à faire beaucoup d'efforts pour le mettre par terre. Il disait qu'il avait pas de veine, mais il tirait si souvent les mauvaises cartes que ça ne pouvait pas seulement être le hasard. C'est vrai que parfois, il avait aucun contrôle sur les choses : d'abord parce que maman était morte en me mettant au monde ; et puis ensuite au moment de la guerre civile, où il s'était retrouvé du mauvais côté ; et puis enfin lorsqu'il avait perdu ce qui restait de la ferme en soignant son cœur brisé. Mais il y a eu d'autres mésaventures qui m'ont montré à moi, si ce n'est à lui, qu'il y a d'autres facteurs en jeu dans l'existence que la chance et la malchance.

D'abord il y a eu les mustangs, qu'il a achetés bon marché, à l'état sauvage, mais qu'il a eu la flemme de dresser et a fini par revendre moins cher et encore plus indomptables. Ensuite le troupeau de moutons : il a laissé pourrir leur nourriture, et le jour où elles l'ont mangée, les pauvres bêtes ont perdu la boule. Quand on a finalement dû les abattre, les cris, le sang et la terreur l'ont ramené dans quelque enfer virginien car, après en avoir tué la moitié, il a jeté son couteau et a tiré une balle le plus vite possible sur tous ceux qui restaient. Entre-temps, il avait acheté des caisses de socs qu'on pouvait pas monter sur les charrues, des barils de vieux fers à cheval, des rouleaux de fil de fer tordu, toutes sortes de rebuts qui finissaient par coûter plus cher qu'ils rapportaient. Il se disait qu'il subsistait grâce à son intelligence, alors que la plupart du temps, si nos âmes restaient attachées à nos corps, c'était parce que je m'efforçais de frotter le linge des autres, d'aller leur chercher de l'eau, et de nettoyer le crottin de leur grange.

Lorsque je n'étais pas en quête de menus travaux, je campais devant la porte de notre petite cabane à la lisière de Fort Smith et, de là, je regardais le soleil se coucher en me demandant parfois si mon vieux avait définitivement tiré sa révérence. Il avait l'âme vagabonde et ses absences me mettaient mal à l'aise. J'avais peur de rester toute seule – j'avais seulement seize ans et je commençais à être un peu trop appétissante pour demeurer sans chaperon : on se réveille en sursaut chaque fois que le vent tourne au-dehors, et on contemple les ténèbres d'encre bleue en attendant, le souffle court, de voir s'il se passe quelque chose. J'éprouvais aussi une juste colère d'avoir été oubliée, à croire que moi, sa fille, son unique famille, je n'avais pas plus de valeur qu'une cruche fendue ou un harnais cassé. La rage débarquait sans prévenir : tout à coup, je posais violemment un seau d'eau par terre, arrosant mes pieds, j'essorais le linge mouillé ainsi qu'on tord le cou à une dinde, je pelletais le crottin comme si je creusais la tombe de mes ennemis. Et puis venait le soulagement d'être l'unique propriétaire de mon dîner, de ne plus avoir à me soucier de la seule personne sur cette terre qui aurait dû prendre soin de moi.

À nous deux, on arrivait juste à gagner de quoi rester dans notre cabane, aux confins les plus éloignés de la ville.

Je guettais son retour en vaquant à ma besogne domestique, gardant toujours un œil sur la porte, qui restait ouverte durant les mois les plus chauds pour y laisser entrer le soir. Je peux pas vous dire ce qu'il faisait lorsqu'il était pas là ; il disparaissait et me laissait me débrouiller, gagner quelques pennies en me chargeant des corvées des autres, et il revenait quand ça lui chantait, en fredonnant le refrain d'une vieille chanson paillarde apprise autrefois à l'armée. Il gueulait pour que je lui serve une galette de maïs ou que j'allume le feu, mais si je ne pouvais lui fournir ni l'une ni l'autre, il ne se mettait pas en rogne, il était triste, voilà tout. La vision bleue et froide de l'âtre vide parvenait à transpercer le brouillard de l'alcool plus efficacement que le soleil ou moi, et pendant un moment, il réalisait combien il était misérable, vivant aux crochets de sa fille qui pelletait du foin et frottait des jupons sales, alors de grosses larmes grasses lui emplissaient les yeux. Si je ne m'empressais pas de venir aussitôt l'égayer avec une chanson ou une blague, il se mettait à sangloter, et je devais mettre les bouchées doubles pour l'apaiser. Quand il était dans cet état-là, il fallait que je sourie et que des heures durant je lui mente effrontément, jusqu'à ce qu'il soit suffisamment calmé pour monter dans le grenier où il se mettait à ronfler comme une équipe de bûcherons, s'agitant et criant si ses rêves étaient trop réalistes. Parfois, lorsque je n'arrivais pas à dormir après une longue soirée passée à essuyer ses larmes, je songeais que j'aurais préféré qu'il me frappe. Ce n'était pas très généreux de ma part, mais des coups auraient été moins humiliants que cette comédie où je faisais semblant de me moquer complètement de n'être jamais allée à l'école, de ne porter pour vêtements que des frusques trop grandes qu'on m'avait données par charité, et du fait que les belles demoiselles en ville ne m'adressent même pas la parole.

Au bout de cinq jours d'absence, papa a battu son record : en général, il faisait carousse pendant trois jours, quatre au plus, mais là, à l'heure où le soleil baissait, caressant presque la cime des pins, il n'était toujours pas rentré au bercail.

La lumière a encore diminué et enfin j'ai entendu du bruit dehors, puis un raclement et un cri.

« Bridget ! » Sa voix a jailli du chemin. Mon dos s'est hérissé façon porc-épic, avec cet étrange mélange de fureur et de soulagement car, une fois encore, il avait survécu à ses excès.

« Où elle est, ma petite poule rousse ? » il s'est exclamé. Je venais de retirer la bouilloire du feu, et je touillais le contenu, attendant que l'opossum que j'avais gagné en coupant du bois se transforme en ragoût pour apaiser mon estomac crispé comme un poing.

Avec un bout de bois, j'ai repoussé la bouilloire sur le feu, j'ai essuyé mes mains sur mon tablier et je suis sortie. C'était cette heure brumeuse et incertaine où le ciel hésite à garder les oripeaux du jour, et les branches des arbres les plus basses se fondaient en une sorte de brouillard. Un peu plus bas sur le chemin qui longeait la maison, j'ai découvert mon père juché sur le siège d'une petite carriole que je n'avais jamais vue. Deux mules maigrichonnes la tiraient, remuant les oreilles et fixant les arbres de leurs yeux d'un blanc translucide. La roue arrière était coincée par une pierre, un problème extrêmement simple à résoudre pour le premier venu.

« Où t'as trouvé tout ça ? j'ai dit, les mains sur les hanches, à croire que j'étais sa femme harassée, plutôt que sa fille affamée.

— C'est pas tes oignons. » Il titubait en parlant, concentré sur un point fixe dans les airs. J'ai fait la moue et j'ai contourné le chariot pour ôter le caillou en creusant avec mes ongles, tandis que mon vieux restait assis sur son siège, fredonnant toujours la même vieille chanson au sujet d'une dame vêtue d'une robe rouge. J'ai arraché la pierre – elle dépassait beaucoup, mais n'était pas très enfoncée –, le chariot a bondi jusque dans notre cour et j'ai couru à sa suite.

« Où t'as trouvé tout ça ? » j'ai répété en les rattrapant derrière la maison. Il a mis pied à terre, et il a détaché les mules pour les rattacher devant un abreuvoir vide.

« J'ai fait du troc ! » il a répondu d'une voix rauque.

Oh non, j'ai pensé, en cherchant à toute vitesse contre quoi il avait bien pu les échanger, même pour si peu.

« Et tu les as troquées contre quoi ? j'ai demandé, anxieuse.

— Ben, le type qui me les a refilées, il était à la recherche d'une fille pour prendre soin de lui et de sa vieille mère », il m'a dit en me regardant. Je ne respirais plus, je le regardais, la bouche grande ouverte. Il m'a fait un clin d'œil, comme si c'était évident que c'était une blague. « Mais j'y ai dit que j'aimais trop ma fille pour la lui laisser. Alors à la place, il a pris la baraque. » Il a levé la main pour désigner notre cabane.

« Tu lui as donné la maison ? » j'ai fait, éberluée. J'ai de nouveau regardé les mules. Elles avaient que la peau sur les os, et l'une d'elles portait encore des traces de sa fourrure d'hiver sur les flancs. « En échange de ça ?

— Et de ça », il a ajouté en plongeant la main dans sa poche pour en ressortir un papier troué à la pliure à force d'avoir été trop souvent déplié et replié. Il me l'a lancé et je l'ai regardé, mais je connaissais pas bien mes lettres, et tout ce que j'ai réussi à déchiffrer, c'est le mot « Kansas ».

« Huit hectares, plus ces deux belles bêtes. Un nouveau départ, Bridget ! La possibilité de se refaire ! » Dans l'ombre du crépuscule, je ne distinguais pas les traits de son visage, juste une silhouette bleu-gris. Mon instinct m'a dit que si je ne montrais pas mon enthousiasme, il s'ensuivrait des torrents de larmes qui nous noieraient tous les deux ; j'ai souri et j'ai dû dire quelque chose d'encourageant car il m'a attirée vers lui, puis m'a fait rentrer et m'a complimentée sur la manière dont j'avais cuisiné cet opossum filandreux au goût d'obstination, après il s'est endormi en marmonnant cette chanson qui parlait d'une jolie fille lointaine, depuis longtemps oubliée.

À ma grande surprise, voyager convenait à mon père : le soir, il touchait à peine à la bouteille, s'étendait auprès du feu en plein air, ronflait moins, pareil qu'un cheval qui soupire, et de temps à autre je me disais que ce n'était peut-être pas une si grosse erreur finalement. Après avoir traversé les forêts fraîches et vallonnées de l'Arkansas, celles-ci se sont peu à peu clairsemées pour se transformer en une prairie qui s'étendait sous de vastes cieux blanc et bleu. En sortir m'a plongée dans une certaine confusion ; toute ma vie, j'avais vécu dans l'ombre, je ne me rendais pas compte combien les pins si droits m'aidaient à tenir debout, ni combien sous leurs ramures j'avais la sensation d'être au creux de la grande main verte de Dieu. Les bois se sont raréfiés, d'abord ils ont laissé la place à des bosquets, puis à des arbres solitaires, isolés, et je me suis surprise à les fixer des yeux, réprimant l'envie de leur faire un au revoir, triste, comme si je faisais mes adieux à de vieux amis, moi qui n'en avais aucun. Chaque fois je me demandais si l'arbre que je voyais était le dernier, craignant de ne pas le savoir lorsque ça se produirait.

Naturellement, il n'existait pas de limite véritable où s'arrêtaient les arbres, et où commençait la prairie. Peut-être que ça aurait été mieux, car en définitive, c'est notre amour pour les arbres qui a causé la mort de mon père. On était déjà bien engagés dans le Kansas quand c'est arrivé, juste à l'ouest d'Abilene. Un point à l'horizon a dû attirer son attention, car il a fait quitter le chemin tout tracé aux mules pour les diriger à travers les herbes sauvages, et les cahots m'ont réveillée alors que je dormais dans le chariot presque vide.

« Qu'est-ce qu'y a ? j'ai demandé en m'asseyant, et j'ai frotté ma main, meurtrie, après avoir passé tant de jours à somnoler ainsi et été tirée du sommeil par les secousses.

— Un bosquet. Et peut-être de l'eau. »

Il s'est retourné et m'a souri. Son chapeau était incliné vers l'avant, et je voyais seulement ses dents, toutes blanches et plates, rassemblées les unes contre les autres comme des passagers qui se pressent pour descendre du train. « Qu'est-ce que t'en dis, Bridget, un peu d'ombre, ça serait pas de refus !

— Pour sûr », j'ai répondu. J'ai eu beau plisser les yeux, j'ai rien vu, ce qui voulait rien dire non plus. Depuis des jours on avait vu que ça : le soleil de plomb et la prairie ; il paraissait impossible d'avoir fait tant de chemin sans rien rencontrer d'autre.

Vers la fin de l'après-midi, on est arrivés à la source, nichée dans un petit vallon au fond duquel coulait le ruisseau, surplombé par un bosquet de peupliers tordus. C'est seulement en arrivant sous leur ombrage que j'ai vu la maison creusée à flanc de versant, avec une façade herbue et une porte en bois gris au milieu. Je suis restée dans le chariot tandis que papa allait jeter un œil. Le soleil paresseux versait un sirop doré sur son dos ; l'herbe jaune lui arrivait aux genoux, elle soupirait sous la caresse du vent, telle une étoffe de prix sur laquelle on passe la main ; pour la première fois, j'ai compris que pareil pays pouvait être beau.

Mon vieux a appelé, puis frappé à la porte car personne ne répondait, mais rien ne s'est produit, même pas un sursaut de poussière.

« Y a personne, il a dit. On va s'arrêter là pour la nuit.

— On va dormir dedans ?

— Non, on va camper devant, au cas où. Et puis ça me plaît bien de dormir à la belle étoile, pas toi ?

— Et si quelqu'un arrive ?

— Et après ? Qui c'est qui nous chercherait des histoires, on est que deux pauvres voyageurs qui passent la nuit près d'une source », il a dit en croisant les bras et en me souriant de nouveau.

Derrière lui, l'eau pure de la source formait des ridules qui miroitaient dans le soleil, alors j'ai rien dit et j'ai mis pied à terre. Notre bivouac scintillait de vie, comme s'il avait été créé par des fées, et on était impatients de s'étirer et de profiter de l'ombre fraîche et de l'eau claire. Les mules attachées se sont abreuvées à grand bruit, effrayant un tétras qui s'est enfoncé dans les buissons avant qu'on puisse l'attraper. Je suis entrée tout droit dans l'eau pour baigner mes pieds nus, et papa s'est allongé de tout son long au pied d'un arbre en tirant son chapeau sur son visage. Une petite brise caressait les hautes herbes et faisait frétiller les feuilles des peupliers ; le soleil se traînait tout là-haut, et on s'est laissés aller sous son regard indifférent. À travers le feuillage dansant, j'ai observé le ciel, enchantée, en me demandant comment une chose qui se souciait si peu de moi pouvait autant attirer mon attention. Au début, il était limpide, d'un bleu vertigineux, infini, mais plus je le contemplais, plus il perdait de ses couleurs, et peu à peu il est devenu d'un gris foncé, à croire qu'il était de pierre. Je regardais toujours, fascinée, sans comprendre que les volutes qui s'y déployaient étaient des nuages, jusqu'à ce que soudain la brise se transforme en une bise âpre et froide. Je me suis assise quand les premières grosses gouttes sont tombées sur mon visage et mes épaules. Une bourrasque a fouetté mes cheveux, tirant un rideau devant mes yeux.

« Papa ! » j'ai appelé. Mais déjà il faisait sombre, et il s'était relevé lui aussi. On a pris nos maigres affaires et on s'est hâtés vers l'intérieur de la maison troglodyte. Pendant un instant, les murs herbus en mauvais état ont été éclairés de blanc, puis le tonnerre a retenti. Jamais je n'avais entendu rien de pareil : le son était physique, comme deux mains gigantesques essayant d'écraser les moucherons que nous étions. Une vague de pluie battante m'a fait détaler vers le petit trou sombre de la porte ouverte, et sur le sol mon ombre s'est découpée un instant, puis la réponse à l'éclair m'a frappée de plein fouet entre les épaules, et j'ai couru me réfugier dans un coin, où je me suis faite toute petite dans les ténèbres, attendant la prochaine salve. En Arkansas, on avait des orages, bien sûr, mais là, c'était différent, ma première expérience avec le vrai climat de la prairie : rien ne peut lui donner forme ni entraver sa folie. Je me suis encore plus recroquevillée, toute tremblante.

« Allez, un peu de courage, a dit papa. C'est juste un petit éclair, et t'as jamais eu peur de rien avant ça. »

Un instant, je me suis raidie, animée du désir soudain de lui cracher à la figure tout ce dont j'avais eu peur les innombrables fois où il m'avait laissée seule, tout ce pour quoi j'avais prié avant son retour. Mais il y a eu un autre éclair, et un autre coup de tonnerre, encore plus violent. Un sanglot m'a échappé, et je me suis baissée pour attraper les couvertures roulées que j'avais apportées. Qu'est-ce qui nous avait pris de venir là ?

Papa a frotté une allumette, mais n'a rien fait pour me rassurer. Il cherchait la cheminée, qu'il a trouvée au fond de la cabane. « Ah, un bon Samaritain nous a même laissé du bois. » J'ai entendu des petites branches se casser, puis tomber sur la pierre.

Dans la lumière de l'éclair suivant, j'ai vu que la fenêtre luttait pour conserver ses volets mal ajustés, et j'ai été saisie par une crainte nouvelle : qu'elle s'ouvre grand et que s'engouffre à l'intérieur l'orage que je considérais à présent pareil à une créature vivante, néfaste.

« Bon, ben, si tu m'aides pas, va falloir que je fasse tout moi-même », a dit papa en plaisantant à moitié. Je n'ai pas répondu : je ne pouvais détacher mon regard de la fenêtre. J'ai entendu derrière moi des petits bruits de frottements, et enfin une douce flamme jaune a projeté sa lumière vers la porte. La chaleur a fait s'élever des murs une odeur rassurante de terre humide et de chevaux ; à mesure que mon dos se réchauffait, je sentais la partie animale de ma terreur se dissiper peu à peu, et j'ai recouvré mon calme.

J'avais beau être heureuse d'avoir trouvé un abri, la maison troglodyte était encore pire à l'intérieur qu'à l'extérieur. Du côté de l'âtre opposé à la fenêtre, il y avait une paillasse misérable. Un peu plus loin, une table et deux chaises, si vermoulues qu'elles semblaient prêtes à s'effondrer si on tentait de s'y asseoir. Le tonnerre a retenti de nouveau, mais cette fois de manière plus régulière et prolongée, et quand ça s'est arrêté, j'ai entendu la pluie au-dehors, qui s'abattait sur l'herbe. C'était un bruit agréable, familier. Mes mains se sont décrispées, et j'ai étendu nos couvertures par terre, la besogne m'aidant à me rasséréner.

« Et voilà, plus de peur que de mal », a dit papa. Il s'est approché, a lissé les couvertures et m'a attrapé le menton. Il avait des rides profondes autour de la bouche car il avait passé sa vie à sourire, mais ce n'étaient pas des sourires de bonheur, et les rides qui en résultaient n'avaient rien d'agréable à regarder. N'empêche, je voyais qu'il voulait bien faire, et je lui ai souri à mon tour. On a partagé des biscuits et un morceau de fromage et il s'est occupé de la bouteille qu'il s'était achetée deux jours plus tôt à Abilene – le fait d'être entre quatre murs semblait décupler son envie de boire. Le tonnerre a cessé et la pluie a trouvé un rythme monotone. Épuisée par le voyage et par la peur, j'ai mis la couverture sur ma tête et je me suis retournée pour laisser le sommeil venir me cueillir.

Papa m'a réveillée en hurlant. C'était arrivé des tas de fois déjà, lorsqu'il rêvait de ses batailles perdues. J'ai scruté les ténèbres, avec un certain agacement. Et puis j'ai compris que cette fois c'était différent : il poussait des glapissements aigus et étouffés. Je connaissais la voix de mon père mieux que n'importe quelle autre, et je n'avais jamais entendu ces cris grêles, serrés, tortueux. Mon cœur a cessé de battre et j'ai voulu comprendre. Dans l'obscurité, j'ai cherché des allumettes et j'en ai frotté une : dans le petit cercle de lumière, j'ai vu mon père se tortiller par terre en se serrant la gorge et en remuant violemment les pieds. Un gros serpent à sonnette a sorti les crocs de son cou pour les plonger dans sa main. Mon père s'est mis à bouger le bras dans tous les sens pour se débarrasser du crotale et l'allumette s'est éteinte. Dans le noir, je l'ai entendu se lever d'un bond, vociférant toujours ; j'ai gratté une nouvelle allumette : il s'agitait comme s'il dansait, battant du bras jusqu'à ce qu'enfin le reptile lâche sa main et vole à travers la pièce, retombant avec un bruit mat sur le sol de terre avant de se sauver à travers un trou dans la cheminée, là où manquait une pierre.

L'allumette m'a brûlé le bout des doigts en s'éteignant. J'en ai frotté une troisième, je l'ai relevée, et j'ai découvert mon père à genoux, des larmes plein le visage. Ses hurlements n'étaient plus qu'un bruit étouffé, entre sanglots et respiration. À quatre pattes, j'ai cherché le moignon de bougie et je l'ai allumé, puis je me suis approchée de lui pour examiner ses blessures. J'ai orienté la bougie vers son dos. Il avait une méchante morsure au cou, deux trous rouge foncé qui suintaient et ouvraient un passage entre lui et le monde. J'ai plaqué les lèvres dessus, aspiré le plus fort possible, et ma bouche a été envahie par un goût de fer mêlé d'un poison amer ; je me suis retournée et j'ai tout craché derrière moi. J'ai recommencé et, la troisième fois, j'ai remarqué que son corps avait pris un ton de plomb qui m'a plus glacée que ses cris et sa respiration difficile. J'ai relâché mon étreinte – il n'était pas costaud, mais j'avais du mal à le tenir – et j'ai vu dans ses yeux un regard lointain.

« Papa », j'ai dit, d'une voix étranglée qui m'a surprise.

Ses yeux se posaient en alternance sur moi, tel le balancier d'une pendule : « C'est rien que de la malchance, Bridget », il a murmuré.

J'aurais cru que deux morsures profondes par un serpent de cette taille-là pouvaient tuer un homme très rapidement, mais il a fallu presque une journée à mon père pour mourir. Aux premières lueurs, je l'ai traîné dehors et je l'ai allongé sous les peupliers, où l'herbe étincelait, où l'air était aussi frais qu'un champ de marguerites. Les veines de son cou et de son bras étaient violacées, gonflées, tandis qu'autour des morsures, des taches rouges s'étendaient, et finalement, il s'est mis à manquer d'air, pareil à un poisson hors de l'eau. Je me suis assise à côté de lui et j'ai baigné son visage d'eau fraîche, serrant désespérément sa main tandis qu'il s'éloignait un peu plus de moi à chaque souffle, de plus en plus saccadé, en contraste fort avec le doux bruissement du feuillage qui dansait là-haut. Toutes choses étant égales, c'était un bel endroit pour mourir.

En fin d'après-midi, il a poussé son dernier soupir. Dans le silence qui a suivi, je me suis à moitié redressée, puis je me suis penchée sur lui, comme s'il s'agissait d'un simple moment de tension que je devais surmonter, et non la transition silencieuse vers ma nouvelle condition d'orpheline. Je me suis levée, prise de vertige, je suis allée jusqu'à la source en trébuchant, les pieds engourdis, je suis entrée dans l'eau jusqu'aux genoux et je me suis laissée choir, immergée jusqu'à la taille, parcourant des yeux la plaine déserte. J'ai observé le miroitement de l'eau, et soudain j'ai compris que j'en avais assez de l'ombre.

Au bout d'un moment, j'ai eu froid et je suis sortie de l'eau. Je suis restée debout toute la nuit, à écouter le bruit de mon propre souffle en me disant que c'était le son à la fois le plus puissant et le plus doux que j'aie jamais entendu. Il n'y avait pas de lune, mais les étoiles sont apparues les unes après les autres dans les ténèbres de laine, pareilles à une robe de deuil à demi cousue dont les épingles d'argent marquent les coutures. Chaque fois que ma poitrine se soulevait, j'en sentais tout le poids car je prenais conscience du fait que j'étais désormais vraiment seule, que les périodes où naguère mon père m'abandonnait m'avaient préparée à ça et en même temps, pas du tout. J'ai imaginé mon père soulevant son chapeau pour me souhaiter bonne chance tandis qu'il me remettait entre les mains du destin, et j'ai senti se fendiller la croûte de ressentiment qui recouvrait mon cœur. Moi, je ne me suis pas souhaité bonne chance, je n'espérais même pas que la Providence soit clémente avec moi. Non, je me suis dit que c'était à moi de décider si je voulais continuer de respirer, et que si je faisais ce choix, je ne pouvais être la proie des coups du sort, toujours ballottée par les vents mauvais ainsi que mon père l'avait été. Je n'avais jamais eu de grandes espérances quant aux lieux où la vie me conduirait car j'étais la fille d'un homme pauvre et irresponsable, et à force de le voir gesticuler, j'avais appris à sans cesse réajuster mes prétentions. Mais ainsi protégée sous l'aile noire de la nuit, j'ai aussi découvert que j'avais encore l'énergie de me battre, et j'ai fait la promesse aux astres indifférents, tout là-haut au firmament, que je mènerais une vie meilleure que celle de ce cadavre aux yeux chassieux.

2

J'ai enterré papa sous les peupliers. Il m'a fallu presque toute la journée pour creuser ; j'avais beau être costaude à force de vaquer aux corvées des autres, la terre était dure, et la couche herbeuse qui la recouvrait, si épaisse, avec des racines si inextricablement emmêlées, que j'ai vite dû m'arrêter. Avant de l'ensevelir, je lui ai fait les poches. J'ai trouvé son portefeuille avec treize dollars dedans – douze de plus que je ne m'y attendais –, et son couteau, encore tranchant. En revanche, nulle trace du papier crasseux qui était censé assurer notre avenir ; mais huit hectares de prairie ne m'auraient pas servi à grand-chose à présent, même s'ils avaient bel et bien existé, ce dont je doutais.

J'ai tiré le corps et je l'ai fait rouler dans le trou, puis j'ai remis la terre par-dessus, mais je n'avais ni le temps ni la patience de recouvrir la tombe de pierres. Après, épuisée, pleine de terre, j'ai posé la main dessus. J'ai cherché quelque chose à dire, mais rien ne m'est venu à l'esprit, alors j'ai tapoté le monticule et je me suis levée.

C'était déjà l'après-midi, mais j'avais hâte de m'en aller. J'ignorais si j'étais loin de la prochaine ville, tout ce qui me restait, c'étaient du fromage et des biscuits. Je n'ai pas songé que c'était un miracle que personne ne soit encore venu à la source. Ni que les coyotes auraient tôt fait de déterrer mon papa, ni qu'ils risquaient de me dévorer moi aussi, laissant mes os blanchir joliment sous le soleil d'été. J'ai pensé qu'il valait mieux que je concentre mes réflexions sur des choses simples comme la nécessité de rationner ma nourriture et le nombre de kilomètres à parcourir, au moins jusqu'à ce que j'arrive quelque part.

Les mules s'étaient enfuies pendant l'orage ; l'une s'était évanouie sans laisser de trace, mais l'autre s'en était tirée et la Providence l'avait empêchée de s'égarer. Elle était en contrebas du ruisseau, dont elle buvait l'eau claire en remuant la queue. Apparemment contente de retrouver un visage familier, elle est venue vers moi et j'ai chargé sur son dos les couvertures et le reste de nourriture.

Difficile de dire combien de temps s'est écoulé après avoir quitté la source. Au début, j'ai suivi les méandres du ruisseau qui menaient vers l'ouest. La proximité de l'eau et la végétation dense m'apportaient un vrai réconfort, à tel point qu'au bout de quelques jours de marche, quand le cours d'eau s'est tari, j'ai failli en pleurer. J'ai continué dans la même direction, à travers la prairie. La mule et moi, on a marché encore une journée avant de tomber sur une piste qui allait du nord au sud. Je ne savais pas du tout où j'étais, mais j'ai préféré me diriger vers le sud. J'ignorais ce qui m'attendait de ce côté-là, mais je savais qu'au nord, il n'y avait rien d'autre que le Nebraska, qui à l'époque était un lieu beaucoup plus rude qu'aujourd'hui.

Le voyage était d'un ennui mortel. De jour en jour je devenais plus maigre et plus irritable à force de n'avoir personne à qui parler, et la mule avait de plus en plus mauvais caractère, elle faisait un pas de côté dès que j'essayais de charger les affaires sur son dos. Je la chevauchais et marchais en alternance, et on avançait sans but ni routine : on s'arrêtait dès que l'une de nous deux était fatiguée. À mon réveil, je grignotais quelque chose et on se remettait en marche le plus vite possible.

Je me cachais dès que je devinais la présence d'autres personnes, par exemple un nuage de poussière soulevé par un troupeau dans le lointain, du crottin frais sur la piste, le craquement d'un chariot tiré par des bœufs arrivant derrière nous. Personne au monde ne savait où j'étais, ni même que j'existais ; je me hâtais le plus possible dans l'espoir de traverser la plaine sans me faire remarquer. Bien des années plus tard, j'ai rencontré un missionnaire qui avait pas mal bourlingué par là, et il m'a dit que le ciel de la prairie était le grand œil bleu de Dieu. Si c'est vrai, je me demande s'Il m'avait vue, point minuscule avançant telle une petite souris à travers la grande étendue uniforme de Sa création.

Enfin, un matin, en arrivant au sommet d'une butte – je m'étais éveillée dans la fraîcheur qui précède l'aurore, et on avait rapidement levé le camp –, j'ai vu un groupe de constructions, semblable à une tache au loin. Ce jour-là, on a avancé bon train, jusqu'à ce que je doive m'arrêter parce que je n'en pouvais plus, mais quand la prairie s'est animée le lendemain matin, ma mule et moi, on entrait dans Dodge City.

La ville était alors à son apogée, grouillant de vie, pareille à un fourneau plein de casseroles qui débordent. En remontant la grand-rue, les bâtiments semblaient bondés de gens, de bruit, d'activité. Après tant de jours passés à ne rien voir d'autre que l'herbe, le ciel et les oreilles frétillantes de ma mule, ça faisait beaucoup. Deux cowboys au teint gris en soutenaient un troisième qui avait l'air de peser un bœuf ; ses guibolles gigotaient comme des folles sous lui tandis que ses amis tentaient de l'approcher d'un cheval qui remuait la queue en soupirant de résignation. En haut, j'ai aperçu une fille vêtue d'une simple camisole, le front appuyé contre la fenêtre, les yeux fermés. Un commerçant qui balayait le trottoir en planches devant son magasin m'a adressé un signe de tête auquel j'ai répondu avec une certaine austérité. Dans la vitre, derrière lui, j'avais l'air d'un fantôme. À chaque fenêtre, je voyais une jolie fille se brosser les cheveux, souffler sur une tasse de café brûlant, ou lever les yeux au ciel en entendant Dieu sait quelle symphonerie. Sur les côtés des bâtiments, des hommes dormaient debout, bottes aux pieds, chapeau rabattu sur le visage ; devant eux, des chevaux sellés oscillaient patiemment d'une jambe à l'autre, soufflant dans l'air frais et grognant doucement entre eux. Un peu plus loin, j'ai entendu siffler un train, puis un nuage de vapeur est apparu au-dessus des constructions, telle la fumée d'une pipe, avant de se dissoudre, fantôme bleu dans le ciel clair, surplombant la rumeur sonore du bétail, qui meuglait et tapait des sabots, par instants transpercée par les cris des cowboys qui se donnaient du mal pour faire embarquer les bestiaux. C'était à la fois étourdissant et enchanteur, cela ne ressemblait à rien de ce que j'avais déjà vu.

Ce premier jour en ville, j'ai vendu la mule à un paysan qui avait l'intention de repartir avec elle dans les grandes plaines. Il avait l'air d'un type bien, pourtant, je n'ai pu supporter de voir ma mule s'éloigner au bout d'une corde. Sa vente a fait grimper ma fortune à trente-trois dollars, plus les couvertures et le couteau de poche. J'ai envisagé d'aller au bureau de distribution des terres pour m'enquérir de ces huit hectares dont mon père était soi-disant propriétaire au moment de sa mort, mais j'étais incapable de formuler la bonne question, ni en mesure de savoir si la réponse serait correcte.

J'ai vendu le couteau deux dollars, et laissé les couvertures à un chiffonnier pour cinquante cents. Alors, pour la première fois de ma vie, je me suis retrouvée avec plus d'argent que de raison. Tout mon corps souffrait, et soudain j'ai éprouvé le besoin impérieux d'être à l'intérieur – jamais je n'avais connu une nécessité aussi violente. À croire que les derniers kilomètres avaient attendu ce moment-là pour me plomber les os. Le vent sur mes joues était tel du papier de verre, et la terre des rues se pressait entre mes orteils, pareille à de la pourriture sur du pain.

En descendant la grand-rue, sept hôtels m'ont rejetée avant que j'en trouve un qui accepte de loger une pauvre orpheline pieds nus et en haillons. Je n'étais jamais entrée dans un hôtel auparavant, ce qui devait se voir comme le nez au milieu de la figure car j'ai été obligée de payer quinze jours d'avance, pension complète. J'ai fermé à clef la porte de ma chambre, et en voyant le vrai lit – pas un tas de vieilles couvertures, ni une paillasse rêche et bruissante –, je suis restée plantée là, au milieu, et j'ai pleuré. Puis je me suis couchée et j'ai dormi jusqu'au lendemain matin, réveillée par le bruit que la clef a fait en tombant de mon poing fermé.

J'ai dépensé tout mon argent sans jamais quitter l'hôtel. Chaque matin à mon réveil, je me glissais dans ma robe, une vieille harde qu'on m'avait donnée, trop grande à mon départ de l'Arkansas, et qui n'était plus qu'un vieux sac rose pâle après ce voyage à travers la prairie. Ensuite, je descendais à la salle à manger. L'hôtel n'était guère plus qu'une mauvaise auberge, mais il y avait un vrai cuisinier, et je pense qu'il m'avait prise en pitié. Mes journées commençaient par de grandes tasses de café fumant, avec tant de crème que ma petite cuillère y tenait debout, accompagnées de quatre ou cinq œufs au plat sur de grosses tranches de pain beurrées couleur soleil, et des saucisses grasses et luisantes parsemées de grains de poivre noir. Je mangeais comme si je faisais rentrer à nouveau mon âme dans mon corps, comme si je risquais de ne plus jamais être nourrie. J'étais subjuguée par toute viande qui n'était ni de l'écureuil, ni de l'opossum, ni la doyenne d'une misérable basse-cour. Je n'avais jamais su faire le pain blanc, aussi chaque tartine qui craquait et gonflait sous mes dents était une sorte de nouveau départ, le signe que je ne rêvais pas.

Momentanément arrivée à satiété, je remontais dans ma chambre et demandais un bain chaud, commandant seau d'eau brûlante sur seau d'eau brûlante pendant des heures, jusqu'à ce que j'aie une peau ridée de vieille sorcière. Dans cette eau savonneuse et crasseuse, j'alternais entre les larmes et une sorte de doux vide frémissant d'anticipation, la tête telle une ruche pleine d'abeilles laineuses, laissant sourdre dans ma poitrine toute la misère et la terreur qu'avaient fait naître en moi cette traversée de la prairie et tout ce qui l'avait précédée, jusqu'à ce qu'elles n'aient plus d'autre issue que de se déverser à travers mes yeux. Une fois que j'avais pleuré toutes les larmes de mon corps, je contemplais le ciel par la fenêtre, ou mes orteils calleux et tordus. À mesure que les jours passaient, je voyais fondre des années de crasse, et à la fin, mes pieds sont devenus doux et roses, les ongles formant de petits croissants laiteux.

Quand je n'étais pas dans le tub – et souvent quand j'y étais –, je mangeais. La faim n'était pas pour moi chose nouvelle, bien sûr, mais ça avait toujours été une source d'inquiétude. À présent que mes repas étaient payés et que j'étais dans les petits papiers de ce cuisinier inconnu, le moindre sursaut d'appétit m'intéressait, c'était une invitation à penser non à ce qui me manquait, mais à ce qui m'attendait. Et je dévorais en conséquence : double portion de ragoût accompagnée d'épais biscuits friables ; deux ou trois côtelettes nichées ensemble contre une colline de patates fumantes étoilées de cristaux de sel ; des légumes verts bouillis et soyeux, entrelacés avec des haricots couleur crapaud qui sentaient la mélasse, aux extrémités brûlées et caoutchouteuses. Sur ma table de nuit, je gardais des pommes luisantes et de bons gros morceaux de fromage, des miettes de galettes de maïs tombaient dans l'eau de mon bain, et j'arrosais tout ça de babeurre. À chaque repas, à chaque surgissement de larmes, l'angoisse qui me rongeait s'allégeait un peu, et petit à petit, je me suis sentie revenir les pieds sur terre. Au bout de deux semaines, mon appétit m'a littéralement fichue dehors : le quinzième matin, l'hôtelier de fortune a frappé à ma porte en me demandant soit de payer une nouvelle fois, soit de lui rendre la clef. Comme je n'avais pas le choix, je lui ai redonné la clef, même si l'idée de retourner dans la rue me répugnait. À présent que j'avais goûté à une vie de satiété et de draps à peu près propres, y renoncer était un crève-cœur.

Dehors, j'ai grogné devant la poussière qui se levait tel un nuage de puces prêt à s'accrocher à toutes les surfaces assez familières. Puisque je ne savais pas quoi faire d'autre, je suis retournée vers les besognes que je connaissais : les corvées des autres. Pendant environ un mois, j'ai frotté des planchers, coupé du bois et souffert le martyre sous le regard méchant de Mrs Mackey, dont la pension surplombant le parc à bestiaux puait la bouse de vache. Elle insistait pour que je porte une paire de vieilles bottes trop petites pour son fils, qui m'échauffaient les pieds et me donnaient des ampoules, tout en amputant mon salaire de leur prix imaginaire. On s'est aussitôt cordialement détestées toutes les deux, et elle avait beau se juger très chrétienne en me préservant ainsi du bordel, il lui a fallu moins d'une semaine pour commencer à me donner des coups de balai chaque fois que l'envie lui passait par la tête. J'ai essayé de supporter tout ça tant que j'ai pu, comme je le faisais auparavant, mais la paillasse dans le grenier était rude, la nourriture sans goût et insuffisante. Surtout, je pense que quelque chose en moi avait changé. J'avais déjà passé trop de temps à trimer et frotter sous le regard condescendant de matrones avares, et le mépris violent de Mrs Mackey, ça, vraiment, c'était le bouquet. Un jour, j'ai perdu mon sang-froid, et quand elle a voulu me coller un deuxième coup de bâton, je lui ai flanqué une louche sur le menton – l'instant d'après, j'avais décarré.

Pendant un jour et une nuit, j'ai erré à travers Dodge, que je redécouvrais. J'aurais sans doute dû avoir peur – je n'avais pas un sou en poche et pas la moindre idée de ce que je pouvais faire –, mais toute cette activité qui bouillonnait autour de moi me remplissait d'une joie vertigineuse. Partout où j'allais, il y avait de la musique, car chaque pianiste de saloon cherchait à jouer les airs les plus gais, en faisant le plus de boucan possible ; à tout instant je passais devant une porte ouverte d'où jaillissaient des éclats de rire et des conversations, tels les jets de vapeur d'une locomotive. Je restais dans l'ombre mais je ne pouvais en détacher les yeux. Il y avait là tous les types de personnes possibles, même si au sud de la voie de chemin de fer, les prostituées et les cowboys étaient les plus nombreux. Ceux-ci oscillaient d'un pied à l'autre comme leurs chevaux, et les putains, l'œil brillant, souriant de toutes leurs dents, étalaient sous le nez des michés leur poitrine brillamment corsetée. La rue où je déambulais alternait entre boue grasse et cônes de poussière, tandis qu'un arc-en-ciel d'odeurs se déversait des bâtiments : pisse, fumée de pipe, oignons frits, tout ça par-dessus les miasmes de bouse de vache et les remugles de bétail qui s'élevaient de la terre. Les gens allaient et venaient dans tous les sens, et ça n'a commencé à ralentir que quand les premières lueurs de l'aube grise sont montées à l'assaut d'un horizon qui paraissait très lointain. Mes errances m'avaient menée jusqu'au dépôt des trains, là j'ai trouvé un banc isolé où je me suis recroquevillée sur mon estomac vide, trop fatiguée pour avoir peur. J'ai dormi quelques heures, jusqu'à ce que le chef de gare me chasse, alors je suis repartie encore plus perdue et affamée.

J'ai passé la matinée à regarder les cowboys s'occuper des animaux. C'est agréable de voir un travail bien fait, et malgré le brouhaha, il y avait là un ordre que j'admirais. Il semblait que deux troupeaux se soient mélangés dans un enclos, et une équipe essayait de les démêler pour en faire monter un dans un wagon à destination de Chicago. Les bêtes faisaient un raffut d'enfer, beuglant et grondant, que les cris des cowboys transperçaient de temps à autre ; juchés sur leur monture, au milieu des vaches, ils criaient et flanquaient des coups de cravache. C'étaient des hommes jeunes, guère plus âgés que moi, à l'air amical, la peau tannée, les yeux brillants sous leur chapeau. Ils montaient aussi naturellement que les autres marchent, comme si hommes et chevaux n'étaient plus qu'une seule créature à deux têtes et quatre pattes. De temps en temps, il y en avait un qui me regardait et relevait le menton ; les plus hardis soulevaient leur chapeau à mon adresse ; et quand enfin j'ai souri à l'un d'eux, un concert de cris et de blagues a explosé parmi ses compagnons.

« On dirait que tu leur plais », a dit une voix derrière moi.

J'ai sursauté et je me suis retournée, découvrant une femme encore jeune, aux cheveux noirs ramassés sous un petit chapeau haut de forme. Elle n'était pas grande, mais ça n'était pas un problème : sous ses sourcils arqués, ses prunelles marron me fixaient fermement d'un regard qui ne devait se laisser impressionner par personne. Ses lèvres fardées ressemblaient à une friandise en forme de cœur, ce que mettait en valeur une robe rouge sombre bien trop luxueuse pour un lieu si poussiéreux. Jamais je n'avais vu une personne d'une telle élégance.

« Heu… peut-être, je sais pas », j'ai bégayé, me sentant soudain très jeune et misérable devant elle, mais contente de porter des souliers.

Elle a pouffé. « Oh si, tu peux me croire. Tu leur plais beaucoup, et en plus, tu le sais. » Je n'ai pas répondu, elle a fait deux pas vers moi en m'observant des pieds à la tête. Puis elle a pris une boucle de mes cheveux, l'a frottée entre ses doigts gantés, à croire que j'étais un tissu qu'elle s'apprêtait à acheter. Elle me regardait droit dans les yeux, me dévisageant avec soin. J'avais l'habitude que des dames m'examinent, mais d'habitude c'était pour jauger si je serais capable de retirer leur chaudron en fonte de la cheminée. Celle-là cherchait autre chose. Pareille à un chevreuil, je suis restée immobile, attendant un signe pour savoir quoi faire.

« Tu es un joli brin de fille. Avec ces cheveux roux, tu sors du lot. » Elle a lâché mes cheveux et m'a saisie par le bras, descendant jusqu'à mon poignet en me palpant. « Tu es un peu maigrichonne, par contre. Faudra qu'on te remplume. Comment tu t'appelles ?

— Bridget, j'ai fait d'une voix rauque.

— Bridget comment ?

— Shaughnessy.

— Tu vas à l'église, Bridget Shaughnessy ?

— Non, m'dame, pas trop.

— Parfait. » Elle a fait un pas en arrière et m'a regardée de nouveau, prenant visiblement une décision. « Bridget, je m'appelle Lila. Tu cherches du boulot ?

— Quel genre de boulot ?

— Mais qu'est-ce que tu crois ? Une jolie fille comme toi, perdue toute seule. »

Je n'ai rien dit, et j'ai gratté la terre du bout du pied.

« Tu as l'air d'avoir faim. Tu es prête à prendre quelques risques ? Ou tu veux attendre un peu que ta situation empire encore ? » Elle a incliné la tête tel un corbeau qui s'apprête à fendre la coquille d'un escargot.

J'ai levé les yeux : « Qu'est-ce que vous voulez dire ?

— Je sais qu'on vient juste de se rencontrer, mais c'est pas difficile de voir que tu es au bout du rouleau. Ou tu as un riche prétendant caché dans une de ces manches en haillons ?

— Je crois pas, j'ai répondu en me tortillant les doigts.

— C'est quoi le problème, faire le métier, ça te débecte ?

— Faut bien manger, j'ai dit très sincèrement.

— Et toi aussi, faut bien que tu manges. » Elle s'est tue pour me laisser réfléchir, tandis que quelques bribes de sermons que j'avais entendus ici et là luttaient contre mon estomac vide. « Je vais te dire. Tu viens avec moi, tu dis bonjour à Kate, et au moins on pourra te servir une assiette de quelque chose pour te remplir le ventre. Je déteste voir une gamine caner la pégrenne, et tu vas te transformer en épouvantail si on te met pas un peu de bacon dans le bec. Peut-être deux œufs au plat, quelques biscuits ? Avec de la confiture de mûres ? » Elle a prononcé le mot « mûres » en insistant sur le *mmm*, puis elle a incliné la tête de l'autre côté, et j'ai goûté pour la première fois au sourire malin et rusé de Lila. Je me suis rappelé cette promesse que je m'étais faite à moi-même au bord de la source, et je m'apprêtais à lui dire d'accord quand mon estomac s'est mis à gargouiller comme un chat enfermé dans un sac. Lila a éclaté de rire.

« Allez viens, Bridget », et elle est partie en me faisant signe de la suivre. Ne trouvant aucune raison pour ne pas le faire, je lui ai emboîté le pas, et on est sorties du parc à bestiaux pour remonter la grand-rue jusqu'au Buffalo Queen Saloon.

3

« Eh bien, en voilà une mignonne », a dit Kate. L'associée de Lila a incliné la tête, me jaugeant de telle manière que j'ai eu envie de retrousser les lèvres pour lui montrer que j'avais toutes mes dents. Elle paraissait âgée d'une bonne dizaine d'années de plus que Lila, les sourcils épais, la mâchoire prononcée, formant un angle droit de profil ; des cheveux ondulés ramenés en nuage brun pâle sur le sommet du crâne. Elle m'a tapoté le visage, puis elle a dénoué la ficelle qui attachait ma natte pour passer les doigts dans mes cheveux et les disposer sur mes épaules. C'était un geste si intime que je n'ai pas bougé, sous le choc ; elle a pris mes mèches entre ses doigts, les a approchées pour les inspecter de plus près, et j'ai même cru qu'elle allait les renifler. « Bonne initiative, Lila, elle a dit en s'écartant. Elle devrait faire l'affaire. » Lila a tendu le cou pour crâner un peu, mais elle n'a pas répondu. « Au fait, as-tu eu des nouvelles de Sallie ?

— Y avait une lettre au bureau de poste, elle dit qu'elle a un truc à faire, mais qu'elle viendra dès qu'elle pourra. »

On était à l'étage, dans la pièce qui servait à Kate de bureau, de chambre et de salon de réception. La musique tranquille du piano filtrait doucement à travers le parquet comme de la fumée. Pour dissimuler l'étendue de mon inexpérience, j'avais à peine jeté un coup d'œil au saloon en traversant le rez-de-chaussée et j'en avais tiré des images imprécises : le soleil de l'après-midi qui se reflétait sur les rangées de bouteilles et réchauffait le bois ciré du bar, deux filles en robe rouge assises, le menton dans leur main, des lampes éteintes aux globes noirs de suie. En passant près des filles, Lila s'était arrêtée pour tirer sur une mèche brune qui tombait dans le cou maigrichon de l'une, en lui disant sèchement qu'elle était débraillée, est-ce qu'elle n'avait pas envie de se gagner de l'achetoir ce soir ?

Une fois dans le salon, elle s'est mise en retrait et a laissé son associée prendre les choses en main. Les volets étaient fermés à cause de la chaleur ; dans la pénombre, je suis restée plantée sur le tapis, devant un sofa dont le rembourrage carmin commençait à s'effilocher au bord, tandis que Lila fouillait dans une malle de robes rouges et de dessous blancs, tas de dentelles et de calicots d'où elle sortait des trucs et des machins.

« Tu as de la chance que Lila t'ait trouvée avant d'autres personnes aux intentions douteuses », a dit Kate. Elle a tourné autour de moi, avançant les hanches plutôt que les jambes, si bien que sa jupe oscillait en grands mouvements paresseux, balayant le sol. « Nous sommes beaucoup plus honnêtes que les personnes louches que tu risques de rencontrer dans la rue. Et nous avons également de la chance puisque notre dernière rousse est partie à Chicago – mais pour être franche, elle n'était pas aussi haute en couleur que toi, a fini Kate en gloussant.

— Et puis elle n'allait que d'une fesse, a dit Lila sans lever les yeux. Et toi, Bridget, tu es souvent malade ?

— Pas un seul jour de ma vie », j'ai gazouillé en soutenant le regard de Kate. Elle avait dû être très belle autrefois ; mais à présent, elle était brouillée, floue, pareille à une photo dans un journal qu'on a trop souvent feuilleté. À sa façon de me regarder, j'ai eu l'impression qu'elle se reposait plus sur son expérience que sur son intelligence, mais tout ça, pour moi, c'était un soulagement, car on m'avait rarement traitée avec gentillesse.

Kate a fini son inspection et, me tenant à bout de bras, m'a dévisagée à nouveau. « As-tu déjà fait ce genre de travail ?

— Pas dernièrement », j'ai répondu en essayant de paraître sophistiquée plutôt que menteuse. À l'abri du vent, l'air était aussi épais qu'une couverture, et je commençais à avoir chaud.

« Peu importe. Ces cowboys vont te dévorer : tu ressembles aux petites sœurs de leurs camarades. Bon, nous allons commencer par t'essayer, pour être sûres que tout est bien comme il faut. » Elle s'est tournée vers Lila. « À qui c'est le tour ?

— Langley », elle a répondu en tenant une camisole froissée. Elle a craché sur le tissu et gratté quelque chose du bout de l'ongle. « Mais je crois qu'il est pas très en forme aujourd'hui. »

Kate a soupiré. « Roscoe, alors ? »

Lila a acquiescé. « Je vais le chercher. » Elle a posé la camisole sur le dos d'une chaise et ouvert la porte, laissant s'engouffrer une bouffée de musique et de bacon frit, puis elle a passé la tête dehors et appelé : « Roscoe !

— Ouais ? a fait une voix d'homme, en bas.

— Ramène un peu tes fesses par ici ! » La musique s'est interrompue et j'ai entendu un bruit de bottes dans les marches. Mon estomac déjà noué s'est complètement retourné.

« Qu'est-ce qui se passe ? » j'ai demandé à Kate.

Elle a froncé les sourcils de surprise. « Mon enfant, nous ne pouvons pas t'engager et faire commerce de toi sans que la maison y ait goûté.

— Faire commerce ? »

Elle a secoué la tête et s'est retournée vers Lila. « Elle est plus naïve qu'un perdreau de l'année », elle a dit en gloussant à nouveau.

Lila a haussé les épaules. « Bon, est-ce qu'on a besoin ou pas d'une rouquine ?

— Oui. » Kate m'a regardée. « Ne prête pas attention à elle. Elle aime juste me rappeler qu'on tient un bordel, pas un orphelinat.

— Dame, oui ! » a acquiescé Lila en me fixant durement. Roscoe est apparu à la porte. Il avait une grosse moustache brune, les épaules carrées et le ventre rond des hommes pour qui le temps des durs travaux est terminé ; il semblait froncer les sourcils, mais en fait il plissait les yeux dans la pénombre, avec un doux regard, et il serrait son chapeau devant lui comme s'il était venu demander à ma mère si je pouvais sortir jouer avec lui quand les corvées domestiques seraient achevées.

« Alors, Roscoe, qu'est-ce que t'en penses ? a demandé Lila.

— Un beau brin de fille, il a répondu.

— C'est notre avis, mais on veut pas la mettre dans le circuit avant de l'avoir essayée. Tu veux goûter ? » En les entendant parler de moi d'une manière si grossière, j'ai senti à nouveau mon estomac se nouer, mais je suis restée ferme ; quoi qu'elles aient en tête, cela me faisait moins peur que de retourner dans la rue, l'estomac vide.

« Ah, foutre, pour ça, je dis jamais non. » Il a posé son chapeau sur la table et il est allé droit vers le lit en détachant sa cravate tachée de sueur. Je me suis tournée pour le regarder passer devant moi. En un clin d'œil, il a passé sa chemise par-dessus sa tête.

« Allons, n'aie pas peur ma mignonne, Roscoe ne va pas te manger », a dit Kate.

J'avais les pieds paralysés. « Vous voulez que je...

— Tu veux travailler ? Nous n'allons pas te supplier, tu sais. C'est à toi de choisir. »

Je me suis retournée vers le lit, où se tenait à présent Roscoe, torse nu, les épaules couvertes de poils. Je me sentais étrangement coupée en deux ; la tête pleine d'un bruit qui bloquait toutes mes pensées, et mes pieds qui m'ont conduite vers le lit, tel un poisson qu'on ramène au bout d'une ligne. Je repense encore à ce moment où je me suis mise en mouvement, sans le moindre souvenir de l'avoir voulu. Peut-être était-ce à cause de l'air immobile qui paraissait tiède autour de moi comme jamais n'aurait pu l'être le vent au-dehors, ou peut-être était-ce la première fois que j'agissais en dehors de toute contrainte, de mon propre gré, ou bien était-ce seulement parce que j'avais faim. Enfin bref, j'ai été attirée vers ce lit, et ce faisant je n'ai été qu'à demi surprise de sentir mes propres mains commencer à déboutonner ma robe dans mon dos.

« Tu peux garder tes jupons, ça suffira, a dit Lila derrière moi. Pas besoin de te mettre toute nue.

— Laisse-les faire, a dit Kate.

— On n'a pas toute la journée.

— Ne gâche pas ce moment. »

Je me suis retournée, et j'ai vu Lila lever les yeux au ciel tandis que Kate lui tapotait le bras. J'avais beau être encore presque toute habillée, jamais je ne m'étais sentie si nue.

Roscoe a dû lire cela sur mon visage. Il avait enlevé sa chemise et son pantalon, et il était nu jusqu'à la taille, les manches de sa combinaison lui retombant jusqu'aux genoux, pareilles à des viscères, alors que les derniers boutons étaient tendus sur une protubérance que j'essayais d'ignorer. Il m'a tendu la main et je l'ai prise, le laissant me guider sur la courtepointe comme une princesse qu'on aurait mariée à un sanglier sauvage. « Fais pas attention à elles », il a dit. Il a remonté mes jupons au-dessus de ma taille et s'est redressé pour me laisser enlever ma culotte. L'air frais sur mes parties intimes m'a fait sursauter, mais pas autant que la main de Roscoe, aussi grosse qu'un steak, qui remontait le long de ma cuisse, à la fois douce et légèrement humide.

Je dois reconnaître que ces sensations m'ont paru étranges la première fois, mais lorsqu'il a trouvé son rythme, je n'ai plus du tout fait attention à lui. Il y avait une succession de nœuds dans le bois d'une poutre au plafond, et je les ai contemplés pendant qu'il m'accommodait ; ça ressemblait à une tête de blaireau, ou à des marguerites dans un pot. À un moment, j'ai redressé la tête, j'ai regardé par-dessus l'épaule de Roscoe et j'ai aperçu Kate et Lila qui nous observaient attentivement depuis le sofa.

« Fais semblant que tu aimes ça », m'a murmuré Roscoe à l'oreille.

Je ne savais pas bien ce que ça voulait dire, mais j'ai essayé : j'ai passé un bras autour de son épaule poilue et l'autre autour de son cou, puis je l'ai embrassé sur la joue. Ça a marché : il s'est enfoncé plus loin en moi, ce qui m'a arraché quelques gémissements, et j'ai vu Kate et Lila échanger un regard juste avant qu'il soit emporté par mon charme innocent, et qu'il s'écroule sur le côté en soupirant.

Je suis restée couchée sur la courtepointe tandis qu'il se rhabillait. Il a repris son chapeau en sortant, l'a soulevé pour me saluer, ainsi que Kate et Lila, puis il est sorti. Je me suis relevée sur les coudes et j'ai repoussé une mèche que sa sueur avait collée sur mon front.

« Est-ce que je peux avoir à manger, maintenant ? » j'ai demandé.

Elles ont pouffé de concert. « Qu'est-ce que je t'avais dit ? a fait Lila en prenant Kate par le bras. Elle a ça dans le sang, la môme.

— Pas tout à fait. Sinon, elle aurait commencé par demander à manger ! »

Elles ont à nouveau éclaté de rire tandis que je me reboutonnais. J'ai entendu la musique reprendre en bas, avec la fraîcheur d'une aube nouvelle.

Deux heures plus tard, j'avais enfin le ventre plein – œufs au plat, bacon et biscuits avec de la confiture de mûres, comme promis. Assise devant un miroir piqué, dans ma nouvelle chambre, Lila me montrait comment mettre une dernière touche de maquillage sur mon visage. J'ai plongé mon annulaire sans anneau dans un pot de rouge qui sentait la cire et la pêche pourrie, puis j'en ai appliqué sur ma lèvre inférieure avant de m'écarter pour en admirer l'effet. Elle avait raison, j'étais très jolie, même si jusque-là, ça ne m'avait servi à rien. J'avais beau être maigre après la vie difficile que j'avais menée, j'étais aussi forte qu'un poney, pleine de taches de rousseur glanées dans la prairie, avec une épaisse chevelure rousse. Je ne m'étais jamais maquillée auparavant et j'ai été étonnée de constater qu'il n'en fallait pas beaucoup pour me donner l'air d'être fraîche comme une rose, telles ces filles qui vont jouer dehors avec les garçons alors même qu'on leur a ordonné de se comporter ainsi que des demoiselles.

« Tiens-toi droite », a dit Lila derrière moi. Dans le miroir, je l'ai vue s'approcher et poser les mains sur mes épaules pour les tirer en arrière. « Ta mère t'a donc rien appris ? Tu te tiens pareil qu'un garçon de ferme.

— Elle est morte en me mettant au monde, donc elle a pas eu le temps de m'apprendre grand-chose.

— Que ça te serve de leçon. » Elle s'est penchée, et nos visages se sont retrouvés côte à côte dans le miroir. « Après chaque client, tu te laves dans la bassine. Et si tu avales le pépin, on s'en occupera, mais plus tôt tu nous le diras, mieux ce sera, compris ? » Elle a léché son doigt et lissé mes sourcils comme deux éclairs, ou des marques sur la tête d'un oiseau. J'ai acquiescé en serrant la mâchoire lorsqu'elle m'a touchée ; si elle l'a remarqué, en tout cas elle n'a rien dit.

Je ne pouvais détacher mes yeux de mon reflet, j'étais médusée. À part un coup d'œil à l'ombre translucide qui se reflétait dans les vitrines des magasins, je ne m'étais pas vue de manière aussi directe depuis longtemps. L'épreuve de la prairie m'avait vieillie, ce qui m'allait bien. La faim avait fait ressortir mes pommettes, que je n'ai plus jamais perdues, tandis que le chagrin et la peur avaient donné à mon regard une sorte d'éclat profond qui ajoutait une dimension supplémentaire à tout éclair de joie qui les traversait. L'un dans l'autre, j'avais l'air à la fois gaie et rompue aux usages du monde, bref parfaitement irrésistible.

À côté de moi, Lila semblait porter un masque de cire à la lumière de la lampe. « En bas, tu chercheras Constance – une brune, sûrement en train de lire un bouquin. Elle t'apprendra les ficelles du métier. » Elle m'a lâchée puis m'a laissée.

Quand je suis sortie de ma chambre, un moment plus tard, le saloon semblait juste émerger de sa torpeur. Le bar était mal éclairé, deux ivrognes roupillaient devant la cheminée où le feu ronronnait doucement. À une table de jeu, un type aux épaules arrondies vêtu d'un costume bleu distribuait des cartes avec des petits bruits secs. Roscoe taquinait le piano, cherchant visiblement plus à s'amuser qu'à divertir les autres. Il m'a fait un signe de tête en me voyant, mais n'a rien dit.

Je me suis arrêtée au pied de l'escalier, cherchant une catin au visage rond et aux boucles brunes relevées sur le crâne. Elle était au bout du bar, où elle lisait un livre relié en tissu. Elle a levé les yeux à mon approche.

« C'est toi, Constance ? » j'ai demandé.

Elle a refermé le bouquin d'un geste vif et m'a regardée des pieds à la tête. « On dirait bien. Et toi, tu es la nouvelle ? » Elle parlait très posément, comme une gouvernante.

« Je m'appelle Bridget.

— Comment vas-tu, Bridget ? As-tu déjà fait ce genre de travail ?

— Non.

— As-tu été mariée ? » Tout en parlant, elle a plongé sa main qui tenait le livre dans les plis de sa robe rouge jusqu'à ce qu'elle trouve une poche. Puis elle a lissé le tissu en m'adressant un sourire forcé.

« Non.

— As-tu eu un fiancé ?

— Non.

— Je vois que tu as de la conversation. Pas même un prétendant dont ton père n'a jamais rien su ? »

J'ai secoué la tête. Constance a légèrement froncé les sourcils ; elle avait sur le front une petite cicatrice qui a pris la forme d'un F.

« Je me demande vraiment pourquoi Kate souhaite s'embarrasser d'une fille sans la moindre expérience, même si nous avons besoin d'une rousse. Est-ce cela qui l'a convaincue de t'engager ? »

Sidérée par son franc-parler, je me suis sentie obligée de me défendre.

« On m'a essayée, j'ai dit en me rappelant les épaules costaudes de Roscoe qui montaient et descendaient devant mes yeux.

— Roscoe, ça ne compte pas », elle a répondu comme si elle lisait dans mon esprit. Elle a incliné la tête : « T'a-t-il demandé de faire semblant d'aimer ça ? »

J'ai acquiescé, penaude.

Elle a semblé se radoucir. « Il m'a dit la même chose », elle a fait en me tapotant le bras, tout maigre sous sa main potelée de femme bien nourrie.

« Ben, je suis peut-être nouvelle, mais du moment qu'on me loge et qu'on me donne à manger, je ferai de mon mieux », j'ai déclaré avec fermeté.

Constance a éclaté d'un rire clair et brillant comme la cloche d'une école, et la lassitude accumulée s'est envolée de son sourire, ainsi qu'on secoue la poussière d'un pardessus. « Tu n'as pas besoin d'en faire autant. Ces pauvres types ne t'en demanderont pas beaucoup, de toute façon. Fais ressortir tes seins, ris à leurs plaisanteries et tout ira bien. Reste près de moi quelques soirées, et je t'aiderai. Si la routine ne te dérange pas, alors tu verras, jamais tu n'auras gagné d'argent aussi facilement. »

Peut-être que cette première nuit au Buffalo Queen aurait dû me marquer, mais elle ressemblait tant à celles qui ont suivi qu'en dehors de ce tout début, je l'aurais sûrement oubliée. Mon premier client, comme beaucoup de ceux qui sont venus ensuite, était un cowboy qui prétendait être le meilleur dans son domaine. J'aurais préféré qu'il ne dise rien plutôt que de se vanter – sa voix était noyée sous le bruit de ses bottes en montant l'escalier derrière moi, bien plus sonores que les bottines à boutons usagées que Lila m'avait dégotées. Un petit nuage de poussière s'est élevé lorsqu'il a accroché son manteau à la patère, derrière la porte, puis à nouveau quand il a posé son chapeau. Il a payé sans hésitation, et je n'ai même pas eu besoin d'ôter ma robe, mais seulement de m'allonger sur la courtepointe pour le laisser m'accoler. Je suis restée couchée, tandis qu'il remettait son pantalon. Il était trop timide pour dire quoi que ce soit. Imitant Roscoe, il a soulevé son chapeau en me regardant avant de prendre la porte. J'ai patienté un moment en me demandant si j'aurais dû me sentir différente. De même que toutes les autres filles, j'avais eu droit à un sermon au sujet de ma précieuse vertu, et j'ai pensé que j'aurais peut-être dû pleurer sa perte, mais à la place, j'ai fait l'inventaire de tout ce que j'avais gagné en une journée. D'abord, j'avais le ventre plein, et de bonnes odeurs s'échappaient de la cuisine, en bas ; et puis un fond musical enveloppait toute l'activité qui se déroulait au Queen. Il y avait de l'argent posé sur mon cabinet de toilette, je me suis assise, je l'ai compté en faisant cliqueter les pièces dans ma main avant de les glisser dans ma poche.

Il était encore tôt et quand je suis redescendue, Constance m'attendait avec Lila et une petite cocotte maigrichonne à la peau laiteuse qui s'appelait Arabella.

« Tu es toujours entière ? a demandé Constance.

— Vaudrait mieux pas », a dit Lila, et Arabella a ricané en portant son mouchoir à ses lèvres.

« Ça va », j'ai répondu. En regardant le visage de mes nouvelles camarades, j'ai eu l'impression d'avoir appris un incroyable secret. Est-ce que toutes les femmes savaient ça ?

Lila a acquiescé, les mains sur les hanches. « Bon. Tu suis ce que je te dis, et si je m'absente, tu suis Constance, compris ? »

J'ai opiné et elle est repartie en froufroutant vers l'escalier. Au passage, elle m'a donné une tape sur les fesses, puis elle a relevé sa main et l'a examinée comme si elle était tachée. « Tu ferais mieux de te remplumer, tu ressembles à une asperge montée. »

Constance l'a regardée partir, puis elle a pris une bouteille derrière le bar et m'a versé un petit verre de whiskey ambré.

« En général, quand c'est la maison qui régale, nous n'avons droit qu'à du thé froid. Il n'est pas utile d'être ivre pour travailler. Mais je pense que tu as eu une longue journée et que tu mérites une petite récompense. »

Voilà comment mon baptême du feu a été couronné par mon premier verre de whiskey, et je dois avouer que j'ai bigrement préféré ça ! Le liquide m'a brûlée et m'a épaissi la gorge, mais dès que je l'ai avalé, ça m'a réchauffée, et je me suis sentie beaucoup mieux, telle une jument qui s'installe dans un petit galop pour pouvoir courir pendant des kilomètres sans s'arrêter. Puis la porte du saloon s'est ouverte, de nouveaux clients sont entrés, et la soirée a continué.

4

Je me suis faite à la vie au bordel, comme un canard à son étang, et au bout de deux semaines j'étais parfaitement installée au Buffalo Queen. Il y avait là quantité de choses nouvelles pour moi, dont beaucoup me plaisaient : les soirées tardives, la musique, l'alcool, la présence de filles de mon âge, l'étrangeté des hommes. Faire la pute, c'est pareil que n'importe quelle autre profession : il faut avoir le truc pour ça. Et moi, je l'avais. Pour moi, les hommes étaient semblables à des chevaux, à peu près tous sortis du même moule, sauf quelques différences notables, et j'ai entrepris de devenir une experte en la matière afin d'engranger davantage de profits. J'approchais chaque soir le troupeau rassemblé près du bar avec l'œil d'un maquignon : celui-là avait l'air nerveux, mais quelques paroles gentilles suffiraient à le calmer ; celui-là regimberait sous une férule trop dure, mais serait gentil si on le laissait aller l'amble ; celui-là semblait prêt à ruer et il serait impossible de le monter.

Je pourrais passer du temps à raconter des anecdotes sur les michés dont je me suis occupée, mais en y réfléchissant, il n'y a pas grand-chose à dire en fait. J'aimais bien vivre au saloon, les rencontres allaient de l'agréable à l'embarrassant, mais dans l'ensemble je trouvais l'acte en soi assez peu remarquable. Le Buffalo Queen était juste assez chic pour nous éviter les plus misérables et les plus jeunes parmi les goguettiers : notre clientèle allait des voyageurs de commerce aux officiers de cavalerie, en passant par la crème des cowboys. À mes yeux, il s'agissait surtout d'une série de chapeaux et moustaches – les paires de bottes qui grimpent l'escalier derrière vous se ressemblent toutes. Mais même s'ils se confondaient dans l'ensemble, il y en avait toujours quelques-uns que j'appréciais en tant que personnes. La plupart de mes clients avaient tendance à se confier si je les laissais se reposer quelques minutes après avoir fini leur besogne, ce qui au début m'a sidérée. Quand un cowboy restait allongé de tout son long, son membre rétréci sur lui-même tel un juge qui retire sa robe après une journée passée au tribunal, avant que j'aie pu dire quoi que ce soit, il me racontait combien lui manquait sa maman restée au Texas, comment son frère s'était noyé en faisant traverser une rivière à un troupeau, ou comme il aimerait que ses compagnons arrêtent de se moquer autant de lui. Au début, ces confidences m'émerveillaient. Je ne savais pas grand-chose des hommes en arrivant ici, mais je les avais toujours cru plutôt secrets. Une fois que je m'y suis habituée, j'en ai parlé avec Constance et les autres filles, pour comparer, et elles m'ont confirmé que dans ces moments-là, les michés devenaient bavards. Moi, ça me dérangeait pas, j'aurais même fait un brin de causette un peu plus longtemps avec certains – mon voyage à moi avait été difficile, mais je dressais l'oreille dès qu'on me parlait d'endroits lointains et je tendais le cou vers des horizons imaginaires. Seulement, Lila avait un sixième sens, et chaque fois, quelques minutes après que le client avait fini de m'accommoder, elle frappait à la porte – et elle avait raison, parce que j'avais du pain sur la planche.

Kate avait beau être la propriétaire officielle du Queen, c'était Lila qui faisait office d'abbesse la plupart du temps. En général, Kate se contentait de se tenir au balcon, observant le spectacle en sirotant avec délicatesse un verre d'eau-de-vie agrémentée de laudanum, ou recevait dans ses appartements privés des messieurs importants. Une ou deux fois par soirée, elle descendait se mêler à la foule de clients. « Vous êtes ici au Buffalo Queen, où l'on s'amuse à chaque minute », elle déclarait avec grandiloquence, le regard trouble. Puis elle faisait son tour avec la sérénité triomphante d'un cygne, tapotant tout le monde sur le bras, la joue, le cul ; tripoter les gens semblait être son activité principale.

N'empêche, à elles deux, elles savaient tenir leur maison : Kate créait une atmosphère, tandis que Lila avait l'œil pour repérer les paresseuses ou les dépenses excessives. Nous, les filles de joie, on était toutes habillées avec des robes échancrées de calicot rouge vif très solide, qui montraient des gorges allant du blanc de mie jusqu'à la croûte dorée, si bien que quand on était toutes alignées, nos poitrines ressemblaient à la vitrine d'un boulanger. Mais surtout, ces tenues permettaient de nous repérer facilement parmi la foule, et Lila pouvait nous empêcher de nous regrouper, vu qu'on était censées circuler pour appâter le client. Même s'il n'y avait pas besoin d'appâter beaucoup : la plupart des michés étaient à demi fous après avoir arpenté les plaines, ils seraient montés avec un opossum si l'un d'entre eux avait consenti à montrer un peu de décolleté. Pourtant, on tourbillonnait à travers le saloon en riant trop fort, le sourire trop prompt, à moitié dingues, jusque tard dans la nuit, pour essayer de faire vivre la vision de Kate qui voyait dans le Queen un bordel de La Nouvelle-Orléans implanté au milieu de la prairie, malgré la poussière. Dans sa tête, on était vêtues de satin et de soie et on tenait des coupes de champagne plutôt que de porter à nos lèvres des petits verres crasseux ; une fois dans nos chambres, elle nous voyait déboutonner sans difficulté des pantalons de fine laine et non de grosse toile. Son rêve était contagieux, et plus d'une fois je me suis moi-même prise au jeu, agissant ainsi qu'elle l'espérait.

Le Queen n'était pas très grand, mais tout était disposé de manière à ce que ça ne paraisse jamais trop plein, et partout on entendait la musique. En haut, une sorte de coursive s'étendait sur trois côtés, donnant accès aux huit petites chambres que nous, les filles, on occupait, ainsi qu'aux appartements de Kate et à la chambre de Lila. Le seul moyen d'accéder à l'étage était le grand escalier qui débouchait au centre du saloon. En descendant on voyait sur la gauche les tables des joueurs près de la grande cheminée de pierre, tandis que le bar et le piano occupaient la partie droite. Tout le long de la piste qu'empruntaient les troupeaux, le bordel de Kate et Lila était connu, car c'était là qu'on trouvait les plus belles filles de Dodge, mais les deux mères maquerelles faisaient en sorte que personne ne monte s'amuser sans avoir bu un verre ou fait une partie de cartes avant ou après – de préférence, les deux.

De même que dans toutes les maisons de tolérance, les cocottes allaient et venaient, mais quelques-unes restaient à demeure. Il y avait Constance qui, bien qu'elle soit la plus âgée et toujours plongée dans ses livres, rapportait plus d'argent que n'importe quelle autre, tout en trouvant le temps de baiser avec le joueur itinérant qui s'occupait de la table de poker. Arabella était pâle, l'air maladif, d'un charme très en avance sur son temps ; elle n'était jamais contente, mais personne n'y prêtait attention. Henrietta gazouillait et riait comme un oiseau mais abattait le boulot de toute une volée de moineaux. Et puis il y en avait d'autres, de passage : Jennie la joyeuse, Marielle l'égoïste, Anne-Marie la paresseuse, Betsy la commère. Elles ne gagnaient pas assez, déplaisaient à Lila ou finissaient par s'ennuyer, et un jour, elles décarraient. Trouver des remplaçantes n'était pas difficile : tous les jours, je le savais, les trains et les chariots déversaient des filles sans la moindre perspective, et les attraper était aussi facile que de ramasser des pommes après une tempête.

Mais il faut plus que des putains pour faire tourner un bordel, et Kate faisait en sorte d'être assistée par un personnel de choix. Il y avait les gorilles jumeaux, Virgil et Bartholomew ; Bart faisait la cuisine tandis que Virgil surveillait les tables de jeu, et tous deux faisaient office de serveurs et de gardes, veillant également sur nous, les filles. Roscoe et Langley se partageaient le piano, même si en général, c'était Roscoe qui jouait. Langley était un opiomane qui passait le plus clair de son temps vautré ici ou là, jusqu'à ce qu'il arrive à ce stade où il était capable de se lever et de virer Roscoe de son tabouret. Il jouait le même répertoire de vieilles rengaines et de morceaux dansants, mais à l'entendre, on comprenait que naguère il avait été un pianiste accompli. C'était la seule forme de paresse tolérée au Queen, car Langley était le beau-frère de Kate, que sa défunte sœur lui avait laissé sur les bras en les abandonnant tous les deux. Enfin, il y avait Grace, qui balayait le plancher et remplissait nos bassines, elle parlait rarement et levait à peine les yeux lorsqu'elle travaillait, sans doute pour cacher la longue cicatrice luisante qui partait du coin de sa bouche et remontait bien trop haut sur sa joue.

« Mais qu'est-ce qui lui est arrivé, en fait ? » j'ai demandé à Constance un après-midi. Virgil avait rapporté au Queen une caisse de pommes et on s'en partageait une ; j'ai piqué une tranche au bout de mon couteau et l'ai pointée en direction de Grace qui sortait dans la cour avec une pile de draps souillés.

« Tu veux dire, à son visage ? » Constance a pris la tranche de pomme et l'a mangée.

J'ai acquiescé.

« Autrefois, c'était une prostituée. Si tu ne prêtes pas attention à sa cicatrice ni à ses sourcils froncés, tu t'apercevras qu'elle est très jolie. Ou l'était. Et d'une vive intelligence.

— Ah bon ? j'ai bafouillé en mâchant une tranche de pomme et en en découpant une autre pour Constance.

— Merci. Et oui, c'est vrai.

— Et qu'est-ce qui s'est passé ? »

Constance a soupiré en regardant ses mains. « Un miché malintentionné. Ça n'est pas arrivé ici – c'était avant, quand elle travaillait à l'Émeraude. »

J'avais entendu parler de l'Émeraude : c'était une grande maison de passe aux airs majestueux, un peu plus loin dans la rue, où l'on pratiquait les jeux de hasard et où quinze filles arrangeaient les hommes. Je me demandais comment on pouvait trouver du répit dans un tel endroit – déjà qu'au Queen, c'était difficile, alors qu'on n'était que huit.

« Qu'est-ce qu'il lui a fait ?

— Je n'ai jamais su exactement ce qui s'était passé, mais il a sorti un couteau, et voilà à quoi elle ressemble maintenant. »

Elle en est restée là. Je n'avais pas quitté des yeux la porte par laquelle Grace était sortie. J'essayais de me figurer la scène de l'agression, mais je ne voyais que des morceaux : le regard bleu et dur de Grace, une camisole déchirée, l'éclat d'une lame. Je n'arrivais même pas à imaginer le sang – et pourtant il avait dû y en avoir beaucoup.

« Quelle honte », j'ai fini par dire. C'était vrai bien sûr, mais je voulais surtout rompre le silence.

« Oh oui. Et pour couronner le tout, le tôlier l'a jetée dehors.

— Non !

— Si. La plupart l'auraient fait. » Constance a fait un geste de pince dans l'air pour réclamer une autre tranche de pomme, que je lui ai donnée.

« C'est dégueulasse.

— C'est un métier dangereux. Et une fille en mauvais état, ça plombe l'atmosphère. Elle est arrivée à notre porte et Kate a eu pitié d'elle, voilà pourquoi elle fait le ménage ici à présent. Je suis certaine que Lila la trouve utile ; elle voit tout, et par conséquent elle peut tout raconter.

— Faut que je fasse attention à moi alors, j'ai dit, sans savoir si je parlais des michés ou de Grace.

— Ça ne peut pas faire de mal », a répondu Constance en mordant dans le dernier quartier de pomme.

Je suis à peu près certaine que Constance est la personne la plus intelligente que j'aie jamais rencontrée. Elle était arrivée au Queen juste un an avant moi, et bien que ce soit la première fois qu'elle tombait dans la luxure, elle aussi, elle avait ça dans le sang et gagnait sa semaine aux petits oignons. Elle venait de Virginie ; ses parents étaient de grands défenseurs de l'éducation, et celle de Constance était excellente. Elle était issue d'une famille d'abolitionnistes qui était ressortie intacte de la guerre, pour être emportée lors d'une inondation quelques années plus tard – et l'héritage de Constance avec. À moitié morte de faim, obligée de prendre un nouveau départ, elle avait épousé un fabricant de cercueils yankee qui l'avait emmenée dans l'Ouest ; elle faisait la comptabilité de la respectable boutique de son mari dans le nord de Dodge. Puis celui-ci avait attrapé les fièvres, il était mort, et peu de temps après Constance avait découvert qu'il jouait en secret et avait hypothéqué toute la boutique pour financer son vice. Une fois les dettes payées, ayant tout perdu de nouveau, elle avait retiré sa robe de deuil et s'était rendue directement au Buffalo Queen pour y chercher du travail.

On était toutes autorisées à jouer, mais Constance était la seule qui s'y connaissait vraiment. Je n'ai rencontré Pierre, celui qui tenait la table de poker, qu'une seule fois avant qu'il s'en aille faire son habituel « vagabondage d'été », ainsi que disait Constance – quand elle pensait que personne ne la regardait, elle levait les yeux de son livre pour jeter des regards à la dérobée par la fenêtre. Avec l'aide de Pierre, elle était devenue bonne joueuse : elle s'amusait à gagner gros, puis reperdait tout par stratégie, pour calmer ses partenaires. Ce qu'elle empochait, elle le mettait de côté puis l'envoyait à des librairies de Chicago et Saint-Louis en se faisant passer pour une institutrice esseulée, bas-bleu perdu au beau milieu d'un océan d'ignorance. C'était si proche de la vérité qu'ils lui envoyaient de lourdes caisses de livres en lui concédant une importante ristourne, et elle avait toujours un bouquin glissé dans les poches de sa robe. Dès qu'elle avait un moment de répit, elle l'ouvrait et lisait quelques pages, comme les autres filles allument une cibiche.

« Pourquoi tu fais ça ? » je lui ai demandé un jour, après l'avoir observée pendant deux semaines ouvrir et fermer son livre neuf à dix fois par nuit. On avait réussi à prendre une pause de quelques minutes et on était derrière le Queen, protégées dans l'allée entre la rue et la remise. À Dodge, le vent ne s'arrête jamais, et même un abri aussi misérable faisait une bonne alternative au brouillard de fumée à l'intérieur et aux rafales cinglantes de la plaine.

Elle a levé les yeux vers les cieux bleu marine, simple ruban entre les toits, et elle a réfléchi un moment avant de me répondre. « Il y a quelque temps, alors que j'étais juste un peu plus jeune que toi, j'ai compris que je n'avais qu'une seule vie. Cela m'a mise en colère, et je le suis toujours. Au moins, de cette manière, je goûte un peu à d'autres existences.

— Ben tu pourrais gagner le pactole et jouer la fille de l'air ? Voir le monde ? Tu pourrais t'acheter un chariot bâché et peindre dessus "Constance, la putain voyageuse" – d'après ce que j'ai entendu, Pierre serait plus que content de t'emmener ici et là.

— J'y ai pensé. Mais j'ai déjà assez voyagé à mon gré. Cela ne me procurerait pas une autre vie, et risquerait de me faire perdre celle-ci, à laquelle je me suis habituée ces derniers temps. »

C'était ça, le truc, avec Constance : elle adorait vous laisser du grain à moudre dans la tête. C'était vraiment gentil de sa part, ses commentaires me donnaient des trucs à penser pendant que mes clients tentaient d'obtenir ce pour quoi ils avaient payé. Mais elle trouvait le moyen de partager ce qu'elle avait, et me faisait la lecture de temps en temps, quand on avait un moment tranquille toutes les deux. Je raccommodais des camisoles, ou je lui brossais les cheveux pendant qu'elle lisait à voix haute, ou encore je me pelotonnais comme une chatonne et j'écoutais. C'était un vrai plaisir d'entendre quelqu'un qui lisait si bien. Papa avait été très négligent avec mon éducation, et même si je savais un petit peu lire et écrire, j'étais très loin d'avoir l'aisance de Constance. Elle lisait d'une manière magnifique, changeant subtilement de voix en fonction des personnages, accélérant ou ralentissant pour créer une ambiance. Mon préféré, c'était *Ragged Dick*, car je comprenais son courage, mais ses aventures pittoresques ennuyaient Constance et, en général, on en restait aux boudoirs et aux bals de gens riches et lointains.

À mesure que le printemps virait à l'été, je me suis installée dans une routine agréable. Je me levais vers midi et je passais le début de l'après-midi à m'occuper de tâches domestiques avec les filles. Repriser des robes et me brosser les cheveux pour les faire briller était un énorme progrès après avoir pelleté du foin et frotté des draps sales ; en très peu de temps, mon corps maigre, épuisé par le voyage à travers la prairie, s'est remplumé pareil à un pigeon. Dans la journée, la vie était douce et confortable. Au milieu de l'après-midi, Bart nous préparait à manger quelque chose qui tenait au corps, puis venait le temps d'enfiler nos tenues de travail, un millefeuille de mousseline blanche sous une robe rouge sans manches qui se boutonnait devant, des bas noirs, des bottines à boutons auxquelles mes pieds ont résisté pendant une semaine ou deux avant de fondre comme du beurre dans ce nouveau confort de circonstance. Une fois prêtes, on redescendait alors que quelqu'un s'était déjà mis au piano, et les premiers goguettiers apparaissaient, prêts pour un verre, une blague ou « pour aller à dame », ainsi qu'on disait. On rigolait, on bavardait et on baisait jusqu'entre deux et quatre heures du matin, tout en buvant des verres de thé froid jusqu'à ce que mes dents claquent dans mon crâne tels des dés. Mais je rejetais mes boucles cuivrées en arrière, faisais une petite moue, et les michés me croyaient pleine d'entrain, ce qui était très prisé sur la prairie.

En plus de tout ce que Lila avait fait entrer dans ma vie ce jour-là – des amies, un ventre plein, ne plus avoir besoin d'aller chercher de l'eau pour me laver –, j'avais désormais quelque chose que je n'avais jamais possédé avant Dodge : de l'argent. Lorsque je vivais avec mon père, il m'était impossible d'amasser plus de quelques dollars avant qu'il me les prenne pour aller les boire. À l'époque, je me sentais comme un caporal au terme d'une longue campagne, à qui il ne reste plus que quelques soldats, et qui connaît chaque visage boueux et épuisé aussi bien que le mien. À présent, par la grâce de Lila et la sueur de mon con, j'étais un général commandant tout un bataillon de dollars et de cents. Chaque samedi matin, quand on faisait le total de nos gains de la semaine, je fermais la porte de ma chambre et je déposais mon magot croissant sur ma courtepointe pour procéder fièrement à l'inspection des troupes à la parade. J'ai rencontré plusieurs fois des gens qui n'avaient jamais connu la pauvreté, cela se voyait à leur manière de traiter leurs dollars telle de la chair à canon. Mais jamais je n'ai perdu ce lien privilégié qu'a l'officier de terrain : j'avais beau posséder plus que jamais auparavant, je connaissais chacune de mes pièces individuellement en raison du travail qu'elles représentaient.

Non pas que j'étais pingre. Les bordels sont des labyrinthes de dettes dues et remboursées, parfois en monnaie sonnante et trébuchante, parfois d'autres manières. Arabella prêtait de l'argent à toutes les cocottes au sud de la ville, ce qui lui faisait pratiquement une seconde source de revenus en raison des taux d'intérêt qu'elle pratiquait ; je lui ai demandé comment elle faisait, mais elle s'est contentée de renifler et de replier son mouchoir. Quant à Henrietta, joyeuse dépensière, elle venait régulièrement me taper un demi-dollar pour aller aux bains, ce qu'elle me remboursait en me couvrant quand je sortais, le soir. Comme un général sans guerre à livrer, je ne savais pas comment dépenser cet argent chèrement gagné. La première semaine, j'ai seulement empoché quelques dollars car Kate et Lila en ont gardé une partie plus importante que de coutume, vu qu'elles m'avaient équipée et formée pour rien, mais ça me gênait pas. Logée, nourrie, blanchie, j'ai pris mes pièces d'argent et je suis allée à l'épicerie, d'où je suis revenue avec trois sachets remplis de bonbons : j'ai tout mangé, prise d'une sorte de fringale de sucre. Résultat, j'ai eu des crampes d'estomac tout l'après-midi, et le soir, j'ai adressé aux michés de pâles sourires : ils me croyaient poivrée alors qu'en réalité je faisais tout mon possible pour ne pas dégueuler sur leurs bottes.

À la paie suivante, Constance m'a prise en main. Elle m'a emmenée aux bains où on est restées à tremper côte à côte dans des tubs en cuivre jumeaux. Mon dernier bain remontait au temps où j'étais à l'hôtel, après avoir traversé la plaine : je restais alors si longtemps dans l'eau qu'à la fin elle n'était plus que de larmes. J'ai tout raconté à Constance et elle a hoché la tête, les yeux fermés, si enfoncée que son menton touchait la surface.

« C'est le meilleur endroit pour réfléchir, elle a dit.

— Ou pour penser à rien.

— Je fais les deux en même temps quand je peux. »

Elle avait payé un dollar de plus afin qu'on ait une pièce pour nous toutes seules, si bien qu'en dehors des beuglements du bétail qui passaient à travers les murs, on n'entendait rien, à part l'eau qui clapotait au moindre mouvement.

« Je ne m'étais pas rendu compte que tu avais perdu ton père si récemment », elle a dit au bout d'un moment.

Je n'y pensais plus. « Ben ouais.

— Comment était-il, si ma question ne te dérange pas ? »

Devant moi, un rayon lumineux a soudain éclairé la dernière volute de vapeur montant de la surface, la transformant en petit serpent blanc. « Ça allait. Il m'a jamais battue ni rien du genre. Mais c'était un pochard, incapable de garder son oseille même si sa vie en dépendait. J'ai dû travailler toute jeunette pour qu'on réussisse à rester à flot, faire les corvées des autres, vendre des œufs, ce genre de trucs. Il avait pas une once de bon sens, mon vieux. » Je me suis soudain sentie très fatiguée à force de penser à lui.

« Il n'a pas l'air trop méchant, a dit Constance qui regardait elle aussi la même volute de buée s'élever au-dessus de mes genoux.

— Non, mais on pouvait absolument pas compter sur lui. Il pleurait comme une petite fille chaque fois qu'il se rendait compte comment qu'on était pauvres, il croyait que tout ça, c'était que de la malchance, et alors par-dessus tout le reste il fallait que je le console. » Devant moi, l'eau s'est brouillée de manière inexplicable.

« On devient folle quand on s'occupe des hommes. Je préfère travailler pour vivre. »

J'ai hoché la tête en reniflant très fort, ravalant ce qui avait jailli dans mes yeux.

« Fous le camp, espèce de baiseur de chèvres, et remets plus les pieds ici ! » on a soudain entendu. On a éclaté de rire toutes les deux, en laissant échapper quelques larmes, mais de bon cœur.

« Où es-tu descendue en arrivant à Dodge ? a demandé Constance, changeant de sujet avec tact, tandis qu'on retrouvait notre calme.

— Samuel's Hotel, j'ai répondu, trop heureuse de saisir la perche. Un peu plus bas.

— Je connais cet endroit. Ce n'est pas un hôtel, à peine une pension avec une cuisine. Quoi qu'il en soit, il faut que tu apprennes à dépenser ton argent. As-tu faim ?

— Je pourrais casser la croûte.

— Alors viens », elle a dit en se levant dans de grandes éclaboussures.

Nos sous-vêtements encore collés sur quelques zones humides, on a traversé l'air épais, plein d'odeurs de savon, de linge mouillé et de cuivre chaud. On s'est arrêtées devant l'accueil et trois filles sont sorties d'une autre pièce, riant au beau milieu de leur conversation. Comme nous, elles étaient toutes roses, et paraissaient aussi chaudes que des cailles. Avant même que la pensée prenne forme dans mon esprit, j'ai su que c'étaient des filles d'amour. Seuls ceux qui ont vécu à l'abri croient que ce sont le maquillage et les vêtements criards qui trahissent la catin ; en réalité, c'est parce qu'elles regardent les autres droit dans les yeux, tandis que la plupart des femmes baissent la tête ou battent des cils. C'est une habitude instinctive de jauger un homme ouvertement avant qu'il le fasse avec vous ; comme toutes les habitudes, une fois établies, il est quasiment impossible de s'en défaire.

Une des filles avait à la main une bouteille de gin presque vide, une autre, à l'œil poché, la lui a arrachée. La troisième s'est arrêtée en nous voyant.

« Constance ? » elle a dit. Elle avait des cheveux châtains ramenés sur le sommet de la tête de manière tellement désordonnée que ça tremblait chaque fois qu'elle bougeait – mais son regard était plein d'éclat.

Constance a levé les yeux. « Oh, Ida, elle a répondu en souriant. Comment vas-tu ? »

Ida, qui tenait une de ses amies par la taille, a relevé le bras pour ramener une mèche dans son chignon. « Oh, ça va comme d'habitude, elle a dit avant de me désigner. C'est qui ?

— Moi, c'est Bridget », j'ai dit en m'avançant, à croire que je disais un texte dans une pièce de théâtre. Les deux autres m'ont regardée.

« T'es nouvelle ? a demandé celle qui avait l'œil au beurre noir.

— Aussi nouvelle qu'on peut l'être. » Auprès de n'importe qui d'autre, j'aurais prétendu le contraire, mais de même que je voyais qui elles étaient à leur visage, j'étais certaine qu'elles auraient percé à jour n'importe quelle symphonerie.

« Ben, tu as de la chance que Constance veille sur toi, a répondu Ida. Elle est affranchie.

— Pour sûr. » J'ai examiné la fille au cocard. « On a de la consoude dans le jardin – si t'en veux pour ton œil.

— Merci mais on en a aussi, elle a répondu en se détournant.

— C'est bath. Mon vieux se faisait donner de l'avoine une ou deux fois par semaine, y a rien de mieux que les cataplasmes de consoude pour soigner un cocard.

— Merci. »

Après ça, le silence s'est installé ; j'ai compris trop tard que, dans mon enthousiasme à me joindre à la conversation, j'en avais trop dit, et que j'avais eu tort d'attirer l'attention sur l'œil poché de la fille.

« La nuit a été difficile ? a demandé Constance.

— C'est Hugh, égal à lui-même, a répondu la catin au cocard. Il a fait du schproum parce que le gars qui fait le banquier à la table du pharaon lui a piqué sa deuxième meilleure fille.

— Non ! a fait Constance avec une surprise exagérée. Pas Pauly ? »

La troisième, qui avait récupéré sa bouteille de gin, s'est exclamée : « Si, c'est Pauly. Il s'est esbigné avec cette Rachel, elle était bigrement jolie. »

La fille à l'œil au beurre noir a ricané. « Elle était pas si jolie. Elle a juste bien joué avec lui. »

Constance a souri. « Si elle est capable de se mettre dans la poche le banquier de la table du pharaon, elle n'a pas besoin d'être belle. » Elles ont toutes éclaté de rire, j'ai souri, et l'atmosphère s'est un peu détendue.

Le type de l'accueil s'est raclé la gorge pour attirer l'attention de Constance. « Eh, ici, c'est pas un salon où qu'on cause, il a dit en nous montrant la porte.

— Ben quoi, on a payé ! a fait Ida.

— Et les suivantes aussi, elles vont payer. Foutez le camp, maintenant.

— Oh, ça va. » Ida a glissé à nouveau le bras autour de la taille de la fille au cocard et elle a bu une lampée à la bouteille de son autre copine.

« Prenez soin de vous, les filles, a dit Constance.

— Merci. Et toi, a dit Ida au type de l'accueil, je suis sûre qu'on va bientôt se revoir. » Elle lui a lancé un clin d'œil théâtral tandis que les autres lui adressaient des baisers, puis elles se sont retournées vers la porte. J'ai jeté un regard au mec, et je l'ai vu rougir, puis Constance m'a emmenée dehors, dans la poussière et le soleil.

Elle m'a conduite jusqu'à un petit restaurant sur la grand-rue, tenu par une Mexicaine dont les cheveux soyeux m'ont rappelé ceux de Lila ; elle nous a servi de grandes assiettes de bœuf mijoté avec des haricots et des piments, si tendre qu'on n'avait même pas besoin d'un couteau pour le découper, et puis des croquettes de maïs et des grands pots de café sucré. Tout était saupoudré d'aromates ou de cannelle, et on est restées traîner là un moment, à essuyer nos assiettes.

« Comment tu la connais, Ida ? » j'ai demandé. J'attendais que Constance me dise quelque chose à propos de ces filles qu'on avait croisées aux bains, mais elle était restée muette.

« Elle a travaillé au Queen pendant un moment, mais elle n'arrivait pas à faire sa part. Elle est à l'Émeraude, maintenant. C'est Ida qui a envoyé Grace voir Kate après… enfin, après tout ça.

— Et Hugh ?

— Hugh Montgomery. » Elle a craché son nom avec mépris. « C'est le propriétaire des lieux. Rien qu'un souteneur arrogant. Tu as dû le voir, j'en suis certaine, il se pavane dans la rue vêtu de ce manteau ridicule, on dirait qu'il se prend pour le maire du sud de Dodge. »

Oui, je l'avais vu, un grand type aux épaules larges. Qu'il pleuve ou qu'il fasse soleil, il portait toujours la même redingote vert bouteille, assortie à la peinture de l'enseigne de l'Émeraude, comme si on risquait de se méprendre sur son identité de maquereau. Peu avant le crépuscule, il aimait à faire sa promenade de santé dans la grand-rue, s'arrêtant devant les autres saloons pour observer ce qui s'y passait, à croire qu'il en était aussi le propriétaire. Lorsqu'il s'arrêtait plus de deux secondes devant le Queen, Lila le sentait, telle une chienne de garde, et elle sortait pour le regarder droit dans les yeux.

« Pourquoi est-ce qu'il cogne ses filles ? j'ai demandé. Elle risque pas de gagner grand-chose avec cette tête-là. » Au bout d'un moment, je me suis reprise. « Mais bon, évidemment, il devrait pas faire ça de toute façon. »

Constance a soupiré. « Va savoir. Mais dans ce genre d'affaires, les hommes bien sont rares. »

Je n'avais rien à ajouter ; à vrai dire, je n'avais guère réfléchi à la manière dont ça se passait dans les autres maisons, et encore moins à ce que ça ferait de travailler pour un homme. J'ai imaginé un bras couvert de velours vert se levant pour m'attiger, et j'ai réprimé un frisson. Kate et Lila ne nous tapaient jamais dessus, et elles interdisaient aussi dans la mesure du possible aux clients d'être violents. Tout ce qu'on avait à faire, c'était rapporter du pognon, et même les semaines les plus dures, on n'avait rien de pire à attendre qu'une bonne engueulade de Lila, et un lourd soupir de déception de Kate. J'étais tellement dans mon monde à moi, à regarder les hommes aller et venir, à apprendre mon nouveau métier, que je ne m'étais pas rendu compte à quel point j'avais de la chance de n'avoir à me protéger ni de mes patronnes ni des michés.

« Est-ce vrai ce que tu as dit à propos de la consoude ? a demandé Constance, me tirant de ma rêverie.

— Quoi ?

— Ce que tu as dit à l'amie d'Ida, au sujet du cataplasme pour soigner un œil poché. »

J'ai haussé les épaules. « Bien sûr. Tu savais pas ?

— Je ne connais pas grand-chose à la médecine du Far West.

— T'as toujours eu l'achetoir pour payer le docteur, c'est ça que tu veux dire », j'ai répliqué un peu trop vite, et Constance a légèrement rougi.

« Ce n'est pas ce que je voulais dire. »

J'ai soupiré. « Je sais, c'est juste que t'es pas habituée à vivre à la dure.

— Sans doute que non. » Elle examinait le fond de sa tasse de café et j'ai compris qu'elle regrettait d'avoir dit ça. Même quand elle m'agaçait, je détestais qu'elle se sente mal.

« J'ai encore de l'argent, j'ai dit pour me rattraper. On a du temps avant de rentrer ?

— Oui. Et propre ou pas, tu ressembles toujours à une orpheline de la prairie. Allons te chercher une tenue plus présentable à porter pour les périodes où tu ne travailles pas, d'accord ? »

Elle m'a amenée au magasin général, juste au nord de la voie ferrée. Je ne m'étais jamais aventurée si loin dans la ville ; les rues y étaient tout aussi poussiéreuses, et les trottoirs en planches tout aussi encombrés, mais il y avait une différence notable : les femmes. Du côté sud, la rue appartenait aux hommes ; tandis qu'ils allaient d'un lieu de plaisir à l'autre, nous les filles, on devait rester à l'intérieur, à attendre dans les saloons et salons tels des oiseaux précieux dans nos cages éclairées à la bougie. En revanche, du côté nord, les femmes étaient partout – épouses, mères, filles à marier fraîches comme des roses. Vêtues de robes décentes en tissu sombre, au col montant, les dames respectables grouillaient par deux ou trois, entrant et sortant des magasins avec leurs paquets, leurs filets à provisions, flanquées de tourbillons d'enfants qui filaient sur les trottoirs.

Dès qu'on a eu franchi la voie de chemin de fer, le changement chez Constance a été immédiat : épaules en arrière, mains jointes délicatement devant elle, elle a incliné la tête, exactement à l'inverse de sa posture habituelle, menton relevé. En marchant derrière elle – on devait avoir l'air d'une institutrice poursuivie par son élève la plus décevante –, je me suis rappelé que naguère, ce côté de la ville était le sien, et je me suis demandé si elle regrettait souvent de ne plus en faire partie. Constance n'avait jamais été riche, mais sa famille vivait dans un certain confort ; elle avait déjà dû en rabattre en épousant le fabricant de cercueils qui l'avait amenée à Dodge, même si c'était le lot de beaucoup de jeunes femmes après que la guerre eut emporté tant d'hommes. C'était le même sens pratique qui l'avait conduite chez Kate lorsqu'elle était devenue veuve. Je m'étais toujours représenté Constance se tenant avec audace debout au milieu du salon de Kate, vêtue de son plus beau corsage, regardant Lila droit dans les yeux. Mais en la suivant à travers les rues du nord de la ville, j'ai compris que cela s'était peut-être passé de manière très différente. Peut-être qu'elle s'était montrée timide, baissant la tête, qu'elle avait parlé trop poliment, montré trop d'éducation. Peut-être qu'elle avait dû supplier pour obtenir du travail ; peut-être qu'elle voulait juste échapper à Hugh Montgomery, qui, c'était connu, se rendait aux enterrements des hommes laissant derrière eux de jeunes veuves, afin de mieux juger de leurs attraits tout en leur présentant ses respects hypocrites. J'ai incliné la tête sur le côté, espérant à moitié qu'elle me demanderait ce que je regardais, car cela m'aurait donné le prétexte nécessaire pour l'interroger sur son histoire, seulement Constance se concentrait sur ses manières de femme comme il faut et n'a pas fait attention à moi.

Sans doute pouvait-elle passer pour une jeune dame ordinaire, mais une fois dans le magasin général, quant à moi, je ne pouvais plus cacher mon allure de pauvresse. Je me sentais telle une enfant qui risque de laisser des traces de doigts sur tout ce qu'elle touche. La patronne m'a regardée avec dédain, pareil que quand l'odeur de bouse de vache vous monte au nez dans l'entrepôt des bestiaux à la gare, et j'ai laissé Constance attendre poliment que la dame monte à une échelle roulante pour aller chercher des vêtements tout faits. En déambulant à travers le magasin, j'ai essayé de me divertir de la nouveauté des lieux, j'ai regardé les piles de saladiers et les tamis pour la farine, à croire que je n'en avais encore jamais vu, mais tous ces outils destinés à la vie domestique m'ennuyaient, ils étaient de plus en plus dénués d'intérêt à mes yeux à mesure que j'avançais dans cette nouvelle voie, beaucoup plus stimulante.

Ce qui a attiré mon attention, en revanche, c'est une rangée de couteaux pliants alignés par tailles dans une vitrine. Je suis allée vers l'autre comptoir, juste en face de la patronne qui montrait à Constance une longue jupe noire pour qu'elle puisse juger de la qualité des coutures. Je me suis penchée pour examiner les lames, m'arrêtant devant l'une d'elles qui mesurait au moins la longueur de ma main, avec une poignée sculptée légèrement recourbée qui aurait été parfaite entre mes doigts.

Le marchand s'est approché. « Il y a quelque chose que vous voulez regarder, mademoiselle ?

— Oh, non, pas aujourd'hui, mon amie… » J'ai levé les yeux et nos regards se sont croisés. Je l'ai reconnu – un instant avant lui : c'était l'un de mes clients, moins de trois nuits plus tôt. « … Est en train de choisir des choses pour moi. » Je lui ai adressé mon sourire séducteur de catin et j'ai attendu qu'il se rappelle où il m'avait vue. Derrière moi, j'ai entendu qu'on froissait du papier tandis que Constance attendait qu'on emballe mes nouveaux habits.

« Partez maintenant, a dit tranquillement le marchand.

— J'attends juste mes achats, j'ai répondu d'une voix normale.

— Ça va ? » Constance est arrivée auprès de moi, tandis que la patronne suivait de l'autre côté du comptoir avec mon paquet pour qu'on la paie.

« On discutait, c'est tout », j'ai dit. J'ai compté mon argent et glissé une petite liasse de billets et des pièces à la marchande.

« De quoi discutiez-vous ? » elle a demandé.

On s'est toutes les deux retournées vers le mari qui est devenu blanc comme un linge. Elle a rougi autant qu'il avait blêmi, à croire que la couleur s'était transposée de l'un à l'autre.

« De rien. Pour passer le temps.

— Alors allez le passer ailleurs », elle a fait d'une voix sifflante. Elle a attrapé d'un geste sec le paquet au moment où Constance allait le prendre.

« Excusez-moi, a dit celle-ci. Ce sont les nouveaux habits de mon amie. Nous les avons payés. »

La patronne a repoussé les billets vers nous. « On ne veut pas de votre argent.

— Pardonnez-moi, mais il doit y avoir un malentendu, a rétorqué Constance en se drapant dans ses bonnes manières.

— Oh, j'entends parfaitement, a dit la marchande en se retournant vers moi. Et vous pareil. Reprenez cet argent bien mal acquis et sortez tout de suite. »

J'ai repris mon argent et je l'ai rangé dans ma poche. Elle s'est tournée vers Constance. « Je m'attendrais à ce genre de choses de la part d'une pauvre fille dans son genre à elle, mais vous, qui que vous soyez, vous devriez avoir honte. »

Constance s'est écartée, médusée.

« Ramenez-la où elle a sa place, a aboyé l'autre. Où vous avez toutes les deux votre place.

— Oh, mais... » j'ai voulu protester, seulement Constance m'a attrapée par le poignet.

« Allons-nous-en », elle a dit. Jamais je ne l'avais vue ainsi : le visage aussi blanc et inexpressif qu'une feuille de papier.

En sortant, on a failli entrer en collision avec un petit groupe de dames qu'on avait déjà croisées. Constance a sursauté et lâché son sac à main, qui s'est ouvert, laissant échapper des pièces et un mouchoir sur le trottoir ; une des dames s'est baissée pour nous aider à tout ramasser, jusqu'à ce que la marchande glapisse depuis sa porte : « Relevez-vous, Mrs Shaw, elle n'a pas besoin d'aide. »

La dame a regardé son amie, puis moi et Constance. J'ai vu son expression changer lorsqu'elle a compris qu'il y avait un problème avec nous, un problème qui nous plaçait en deçà du besoin de nous secourir. Elle a laissé le mouchoir de Constance choir sur le trottoir et s'est redressée.

Constance s'est figée, à croire qu'en l'absence des murs protecteurs du Queen, elle se retrouvait nue. J'ai réalisé qu'elle n'avait pas l'habitude d'être traitée ainsi, d'être méprisée par les dames comme il faut, alors que pour moi, c'était habituel ; j'avais passé la majeure partie de mon existence à supporter un mélange de pitié et de dédain de la part de femmes qui, parce qu'elles avaient une vie meilleure, se croyaient elles-mêmes meilleures. Un instant, j'ai été submergée par la même impulsion qui, peu de temps auparavant, m'avait fait balancer une louche de soupe à la face d'une tenancière de pension, et si je n'avais pas songé à Constance, j'aurais bien pu cogner une de ces bonnes femmes qui à présent nous regardaient comme si on n'était rien d'autre que de la crotte sur leurs souliers.

Au lieu de cela, je me suis baissée pour ramasser ses affaires, j'ai repoussé mes cheveux en arrière, et je lui ai pris le bras. Je l'ai pratiquement entraînée sur le trottoir, la tête haute, en regardant droit dans les yeux tous ceux qu'on croisait. Constance m'a suivie, mais je sentais qu'elle avait du mal à tenir sur ses jambes ;

à une rue du Queen, je me suis arrêtée et je l'ai attirée dans une ruelle.

« On s'en fout de ces salaudes de puritaines », j'ai dit, à croire qu'on était déjà au beau milieu d'une conversation.

Elle ne pleurait pas, mais elle avait les yeux rouges. Elle a pris une inspiration profonde.

« Elles valent pas mieux que nous », j'ai continué.

Elle a poussé un petit rire sec. « Ce n'est pas ainsi qu'elles voient les choses.

— C'est parce qu'elles se mentent à elles-mêmes. Elles baisent pour être logées et nourries, pareil que nous, sauf qu'en plus, elles appartiennent corps et âme à leurs michés. »

Elle m'a longuement regardée. « Je sais que tu as raison », elle m'a dit. Elle a contemplé le ruban de ciel bleu limpide qui apparaissait entre les bâtiments. La ruelle puait, comme toutes les ruelles, avec des relents d'oignons pourris et de pisse de cheval.

« Celle qui s'est baissée pour nous aider, je l'ai reconnue. On se saluait à l'église, même si j'ai oublié son prénom. Fichtre, je ne me rappelle même plus quand je suis allée à l'église pour la dernière fois.

— Et qu'est-ce que tu foutrais là-bas à perdre la moitié de ton dimanche en te faisant gueuler dessus par le même type qui à la première heure, le lundi, se glisse en douce au Queen ? » Kate autorisait en effet les hommes d'Église à venir au bordel en passant par la cuisine de Bart. Résultat : une partie importante de nos gains du lundi était directement prélevée sur la quête du dimanche.

« Non, je sais tout ça, il y a autre chose. » Elle a lissé ses cheveux et repris sa respiration. « Je l'ai immédiatement reconnue, mais j'ignore s'il en a été de même de son côté, ni d'ailleurs si elle savait ce que j'étais devenue.

— Tu veux dire, que tu étais tombée aussi bas. »

Constance a acquiescé et tourné la tête en direction du Queen en plissant les yeux face au vent. « Je me suis autorisée à oublier que c'était là le mieux que je pouvais espérer. Je n'aurais pas dû.

— Ça fera que te donner du chagrin. »

Elle m'a regardée en relevant les sourcils. « C'est dur à accepter.

— C'est la vie. On me regardait comme si j'étais rien qu'une pauvre catin longtemps avant que j'en sois une. Les gens sont comme ça, c'est tout.

— Comment fais-tu pour rester indifférente ?

— Ce que je t'ai dit : ces bonnes femmes valent pas mieux que nous. Elles peuvent bien penser ce qu'elles veulent, mais tout ce qu'elles ont de plus que nous, c'est des chemises à repriser, des nez à moucher et des haricots à mettre en conserve avant l'automne. Et tout ça pour quoi ? Elles ont pas l'air plus heureuses que nous. »

Constance a souri. « Elles ne le sont pas.

— Et pourquoi qu'elles le seraient ? C'est esquintant de tenir une maison et de s'occuper d'un bonhomme, tu le sais mieux que moi. » Je lui ai tendu la main. « Viens. On va aller attrimer une bouteille à la cuisine avant qu'il fasse nuit, comme ça, d'ici l'aube, on aura baisé tous leurs maris.

— Je ne sais pas si j'aurai la force de tous les accommoder, elle a répondu en me donnant la main.

— Ben, je ferai de mon mieux pour t'aider. » Et main dans la main, je l'ai tirée hors de la ruelle pour la ramener à la maison.

5

C'est peu de temps après que le shérif Jim Bonnie s'est entiché de moi. On avait toutes nos réguliers : Lila avait les faveurs du deuxième meilleur médecin de la ville, ce qui était bien pratique, tandis qu'un épicier marié apportait toujours des petits sachets de bonbons lorsqu'il s'offrait une visite à Arabella. Henrietta incarnait le doux rêve d'un jeune employé du Western Telegraph qui n'avait aucun autre endroit où dépenser son salaire ; quant à Constance, elle avait Pierre chaque fois qu'il était en ville, ce qui n'était pas si fréquent.

C'est alors que Jim m'a choisie, comme s'il avait sélectionné une monture parmi un troupeau de chevaux. J'étais au Queen depuis un mois ou deux : une nuit où je faisais une pause entre deux clients, Grace a frappé à ma porte en me priant de me rendre dans le salon de Kate. Quand je suis entrée, celle-ci était assise face à un homme vêtu d'un costume de laine marron et elle servait trois verres de whiskey.

« Entre, Bridget, elle a dit. Viens que je te présente au shérif Bonnie.

— Comment ça va, shérif ? j'ai dit en lui adressant un salut de loin ; j'avais très vite appris que les hommes n'aimaient pas serrer la main à leurs putains.

— Comment vas-tu, Bridget ? Tu veux boire un verre ? » il a dit en m'en tendant un. Je l'ai pris en souriant. Je n'étais pas revenue dans le salon de Kate depuis le jour où Roscoe m'avait essayée, mais je savais que seuls les invités de marque pouvaient s'asseoir sur les fauteuils tendus de soie. J'ai regardé le shérif Bonnie : il était bigrement plus âgé que moi, pas loin de quarante ans, avec des cheveux grisonnants sur les tempes qui faisaient des petites rayures sous son chapeau, pareils que les poils d'un blaireau ; pourtant il avait une allure de gamin, avec ses yeux clairs d'où rayonnaient des rides gravées par le soleil.

« Le shérif Bonnie est un vieil ami du Queen, a dit Kate. Il vient d'arriver en me demandant si je pouvais lui présenter la nouvelle jeune fille rousse. » Elle a vidé son verre et l'a enfoui entre ses mains gantées tout en se tournant vers Jim. « Bridget fait partie de nos enfants trouvées. Nous l'avons arrachée à la rue : elle n'avait pas un sou en poche.

— Ben, c'est une chance, il a dit en hochant la tête, d'abord vers Kate puis vers moi.

— Ouais, c'est vrai, je suis une veinarde, j'ai répondu. Et vous, shérif ? Vous avez de la veine vous aussi ? » J'ai regardé Kate pour savoir si j'allais trop loin – même dans un bordel, la plupart des hommes aiment à croire qu'ils vous séduisent – mais sa bouche s'est étirée et j'ai compris que j'avais touché juste.

Jim a eu un sourire espiègle. « Ah, de temps en temps, oui, mais la chance tourne parfois très vite. J'aime pas trop compter dessus. T'es pas d'accord ?

— Oh, je sais pas, des fois, faut aider un peu la chance. » J'ai vidé mon verre, je me suis penchée selon un angle précis pour le reposer, et j'ai senti son souffle sur mes seins. « Mais quelque chose me dit que vous allez être en veine ce soir. Pourquoi est-ce que vous venez pas avec moi, et on va voir à quel jeu on peut jouer, rien que nous deux. »

Je l'ai regardé dans les yeux, mais j'ai résisté à l'envie de lui lancer un clin d'œil avant de me redresser. J'ai alors croisé le regard de Kate : elle m'a fait signe que ce soir, il ne fallait pas le faire payer. J'ai pris Jim par la main et je l'ai emmené jusqu'à ma chambre, où il a accroché son chapeau à la patère avec l'aisance et la nonchalance du propriétaire, puis je l'ai attiré dans mon lit.

Le lendemain, je me suis levée tard. De l'extérieur me parvenaient les bruits de Dodge City, telles des vaguelettes se déversant les unes par-dessus les autres à la façon dont la lumière danse sur un étang : cowboys s'interpellant entre eux et lançant des ordres stridents au bétail ; vaches tapant des sabots et beuglant d'une juste fureur impuissante ; quelques notes au piano de temps à autre, émanant des rares saloons qui prenaient la peine de jouer de la musique en pleine journée. Et toujours en fond, cette rumeur de voix d'hommes, au Queen et dehors : exclamations de salutations, conversations marmonnées, voix de marchandages qui s'élevaient puis retombaient. Ce brouhaha ne me dérangeait pas ; même s'il n'avait pas été étouffé par les murs et les fenêtres du bordel, je l'aurais accueilli avec bienveillance car c'était le bruit même de la vie. Dans les rares moments où tout se taisait en même temps pour reprendre sa respiration, me revenait aussitôt le souvenir de notre cabane en Arkansas et de cette peur qui montait en moi quand je n'entendais plus rien que le vent dans les pins.

Je trouvais que j'avais bien gagné le droit de flemmarder un peu car le shérif Bonnie avait pris tout son temps avec moi. Non que cela m'ait gênée – il avait beau être costaud, il s'était montré plutôt délicat dans l'acte lui-même –, mais cela avait occupé l'essentiel de ma soirée de travail. Je suis restée allongée à écouter les voix des filles qui commençaient à se mêler à celles des gars à mesure qu'elles descendaient prendre le café et les biscuits que Bart laissait chaque matin sur le bar. Comme je ne voulais pas rater le petit déjeuner, je me suis levée, enveloppée dans un châle, et je suis descendue.

Au pied de l'escalier, Roscoe se plaignait auprès de Lila.

« J'ai pas eu une seule soirée à moi en deux semaines, il a dit, mi-ronchon, mi-geignard.

— On fait du mieux qu'on peut, Roscoe », a répondu Lila, les bras croisés. En m'entendant dans l'escalier, elle a levé la tête. « Bridget, va te chercher une tasse de café et viens t'asseoir avec moi près de la cheminée. » Elle a désigné d'un mouvement de la tête les tables les plus éloignées, puis s'est tournée de nouveau vers Roscoe.

« Il nous faut un autre gars. Langley, c'est pas… » Il n'a pas terminé sa phrase. Lila a soutenu son regard un moment, puis s'est penchée vers lui et a marmonné quelque chose, dont j'ai seulement saisi les mots « Kate » et « pas aujourd'hui » en passant auprès d'eux pour aller chercher mon café.

L'âtre était froid car on était au cœur de l'été. Je me suis assise à une table de jeu et j'ai attendu Lila.

« Donc, t'as fait connaissance avec Jim », elle a dit, s'arrêtant pour repousser ses épaules en arrière et prendre ses aises sur les chaises des joueurs.

« Ouais », j'ai répondu prudemment ; je n'arrivais jamais à deviner quelles étaient les intentions de Lila.

« Comment c'était ?

— Quoi, la baise ?

— Quoi d'autre ?

— Ça allait. Il semble savoir ce qu'il veut et comment l'obtenir. »

Elle a ricané dans son café. « Ça, c'est sûr.

— Tu l'as accommodé ? j'ai demandé, sans trop savoir ce qu'elle voulait dire.

— Une ou deux fois, mais visiblement, je suis trop affranchie pour lui.

— Il préfère les filles à l'air innocent ?

— Jusqu'à un certain point. Je gagerais que tu as juste ce qui faut : des yeux de biche, avec un franc-parler.

— Qu'est-ce que ça veut dire ? » j'ai répondu en souriant.

Mais elle ne m'a pas écoutée et a poursuivi : « Mais tu dis qu'il est allé au bonheur avec toi ?

— On dirait – il a recommencé trois fois avant d'être fatigué.

— Bien, elle a dit en prenant une gorgée de café. Jim est vraiment important pour nous.

— Mais c'est juste un miché. »

Lila m'a regardée très sérieusement, puis elle a soupiré et s'est penchée vers moi par-dessus la table avec l'air d'une adulte qui doit expliquer un truc élémentaire à une enfant. « Tu vois tout ça, elle a dit en montrant le saloon. Tu crois que ça marche tout seul ? Tu crois que les mecs à la colle forte font exprès de pas venir ici, ou qu'ils vont se mettre à l'ombre tout seuls quand ils ont fait trop de grabuge ?

— Mais je croyais que Virgil et Bart… »

Elle m'a coupée avec impatience : « Ce qui compte, c'est ceux qui entrent ici en premier lieu, pas le peu que Virgil et Bart peuvent faire une fois que ces gars-là sont entrés. T'as vu qu'on a des assistants du shérif qui passent régulièrement, avec leur étoile épinglée sur eux et tout le bataclan ? C'est grâce à Jim, ça. Alors tant qu'il se lasse pas de toi, tu dois faire en sorte qu'il se sente vraiment le bienvenu ici, compris ? »

J'ai acquiescé. « Il m'a pas payée hier soir. Comment je peux faire pour qu'il se sente le bienvenu si je gagne pas un rond ?

— On va revoir ça – j'en parlerai à Kate plus tard. » Elle s'est penchée et a tapoté mon genou à travers ma chemise de nuit ; Lila avait une sacrée poigne, et je me suis sentie pareille à une jument dont on flatte la croupe.

« Est-ce qu'elle va bien ?

— T'inquiète pas pour Kate », elle a répondu sans me regarder. Elle a vidé sa tasse en fermant les yeux. « Je sais que c'est pas terrible, mais jusqu'à ce jour, la chose que j'ai le plus détestée, c'est d'avaler toute cette chicorée pendant la guerre. » Elle s'est levée et s'est étirée. « Contente-toi de faire ton boulot », elle a dit, et puis elle est partie vers l'escalier.

À partir de ce moment-là, Jim est devenu un client régulier. Plusieurs fois par semaine, il fermait la prison, laissait les clefs à Sykes, le gardien de nuit, et venait au Queen me rendre une petite visite. Il aimait passer un moment en bas, à me raconter des histoires à propos des malfrats qu'il jetait en prison, ou ses souvenirs de quand il travaillait sur les bateaux du Mississippi après la guerre, qu'il disait avoir connue. On devenait copains, en quelque sorte. Ses récits venaient attiser la curiosité qu'avaient plantée en moi les autres michés quand ils me racontaient leur vie au grand air, et j'aimais les arômes de cuir et de vent des plaines qui se dégageaient de lui. Je ne savais pas ce que je devais croire, mais mon petit doigt me disait que Jim ne me mentait pas, en tout cas, pas tout le temps.

Un soir, j'étais accoudée au bar, à hocher la tête en écoutant un cowboy jaser comme une pie borgne sans jamais me regarder. Souvent, les jeunes gars devaient trouver du courage pour faire ce que tout le monde savait qu'ils étaient venus faire ici ; des fois, ça m'assommait d'assister à leur petit jeu en attendant qu'ils accouchent, et ce soir-là, c'était exactement ça. J'étais sur le point de lui proposer de monter lorsque la porte du saloon s'est ouverte ; Jim est entré, l'air harassé, et pas qu'un peu. Me désintéressant du cowboy, j'ai regardé Jim qui scrutait la pièce à ma recherche, et ça m'a plu de voir ses yeux s'illuminer en croisant les miens. Fort de sa taille et de son autorité, il s'est frayé un chemin à travers la foule. Il a posé une main sur l'épaule du cowboy pour l'écarter, et il lui a dit : « Pourquoi tu vas pas boire un verre, fiston, et tu me laisses causer avec ma poulette préférée ? »

Il a posé quelques pièces sur le bar et a fait signe à Bart, qui a sorti une bouteille et trois verres, deux verres pour nous, et un en guise de consolation pour le cowboy. J'ai vu le pauvre bougre qui fixait quelque chose devant lui, plein de confusion, à croire qu'on avait jeté un sort et que je m'étais transformée en un verre de whiskey, puis il l'a vidé et il est parti voir ailleurs.

« Merci, j'ai dit en levant mon verre vers Jim.

— Bien fait pour lui. Il aurait dû savoir qu'on ne fait pas perdre leur temps à des filles dans ton genre. »

J'ai ri. « Vous avez raison. » Jim a rempli nos verres et on a bu à nouveau. « Alors donc, shérif, comment va le vaste monde ?

— Oh, comme d'habitude. Il est rempli de hors-la-loi et de racailles.

— Et vous en avez rencontré des particulièrement méchants ces derniers temps ?

— Y a eu du coton à l'Émeraude.

— Ah bon ? » On savait tous les deux que les commérages concernant l'Émeraude étaient toujours accueillis avec gourmandise au Queen.

« C'est le nouveau banquier au pharaon. Pas plus tricheur que le précédent, mais sa dextérité pour distribuer les cartes laisse à désirer. » Il a gloussé et repris la bouteille pour nous verser une nouvelle tournée. C'est là qu'on a poussé un cri à la table de jeu, puis une bouteille est tombée par terre.

« Trouve-toi donc une gonzesse ! » Un homme vêtu d'une redingote marron a repoussé mon infortuné cowboy loin d'une jolie catin au visage de poupée qui s'appelait Maggie.

« Mais j'essaie ! a geint le cowboy, le menton tremblant. On m'a dit que c'était un bordel ici, mais toutes les filles sont prises.

— Prises, peut-être pas, mais elles n'ont pas de temps à perdre à t'écouter dégoiser », a dit Jim. Il ne s'est même pas levé de son siège, il a juste élevé la voix un peu plus pour se faire entendre à l'autre bout de la pièce ; tout en parlant, il s'est retourné et il a croisé le regard d'un de ses adjoints qui se prélassait près de l'âtre sans que je m'en sois rendu compte. L'adjoint s'est levé et il a pris le cowboy doucement par le bras, tandis que Langley – très en forme pour une fois – reprenait « The Yellow Rose of Texas », qu'il avait déjà joué deux fois ce soir-là.

Jim s'est retourné vers moi et il a regardé son verre vide, en attente. J'ai éclaté de rire et servi une nouvelle tournée.

« Merci », il a dit, et on a trinqué. J'ai posé une main sur la sienne et souri ; j'ai avalé mon verre cul sec en jetant un coup d'œil à Kate qui nous observait, aussi calme et placide que la surface d'un lac.

Les autres filles me plaisantaient terriblement au sujet de Jim, elles disaient que j'étais sa favorite et que ce n'était qu'une question de temps avant qu'il m'enlève pour faire de moi sa femme. Moi, ce qui m'importait, c'était qu'il ne me traitait pas comme si j'étais à moitié gourde – et en plus il commandait des bouteilles de bon whiskey qu'il partageait avec moi. Pourtant, cette histoire d'épousailles me trottait dans la tête, et après quelques passes, un soir, j'en ai parlé à Constance.

« Je te jure, des fois, il fait comme si on était vraiment ensemble.

— Lui seul sait ce qu'il ressent pour toi. Ce qui est certain, c'est ce que Kate et Lila pensent de cet arrangement. Kate est peut-être dans les vignes du Seigneur la moitié du temps, mais elle a un sixième sens quant aux goûts des hommes respectables. Elle t'a fait faire exactement ce qu'il fallait vis-à-vis du shérif, n'est-ce pas ? »

J'ai haussé les épaules. « Plus ou moins.

— Alors, continue, elle a dit en regardant autour d'elle. J'ai vu plus d'une fois la situation tourner au vinaigre, ici. »

J'ai essayé d'imaginer ce qu'elle voulait dire, mais je n'avais pas vu grand-chose en matière de bagarres. « Tourner au vinaigre jusqu'où ?

— Pis que ce que tu as vu, elle a simplement dit. Kate et le shérif Bonnie, c'est une entente qui remonte à loin – il aime avoir sa favorite, et Kate aime les lui présenter.

— Y peut pas faire la cour à une fille tout seul ?

— Bien sûr qu'il le pourrait, mais on fait la cour aux filles de bonne famille, et ce genre de filles-là ne feraient pas la moitié de ce que toi tu fais pour lui. Et puis cet arrangement convient à Kate. Même s'il est entre deux filles, il veille à ce que ses gars soient présents ici et que tout le monde sache qu'on est sous sa protection. Et quand il a, disons, une favorite ici, c'est encore mieux.

— Je sais, je sais. » J'en avais vraiment marre que tout le monde m'explique des choses. « Le fait que je baise Jim permet de garder le Queen ouvert.

— On se débrouillait avant que tu sois là, a dit Constance d'un ton un peu sec. Mais il y a plus que la protection du shérif. N'as-tu pas lu les journaux ? »

Là, je me suis sentie piquée au vif. « Tu sais que je lis pas les journaux.

— Dodge aspire à devenir une ville plus respectable. Il existe une tendance dans le nord de la ville à promouvoir la tempérance, à faire la chasse au péché et Dieu sait quoi d'autre. »

J'ai ricané : « Des dames bien comme il faut, qui craignent Dieu.

— Des dames bien comme il faut qui vivent dans l'illusion ; seulement, prise au pied de la lettre, la loi est de leur côté. Et donc, la ville a commencé à mettre toutes sortes d'amendes aux maisons de passe. Par conséquent, maintenir à flot cet endroit n'est pas chose facile. J'imagine que plaire aux forces de l'ordre met de l'huile dans les rouages.

— Tu as déjà été parmi les favorites à Jim ? »

Elle a secoué la tête, souriant pour elle-même au souvenir de quelque chose de comique. « Non. Kate a essayé, mais il m'a jugée impertinente, alors que je me contentais de faire ma part de la conversation. Et c'est très bien ainsi. »

On a rigolé toutes les deux ; Jim était gentil, mais Constance avait dû insister pour montrer qu'elle était de taille à lui tenir le crachoir, et tous les michés n'appréciaient pas sa franchise.

« Tant mieux si tu arrives à le supporter, elle a continué.

— Sans doute. » J'ai regardé autour de moi. Le Queen était un peu endormi : les tables de jeu étaient en partie désertées, et j'ai vu Constance lorgner la chaise vide de Pierre. Bart nettoyait le bar, Virgil somnolait sur son tabouret près de la porte et les cocottes étaient posées ici et là à travers la pièce, l'air aussi molles et froissées que des lits pas faits. Malgré ma fatigue, j'ai ressenti un sursaut d'affection pour tout ça. Le Buffalo Queen était désormais chez moi, c'était le premier endroit où on avait pris soin de moi, même si c'était dans l'espoir que je rapporte davantage.

« Et qu'est-ce qui se passe si je perds ses faveurs ? j'ai demandé à Constance.

— Mieux vaut ne pas y penser, elle a dit calmement. Viens, allons voir si on ne pourrait pas se dégoter un verre digne de ce nom avant de tirer le rideau. » Elle m'a prise par le bras et on a vogué jusqu'au bar, où Bart servait déjà des verres d'eau-de-vie.

Quelques jours plus tard, Jim est arrivé, l'œil brillant, avec un bleu qui commençait à gagner sa joue.

« Oh bon sang, mais qu'est-ce qui vous est arrivé ? » j'ai dit lorsqu'il s'est installé à côté de moi. J'ai posé la main doucement sur son visage pour qu'il tourne la tête. La plupart des hommes ne connaissent rien à la tendresse – plus on les touche avec douceur, plus ils sont désarmés –, et je l'ai vu battre des paupières avant de reprendre ses esprits.

« Y a encore eu du coton à l'Émeraude. »

J'ai secoué la tête de façon théâtrale. « Ah, cet endroit, je vous jure. »

Il a haussé les épaules et Bart a posé une bouteille entre nous ainsi que deux verres, puis il a attendu que Jim sorte quelques pièces de sa poche. Mon temps avec lui était aux frais de la princesse, mais la goutte, c'est la goutte, et au bar, Jim payait comme les autres. Je me suis retournée pour servir à boire, et je l'ai vu poser la main exactement là où mes doigts l'avaient touché.

« De quoi ça a l'air ? il a demandé.

— Pas trop mal pour l'instant, mais ça sera une autre paire de manches demain matin. Vous allez me raconter ce qui s'est passé ? »

Tout en parlant, il a continué à pétrir sa joue. « Tu te rappelles, y a deux semaines, quand la banque d'Abilene a été dévalisée ? »

J'ai hoché la tête, même si je n'en avais aucun souvenir.

« Eh ben, le cerveau de la bande était de mèche avec le banquier du pharaon chez Hugh Montgomery.

— Le nouveau, celui qui sait pas filouter ?

— Lui-même. Donc, ce gars-là et le hors-la-loi se font passer pour frères, même s'ils le sont pas. Le hors-la-loi s'est mis en tête que l'Émeraude ferait une bonne planque, le temps que les choses se tassent. »

J'ai jeté un coup d'œil autour de moi. Pareil à un navire en mer, le saloon tanguait sous l'effet combiné de la gaieté des hommes, des catins et de l'eau d'affe – se planquer dans ce genre d'endroit, ça m'a pas semblé être une si mauvaise idée.

« Mais ça a foiré, j'ai conclu.

— Eh oui. Le hors-la-loi était plutôt bon client, mais son associé…

— Pas le banquier du pharaon ?

— Non, un autre gars avec qui il avait fait le coup : il a pas su se tenir à carreau. Il a claqué tout son achetoir en deux soirées, et après il est revenu demander à son complice une rallonge pour couvrir ses dettes. »

J'ai ricané, imaginant la tête de Lila si je lui demandais une avance sur ma paie. « Foutre, mais pourquoi il a fait ça ? »

Jim a froncé les sourcils : il n'aimait pas m'entendre jurer. Puis il a continué : « Ça s'est pas bien passé, comme tu l'imagines : le malfrat a refusé, son complice lui a foutu un pain dans la figure au beau milieu du saloon, et il s'est mis à gueuler sur le banquier du pharaon pour leur avoir fait croire que l'Émeraude serait une bonne planque.

— Dieu du ciel ! j'ai dit en rigolant.

— Pendant ce temps-là, Hugh a envoyé une des filles par la porte de derrière nous chercher, moi et les gars. Quand on est arrivés, l'Émeraude était presque à feu et à sang. Tout le monde se battait, les bouteilles volaient, et Hugh a donné de l'avoine au banquier du pharaon qui était le premier responsable de tout ce grabuge.

— Personne est mort ? »

Il a secoué la tête. « Non. Mais la prison est pleine, pour sûr.

— Et vous avez pas besoin d'être là-bas pour veiller au grain ?

— Nan, Sykes a la situation en main. Et puis ils sont tous assommés, de toute façon.

— Et votre visage ? Qui est-ce qui vous a fait ça ?

— Le complice, je crois.

— Ben, j'espère que vous lui en avez mis une bonne vous aussi.

— Tu parles ! » Il a vidé son verre et posé la main sur mon genou. « Et toi, Bridget, tu as quelque chose pour moi ? »

J'ai rigolé et secoué la tête ; ses tentatives pour être direct étaient toujours si dégourdies que c'en était presque attendrissant. J'ai répondu en lui prenant la main : « Ah, je suis pas d'humeur à vous aligner, mais je peux faire mieux que ça. Si on allait voir là-haut ? »

J'ai déjà dit qu'en général la baise n'avait rien de remarquable, et je le pense. Sauf de temps en temps. Parfois, quelque chose envahit la personne et on ne peut pas y échapper, le passage du simple bavardage au ravissement, comme si à un moment on marchait dans l'eau, et l'instant d'après on était trempé, on crachait et on s'accrochait à la berge. Il y a une respiration intérieure, puis les mains qui vous agrippent les épaules se crispent, et soudain revenir en arrière paraît plus difficile et beaucoup moins désirable qu'aller de l'avant. J'ai accommodé des douzaines d'hommes que j'aurais pas su différencier, j'aurais pas pu les reconnaître s'ils étaient accourus vers moi dans la rue pour me serrer la main. Mais lorsqu'ils s'excitaient et poussaient ce soupir profond à mon oreille, alors là, je savais les reconnaître. Même si on se fiche totalement de celui qui est au lit avec vous, il y a dans ce soupir de la vie, de la puissance, et quand vous savez comment le provoquer, quelque part vous ne pouvez plus vous en passer, même si vous n'en tirez pas de plaisir vous-même.

Pourtant, lorsque je repense à cette nuit-là, ce dont je me souviens, c'est de ce que Jim m'a raconté. Pendant qu'il prenait ce qu'il était venu chercher, je roucoulais à son oreille, laissant mon esprit battre la campagne, imaginer les détails de la bagarre : les pains dans la gueule, les éclats brillants du verre qui vole, le sang qui jaillit en décrivant un arc dans les airs. Je me suis demandé où étaient les filles d'Hugh au milieu de tout ce chambardement, et ce qu'elles avaient vu. Dans le dos de Jim, j'ai serré le poing et je l'ai regardé en essayant d'imaginer que je le lançais en avant et qu'il rentrait dans la figure malpropre d'un inconnu, mes phalanges râpant son menton mal rasé.

Et puis un après-midi est arrivée Sallie. C'était à cette heure paresseuse après le petit déjeuner de midi, pendant laquelle on flemmardait et on vaquait à nos corvées avant que les affaires reprennent. J'étais assez bonne avec une aiguille, et on me demandait souvent de raccommoder des morceaux, de mettre un peu de dentelle bon marché là où la mousseline était trop usée, de renforcer des coutures sur des robes sans cesse boutonnées et déboutonnées. On était maintenant à la fin de l'été ; la lumière inondait les fenêtres, blanche et vide ; Kate a ouvert la porte de ses appartements donnant sur le balcon et on s'est toutes répandues pour aller faire nos travaux de couture au grand air, en surplomb de la rue. Voir des putains faire la même chose que les femmes du commun attirait le regard des hommes qui passaient par là, et leurs jambes avaient beau continuer d'avancer, leurs yeux demeuraient accrochés à nous. Si le Queen avait été ouvert, ces regards à eux seuls nous auraient ramené du boulot, mais Kate était convaincue qu'il valait mieux les faire saliver pour augmenter leur appétit. La plupart des prunelles qui se posaient sur nous s'étaient en effet trouvées un jour dans un salon, contemplant avec adoration une jeune lady bien élevée qui justement ressemblait assez à l'une d'entre nous pour leur donner envie de revenir après le coucher du soleil.

Soudain, la porte d'en bas s'est ouverte d'un seul coup, et on s'est toutes penchées pour voir Lila se précipiter dans les bras d'une blonde mince vêtue d'une robe jaune. Elles se sont serrées l'une contre l'autre en vacillant, roucoulant comme des colombes, leurs visages aussi proches que des mains en prière, puis se prenant l'une et l'autre par la taille, elles sont entrées d'un pas léger au Queen. Nos oreilles ont suivi le bruit de leur progression à travers le saloon, puis dans l'escalier, attendant que la créature à quatre jambes et deux têtes arrive sur le balcon.

« Les filles, voilà Sallie », a dit Lila lorsqu'elles sont apparues dans la lumière.

En découvrant Sallie, j'ai eu la sensation de recevoir une claque en pleine figure. Elle n'était pas vraiment belle, mais ses traits avaient quelque chose de net et d'éclatant qui m'a sidérée. J'en ai eu le souffle coupé.

« Dis bonjour aux filles, Sallie.

— Salut, les filles », elle a dit en souriant, tandis que son regard nous passait en revue dans notre globalité. Elle m'a surprise en train de la dévisager et – je l'aurais juré – m'a adressé un clin d'œil fantôme. Puis elle nous a toutes regardées directement, l'une après l'autre, ses prunelles scintillant tel un bijou dans un écrin de satin. En sentant ses yeux se poser sur moi, j'en ai eu de nouveau le souffle coupé, encore plus longtemps.

« Sallie et moi, on a travaillé ensemble, y a un bout de temps. Elle vient de San Antonio, elle travaillait dans un cabaret, a dit Lila.

— Tu as travaillé dans un cabaret ? » a répété Henrietta.

Les mains sur les hanches, Sallie s'est retournée telle une actrice sur scène, montrant qu'elle s'adressait à Henrietta, tout en se débrouillant pour que le public puisse toujours voir son visage.

« Pour sûr. Au Number Twelve. On dirait bien que ça pourrait t'aller à toi aussi : tu as déjà fait du cabaret ? »

Henrietta a fait la moue et montré un frisson de plaisir silencieux. « Nan, j'ai jamais eu c'te chance. » Puis elle nous a regardées et s'est empressée de poursuivre : « Et pis en plus, ici, c'est une bonne maison – Kate et Lila, c'est des affranchies. » Elle a gloussé, ponctuant ainsi chaque fin de phrase.

Sallie a ri à son tour et j'ai ressenti une espèce d'envie tout au fond de mes tripes – à l'époque je croyais juste que j'avais faim. « T'as pas à faire de la lèche à cause de moi », elle a dit, et elle a braqué sur nous la lanterne de ses yeux, encore plus éclatants parce qu'ils étaient si clairs, presque jaunes.

« Et alors, t'as aimé ça ? a repris Henrietta de sa petite voix.

— Ouais, ça va pour celles qui tiennent le rythme, a répondu Sallie d'une voix un peu plus sèche.

— Est-ce pour cette raison que tu es partie ? » a demandé Constance. Elle était la seule à ne pas s'être approchée. Toujours appuyée à la rambarde du balcon, comme à son habitude elle menait deux tâches en même temps : jaugeant Sallie tout en faisant dodeliner son cul généreux au-dessus de la rue pour rappeler aux passants de revenir plus tard.

« Pour quelle raison que quoi ? a dit Sallie.

— Parce que tu n'as pas tenu le rythme », a précisé Constance en articulant juste un peu plus que nécessaire.

Sallie a poussé un rire aigu, à croire qu'elle soufflait des bulles de savon entre ses doigts pour les faire filer au vent.

« Oh, j'avais juste besoin de changer d'air, c'est tout. Et voilà ! » Elle a repris le bras de Lila et s'est remise à sourire. J'ai senti le vent tourner et me rafraîchir sur un autre versant.

« Je le dis moi-même, on a une belle tripotée, là », a affirmé Lila. On s'est toutes exclamées en même temps, et la tension s'est évanouie. J'ai baissé la tête, souriant avec les autres, mais sous mes cils je ne perdais pas des yeux la courbure de sa joue et la manière dont le soleil l'éclairait, son fin duvet nimbé d'un rayon d'or.

« Vous êtes toutes fraîches comme des roses. Mais pas moi, pour sûr – Lila, tu me montres où je peux crécher ? » a demandé Sallie. Elle s'est ensuite penchée discrètement vers elle : « Et puis un petit remontant pour me ragaillardir, ce serait pas de refus.

— Bien sûr, ma chère », a dit Lila, et elles se sont retournées pour rentrer tel un équipage de chevaux. Une vague de murmures a suivi leur départ et toutes les filles se sont pressées pour voir quelle chambre la nouvelle venue allait prendre, tout en la harcelant de questions sur les cabarets, les Texans, et le voyage en train. Seule Constance est restée en arrière, les regardant s'en aller. J'ai fait de même.

« Qu'est-ce qu'y a ? j'ai demandé.

— Oh, rien. Je me demande juste pourquoi elle a fait tout ce chemin alors qu'elle avait une si bonne place à San Antonio.

— Peut-être que Lila l'a invitée.

— Peut-être, mais je ne ferais pas confiance à une personne invitée par Lila.

— Mais pourtant, elle m'a invitée, moi aussi.

— Certes. Qui sait ? Peut-être que je me trompe. »

Immédiatement, qu'on le veuille ou non, tout le monde dans la maison a été fasciné par Sallie. Elle ne se mêlait pas vraiment à nous, elle avait sa cour autour d'elle, cherchant visiblement à devenir la reine du Queen.

« Ce n'est qu'une étape pour moi, vous savez », elle a dit le deuxième soir – elle n'avait pas travaillé le premier. Elle s'est penchée pour nous murmurer ça, à Constance et moi, à croire qu'elle nous faisait une confidence en attendant que la soirée démarre.

« Tu restes pas ? j'ai demandé, surprise.

— Oh, je vais rester un moment, mais pas pour toujours. Je suis en route pour San Francisco. » Elle s'est détournée un peu, comme si c'était nouveau, sauf qu'à l'époque, la moitié du monde était en route pour San Francisco.

« Et qu'y a-t-il là-bas ? a demandé Constance.

— D'abord, il y fait frais. J'ai connu une fille qui y était allée, elle disait qu'il y avait toujours une brise qui soufflait de l'océan. » Elle s'est mise à nous raconter les merveilles qu'elle espérait trouver sur place. Mais ses fantasmes n'avaient rien d'original ; elle parlait des mêmes collines escarpées, des mêmes étrangers exotiques et des mêmes bateaux qui tanguaient dans le port que n'importe quelle personne qui aurait voulu aller en Californie. Je n'ai guère fait attention aux paysages qu'elle décrivait ; moi, j'observais la grâce avec laquelle elle tenait son verre d'eau d'affe entre ses longs doigts.

Je suis revenue à moi juste pour l'entendre dire : « Et quand je serai là-bas, je monterai sur scène.

— Pour faire quoi ? » a demandé Constance. Je n'arrivais pas à savoir si elle essayait d'aiguillonner Sallie ou de la rabaisser, mais je m'en moquais du moment que celle-ci continuait à parler, donnant un coup de hanche pour souligner quelque chose et passant paresseusement son verre d'une main à l'autre.

« Mais pour chanter, bien sûr. Je chante depuis que je suis toute petite. Ma famille était très musicienne, on chantait tous ensemble du soir au matin.

— Fais-nous entendre ça ! » s'est exclamée Arabella à l'autre bout du bar d'une voix rauque.

Un chœur de « Oh oui ! » et de « Allez ! » s'est élevé. Sallie a baissé la tête, sans rougir pour autant.

« Oh, je sais pas, elle a dit.

— Tu sais pas quoi ? a demandé Lila, qui descendait l'escalier.

— Sallie voudrait nous faire croire qu'elle est trop timide pour chanter pour nous, a dit Constance.

— On vient seulement de se rencontrer, c'est tout, a répondu Sallie.

— Ah oui, vraiment ? Sallie, t'as jamais été timide un seul jour de ta vie, a répliqué Lila. N'empêche, ça attendra, trois équipes viennent de finir le boulot juste en même temps y a pas cinq minutes. Allez les filles, en place. »

Lila a désigné la porte de la tête et, comme sur commande, elle s'est ouverte. Un grand rai de lumière s'est déversé à l'intérieur, accompagnant un troupeau de cowboys.

Sallie a vidé son verre, l'a reposé et a dit : « On ferait mieux de s'y mettre. » Constance et moi, d'instinct, on s'est écartées pour la laisser y aller en premier, et quand les portes se sont refermées et que les verres ont été servis, le plus beau d'entre eux lui murmurait déjà quelque chose à l'oreille.

6

Quand les Anglais débarquaient, on prenait notre soirée, et Constance et moi, on s'est relayées après l'arrivée de Sallie. J'étais allongée sur le lit à Constance, barbouillée, des crampes au ventre, mais trop heureuse d'être là à me bercer tandis qu'elle lisait *Les Hauts de Hurlevent.*

« J'aimerais que tu restes tranquille. Sinon, retourne dans ta chambre, elle a dit.

— Y a rien à faire dans ma chambre, et si je descends, Grace va m'envoyer balayer le débarras. » Je me suis remise sur le dos et j'ai soupiré. « Tu as vu Sallie, aujourd'hui ?

— Pourquoi me demandes-tu ça ? elle a répondu sans lever les yeux de son livre.

— Oh, mais qu'est-ce que t'as ? j'ai grommelé en lui pinçant la cheville.

— Je pense sérieusement à te mettre à la porte.

— Fais pas la moue, je te plaisantais. » J'ai tendu la main pour lui chatouiller la plante du pied mais elle l'a aussitôt retiré pour le rentrer sous sa jupe.

« Je n'ai pas envie que tu me plaisantes pour l'instant. Que veux-tu donc à Sallie ?

— Je suis curieuse, c'est tout. » J'avais pris l'habitude de contempler ses cheveux blonds dans la lumière des lampes, et je me demandais si l'heure était arrivée où cela lui faisait un halo autour de la tête, ce qui ne se produisait qu'à la nuit noire.

« Je n'ai pas besoin de la chercher pour savoir ce qu'elle fait, a dit Constance. Elle occupe la chambre voisine, j'entends tout quand elle est là. »

Je me suis redressée : « La chambre voisine ? »

Constance a refermé son livre, son doigt lui servant de marque-page. « Tu le sais très bien, qu'est-ce qui te prend ? »

J'ai cessé de lui prêter attention et je me suis mise sur le ventre pour mieux regarder le mur. Il était en planches de pin brut, de même que le reste du Queen. Les bons menuisiers étaient rares à l'époque où le saloon avait été bâti, et il y avait plein d'interstices entre les planches. J'ai passé la main dessus comme pour prendre leur pouls, et j'ai rampé en avant pour regarder à travers une fente.

« Qu'est-ce que tu fais ? » a demandé Constance.

Je n'ai pas répondu. J'ai collé mon œil dans l'interstice pour en voir le plus possible. La chambre de Sallie ressemblait aux autres, avec un lit en fer assez haut, recouvert d'une courtepointe rouge, deux patères près de la porte, et un cabinet de toilette surmonté d'un miroir. Sur le meuble était posée une brosse à cheveux argentée, et des rubans étaient attachés aux montants du lit telle une cascade de champignons colorés poussant sur un tronc tombé. Par terre, près de la tête du lit, une bouteille à marée basse et, derrière, un sac de voyage en toile vide effondré sur lui-même, mélancolique. En dehors de ça, rien ne montrait que la chambre appartenait à une personne en particulier.

J'ai entendu des pas dans la coursive et la porte s'est ouverte, laissant entrer Sallie et un client, un homme en redingote noire qui, je le savais, était un fossoyeur du nord de la ville. Je ne m'étais jamais occupée de lui – il ne me jugeait pas assez raffinée – mais je le connaissais de vue car c'était un type plein de raideur et de principes moraux qui nous toisait du bout de son long nez. Il semblait apprécier Sallie, et lui avait déjà rendu visite plusieurs fois.

« Elle a ramené John Borne, j'ai chuchoté.

— John Borne peut aller croupir en enfer et essayer de me demander un verre d'eau », a rétorqué Constance, refusant toujours de lever les yeux. Elle le détestait car c'était lui qui détenait l'hypothèque contractée par son défunt mari sur leur commerce, et il n'avait pas montré la moindre pitié envers la jeune veuve.

« Tu as bien raison », j'ai répondu par loyauté.

J'ai collé l'œil à la fente juste à temps pour voir la robe de travail de Sallie s'épanouir en une corolle rouge autour de ses chevilles, qui paraissaient plus minces avec ses bas noirs. Mes yeux sont remontés jusqu'à la camisole, qu'elle a retroussée pour exhiber ses jambes aussi blanches que de la cire. Elle en a relevé une et elle s'est installée à califourchon par-dessus le fossoyeur, déjà déballé et étendu sur le lit, bras et jambes écartés, avec son chibre dressé qui pointait façon cadran solaire. J'ai vu Sallie cracher dans sa main et l'empoigner pareil à une pompe, le branler une, deux, trois fois, avant de s'installer dessus, sa camisole couvrant pudiquement ses genoux. Tout mon corps s'est crispé comme une corde enroulée sur elle-même qui se serre, se serre, jusqu'à grincer et craquer. Je me suis mordu la lèvre. Sallie a fait retomber ses cheveux en avant en un rideau doré, et elle a plongé ses yeux dans ceux de l'homme qu'elle chevauchait, soutenant son regard.

« Que se passe-t-il ? » n'a pu s'empêcher de demander sèchement Constance. Je lui ai fait signe de s'approcher, et elle est venue regarder à travers l'interstice pendant quelques secondes avant de me rendre ma place.

« Voilà donc comment elle s'y prend », elle a dit à voix basse d'un ton pragmatique en se rasseyant.

Je n'ai pas répondu. Je ne pouvais détacher mes yeux de la scène. À travers un voile de mousseline, je voyais la hanche de Sallie qui impulsait tout son mouvement à son corps, tandis que la flamme de la lampe faisait ressortir le ton bronze miel de ses cheveux. J'ai jeté un coup d'œil au fossoyeur, en proie au ravissement tel un pèlerin qui assiste à un miracle. Puis il l'a attrapée par les hanches et ils se sont arqués tous les deux pour le grand final. Elle s'est ensuite laissée choir à côté de lui, et je ne l'ai plus vue, masquée par la masse de l'autre.

Je me suis retournée : Constance m'observait.

« Qu'est-ce que tu regardes ? j'ai demandé.

— Toi, elle a dit tout simplement.

— Ben, tu m'as déjà vue.

— Je n'en suis pas certaine. »

Je n'arrivais pas à déchiffrer son expression.

« Elle a de l'expérience, j'ai bafouillé. Est-ce que c'est interdit d'essayer d'apprendre des trucs nouveaux, dans cette maison ?

— Tu peux apprendre tout ce que tu veux. Mais la prochaine fois, va étudier dans ton lit à toi. Le mien sert à dormir.

— Mais qu'est-ce que t'as dans le cul, là ?

— Tu es toute retournée.

— Je suis pas toute retournée devant ce fossoyeur ! » Mais quelle idée elle avait !

« Bien sûr que non. »

J'ai ouvert la bouche, mais rien n'est sorti. De temps en temps, on vous dit un truc sur vous-même qui est tellement vrai que ça vous laisse sans voix.

« Ferme ta boîte, j'ai réussi à lâcher après avoir battu plusieurs fois de la mâchoire.

— Comme tu voudras. » Elle s'est réinstallée contre la tête de lit et s'est replongée dans *Les Hauts de Hurlevent*. « Veux-tu que je te fasse la lecture ou non ?

— J'en ai assez de leurs problèmes stupides. Et pis des tiens. » Je me suis levée d'un bond.

« Mais de quoi diable parles-tu ? »

J'étais brûlante. « Tu crois que tu sais tout, mais en fait tout ce que tu sais, tu l'as appris dans tes bouquins, et y a plein d'autres choses à savoir. Tu te crois intelligente, mais tu es… t'es pas affranchie ! »

Son expression montrait davantage de sidération que d'indignation, ce qui m'a mise encore plus en rogne. J'ai claqué la porte et j'ai foncé en bas. Bart m'a servi un gin, mais avant même que j'aie pu le boire, Grace m'a attrapée avec son petit sourire vicieux et m'a renvoyée là-haut, car j'étais pas en état qu'on me voie.

Je me suis remise au boulot le soir suivant, je me sentais aussi exposée qu'un lapin qui file à travers une clairière et soudain s'arrête net, pétrifié par la crainte qu'un faucon fonde sur lui et l'enlève. Je n'avais jamais eu le béguin pour personne, en tout cas, pas que je me souvienne, et je n'avais pas mesuré à quel point il devenait impossible de se comporter normalement une fois qu'on en avait pris conscience. En descendant l'escalier ce soir-là, j'étais à moitié effrayée, à moitié sérieuse ; j'ai essayé de me forcer à sourire, mais j'oubliais toujours, et plus d'une fois Lila s'est approchée de moi en me disant : « Fais risette, bon sang, est-ce que t'as pas envie de gagner ta croûte cette semaine ? » Alors j'ai tourné la tête et je me suis fait quelques clients, mais j'écoutais à peine un mot de ce qu'ils me disaient. À la place, je tenais un compte dans ma tête à chaque fois que j'apercevais cette chevelure blond miel ; quand il a fait nuit, j'en étais à vingt-sept, et j'ai arrêté de compter.

Soyons claire, Sallie était jolie, mais c'est pas ça qui m'a foutue dedans. Elle avait des yeux pleins d'éclat, des traits bien dessinés, elle était toute blonde, à croire qu'on l'avait laissée blanchir au soleil après l'avoir lavée, et elle ressemblait beaucoup à Arabella, en plus petite et pas autant déçue par la vie. Mais c'était autre chose qui attirait l'œil chez elle. Elle ne se pressait jamais, elle bougeait comme si elle avait tout le temps du monde, pareille à la sève qui peut couler vite ou lentement mais ne laisse personne décider à sa place ; et puis elle avait cette manière de vous faire croire que vous étiez sur le point de l'impressionner, que d'une minute à l'autre vous alliez dire ou faire exactement ce qu'il fallait pour gagner son cœur. À présent, elle voguait lentement à travers la pièce et s'était arrêtée pour murmurer quelque chose à Lila qui les avait déridées toutes les deux, tandis que le nœud dans mon ventre se resserrait encore un peu plus.

« À quoi tu rêves pour être aussi concentrée ? »

Je n'avais même pas vu arriver Jim Bonnie, ni même qu'il s'était installé à côté de moi au bar et nous servait à boire. Je me suis détendue ; j'ai réussi à sourire et il m'a souri à son tour.

« Ça va, shérif ? Faut me pardonner, j'avais la tête ailleurs.

— Pas besoin de t'excuser, ma chère », il a dit en me tendant un verre. On a trinqué et on a bu.

« Tu n'as pas répondu à ma question, il a dit.

— C'était quoi déjà ?

— Tu étais où, là ?

— Oh, nulle part en particulier. » Sallie était arrivée à l'autre bout du bar et elle s'était mise à flirter avec Virgil pour obtenir un vrai verre, sa petite langue rose apparaissant dans sa bouche.

Jim a rempli nos verres. « Tant que tu rêves pas à un ancien galant.

— Rien de ce genre, j'ai répondu sans savoir si je mentais ou si je disais la vérité. Je prends la température, c'est tout. »

Jim a tordu le cou pour regarder autour de lui, et pendant une minute ou deux, on est restés à observer le Queen. Il ne se passait rien de spécial ce soir-là, mais j'étais heureuse de laisser l'animation du saloon me ravigoter et me réconforter ; cet endroit, c'était chez moi, et les gens le remarqueraient si je m'en allais, et puis j'étais assise auprès de quelqu'un pour qui je comptais, quelle qu'en soit la raison.

Roscoe était en grande forme, il jouait tous ses morceaux préférés, qu'il agrémentait de joliesses et de vrilles à la main droite tout en lançant des clins d'œil théâtraux à Gertrude, une nouvelle, qui était perchée sur le piano. Dehors, l'été commençait à souffrir aux entournures, et j'ai senti un courant d'air froid quand la porte s'est ouverte et que le vent a poussé Langley à l'intérieur. Il est arrivé en titubant jusqu'au piano et a donné un grand coup de pied dans le tabouret, qui s'est renversé. Roscoe s'est cassé la gueule par terre et son menton est venu s'écraser sur le clavier. Le silence s'est fait, et depuis le bar, j'ai vu Roscoe se remettre d'aplomb, la mâchoire serrée, des éclairs dans les yeux.

« Mais t'as une araignée dans le plafond ou quoi ? » il a grondé en essayant de tenir tête à Langley sans trop faire de grabuge.

L'autre a montré le clavier du doigt : « C'est mon putain de piano à moi.

— Et mon nœud ! a répondu Roscoe en se frottant le menton.

— Tu joues pareil qu'un croque-note. Et pis d'abord, c'est moi qui l'ai apporté ici.

— Tu veux dire que c'est Kate.

— Avec moi ! Et j'ai bien l'intention d'en jouer.

— Comme si t'étais pas trop poivré pour jouer. Tout le monde sait que Kate te garde ici juste par pitié.

— La pitié, des nèfles ! Tu me dois tout ce que tu sais, espèce de cul d'âne. » Il s'est redressé en arrière et s'est mis à braire en retroussant les babines, découvrant de grandes dents jaunes semblables à des grains de maïs.

Roscoe lui a flanqué une apostrophe qui l'a envoyé valser par terre. Langley a craché du sang sur le plancher et s'est relevé petit à petit.

« Je vais te dire quèque chose », a commencé Langley, mais alors Virgil est intervenu.

« Allez, Lang, c'était pas méchant. » Virgil a posé sa grosse pogne sur la poitrine de Langley, fixant Roscoe de son œil blanc, ce qui promettait des explications. « Et si on te remontait là-haut ? »

Un chemin s'est ouvert entre le piano et l'escalier, la foule murmurant, partagée entre pitié et déception. À l'étage, la porte de Kate s'est ouverte.

« Que se passe-t-il ? elle a demandé depuis le balcon, un sourcil relevé presque jusqu'à la ligne de ses cheveux.

— C'est rien, Kate, c'est juste que celui-là s'est un peu trop échauffé, a dit Virgil en désignant de la tête l'ancien pianiste qui vacillait, comme s'il luttait contre un vent violent.

— Eh bien, passons à autre chose, a répondu Kate d'une voix professionnelle. Nous souhaitons que tout le monde s'échauffe juste ce qu'il faut, ni trop ni pas assez. Roscoe, joue-nous donc un morceau ! Whiskey à moitié prix pendant un quart d'heure : amusons-nous ! »

Elle a attrapé Langley et refermé la porte de son salon dans un claquement sonore au moment même où Roscoe retournait son tabouret et posait son cul dessus. Par un accord tacite, Jim a passé le bras autour du mien et s'est levé pour prendre la direction de l'étage tandis que les clients s'agglutinaient autour du bar pour s'enfiler deux fois plus de whiskey en deux fois moins de temps. Roscoe a fait quelques accords puis s'est lancé dans une mélodie ; à mi-chemin de l'escalier, la voix de Sallie s'est élevée par-dessus le brouhaha et m'a figée sur place. C'était une voix de soprano aussi éclatante qu'un bijou, dépourvue de cette pointe geignarde qu'elle avait en parlant. À la moitié de « California Joe », presque tout le saloon chantait avec elle : Roscoe accompagnait sa voix et contrôlait son jeu, plein de mauvaise humeur. Je me suis retournée : Sallie était à présent perchée sur le piano et, sourcils froncés, Gertrude se cherchait une nouvelle place avantageuse.

« C'est qui ? a demandé Jim.

— Sallie. Une nouvelle.

— Mouais. Elle serait plus attirante si elle savait chanter.

— Elle est là pour un moment seulement, elle fait halte ici mais elle est en route pour San Francisco. »

Jim a pouffé. « Elle n'est pas plus en route pour San Francisco que toi ou moi. »

Choquée par sa grossièreté, j'ai voulu répondre, mais il avait repris les choses en main et me tirait par le bras, alors j'ai bien été obligée de le suivre.

Quelques heures plus tard, après avoir accolé Jim, tandis que la nuit se tassait, je me suis arrêtée pour dire bonsoir à Constance. Elle était encore éveillée, enroulée autour d'un nouveau livre. Quand elle n'était pas obligée de travailler, elle empilait ses couvertures et posait par-dessus son manteau d'hiver ; elle a sorti la tête pour me parler, tel un blaireau émergeant de son terrier pour voir quel temps il fait.

« T'es pas bête », je lui ai dit depuis la porte.

Elle a hoché la tête avec sagacité. « C'est le grand malheur de ma vie.

— Et je pensais pas ce que j'ai dit.

— Je sais. » Un moment de silence a suivi, où les dernières mesures de Roscoe ont filtré, ainsi que les bruits des verres que Virgil ramassait.

« Ça va ? elle m'a demandé au bout d'un moment.

— Ça a pas beaucoup d'importance comment que je vais.

— Sans doute que non. Le cœur est un mendiant, et il est toujours affamé. »

J'ai secoué la tête, mais c'était un soulagement d'être redevenue le réceptacle de l'étrange sagesse de Constance ; de même que les visites de Jim, c'était le genre d'activités normales qui contrastaient avec la révélation de la veille. « Je te jure, t'es peut-être pas stupide, mais pour sûr, tu es à moitié folle.

— Mieux vaut être à moitié folle qu'à moitié amoureuse. À présent, veux-tu refermer la porte ? J'entends assez le doigté lourd de Roscoe le reste du temps sans avoir besoin de l'entendre en plus pendant mes jours de repos. » Elle a remonté les couvertures sur son menton et baissé la flamme de la lampe, ce qui lui a donné l'allure d'une voyageuse perdue se réchauffant dans les ténèbres grâce à un peu de charbon.

Quelques nuits ont passé dans une paix relative, et j'ai réussi à retrouver mes esprits suffisamment pour faire du profit. Je gardais mes gains dans une boîte à cigares en bois, coincée derrière mon lit. Kate m'avait proposé de les mettre dans le coffre de son salon, mais j'aimais bien avoir mon butin près de moi, comme ça je pouvais le sortir quand je voulais pour le surveiller. Je n'avais aucun projet pour le dépenser, j'aimais le voir recroquevillé sur lui-même, prêt à bondir, à passer à l'action. À force de mettre de côté et de compter – je savais compter mille fois mieux que je savais lire –, le passé rapetissait derrière moi : la cabane sans fenêtre au sol de terre battue ; les dames qui me prenaient de haut et me regardaient avec mépris, ou pire, avec pitié ; les morceaux de pain de maïs secs et sans beurre, posés, solitaires, sans bacon, sur une assiette en fer ; le cahotement de ce chariot en planches bringuebalant ; les yeux mouillants de mon père, me suppliant de le rassurer en lui disant que rien n'était sa faute. Tout ça diminuait et pâlissait à mesure que ma fortune grandissait, luisant au soleil de l'après-midi, preuve que je possédais tout ce dont j'avais besoin, que je pouvais me refaire si jamais je perdais tout, car si j'étais arrivée jusque-là, je pouvais tout recommencer ailleurs.

Mais la malchance finit toujours par frapper à votre porte, ou bien j'étais seulement trop insouciante. Un soir, après avoir accommodé un miché et l'avoir renvoyé, je remettais de l'ordre dans ma chambre. Je croyais avoir fermé la porte, mais peut-être que non, et qu'il est rentré en douce. Il avait laissé derrière lui une bouteille de whiskey à moitié vide, alors peut-être qu'il voulait juste la récupérer.

Enfin bref, j'avais sorti la boîte à cigares, me croyant seule, et je vidais de mes poches l'argent que je devais remettre à Kate et Lila à la fin de la semaine. Entre le bruit des pièces et le brouhaha d'en bas, il lui a été facile de se glisser en douce derrière moi, puis il est passé à côté de moi comme si j'étais un simple piquet, et il a refermé la boîte sur mes doigts. J'ai crié et retiré ma main, tout en essayant de récupérer la boîte, de lui saisir le poignet. Mon cœur battait jusque dans ma gorge.

« Donne-moi ça ! » j'ai hurlé, détestant le cri aigu de petite fille qui est sorti de ma bouche. Il s'est dégagé et m'a frappée avec la boîte. Il m'a eue juste au-dessus du sourcil gauche, et un flot de sang a coulé sur mon œil, inondant mes cils et ourlant le monde d'un rouge sale.

Il s'est enfui en claquant la porte, qui a rebondi et s'est rouverte devant moi. Ça me piquait, rien de plus, alors j'ai empoigné la bouteille de whiskey et je lui ai couru après, ne songeant qu'à récupérer mon bien.

Je l'ai rattrapé en haut de l'escalier et je lui ai assené un coup de bouteille sous l'oreille. Elle ne s'est pas cassée, aussi je l'ai frappé à nouveau au moment où il se retournait. Je n'oublierai jamais son air amusé avant que je lui flanque le second coup. Cette fois non plus, la bouteille ne s'est pas cassée, mais j'ai vu que je lui avais fait mal, parce qu'il a levé les bras comme pour se protéger d'une tempête. Le whiskey avait coulé, et mes doigts glissaient : la bouteille m'a échappé et s'est brisée sur la coursive quand j'ai voulu attraper la boîte qu'il tenait toujours au-dessus de sa tête.

On a perdu l'équilibre tous les deux et on a dégringolé ensemble dans l'escalier. Je me suis raccrochée à la rampe et me suis arrêtée à mi-descente tandis qu'il déboulait dans le saloon telle une avalanche. La foule s'est écartée poliment, lui dégageant l'espace pour se vautrer, et j'ai surpris au bout du bar l'éclair blanc du visage de Lila, qui s'est brusquement retournée, regardant d'abord le mec par terre, puis moi. De là-haut, j'ai tendu le doigt, tel un fantôme, et j'ai repris mon souffle pour gueuler : « Au voleur ! »

J'ai entendu la porte du salon de Kate s'ouvrir à grand bruit, et Virgil a bondi de son tabouret près de la porte, mais avant qu'il ait pu traverser la salle, Jim Bonnie (je ne savais même pas qu'il était là) a jailli de la foule massée au bar et il a collé une droite au voleur, qui a reculé et s'est à nouveau ramassé par terre, les quatre fers en l'air ; mais moi, tout ce que j'ai vu, c'est ma boîte qui s'ouvrait, et tout mon argent qui s'égaillait comme un lancer de feuilles de chou vert. Jim a fait un pas en avant et a attrapé l'autre par le col, le relevant si haut qu'il dansait sur la pointe des pieds.

« Seul un foie jaune vole une femme, a dit Jim.

— Foutre alors, c'est que l'argent d'une catin », a répondu le voleur d'une toute petite voix qui paraissait beaucoup plus assurée lorsqu'il était en position de force. Jim a grondé, sans dire un mot. « Pis qu'est-ce que ça peut te faire, t'es son maquereau ou quoi ? On peut partager.

— Pas exactement. » Jim a relevé le col de son manteau, juste assez pour montrer l'étoile qu'il dissimulait lorsqu'il n'était pas en service. Le voleur a soupiré.

« Nom de Dieu. C'est ma veine.

— La veine a rien à voir dans l'affaire. » Jim a levé les yeux vers moi. « Tout va bien, Bridget ? »

J'ai acquiescé, même si je commençais à me sentir toute bizarre. Mon épaule m'élançait, mes doigts, sur lesquels avait claqué la boîte, étaient très chauds, et j'ai eu l'impression que la pièce rétrécissait autour de moi.

« Je m'occupe d'elle. » J'ai entendu la voix de Sallie derrière moi, et j'ai senti son bras ceindre ma taille pour me relever. « Allez vous occuper de cette racaille, on accepte pas ce genre de choses, ici. Et mettez de côté l'argent à la petite, d'accord ? » Elle a donné ses ordres tranquillement, et le bruit des gens qui s'affairaient en bas a fait écho aux battements urgents de mon cœur quand j'ai réalisé que c'était elle, entre toutes les personnes présentes, qui avait passé un bras autour de moi. J'ai tenté frénétiquement de mémoriser cette sensation ainsi que l'odeur de son épaule – alchimie de sueur, de talc et d'haleine parfumée au whiskey – tandis que mes pieds pédalaient sous moi, et puis je me suis retrouvée affalée sur le sofa de Kate. Lila est arrivée derrière nous et a refermé la porte.

Kate m'a tamponné le visage avec un bout de coton rouge qui sentait le désinfectant.

« Ce ne sera pas grand-chose, elle a dit. Une fois guéri, cela te donnera un air canaille. Soulève ton chapeau pour montrer ta cicatrice et tu seras la catin la plus sexy à l'ouest de Chicago. » En dépit de ses aimables paroles, ses lèvres fardées formaient une ligne droite et ses yeux étaient aussi vides et vitreux que la devanture d'une boutique fermée pour la nuit. Lila s'était postée au-dessus d'elle, Sallie était assise derrière moi sur le sofa, et mon dos rayonnait de cette proximité.

La porte s'est ouverte et Jim a rapporté la boîte à cigares, qu'il a tendue à Lila. Tous deux m'ont regardée comme des parents une fois de plus consternés par leur incorrigible fille.

« Merci, shérif, a dit Kate.

— C'est mon boulot.

— Ah, je déteste ce genre de situation. Ça gâche l'ambiance. Heureusement que vous étiez là pour rétablir l'ordre. » Elle a donné à chaque personne un petit verre de gin argenté.

« Tu gardais tout ça dans ta chambre ? a demandé Lila en posant les yeux sur la boîte, puis sur moi.

— Vous l'avez laissée garder tout ça dans sa chambre ? » a renchéri Jim.

J'ai tourné la tête autour de moi, me sentant toute petite, au fond du trou. « C'est mon argent. Je peux le garder où que je veux, non ? »

Kate a soupiré en regardant Jim et Lila. « Je lui ai proposé de le mettre au coffre, mais s'il y a une chose que j'ai apprise au fil des années, c'est qu'on ne peut forcer une fille à faire ce qui est bon pour elle.

— Oh que si, a dit Jim en serrant les dents. Je veux pas qu'il t'arrive d'autres ennuis. » Il a pris la boîte et l'a tapotée de son doigt épais. « Lila, range-moi ça dans le coffre.

— Vous avez raison, elle a répondu.

— Eh, une minute ! je me suis écriée, au ralenti, la tête lourde.

— Non, c'est toi qui nous écoutes maintenant, a rétorqué Lila d'un ton sec. Il a raison. Les putains rencontrent toutes sortes de problèmes pour préserver leur argent durement gagné, mais il est hors de question que tu te jettes comme ça sur les clients. » Elle est allée d'un pas décidé vers le bureau de Kate, à côté du coffre, elle a pris un bout de papier, et elle y a noté des chiffres avant de me le passer.

« Je suis pas une mère maquerelle. Ça dit ce qui est dedans, et on changera chaque fois que tu ajouteras ou enlèveras quelque chose. Si tu en as besoin, t'as pas à t'expliquer, du moment que je suis réveillée, tu peux me demander. » J'ai scruté son visage, pensant que je le verrais bien si elle mentait ; seulement Lila avait toujours été honnête avec moi. J'ai pris le papier et je l'ai glissé dans mon corset, le coin appuyant de manière rassurante contre mon sein. Lila a hoché la tête et elle a porté la boîte au coffre. Là, elle s'est agenouillée et elle a tourné le cadran. « En plus, la plupart des filles gardent leur achetoir ici, avec le nôtre. »

La porte du coffre s'est ouverte en grinçant et j'ai senti que Sallie tendait le cou pour mieux apercevoir les liasses de billets et les petits sacs en tissu à l'intérieur. J'ai vu ma boîte prendre place au milieu, puis Lila a refermé le coffre telle une prison et elle s'est redressée.

« Dis-lui, Sallie », elle l'a incitée. Je me suis tournée vers elle – ma blessure semblait bouger moins vite que le reste de mon corps.

« C'est vrai, a dit Sallie. Je garde mes économies ici, comme la plupart des autres. Ça sert à rien de laisser ça dans ta chambre où n'importe qui peut te le piquer. »

J'ai de nouveau regardé Lila et j'ai hoché la tête, consentant à ce qu'elle avait déjà fait.

« L'affaire est donc réglée, a dit Kate en se relevant. Mr Bonnie, encore merci d'être venu à notre secours ce soir. J'espère que cela ne vous dérangera pas si nous envoyons Bridget au lit – je pense qu'elle a eu son compte pour la soirée. » Elle a tapoté le bras de Jim et lui a adressé son impénétrable sourire d'abbesse, sans lui laisser le choix.

« Bien sûr, il a grogné en remettant son chapeau sur sa tête. Bridget, repose-toi et prends soin de toi. » J'ai essayé de sourire, mais j'ai seulement réussi à découvrir mes dents. Puis j'ai entendu Kate roucouler à Jim tous les autres moyens de passer la soirée.

Sallie m'a raccompagnée jusqu'à ma chambre. « Te mets pas la rate au court-bouillon, elle m'a dit. Ça nous arrive à toutes de temps en temps de nous faire détrousser, c'est les risques du métier. En fait, t'as vraiment eu de la chance, cette fois.

— Et toi, tu t'es déjà fait arranger ? je lui ai demandé, me sentant un peu grise, la langue épaisse, épuisée par toutes ces péripéties.

— Deux fois, avant que je comprenne. » Elle m'a adossée à ma propre porte, puis s'est approchée de si près qu'on se serait touchées si j'avais inspiré assez fort. « La prochaine fois que tu vas chercher un peu d'argent de poche dans ce coffre, tu devrais te procurer un de ces engins. » Elle s'est penchée en avant et a tiré sur le devant de sa camisole, m'invitant à regarder à l'intérieur de sa robe. J'ai failli faire la carpe, mais je me suis reprise et j'ai jeté un œil. Il y avait quelque chose de niché entre ses seins parfaits, mais j'étais trop pâmée pour remarquer ce que c'était.

« C'est quoi ? » j'ai réussi à dire.

Elle a levé les yeux au ciel, fourré la main dans son décolleté, et en a retiré un petit deringer à crosse de nacre.

J'ai ricané. « J'ai vu des pines plus grosses que ça rien que ce soir.

— Peut-être, mais si tu tires sur un mec avec ça, tu verras bien s'il veut encore te détrousser. » Elle a rangé son pistolet entre les couches de dentelle et de mousseline qui lui collaient à la peau, puis elle a ouvert la porte derrière moi.

« Maintenant, au plumard, tu as l'air de revenir des enfers », elle a dit, et elle est descendue sans même se retourner tandis que je restais accrochée au chambranle de la porte, guère plus vigoureuse qu'une poupée de chiffon.

7

Au cours des dernières nuits de l'été, j'ai pris l'habitude de me faufiler dans la chambre de Constance pour épier par l'interstice Sallie au travail. Il est très vite devenu évident que la scène que j'avais surprise avec John Borne était sa procédure habituelle, mais elle avait une manière bien à elle de s'y prendre, comme si chaque passe était une occasion spéciale – et moi, je ne m'en lassais pas. Je laissais mon client redescendre au saloon avant d'aller vérifier si la chambre de Constance était vide et si celle de Sallie était occupée, ce qui arrivait en moyenne une fois par soirée. Des fois, je débarquais en plein milieu, je collais mon œil à la fente, et j'étais accueillie par le roulement de ses hanches et le rideau de ses cheveux. D'autres fois, j'arrivais après, lorsqu'elle restait couchée un moment, le temps de retrouver son souffle, balayant les mèches dorées sur son front. Deux fois, je l'ai surprise au début, à l'instant où sa robe tombait en corolle autour de ses pieds, pour être rejetée sans égard sur le côté tandis qu'elle ôtait ses bottines, qu'elle ne fermait jamais jusqu'en haut. Dès qu'elle soulevait la jambe, le vrai spectacle commençait.

Je me suis mise à l'imiter. Je n'avais pas encore la hardiesse de me mettre à califourchon sur les michés sans y avoir été invitée, mais j'étais capable de soutenir leur regard tout en dégrafant ma robe. Ce petit changement a eu un effet immédiat : la première fois que j'ai fait ça, on aurait dit que le sol avait vacillé sous mes pieds, et mon client, le lit, tout dans la pièce a basculé. J'avais attrapé un officier de cavalerie qui, un instant plus tôt, regardait encore ses épaulettes pour s'assurer que le récit de ses exploits héroïques était toujours bien là : il a été subjugué. Il me dévorait des yeux, qui n'étaient plus que de petits morceaux de charbon brûlant. La musique et le brouhaha des voix qui montaient d'en bas remplissaient l'atmosphère tel un parfum ; je me suis rapprochée de lui, il a passé un bras autour de ma taille et m'a attirée sous lui avec une sorte de tendresse. C'est la première baise que j'aie vraiment appréciée. J'avais pris l'habitude de me considérer pareille à un outil destiné à une occupation étrangère, ou l'instrument d'une action utile, comme une pioche ou un employé des postes. Cette fois, j'étais présente, et j'ai senti cette étincelle, quand deux corps se frottent l'un contre l'autre. Même si ce n'était pas du plaisir – ça, je le découvrirais plus tard –, ça m'a réveillée, fait entrevoir de nouvelles possibilités.

Je savais que je risquais de me trahir, pourtant j'ai essayé de copier d'autres trucs que faisait Sallie. Si on m'avait posé la question, j'aurais répondu que je voulais faire aussi bien qu'elle car elle gagnait beaucoup d'argent, mais en vérité je commettais cette erreur simple que font toutes les filles amoureuses : je croyais qu'en ressemblant davantage à l'objet de mon affection, elle serait attirée par moi. Tout d'abord, j'ai essayé de boutonner mes bottines à moitié, mais elles glissaient sur mes chevilles et, la troisième fois, j'ai trébuché dessus : Arabella m'a aidée à me relever, et m'a dit d'arrêter avant que Grace aille raconter à tout le monde que j'étais brindezingue. Le soir suivant, j'ai voulu imiter cette manière paresseuse que Sallie avait de se pencher en arrière en inclinant la tête, la bouche remontée d'un côté en un demi-sourire ; je n'ose imaginer de quoi j'avais l'air, mais ça ne devait pas être terrible car en me voyant, Constance a froncé les sourcils, l'air franchement perplexe.

Il y avait un autre truc que Sallie faisait et que moi seule avais vu à travers l'interstice : après avoir fait glisser sa robe par terre, elle passait une main derrière la tête pour attraper deux épingles à chignon enfouies dans ses cheveux et les retirait d'une manière si suave que sa crinière d'or retombait d'un coup, tel un rideau brillant. J'étais autant ébahie que ses michés : on restait pétrifiés lorsque sa chevelure retombait de toute sa longueur, puis remontait doucement, se balançant comme sous la brise d'été. J'aurais donné n'importe quoi pour être celle qui l'attirait à elle sur le lit, passant mes doigts dans cette cascade scintillante ; plus que tout, j'aurais aimé savoir ce que ça faisait d'accrocher l'œil de son admirateur précisément là où on voulait.

Le problème, c'est que je ne savais pas comment elle s'y prenait. Avant de venir au Queen, je ne m'étais jamais demandé à quoi je ressemblais, mais seulement si j'étais propre. Je ne remontais même pas mes cheveux, je me contentais de les tresser pour pouvoir travailler tranquille. Coiffées en chignon, Sallie et moi n'étions guère différentes, mais j'avais beau faire, je n'arrivais pas à savoir quelles épingles retirer pour les faire cascader ainsi.

« Merde », j'ai murmuré au miroir. C'était bien avant l'heure de l'ouverture, par un après-midi de début d'automne où la lumière aussi épaisse que du miel s'infiltrait par les fenêtres, et j'étais assise devant la coiffeuse, la bouche pleine d'épingles, la moitié de mes cheveux retombant devant mon visage, à croire que j'avais fait quelque chose de mal et qu'on m'avait boxé les oreilles.

« Qu'est-ce que tu fais ? » a demandé Sallie derrière moi. J'ai fait un bond et, en me retournant, j'ai craché une mini-tempête d'épingles. Elle était appuyée au chambranle de la porte, vêtue de sa robe jaune, un verre de gin oscillant dans sa main.

« Bon sang de bon sort, Sallie, tu m'as foutu une trouille de tous les diables. » J'étais rouge, et j'ai eu la sensation que je craquais de toutes parts, comme une bûche qui prend feu sur les côtés.

Elle a haussé les épaules et bu une gorgée. « La porte était ouverte. »

Elle m'avait eue. J'ai repris mon souffle en priant pour ne pas bafouiller, les yeux fixés sur son poignet qui avait beau être tourné vers l'extérieur, attirait toujours l'œil jusqu'au bout de ses doigts.

« J'essaie de faire un truc avec mes cheveux. »

Elle est entrée en hochant la tête. « C'est futé, ça. Tu ne t'en sers pas assez. » Elle est venue derrière moi et s'est penchée pour poser son verre sur le bord de la coiffeuse et, un instant, j'ai respiré son odeur de sueur, de talc et de vieux coton, derrière laquelle affleurait une essence plus profonde que je n'aurais pu nommer.

Elle a posé les mains à l'arrière de ma tête et passé les doigts dans ce qui était encore attaché, retirant une poignée d'épingles qu'elle a calées dans sa bouche, tout comme je l'avais fait un instant plus tôt. Je m'attendais à ce qu'elle ait le geste un peu rude mais, tout en restant très professionnelle, elle était douce et manipulait mes cheveux non pas ainsi qu'un bel objet, mais comme quelque chose dont elle connaissait la valeur. Elle les a étirés sur toute leur longueur, et je n'ai pas pu m'empêcher de fermer les yeux ; elle les a peignés avec ses doigts, ralentissant tandis que je reprenais ma respiration, puis elle les a étalés sur mes épaules. Elle a pris ma brosse, s'est concentrée sur les pointes, et je me suis complètement laissée aller.

« Ça fait du bien, hein, elle a dit d'une voix plus grave que d'habitude.

— Pour sûr. » Les yeux mi-clos, je regardais son reflet.

Elle a acquiescé. « Ma sœur me les brossait aussi.

— Tu as une sœur ?

— J'avais. »

J'ai ouvert la bouche pour lui demander ce qu'elle voulait dire, mais je me suis arrêtée : je ne voulais surtout pas l'interrompre.

« Et donc, qu'est-ce que tu avais envie de faire ?

— Comment ça ?

— Avec tes cheveux ? » Elle a levé les yeux et nos regards se sont rencontrés dans la glace.

« J'aimerais qu'ils tombent tout d'un coup quand j'ai un client.

— C'est-à-dire ?

— Si j'ôtais les épingles et... » J'ai levé la main en l'air pour la passer derrière ma tête avec toute la grâce dont j'étais capable.

Sallie a cessé de me brosser et m'a observée. « Mmm. Où est-ce que t'as trouvé ça ? »

Le bégaiement que j'avais réussi à maîtriser jusqu'ici est revenu. « Je... j'ai pensé que... je pouvais... » Je sentais la chaleur qui émanait de son corps, derrière moi, je brûlais d'envie de me retourner, de poser les mains sur sa taille et de remonter pour prendre son visage entre mes doigts. Elle a attendu sans rien dire, ne m'offrant rien de plus.

J'ai repris mes esprits et respiré un coup. « Ben oui, ils ont choisi une rouquine, alors il faut leur donner ce qu'ils veulent, pas vrai ? »

Sallie a considéré longuement mon visage dans le miroir, patchwork de taches rutilantes, puis elle a haussé les épaules en guise d'acquiescement. Elle s'est penchée en avant pour reprendre son verre et le vider, et son bras a frôlé mon épaule.

« Ça peut pas faire de mal. Tu es nouvelle dans ce boulot, hein ? »

J'ai hoché la tête.

« Voilà ce que tu vas faire. » Elle m'a montré comment remonter mes cheveux en les roulant de bas en haut, puis en les fixant avec des épingles en diagonale à l'arrière de ma tête.

« Tu auras peut-être besoin de plus d'épingles parce que tu as des cheveux plus touffus que moi, mais retiens bien ça : tu enlèves les épingles d'un coup, tu secoues ta chevelure, et tu pourras augmenter ton tarif de deux ou trois dollars.

— Tant que ça ? » J'étais choquée par la somme.

« Et pourquoi pas ? Tu as la marchandise, il faut prendre ces crétins pour ce qu'ils sont. » Elle s'est tue et m'a longuement regardée dans la glace.

« Sauf que maintenant, tu arrêtes de me choper mes trucs, compris ? »

J'en ai eu le souffle coupé. « Mais… j'ai pas… »

Elle m'a attrapée par les épaules et s'est penchée, sa lèvre effleurant mon oreille lorsqu'elle m'a parlé. « Tu sais que j'entends tout à travers les murs, moi aussi, hein ? Tu es peut-être plus petite que Constance, mais elle a le pied bigrement plus léger que toi. »

Soudain l'atmosphère est devenue glaciale ; je n'osais pas regarder les mains de Sallie sur mes épaules, de crainte qu'elles soient couvertes de givre.

« Mais j'ai pas…

— Bien sûr que non. » Sa langue rose a brusquement jailli et elle m'a léché le lobe de l'oreille. J'ai poussé un cri minuscule ; avant que j'aie eu le temps de reprendre mon souffle, elle s'était relevée en s'appuyant sur mes épaules et elle avait franchi la porte. Là, elle s'est arrêtée pour me dévisager.

« Et ramasse ça, elle a dit en désignant les épingles que j'avais fait tomber en sursautant à son arrivée. Tu sais que Lila aime pas le désordre. Et tu redescendras ce verre quand tu viendras tout à l'heure, d'accord ? »

Elle a refermé derrière elle, et un instant plus tard, j'ai entendu le bruit de ses pas dans l'escalier.

Toute la soirée, j'ai repensé à la mise en garde de Sallie : est-ce qu'elle savait vraiment que je l'avais épiée, est-ce que ça l'ennuyait réellement ? Elle aimait attirer l'attention sur elle donc elle devait seulement être un peu froissée, rien de plus. Je me suis tenue à l'écart de la chambre de Constance pendant quelques soirs, mais j'avais toujours Sallie dans la peau, et je n'étais pas près de la lâcher.

Un soir, en sortant de ma chambre, je l'ai vue monter l'escalier avec un homme ; il présentait bien, la barbe soignée, les yeux brillants, les mains gantées. Ça devait être un joueur qu'elle avait raccroché à une table. Je me suis plaquée contre le mur pour les laisser passer. Sans réfléchir, j'ai regardé en bas pour voir où était Constance : elle était lancée dans une partie de cartes. Je me suis glissée dans sa chambre et allongée sur le lit en me tortillant pour coller mon œil au mur. C'était comme revenir une fois de plus dans le même théâtre pour voir la même pièce. Le doux froufrou de sa robe qui tombe, puis un pied hors de ses bottines à moitié déboutonnées, le gauche, puis le droit, tandis que le miché se déshabillait. Celui-là faisait des manières, il a enlevé ses gants jaunes en cuir souple l'un après l'autre, a posé sa veste et son pantalon par-dessus le bois de lit de manière à ce qu'ils ne se froissent pas. Sa chemise était propre, avec juste l'ombre d'une tache couleur de thé sous les bras. Il tenait toujours ses gants, qu'il faisait claquer contre sa cuisse, et de l'autre il a voulu faire tourner la molette d'un éperon absent. Une chevalière brillait à son doigt, qui a scintillé lorsqu'il a posé une pile de pièces sur la coiffeuse. Quand Sallie s'est approchée pour les prendre, il a levé le bras, et ses gants se sont abattus sur sa joue. Très calme, elle a porté la main à son visage. « Alors là, George, va falloir que tu allonges un peu plus.

— Et ? il a grommelé.

— Soit tu paies, soit tu ralentis, sans quoi tu t'en vas. »

Il a fouillé dans la poche de son pantalon et ajouté une pièce supplémentaire sur la coiffeuse, sans jamais la perdre des yeux. De mon côté, je me suis raidie, j'entendais une sorte de bourdonnement à l'arrière de ma tête, tel un moustique lointain. Sallie a hoché la tête en considérant la pile plus haute et s'est approchée de lui pour passer à la suite de son numéro. Je m'attendais à la voir le pousser doucement sur le lit, pour ensuite le chevaucher. Dès qu'elle s'est approchée, il l'a frappée à nouveau, de la main cette fois, et il lui a saisi le poignet. « Tu ne me parles pas comme ça. Je prendrai ce que je suis venu chercher.

— Évidemment », elle a répondu. Il était toujours assis sur le lit ; elle était debout, avec ses bas, coincée entre ses jambes à lui. Sa voix n'avait pas varié, mais puisqu'elle me tournait le dos, je ne pouvais lire son expression.

« Ferme ta bouche », il a grogné. Il lui a tordu le poignet et l'a forcée à grimper sur le lit. « Tu ne vas pas te débarrasser de moi comme ça. » Il l'a giflée une troisième fois et a remonté sa combinaison au-dessus de sa taille. Elle ne s'est pas débattue, mais quand elle a tourné le visage vers le mur, j'ai vu qu'un filet de sang coulait là où il l'avait frappée, traînée rouge sur sa joue blême, dont la pâleur crémeuse était à présent de plâtre. Il l'a prise à la gorge, ses doigts appuyant sur la peau, poussant si bien que son menton s'est relevé, terrifiant faux signe d'orgueil, tandis que le reste de son corps demeurait immobile. Ses dents étaient roses, il y avait quelque chose de lointain dans son regard, telle une passagère qui regarde à travers la vitre d'un train dans l'espoir qu'il l'emmène loin de tout cela.

Sans réfléchir, je suis sortie en trombe de la chambre de Constance en m'accrochant au chambranle de la porte comme une enfant qui court trop vite, et je suis entrée sans crier gare dans la chambre de Sallie. Le miché l'assaillait par mouvements saccadés et profonds. Pendant un quart de seconde, mon regard s'est posé sur les rubans attachés au montant du lit, et le creux que gravaient les pieds de métal dans le plancher – j'ai pensé, en toute absurdité, que Lila ne serait pas contente en voyant ça. Puis je me suis précipitée vers le client que j'ai empoigné par les épaules, aussi rond et suant qu'un jambon emballé. Je l'ai tiré en arrière et il s'est débattu, se dégageant de mon étreinte sans rompre son étrange rythme. Il y a des hommes comme ça, leur sang ne fait qu'un tour, et ils ne font plus la différence entre baiser et se battre. Je l'ai saisi à nouveau à deux mains et je l'ai mordu, là où l'épaule rencontre le cou. J'ai senti quelque chose céder sous mes dents. Il a rugi et je me suis sentie soulevée, puis je me suis retrouvée par terre, et j'ai vu deux éclairs de lumière : l'un à l'arrière de ma tête lorsqu'elle a heurté le sol, l'autre dans ma joue, qui gardait l'empreinte de sa main osseuse, puis une douleur cuisante et métallique.

Tout ce que j'entendais, c'était son souffle, aussi sonore, concentré et irrégulier que ses coups de reins quelques instants plus tôt. Il avait dû vivre toute sa vie de cette manière, dans l'instabilité, le déséquilibre. J'ai senti une pression sur ma gorge, et des éclats blancs sont apparus devant mes yeux ; le gémissement que j'entendais à l'arrière de ma tête s'est transformé en hurlement qui est remonté et s'est emparé de ma bouche. J'ai voulu bouger, mais rien ne s'est passé ; les ténèbres m'enveloppaient, à croire que je tombais dans un puits. J'ai eu une vision de Sallie courant devant moi sur la prairie en direction d'une tache lointaine, un bosquet de bouleaux, ses cheveux couleur paille tourbillonnaient autour d'elle lorsqu'elle s'est retournée vers moi, mais son visage avait disparu.

J'ai entendu un grognement, un cri, puis un coup de feu pareil au claquement d'un fouet à mon oreille. La pression sur ma gorge s'est dissipée, et j'ai aspiré de grandes goulées d'air, tandis que la chambre réapparaissait autour de moi. L'homme s'est retourné vers Sallie, une tache rouge sombre s'étalait sur sa chemise. Derrière lui, celle-ci pointait son petit deringer de la taille d'une bite, qui émergeait de sa main tel un gros index tendu. Elle a fait feu de nouveau, et le type est tombé à genoux, le souffle laborieux. Des mains m'ont attrapée et emmenée ailleurs, tandis que tout autour de moi s'élevait un concert de voix et de cris, de bottes qui piétinaient, mais pas la moindre note de musique.

J'ai dû faire la carpe, ou peut-être que c'était juste un trou de mémoire, mais je me souviens que, juste après, j'ai entendu la voix d'Henrietta prononcer doucement mon nom. J'ai ouvert les yeux : elle était assise au bord de mon lit. Dès que je l'ai vue un peu plus nettement, tout s'est mis à tourner autour de moi, et j'ai refermé les yeux aussi sec.

« Tu es réveillée, elle a gazouillé.

— Qu'est-ce qui s'est passé ? » Les mots ont grimpé et roulé hors de ma bouche – ça m'a fait mal comme le lit d'un ruisseau pierreux.

« Sallie a descendu le miché qui te bûchait », elle a dit, et puis elle a rigolé. Sa voix a transpercé l'air jusque dans mes oreilles. Elle s'est tue un moment, et je savais qu'elle devait secouer la tête mais je n'ai pas ouvert les yeux pour vérifier.

« Je suis contente que tu ailles bien, mais elle aurait pas dû lui tirer dessus. C'est un officier, et son vieux est membre du Congrès. » Elle s'est approchée pour me murmurer à l'oreille : « On raconte qu'il va peut-être calancher.

— Et Sallie, ça va ? j'ai marmonné.

— Ouaip, ça va. N'empêche qu'elle a de sacrés emmerdements. »

Mon cœur a tressailli de culpabilité. Je me suis redressée et j'ai ouvert grand les yeux tandis qu'une marée verte me montait aux joues. Henrietta, toujours très rapide, a mis la bassine sous mon nez avant même que je sache que j'allais vomir. Elle m'a tapoté l'épaule doucement.

« Tu t'es pris un mauvais coup sur la cafetière. Le docteur dit qu'y faut que tu te reposes un moment, y a rien d'autre à faire.

— Faut que je lui parle. »

Henrietta a posé la cuvette et m'a poussée doucement pour me rallonger. Je me suis rendu compte que je n'avais pas la force de résister à l'appel du matelas, dont j'ai apprécié l'étreinte stable après les misérables vertiges que j'avais éprouvés en me redressant. Je l'ai entendue dire autre chose, mais l'obscurité s'est refermée sur moi tel un couvercle sur une boîte, et sa voix s'est transformée en un courant de sons auquel je n'entendais rien.

Cette brute avait dû me flanquer une sacrée ratapiaule car je ne me souviens pas de grand-chose après. Pendant un moment, j'ai été emportée comme une feuille par le courant, ne sachant pas si je dormais ou si j'étais éveillée. Des vagues de chaleur et de froid se succédaient, que je prenais pour le lever et le coucher du soleil. Parfois le passé se dressait devant mes yeux, et je n'étais qu'une poussière face aux dents de marbre de mon père dans l'ombre de son chapeau, avant que les larmes roulent sur ses joues et remplissent la baignoire où j'étais immergée jusqu'au cou. Ensuite, le vent m'emportait d'un souffle vers les bouleaux, et j'atterrissais, minuscule, entre les pattes des bestiaux qui piétinaient dans leur enclos, meuglant et se poussant en attendant d'être envoyés à l'abattoir. D'autres fois, je revenais presque jusqu'à ma chambre. J'entendais quelques notes de musique montant d'en bas, une bribe de conversation, et je m'y accrochais tel un homme qui se noie s'empare du dernier bout de corde avant que la mer l'engloutisse. Mais alors, la chanson changeait, ou Sallie se penchait vers moi pour me montrer son pistolet, la bouche pleine de sang, et j'étais engloutie une fois de plus par l'œil noir de la tempête où le tonnerre roulait éternellement mais où jamais la foudre ne frappait.

Enfin, j'ai fini par me réveiller dans une chambre pleine de la douce lumière d'une lampe, et quand j'ai regardé autour de moi, tout m'a paru solide et bien présent, pas sur le point de se dissoudre si j'essayais de toucher quoi que ce soit. J'ai levé une main et je l'ai passée sur la courtepointe, qui m'a parue étrangement rêche mais n'a pas disparu.

« Bon retour parmi nous, a dit Constance en levant les yeux de son livre. Enfin, si tu l'es vraiment. Tu as prononcé d'étranges paroles, je dois le dire. »

Je me suis à moitié redressée. J'avais mal à la tête, mais c'était la douleur familière des vivants, pas les coups de pioche des ouvriers du chemin de fer qui auparavant me clouaient sur place. En bas, j'ai entendu quelqu'un jouer « Beautiful Dreamer » (« la belle rêveuse ») – j'aurais aimé pouvoir rire de cette coïncidence.

« Ça fait combien de temps ?

— Oh, seulement deux jours, a dit Constance d'un ton léger. Tu as faim ? »

J'ai réfléchi un moment, mais mon corps paraissait très loin de ma tête. « J'ai une soif du diable, voilà ce que j'ai. »

Elle m'a versé un verre d'eau et me l'a tendu, puis elle s'est levée. « Tout le monde est sur les charbons ardents. Bart a une théière remplie de son remède miracle qui t'attend, et je t'ai déjà fait excuser pour la semaine. Jim Bonnie est sûrement en bas lui aussi – il fait les cent pas comme un fou depuis la bagarre. Tu veux le voir ? »

J'ai secoué la tête.

« Bon, je vais lui dire que tu es sortie d'affaire en tout cas. Il sera soulagé de l'apprendre. »

Je l'ai entendue descendre. Une minute plus tard, Kate et Lila sont apparues à la porte. Kate avait l'air vague, mal à l'aise – le rouge de ses joues était criant d'artifice, et quand elle bougeait, elle semblait laisser flotter dans son sillage des petits nuages de poudre. Elle est venue vers moi, Lila la suivant tel un corbeau perché sur son épaule.

« Comment vas-tu ? » a demandé Kate.

J'ai hoché la tête. « Qu'est-ce qui s'est passé ? »

Elle s'est assise sur le bord de mon lit à la manière d'une mère, en joignant les mains et en regardant par la fenêtre de ses yeux un peu trop brillants ; elle a ouvert la bouche, et j'ai senti un effluve amer de laudanum dans son haleine.

« Je ne te demanderai pas comment tu as su ce qui se passait dans cette chambre. Je méprise ces… hommes aux goûts particuliers qui croient que par la grâce de leur argent ils peuvent se livrer à ce genre de perversions, et Sallie n'aurait pas dû accepter ces excentricités, avec ou sans supplément. Comme si la violence pouvait se vendre et s'acheter ainsi que des actions dans les chemins de fer ! Il avait un couteau pliant de la taille d'une pipe à opium dans sa botte – Dieu seul sait ce qui se serait passé si on l'avait laissé aller jusqu'au bout de ses fantasmes. » Elle a soupiré en regardant ses genoux, puis Lila, qui gardait le silence, debout les mains sur les hanches, grinçant des dents.

« Néanmoins, elle n'aurait pas dû lui tirer dessus, a repris Kate. Ce coup de feu a causé beaucoup de désordre. On a dû te dire que son père faisait de la politique – on ne peut pas s'amuser à descendre les gens n'importe comment, surtout dans un endroit pareil. » Voir son calme habituel virer à la détresse m'a flanqué une nouvelle suée.

« Est-ce qu'elle va bien ? j'ai fait d'une voix rauque.

— Oui, ça va. Jim s'est mis en contact avec un juge qu'il connaît pour lui éviter la prison – nous avons contracté une lourde dette envers lui – et elle va partir tenter sa chance à Cheyenne. »

La pièce m'a paru s'assombrir, à croire qu'une main invisible avait éteint la lampe. « Elle voulait aller à San Francisco », j'ai grogné, la langue épaisse. Derrière Kate, Lila a levé les yeux au ciel, rongeant son frein.

Kate a tapoté la courtepointe près de mon bras. « Comme beaucoup de gens, ma chère, mais c'est un voyage fort coûteux. Elle devra se contenter de Cheyenne. » Elle s'est levée. « Je te l'ai dit, nous n'allons pas te demander comment tu as su ce qui se passait, l'autre nuit. Mais Bridget, il ne faudrait pas que cela se reproduise. Tu nous as déjà causé beaucoup d'ennuis – sans parler de ce que cela nous a coûté. Apprends la discrétion – c'est un avertissement. Reprends-toi et change tes manières avant que Jim comprenne ce qui se passe vraiment dans cette jolie petite tête. » Elle a pris Lila par le bras. « Je sens ma migraine revenir – peux-tu me ramener jusqu'à mon lit, s'il te plaît ? » Elle lui a tendu la main et Lila l'a emmenée.

Dès qu'elles sont parties, je me suis redressée et j'ai posé les pieds par terre. Tout mon corps était envahi d'une douleur aussi molle et visqueuse que du linge sale, et mes pieds étaient pareils à des patates tordues. Lentement, en me tenant, je suis sortie de ma chambre et j'ai longé la coursive jusqu'à la chambre de Sallie, qui était entrouverte. Elle était assise devant la coiffeuse et tressait ses cheveux qu'elle tenait d'une main, tout en prenant une lampée de whiskey.

« Sallie ? j'ai fait d'une voix rauque depuis la porte.

— Qu'est-ce que tu veux ? elle a répondu sans me regarder.

— Je peux entrer une minute ? »

Elle a lâché ses cheveux, qui se sont défaits pour retomber comme un rideau sur une vitre sale. « Si tu veux. » J'ai ouvert grand la porte, puis je l'ai refermée et m'y suis adossée. J'avais l'air d'une écolière qui a quitté en douce son dortoir au beau milieu de la nuit : pieds nus, cheveux lâchés, ma chemise de nuit tombant mollement sur moi.

« Paraît que tu t'en vas. »

Elle a pris une cigarette à moitié fumée dans une soucoupe sur la table et l'a rallumée, le frottement de l'allumette noyant presque ma voix.

« Ben ouais, elle a dit en aspirant fort pour cramer sa sèche. Apparemment, je suis devenue indésirable, je mets en danger l'établissement, ou son accord de sécurité, je sais plus. Si seulement ce shérif préférait les blondes aux rouquines, ce serait moi qui resterais bien au chaud sous la courtepointe et toi qui décanillerais pour aller te geler le cul dans ces putains de territoires oubliés de Dieu.

— Et San Francisco ?

— Quoi, San Francisco ?

— T'y vas plus ?

— Ouais, c'était prévu, elle a dit en élevant la voix. À quoi tu crois que ça devait servir, l'argent qu'il m'a filé en rab ? J'imagine que tu as tout vu. » Elle a pointé sa cibiche vers moi, a pris une nouvelle bouffée suivie d'une gorgée de whiskey.

« Mais tout ça c'est fini, et le reste aussi. Ces salaudes de fesse-mathieux ont pas voulu investir dans ma carrière. » D'un coup de tête, elle a désigné le salon de Kate. « Donc c'est retour à la case départ, et j'ai plus qu'à trimer pour remonter la pente une fois de plus.

— Je voulais juste t'aider, j'ai dit, sentant que je me ratatinais de seconde en seconde.

— Ben, tu m'as pas aidée. Je me serais débrouillée toute seule sans baiser la camarde. Tu crois que c'était le premier qui voulait m'embauder ? Tu crois que j'aurais pas su me défendre toute seule ? Merde, alors ! » Elle a craché par terre, et je me suis recroquevillée sur moi-même, choquée par la grossièreté de son geste. Elle m'a regardée en ricanant. « Lui et moi, on avait fait un marché. Mais non, toi et tes petits secrets. Tu crois que personne voit tes putains de pensées contre-nature qui rayonnent de la lune ?

— Kate a dit qu'il avait un couteau », j'ai murmuré, cherchant désespérément à radoucir sa voix devenue si dure, à calmer le feu de ses yeux – mais elle m'a ignorée.

« Évidemment, qu'il avait un couteau. Ils en ont tous ! Tu crois que c'est rien qu'un boulot comme un autre, juste une corvée de plus, hein ? Tu agites la tête, tu accommodes quelques cowboys, tu assèches les couilles du shérif pour que toute la maisonnée vole à ton secours au moment où ça déraille. Ta meilleure amie te lit des histoires et tu dépenses ton oseille en t'achetant des bonbons comme une bonne petite fille, et tout ça c'est bath aux pommes, hein ! T'as rien compris, Bridget. Ils ont *tous* un couteau. Ils ont tous un pistolet, et ils sont nés avec des poings au bout des bras. Tu crois que tu es affranchie, ma cocotte, mais n'importe lequel d'entre eux pourrait t'escarper un soir, et tu serais morte avant même de te ramasser sur le plancher. »

Elle a écrasé son mégot d'une main tremblante qui a déséquilibré la soucoupe, et la cendre a volé sur la coiffeuse, puis elle a repris une lampée de whiskey. « J'ai survécu, elle a dit en regardant la cendre. J'ai connu pire, même. Et ce sera pareil pour toi. »

Elle m'a enfin regardée et pour la première fois, j'ai vu la dureté profonde de ses yeux brun-jaune, étendues blanches semées d'une pierre au milieu.

« Je suis désolée, j'ai dit comme si ça pouvait signifier quelque chose pour elle.

— Oh, ben alors…

— Je regrette que tu partes.

— Moi aussi, elle a rétorqué en se retournant vers le miroir et en prenant sa brosse au manche argenté. Ah, bon sang, moi aussi. »

Je suis retournée me glisser dans mon lit avant qu'une vague de tristesse s'abatte sur moi. Nichée sous les couvertures, j'ai rentré mes mains dans mes manches, fourrant le bout dans ma bouche pour étouffer les pleurs qui montaient par vagues de mes jambes jusqu'à ma gorge. J'étais pareille à un tunnel, un portail par lequel les horreurs d'un autre monde entraient dans celui-ci. C'était bien plus profond que la douleur dans ma tête, ou le départ imminent de Sallie, ou même le fait que tout était ma faute. J'aurais été incapable de mettre un mot sur ce que je ressentais pour elle, mais c'était tellement fort, à croire que mon cœur voulait sortir de ma poitrine ; Sallie partie, s'il réussissait à s'échapper, mon palpitant n'aurait plus nulle part où aller. Mon incapacité à comprendre les choses, mon manque d'attaches en ce monde – savoir qu'elle avait raison et qu'un seul geste suffirait à mettre fin à mes jours, qu'une vague plus forte pourrait effacer mes traces, ne laissant que quelques souvenirs lointains et évanescents au fond des yeux d'une poignée d'hommes –, l'idée que malgré toute la distance parcourue, je n'étais destinée qu'à être une éphémère présence dans la vie des autres : que pouvais-je faire de toutes ces pensées ? Tout est sorti à travers des hurlements farouches qui se sont noyés dans un paquet de tissu trempé sur lequel je serrais les dents si fort que j'en ressentais des étincelles dans la mâchoire, jusqu'à ce que les forces me manquent et que je sombre dans un lourd sommeil silencieux.

Quand je me suis réveillée le lendemain matin, Sallie n'était plus là. Constance m'a dit qu'elle était partie le sourire aux lèvres, même si elle n'emportait rien d'autre que la robe jaune et le sac en toile usé avec lesquels elle était arrivée. Je suis allée contempler sa chambre vide, mais il ne restait plus rien que la soucoupe, avec une empreinte de doigt dans la cendre, et un ruban jaune sous le lit, qui déjà prenait la poussière.

DEUXIÈME PARTIE

PREMIÈRE NEIGE

8

Je me suis remise au travail quelques jours après le départ de Sallie. Sa perte m'a coûté une semaine de revenus, que j'ai tenté de rembourser en faisant des passes sans enthousiasme, la tête basse, le cœur brisé ; Constance a pris un air de bulldog quand je le lui ai annoncé, car j'avais tout accepté sans protester. Ce que je voulais, moi, c'était retrouver une sorte de routine, que la vie reprenne un semblant de forme après tout ce temps passé à somnoler dans mon lit, la migraine battant dans ma tête. Dès le premier soir où j'ai senti que je n'avais plus de vertiges, j'ai brossé mes cheveux, enfilé ma robe de travail, et je suis descendue en quête d'un client ou deux. C'était mon premier chagrin d'amour, et j'ai été sincèrement choquée de découvrir que la vie avait continué : malgré la tristesse qui, à mes yeux, suppurait dans le saloon comme un miasme fiévreux, les lumières du Queen oscillaient aussi chaleureusement qu'elles l'avaient toujours fait.

J'aspirais tellement à me trouver quelque chose à faire que je me suis attachée à des petits détails autour de moi en me montrant la plus serviable possible.

Dans la journée, je travaillais dur, me chargeant de corvées que je n'avais plus exécutées depuis l'époque où Mrs Mackey me toisait avec dureté. Tout ça a eu pour effet d'émousser la colère de Lila – à juste titre ou pas, elle me blâmait pour toute cette histoire avec Sallie. Alors j'ai nettoyé la suie des lampes, passé de la cire sur le bois abîmé du piano de Roscoe, frotté les lourdes marmites de Bart avec du sable, et descendu les tapis de Kate dans la cour pour les battre, leur arrachant de lourds nuages de poussière qui partaient au vent telles de grandes volées d'oiseaux bruns. J'ai aidé Constance à ranger les livres déjà lus dans des caisses que j'ai descendues dans le débarras ; d'abord elle a pris un air méfiant lorsque je lui ai proposé mon aide, et puis elle a haussé les épaules et fait un pas de côté.

Le jour de la lessive est arrivé et je me suis occupée du tub, apportant des baquets d'eau bouillante de la cuisine. C'était bon de travailler dehors à nouveau. Mais c'était affreux de voir combien nos robes rouges déteignaient, l'eau était aussi écarlate que celle du Nil, et autour de mes ongles, une couche de rose s'est incrustée. Au début, Grace tournait autour de moi pour superviser mon travail, m'observant telle une oie maigrichonne prête à me mordre, mais quand elle a compris que je savais ce que je faisais, elle a claqué du bec, grommelé quelque chose que je n'ai pas compris, et elle est rentrée pour aller chercher querelle ailleurs. J'étais agenouillée par terre, manches relevées, des mèches folles collées au front, espérant m'épuiser à ces corvées élémentaires. C'était dur mais ça faisait du bien. La cour puait comme toutes les cours à proximité des enclos à bovins, qui peu à peu devenaient de plus en plus calmes à mesure qu'on chargeait dans les trains les derniers troupeaux de l'année pour les expédier au loin, mais là-haut, le ciel était plus transparent que du verre et le soleil éclatant. Frotter était une forme d'expiation, l'eau me brûlait les bras et me durcissait les mains, mais les bourrasques automnales étaient si froides qu'elles me donnaient la chair de poule. Assise sur mes talons, j'ai pensé que c'était peut-être là ma place, dans l'arrière-cour, où nul ne pouvait me voir, où je ne gênais personne.

J'ai entendu une voix d'homme crier dans le saloon, et quelques instants plus tard, une vague d'exclamations chez les filles. À ce tumulte, j'ai compris que quelque chose d'excitant venait de se produire, mais vu comment ça s'était passé la dernière fois, je n'étais pas pressée d'en découvrir plus. Dans un grognement et une suée, j'ai renversé le tub et laissé l'eau sale s'écouler en minuscules ruisselets rouges entre les touffes d'herbe, avant qu'ils se perdent dans la terre. J'ai essoré nos robes une par une, et je les ai accrochées à la corde à linge, claquant au vent dans un bruit mouillé, ployant sous leur propre poids. La lessive prenait toujours exactement le temps qu'il fallait, et ça se terminait toujours au moment où je commençais à en avoir vraiment marre.

« La voilà », a dit Constance derrière moi. Je me suis retournée, et je l'ai vue devant la porte, avec l'homme bien mis aux épaules tombantes que j'avais vu le premier soir au Queen, et là j'ai compris d'où venait tout ce carillon : Pierre était de retour.

Pierre, c'était un Français qui avait fait son chemin de New York à Denver grâce aux cartes, et malgré son penchant pour les lits de plumes et les bonnes eaux-de-vie, il semblait aimer la prairie. L'été, il sillonnait la route des troupeaux entre San Antonio et Ogallala, mettant à cran les Texans qu'il ratissait au poker ; au cours d'une de ces tournées, il avait fait la connaissance de Constance, qui était la seule catin à l'ouest de La Nouvelle-Orléans à parler français. Même si, au départ, leur lien était né du fait que sa langue maternelle lui manquait, ils étaient devenus bons amis, et il aimait venir à Dodge de temps à autre pour se reposer. Il louait une petite pièce au rez-de-chaussée, derrière le bar, mais ça ne lui servait guère que d'endroit pour entreposer ses bagages. En réalité, il créchait avec Constance, et partageait son lit dès qu'il était en ville. C'était un arrangement inhabituel – personne d'autre n'avait le droit d'accueillir quelqu'un pour la nuit – mais tout le monde au Queen aimait Pierre. Sa réputation attirait les joueurs apprentis, ce qui permettait à la maison de couvrir largement le prix de son hébergement, il faisait des compliments à Bart sur sa cuisine, apportait de nouvelles partitions de musique à Langley et, à l'oreille, à Roscoe. Mais plus encore, il mettait les catins de bonne humeur, leur pinçant le nez et tirant gentiment sur leurs boucles, comme un père avec ses filles préférées, qu'il a depuis longtemps renoncé à maintenir dans le droit chemin.

J'ai essuyé mes mains sur ma jupe et je suis allée lui dire bonjour. Il a tendu les bras et m'a fait la bise sur les deux joues. Sa redingote avait pâli et de noire était devenue violette, couleur ecchymose, les coutures des épaules laissant apparaître des petits fils, mais sa moustache était bien taillée et il dégageait un parfum d'eau de toilette par-dessus le pot-pourri habituel des relents d'humain et de cheval.

« Brigitte, il a dit en souriant. C'est merveilleux de te revoir, et tu as l'air resplendissante ! »

J'ai rougi. Je ne m'attendais pas à ce qu'il se souvienne de moi après notre brève rencontre, juste avant qu'il parte pour sa tournée d'été, et encore moins à un accueil si gentil. « C'est chouette de te revoir, Pierre. Tu vas rester longtemps ?

— Pierre va rester tout l'hiver avec nous », a dit Constance. Il a passé le bras autour de sa taille, et j'ai senti une espèce d'envie naître et croître au creux de mon ventre, pareille à de la moisissure. « Rentre donc, nous allons fêter ça. » Et elle m'a attrapée par le bras, les yeux brillants.

J'ai regardé autour de moi à la recherche d'une excuse pour fuir leur joie pétillante, mais j'avais fini ma besogne, et je les ai suivis au saloon. C'était ce moment gris de l'après-midi, avant que Grace allume les lampes ; dans l'obscurité épaisse, je voyais les filles rassemblées autour du bar où Bart servait un truc qui avait l'air bon. Pierre et Constance ont pris leur place au centre du groupe.

« Alors, comment s'est passé le voyage ? Tu as eu de la veine ? a demandé Henrietta.

— Beaucoup, a répondu Pierre. Je suis revenu avec un porte-monnaie bien garni, et je suis sûr que *mademoiselle**[1] va m'aider à le garnir encore plus. » Il a pincé la taille de Constance qui s'est mise à glousser comme Henrietta, en lui tapotant gentiment la main. Puis il lui a murmuré quelque chose à l'oreille et elle

---

1. Tous les mots en italique suivis d'un astérisque sont en français dans le texte d'origine (*N.d.T.*).

a rougi. Arabella se trouvait près de moi, et j'ai croisé son regard avant qu'elle aille à son tour lui faire la bise et prendre un verre. On était toutes les deux fascinées de voir Constance si pâmée devant un bonhomme.

J'ai fait un pas en arrière en buvant à petites gorgées tandis que les filles venaient toutes le saluer. Il a accueilli chacune d'entre elles par son nom, avec son bel accent fleuri. Dans sa bouche, on se transformait toutes pour quelques instants : Bridget la courte sur pattes devenait l'élégante Brigitte ; Arabella aux cheveux mous, la gracieuse Arabelle ; Kate aux yeux vitreux, la rêveuse Katrine.

« Je m'attendais à trouver la maison pleine en revenant ici, mais vous n'êtes pas si nombreuses. Une d'entre vous est partie ? » il a demandé. C'était étrange de voir un homme s'intéresser aux affaires d'une maison de passe.

« Oh, on a perdu une collègue, il y a quelque temps », a répondu Constance avec circonspection. La moisissure dans mon ventre s'est épaissie.

Pierre a posé à Constance une question en français ; de sa réponse, j'ai seulement compris le mot « Cheyenne ». Ça m'a fait quelque chose de penser à Sallie, partie sur les routes, ballottée par la diligence, son regard balayant la prairie sans fin.

« *Quel dommage**. » Il s'est arrêté pour allumer un cigare, crachant la fumée vers la lampe que Constance tenait renversée pour lui présenter la flamme. Il a ajouté autre chose et elle lui a répondu par un minuscule signe de tête dans ma direction. Pierre a relevé les sourcils, mais Constance a eu un autre hochement de tête qui semblait sceller une promesse, et il s'est radouci.

Il a souri et pris la bouteille pour remplir nos verres. Je tenais le mien d'un geste mécanique et quand je l'ai porté à mes lèvres, j'ai à peine pris garde au contenu.

« *Venez, venez ici, mes belles !** » a dit Pierre à grand renfort de gestes, tenant la bouteille par le goulot, et les filles se sont précipitées en roucoulant telles des tourterelles incarnates. « Il faut que je vous raconte ! J'ai rencontré la personne la plus extraordinaire qui soit. À Abilene. Cette personne vit de son habileté au revolver, ce qui bien sûr est tout à fait ordinaire à Abilene, sauf que là, c'est une femme ! »

Les cocottes ont éclaté de rire en chœur, ricanant comme si c'était la blague de l'année. Je savais qu'elles riaient de bon cœur, pourtant, ça sonnait complètement faux, à croire qu'elles ne pouvaient s'empêcher de jouer la comédie devant les hommes, même ceux qu'elles aimaient bien. « Allez, raconte-nous en une autre, Pierre, a dit Henrietta.

— Mais c'est vrai ! On a joué au poker au saloon Yellow Stud et elle a perdu. Très piètre joueuse, aucun sens de la stratégie, mais bon, il fallait s'y attendre. » Derrière lui, Arabella a fait une moue de mépris silencieux et Constance lui a pincé le bras. « Habillée pareil qu'un homme, et elle se bat pareil qu'un homme, il faut le dire », il a continué.

Il nous a ensuite raconté une de ces histoires habituelles de la conquête de l'Ouest : l'honnêteté de telle personne est remise en cause, on sort les armes, cette as de la gâchette dégaine la seconde mais tire la première, aussi rapide qu'un serpent. J'ai vidé mon verre, poussé Henrietta, et je suis montée.

« Où est-ce qu'elle va ? » j'ai entendu dire quelqu'une, mais Pierre s'était déjà lancé dans une nouvelle histoire sous les rires de Constance.

Lila attendait sur le balcon en roulant une cigarette. « Combien de temps est-ce qu'il va rester cette fois ?

— Merde alors, comment que je le saurais ? j'ai répondu, oubliant que Constance me l'avait dit.

— Prends pas ton bœuf avec moi, c'est Kate qui demande, elle a dit en léchant le papier à cigarettes pour le coller.

— Je sais qui c'est qui demande. Mais même si c'est elle qui veut savoir, ça change rien, je sais toujours pas. »

Elle m'a lancé un regard oblique. « Allez, courage ! Ou bien c'est que tu es jalouse de lui aussi maintenant ? »

J'ai ricané. « Ça me plaît pas de voir comment elles font toutes la roue devant lui.

— Je pensais que tu serais contente de voir Constance aux oiseaux. Elle a pas tant que ça de réguliers.

— Y en a pas beaucoup qui ont le niveau. »

Lila a acquiescé. « Elle est assez jolie, mais j'aimerais qu'elle tienne un peu plus sa langue. » Elle a frotté une allumette pour enflammer sa cigarette. « Pourquoi tu lui en veux à celui-là ? »

J'ai soupiré, me rappelant que le moisi dans mes entrailles n'avait rien à voir avec Constance. « D'où est-ce qu'il vient, d'abord ? j'ai demandé, comme pour m'excuser.

— De France, a répondu Lila en me soufflant sa fumée en pleine figure. Alors fais un peu gaffe à tes manières, ma poule. » Elle m'a fichu une claque sur les fesses et puis elle a descendu tranquillement l'escalier, la main déjà tendue pour que Pierre lui fasse le baisemain.

L'automne cette année-là a été doux, ponctué d'orages violents. Pareil à un enfant qui pique une colère, le ciel lâchait des torrents de pluie ou d'étranges bourrasques de flocons, puis ça se réchauffait et les rues dégoulinaient de boue, qui durcissait en ornières aussi dures que des pavés dans une ville secouée par des tremblements de terre. Dodge titubait à force d'être malmenée dans tous les sens, on aurait dit que tout le monde cherchait à s'affranchir de cette atmosphère lourde en buvant, en jouant et en allant aux putes, autant que sa bourse le lui permettait.

Ces tempêtes d'automne déplaisaient aux meneurs de troupeaux et aux propriétaires et, chaque fois, le Queen se retrouvait bondé de types qui voulaient fuir la nuit en joyeuse compagnie. Roscoe reprenait ses morceaux préférés à qui mieux mieux, et toutes les deux minutes la porte s'ouvrait et une rafale nous amenait un gars qui s'ébrouait et soufflait comme un bœuf, l'air tout étonné de ne pas être le seul à avoir pensé qu'un saloon ferait un meilleur refuge qu'une tente ou une misérable cabane détrempée. Enveloppés dans leur manteau fumant, ils n'arrêtaient pas de se plaindre du froid et de l'humidité tandis que Bart servait des louches de sa « Mixture du dimanche », mélange nocif de toutes sortes de trucs auquel il ajoutait de la mélasse et du thé et qu'il servait pour dix cents le verre à tous ceux qui voulaient tenter de découvrir ce qu'il contenait.

De nouveaux nuages s'étaient amoncelés pendant toute la journée ; sachant que la soirée serait pareille aux autres, longue comme un jour sans pain, je me suis glissée dehors pour respirer un peu et observer la tempête qui s'en venait. Le vent m'a coupé le souffle, mais je m'en fichais. J'avais appris à aimer le froid, cette façon dont il transperçait mes vêtements pour me piquer la peau, de me passer dessus sans se soucier de moi. Là-bas, à Fort Smith, il y avait une femme qui chipait tout ce qui lui tombait sous la main, le crayon du postier, des boutons sur le comptoir d'un magasin, un vieux fer à cheval : tout ça arrivait entre ses doigts comme attiré par un aimant. Tout le monde savait qu'elle avait une hirondelle dans le soliveau, parce que ses quatre fils, son mari et deux de ses frères étaient partis avec le général Lee, et qu'aucun n'en était revenu, si bien que les gens essayaient d'être patients avec elle. N'empêche, c'était canulant ; aussi, de temps en temps, quelqu'un appelait le shérif et on la collait quelques jours en prison ; là, elle pleurait jusqu'à ce que ça devienne tannant, et le shérif la remettait dehors avec une bonne mise en garde. Je pensais parfois à elle à Dodge, où le vent se comportait de la même manière qu'elle : sans réfléchir, sans intention, il emportait tout et chignait pour rien. C'était un mouvement qu'on ne pouvait arrêter car il n'avait ni objet, ni fin, ni commencement.

Mais cette façon dont le vent transformait le ciel était une des plus belles choses que j'aie jamais vues. D'immenses volutes de nuages dont la présence semblait immuable étaient soudain balayées, emportées sans égard à travers le ciel comme un joueur qui ramasse ses gains. Alors, l'azur infini se retrouvait marbré de traînées lointaines sorties de nulle part qui donnaient aux profondeurs insondables un relief terrifiant. Mais les orages, c'était ce qu'il y avait de plus beau : la couleur du ciel virait au gris de fer pour le tonnerre, à un blanc de perle translucide pour la neige, ou au vert grenouille fiévreux avant les tornades – même si je n'ai vu ça qu'une fois. Jamais je n'ai été aussi certaine de l'existence de Dieu qu'en ces moments où je Le regardais préparer le ciel au chaos qu'il s'apprêtait à semer dans nos vies.

J'ai frissonné. Tout était devenu blanc en début d'après-midi, ce qui présageait l'arrivée du blizzard – le premier de l'année, et en avance car on n'était qu'en octobre –, mais à présent les nuages enfin s'amassaient, s'empilant à l'extérieur de la ville, nets et austères. À l'autre bout de la rue, un train a sifflé, sans doute pour dire à tous ceux qui travaillaient encore de se dépêcher de tout charger pour qu'il puisse prendre la direction de Chicago et que les débardeurs puissent se réfugier au saloon avant que les cieux se déchirent. D'instinct, j'ai levé les yeux – personne au monde ne peut ignorer un train qui siffle – et c'est là que je les ai vus.

Sur une belle jument grise est arrivé un cavalier, son épais manteau de toile boutonné jusqu'en haut du col, son chapeau très enfoncé pour se protéger du vent, si bien qu'on ne voyait pas son visage. Une corde fixée au pommeau de la selle reliait celle-ci aux poignets ligotés d'un homme juché sur un cheval isabelle. Tous deux avaient l'air défaits – l'homme semblait tassé sur lui-même autant que possible, mais une nouvelle bourrasque a balayé la rue et il s'est recroquevillé encore davantage. J'avais vu plein de représentants de la loi, d'expéditions punitives, et même quelques citoyens entreprenants qui ramenaient des bandits en ville, et en général ça n'avait pas grand intérêt, jusqu'au moment où ils choisissaient un établissement pour aller y dépenser l'argent de la récompense. Mais quelque chose chez ce cavalier a attiré mon attention, je ne pouvais en détacher mon regard. Peut-être son aisance à chevaucher une monture si imposante – car il avait l'air vraiment frêle malgré ses couches de vêtements –, ou parce que le hors-la-loi semblait tellement fourbu. À moins que j'aie compris malgré la distance que, dans cette ville pleine de nouveautés, quelque chose de vraiment inédit était en train d'arriver.

Ils sont passés devant moi sans s'arrêter, mais le prisonnier a tourné la tête vers la porte du Queen qui s'est ouverte pour laisser entrer un pauvre type en quête d'abri, déversant un flot de musique et de lumière dorée sur le trottoir. À travers le voile de ses cheveux crasseux, deux petits yeux se sont arrêtés sur moi, et il a craché dans la boue. Derrière ce geste grossier, ce qui m'a fait peur, c'est l'avidité qui transparaissait dans ce regard, un vide impossible à combler qui a fait écho en moi tel un coup de marteau sur une cloche. J'avais déjà vu ça auparavant – si ce type avait été un cheval, il aurait été sur le retour, juste bon à faire du savon. La porte s'est refermée derrière moi et je me suis retrouvée plongée dans l'ombre ; le ciel était de fer et les premiers flocons tombaient en oblique à travers la rue, comme s'ils avaient voulu eux aussi s'arrêter quelque part pour boire un verre et prendre du bon temps. Les deux cavaliers ont disparu dans la tourmente, alors je me suis glissée de nouveau à l'intérieur, transie.

Une fois rentrée, un grand frisson est remonté de mes pieds jusqu'au sommet de mon crâne avant que la chaleur m'enveloppe à nouveau dans sa lourde couverture aux arômes de fumée et de cuir mouillé. Dans la grande cheminée de pierre, un feu brûlait joyeusement, et les derniers arrivés se pressaient autour. Une espèce de brume flottait au-dessus d'eux, montant de leurs manteaux ; dans la lumière des flammes, ce n'étaient que des morceaux de grosse laine et de cuir usé. J'ai frissonné et je suis allée vers le bar, où discutait un petit groupe de cowboys. J'ai fait un signe de tête à Bart, qui a fait non et a désigné les cavaliers.

« On vient de le traîner ici, je l'ai vu, a dit un gars à la moustache brune. Pour sûr que le shérif sera pas trop content de le voir.

— Pourquoi ? » a demandé un de ses copains, un grand blond, tandis que le troisième, petit, avec une allure d'écureuil, hochait la tête vigoureusement. « Il fout le bordel dans les environs depuis des mois. Tout le monde connaît Ottis Shy, mais personne en veut.

— Vous parlez de ce gibier de potence que je viens de voir passer dehors ? » J'ai senti une ouverture et je suis apparue parmi eux. Tous les trois m'ont regardée avec surprise, aussi contents que si un oiseau était venu se poser sur la selle de leur cheval.

« Vous l'avez vu ? a demandé le moustachu.

— Maigre, l'air vraiment misérable ?

— C'est lui, a dit le blond.

— Quelqu'un l'a amené dans la rue. » J'ai regardé le moustachu en lui faisant des yeux de biche car c'était lui qui portait la chemise la plus neuve. « Et là j'ai eu les foies blancs.

— Et si vous buviez quelque chose pour vous remettre ? il a dit en faisant signe à Bart, qui m'a servi un verre de thé froid au goût de rouille. Enfin, c'est pas attraper Ottis, le problème, c'est ses frangins qui vont rappliquer. Vous croyez que ces deux-là vont vraiment laisser leur petit frère se faire pendre par un juge ?

— Pour sûr que non, a fait le blond.

— Mais vous avez pas entendu ? a répliqué l'écureuil. Ses frères, ils ont calanché. Y se sont fait scalper.

— Par qui, les Indiens ?

— Nan, les frères Lee.

— Et pis leur foutue sœur qu'ils laissent turbiner avec eux », a repris le moustachu. J'ai senti ma curiosité s'éveiller d'un seul coup, et je me suis encore rapprochée.

« C'est qui, les frères Lee ? » j'ai demandé en m'infiltrant entre le moustachu et l'écureuil, qui a bondi comme un tétras au son de ma voix. De près, il paraissait encore plus jeune. J'aurais parié une belle somme que j'étais la première fille qui lui parlait en dehors de sa famille.

Le moustachu n'a pas bronché. Il n'était pas si grand que ça, mais il me surplombait en me parlant.

« Vous devez être nouvelle en ville.

— Non, pas spécialement.

— Ben, vous écoutez pas beaucoup vos clients, si vous êtes à Dodge depuis longtemps et que vous avez pas entendu parler des Lee.

— Peut-être bien », j'ai dit en buvant une petite gorgée. Par un soir tranquille, j'aurais aimé qu'il me raconte une ou deux histoires, mais le Queen était plein et je me suis sentie obligée de faire avancer les choses fissa.

Le moustachu s'est penché vers moi pour mettre ses compagnons hors course, et du coin de l'œil je les ai vus s'écarter. J'ai entendu le blondinet murmurer : « Foutu Stew, faut toujours qu'il se garde les meilleures pour lui. »

« Alors ça sert à rien que je vous explique si vous écoutez pas », m'a dit Stew. Il a posé son chapeau sur le bar ; un demi-sourire a étiré sa moustache tandis que je le jaugeais. Une monture pleine d'entrain, pas du genre à se débarrasser de sa cavalière, mais pas non plus dénuée d'esprit. Y avait pire, pour démarrer une soirée de travail.

« Bon, ben, si vous parlez pas et que j'écoute pas, pourquoi qu'on monterait pas ?

— Bah oui, pourquoi pas ? » Il a vidé son verre, attrapé son chapeau, je l'ai pris par le poignet et je l'ai amené là-haut. Au rez-de-chaussée, Roscoe s'était lancé dans une interprétation particulièrement salace de « What a Friend We Have in Jesus », qu'il venait d'apprendre.

Après cette passe, je suis restée traîner en haut de l'escalier, laissant le cowboy redescendre sans moi. J'aimais m'arrêter de temps à autre pour contempler ce qui se passait, voir comment les choses évoluaient au fil de la soirée. C'était un tourbillon constant, qui aurait paru étourdissant à toute personne qui n'y était pas habituée, mais moi, j'avais mes repères. Près de l'âtre, les joueurs très sérieux, concentrés sur leurs mains ; dans l'angle, Pierre mélangeait un jeu de cartes rouges avec grâce, ses doigts soignés s'agitant dans tous les sens. À une autre table, Arabella était posée contre le dossier du fauteuil d'un joueur. Elle a levé la tête et surpris mon regard ; je lui ai souri en haussant les épaules, elle a levé les yeux au ciel en réponse. Elle faisait foule auprès des joueurs car elle était capable de rester sans bouger ni broncher pendant des heures ; ça peut paraître facile, mais j'ai essayé et j'ai trouvé ça assommant, et chaque fois on m'a chassée de la table car j'étais trop agitée.

Vers le centre de la salle, le jeu s'arrêtait ; la partie droite servait uniquement au bar et aux putains, et même s'il y faisait plus froid, on s'y amusait plus. J'ai repéré Constance appuyée au bar, qui parlait avec un homme, l'air tout à fait à l'aise ; à côté d'elle, Henrietta rigolait, mais elle avait les yeux fixés sur la porte, dans l'espoir sans doute de voir arriver l'un de ses clients préférés, qui aurait affronté la tempête pour venir se réfugier dans ses bras. Je n'ai pas vu Lila, mais Kate, qui faisait la navette entre les deux parties du saloon en guise de ronde du soir. Dans sa robe couleur vin, avec ses cheveux remontés et son collier en strass, elle était resplendissante. Elle était de plus en plus nerveuse à mesure qu'approchait la fin de la saison des troupeaux, observant à la manière d'un fermier le ciel qui menaçait de virer à tout moment, nous laissant seules pour l'hiver. À mes pieds, Roscoe s'était lancé dans « Red River Valley » et, assis au bar, les yeux tournés vers moi, il y avait Jim.

« Comment va, shérif ? » je lui ai dit en descendant. Il avait toujours son manteau sur lui, un bon vieux manteau en peau de bison, et sur son col scintillaient des flocons qui se transformaient peu à peu en gouttelettes.

Devant lui étaient posés une bouteille de whiskey et deux verres, et aussitôt il a rempli le second pour me le tendre en souriant, découvrant ses dents grises et carrées.

« Eh, si c'est pas mon petit porte-bonheur que voilà », il a répondu en gloussant. Il n'était pas le seul à m'appeler ainsi, mais ça ne me gênait pas plus que ça. « Vous êtes toutes bien au chaud, à l'abri de la tempête ? »

J'ai pris mon verre et j'ai désigné le saloon, qui n'était pas encore plein à craquer mais presque. « On est comme des coqs en pâte. Vous avez l'intention de passer la soirée avec nous ?

— Je fais juste un saut, j'avais envie d'écouter un peu de musique. Et puis il faut que quelqu'un vous protège des bandits en maraude par une nuit pareille. »

J'ai tendu le cou pour regarder par la fenêtre et j'ai vu des flocons qui tombaient en oblique sur fond de nuit.

« Ah, si c'est pas ma chance que vous passez justement par là », j'ai dit en buvant une gorgée, et aussitôt j'ai senti mon ennui commencer à fondre. « J'ai appris que vous avez un bandit ferré à glace en prison.

— Qu'est-ce que tu as entendu raconter, cette fois ?

— Qu'un dénommé Ottis quelque chose est au violon, ici même. »

Jim a incliné la tête sur le côté. « Mais où est-ce que tu as entendu ça ? » Malgré les lieux, alors qu'il savait très bien qui j'étais, il était très attaché à mon innocence – même si elle était depuis longtemps perdue.

J'ai répondu d'un ton léger : « Ah, j'ai juste entendu des cowboys, c'est tout. Ils parlaient tous de ce hors-la-loi qu'on a amené ici. »

Il a opiné du chef, satisfait : « Ouais, on a mis Ottis à l'ombre. C'est un sacré client, voilà tout ce que je peux dire.

— Qu'est-ce qu'il a fait ?

— Ça me gâcherait la soirée de te le raconter.

— Et c'est qui la bande des Lee qui l'a attrapé ?

— Pourquoi tu veux savoir ça ? »

J'ai haussé les épaules. « Simple curiosité. Les gars disaient qu'ils étaient bigrement célèbres.

— Ouais, c'est les deux frères et la sœur. »

J'ai éclaté de rire. « Ils laissent leur sœur coffrer les bandits avec eux ?

— Bah, c'est pas comme ça que je m'y prendrais, voilà tout ce que je peux dire. Mais c'est elle qui a ramené cette canaille plus les scalps des autres. Peut-être bien qu'elle travaille toute seule. »

Je me suis mordu l'intérieur de la lèvre en songeant à la personne fluette que j'avais vue remonter la rue à cheval.

« Mais faut pas t'inquiéter à cause d'eux, ni d'aucune autre bande de hors-la-loi. Dans deux jours, le juge itinérant sera là et Ottis sera pendu. »

Il a vidé son verre cul sec, enfoncé le bouchon dans la bouteille qu'il a prise sous le bras, prêt à changer de sujet. « Qu'est-ce que t'en dis, mon petit porte-bonheur ? Tu as un peu de temps à consacrer à un vieux gars avant que Lila vienne te faire les gros yeux ?

— L'argent d'un vieux gars est aussi bon que celui d'un jeune », j'ai répondu, et je l'ai pris par la main pour l'emmener là-haut.

Dès que j'ai refermé la porte de la chambre, Jim a retiré son manteau et l'a accroché à la patère, puis il s'est assis sur le bord du lit pour ôter ses bottes, tel un bourgeois prêt à trouver du réconfort dans les bras d'une épouse aimante.

« Prenez pas trop vos aises, Bonnie », j'ai dit. J'aimais l'appeler par son nom de famille, qu'il détestait car il le trouvait trop efféminé, donc c'était facile de le plaisanter. « Vous avez vu le bar, je vais être très occupée ce soir. »

Il s'est arrêté, la seconde botte à moitié enlevée, et il a levé les yeux vers moi. « Diantre, Bridget, est-ce qu'on n'a pas le droit de retirer ses bottes ?

— Bien sûr que si. Mais un soir pareil, on peut pas faire comme si on était mariés. »

Son pied à demi chaussé est retombé par terre. « Merde alors, Bridget. » Je pourrais jurer devant Dieu lui-même que dans toute Sa création, il n'existe rien de plus délicat que l'orgueil masculin. Caressez-le dans le mauvais sens, et il se fane telle une fleur. Pendant un quart de seconde, j'ai vu les grands yeux tristes de mon père complètement saoul, et mes entrailles se sont nouées, jusqu'à ce que je me rappelle que Jim n'avait rien fait de mal.

« Pardon, Jim, je sais pas qu'est-ce qui m'est passé par la tête.

— Je pensais que tu serais heureuse d'échapper un moment à ces vantards de cowboys, c'est tout. Mais je peux m'en aller si tu préfères.

— Non, c'est pas ça. Kate est à cran, c'est tout, parce que la saison se termine, j'ai continué dans l'espoir de le radoucir en lui racontant nos petites histoires. Vous savez comment elle est : un truc se passe mal et elle est aux cent coups, ensuite c'est Lila qui s'y met, et on se retrouve toutes dans de beaux draps. » Je me suis agenouillée et j'ai attrapé son pied à moitié débotté. J'ai tiré un bon coup, si fort que je me suis retrouvée les quatre fers en l'air, la botte dans les mains ; Jim a ri tandis que je me remettais sur mon séant.

« Très bien. Mais ne me parle plus comme ça, jeune fille. Après tout, je suis venu te rendre visite. » Il m'a tendu la main et m'a aidée à me remettre debout. Ainsi assis tout habillé sur le bord de mon lit, il a posé la main sur ma taille – il pouvait en faire le tour avec ses deux grosses pattes – et il m'a regardée dans les yeux. De sa main libre, il a repoussé une mèche de mes cheveux et caressé sur mon front la cicatrice dont mon apprenti voleur m'avait gratifiée. Le silence s'est fait entre nous ; au-delà, j'entendais le tumulte général du bar, ce qui en bas ressemblait à des conversations et qui montait jusqu'à nous tel le cours d'une rivière, tandis que Roscoe nous resservait « My Bonnie Lies Over the Ocean » pour la seconde fois de la soirée.

« Qu'est-ce qu'y a ? j'ai fini par lui demander.

— Ah, rien. Mais je vois tellement de racailles toute la journée que j'aime prendre mon temps quand quelque chose de joli croise ma route. »

Je lui ai adressé mon sourire oblique de professionnelle, teinté d'ironie, même s'il était gentil de me dire ça.

« Alors shérif, si on vous faisait vous sentir aussi bien de partout ? »

J'ai déboutonné sa chemise et je lui ai enlevé tour à tour chaque couche de vêtements. Sa combinaison de dessous, naguère rouge, était à présent rosâtre, avec un trou au niveau de la patte de boutonnage par lequel dépassait une touffe de poils poivre et sel. Il a posé la main sur l'arrière de ma tête – il faudrait que je refasse mon chignon – et il m'a attirée vers lui, mais au dernier moment je me suis tournée et il m'a embrassée près de l'oreille. Il est descendu dans mon cou tandis que je déboutonnais ma robe, la laissant tomber en corolle autour de moi.

Jim aimait que je vienne sur lui en amazone au début, mais au bout de quelques minutes, il me renversait maladroitement et me recouvrait telle une tente. Il faisait très attention lorsqu'il était sur moi, comme s'il avait peur de m'écraser, et je lui en étais reconnaissante. Beaucoup de mes clients étaient attirés par ma petite taille, et puis, emportés par l'excitation, ils l'oubliaient et me clouaient sur le matelas jusqu'à ce que je me mette à pousser des petits cris de souris, mais Jim, lui, était plein de considération et restait appuyé sur un coude. C'était parfois un peu déconcertant cette manière qu'il avait de me regarder dans les yeux tout du long, à croire qu'on était vraiment mariés.

Après avoir remis ses vêtements, alors qu'il aurait dû être repu, il s'est rassis au bord du lit. Tout à coup, il est devenu nerveux, tortillant son chapeau à la manière d'un missionnaire qui s'apprête à vous demander du pognon.

« Bridget, t'en as pas marre de tout ça ? » il m'a demandé aussi sec.

Je me suis retournée, à moitié reboutonnée. « Marre de quoi ? »

Il a levé son chapeau et désigné la pièce. « Ben… de tout ça.

— Ma chambre ? Sans doute que ça pourrait être plus gai, mais ce sera bientôt l'hiver, donc je pense pas que c'est pour tout de suite », j'ai répondu d'un ton léger.

Il a baissé les yeux et émis un grognement en regardant ses genoux.

« Je veux dire, de cette vie-là.

— Vous voulez dire, du bordel ?

— Oui, c'est ça. »

J'ai remis mon dernier bouton et ma main s'est resserrée sur mon ventre. C'était une question bête, une rêverie de gosse de la part de quelqu'un qui avait l'habitude d'avoir un bon feu et le ventre plein. Avant d'être au Queen, je m'étais démenée pour gagner ma vie malgré mes déceptions, pensant uniquement au prochain repas. À présent que ces craintes n'étaient plus, je n'avais pas réfléchi un seul instant à tout ça, au-delà des plaisirs immédiats que je pouvais m'offrir.

« Bah, j'ai pas trop pensé à tout ça. En plus, ça fait pas si longtemps que je suis là.

— Mais tu es encore… tu es si pleine de vie. »

Je n'avais pas de réponse à lui offrir ; la chape de plomb qui recouvrait mon cœur depuis le départ de Sallie commençait juste à se déliter, et l'idée que Jim n'en ait rien vu était embarrassante, vu tout le temps qu'on passait ensemble.

« Oh, et puis zut, je vais te le dire tout simplement, il a ajouté au bout d'un moment. Bridget, je veux t'épouser. »

J'ai entendu l'éclat de rire s'échapper de ma gorge avant même d'avoir pu l'arrêter. J'ai plaqué mes mains sur ma bouche, mais ça n'a fait que venir les larmes dans mes yeux.

« Quoi ? j'ai dit enfin, en prenant mon visage dans mes mains.

— Je suis sérieux. Épouse-moi. Je te sortirai d'ici.

— Pardon, Jim. Vous m'avez prise au dépourvu, c'est tout. Je croyais que vous étiez là comme d'habitude, et vous me sortez ça. »

De nouveau, il a regardé son chapeau. « Je sais. Mais c'est sincère. »

Le silence s'est fait, un vrai silence, cette fois. J'ai regardé son visage, en tout cas ce que j'en voyais, à moitié enfoncé dans son col. Il était rouge, plus juvénile que jamais.

« Mais qu'est-ce qu'on pourrait bien faire ? Tout le monde en ville saurait que vous avez épousé une putain.

— On pourrait partir ailleurs. Où tu voudrais. Denver, Chicago, San Francisco, prendre un nouveau départ. Personne saurait ce que tu as fait. »

Cette dernière phrase m'a piquée. « Vous, vous le saurez.

— Sois honnête avec toi-même, qu'est-ce qui t'attend ici ? Combien de bonnes années tu as devant toi ? » Sa voix s'est faite suppliante, et un sentiment est monté en moi, entre agacement et dégoût.

« J'aime pas la façon dont vous parlez. C'est pas votre problème. J'ai autant de bonnes années devant moi que je veux.

— Et Sallie ?

— Quoi, Sallie ? » Mon cœur s'est serré en me demandant quel genre d'histoires il avait entendues sur moi.

« Combien de temps il faudra avant qu'un truc pareil t'arrive, à toi ? »

La question m'a remise d'aplomb. « Mais qu'est-ce que vous en savez ?

— Tu sais bien que toutes les filles dans ta profession rencontrent ce genre de miché un jour ou l'autre. Je le sais, moi aussi. Je suis pas si jeune que j'en ai l'air. » Il a rigolé. Il essayait de détendre l'atmosphère, mais j'avais pas envie d'être détendue.

« Votre temps est écoulé », j'ai dit. Je suis allée jusqu'à la porte et je l'ai ouverte en grand. Le bruit d'en bas est revenu, le flot tumultueux des voix d'hommes, les rires chevalins et aigus, les verres qu'on pose lourdement sur les tables, Roscoe épuisé qui jouait comme une casserole. Jim s'est levé.

« Je sais que je t'ai prise par surprise, il a dit, si proche de moi que sa poitrine était telle une fournaise. Ça me gêne pas que tu aies rigolé. Mais réfléchis, d'accord ? Je pourrais t'offrir une vie agréable. »

Je l'ai regardé dans les yeux. Il était rouge et luisant, mais j'étais trop tendue pour éprouver la moindre gentillesse envers lui. « Allez donc en bas boire un verre. Je vous ai dit, j'ai du boulot. »

Il a remis son chapeau et il est sorti, le bruit de ses pas dans l'escalier a résonné sur fond des trois chansons que Roscoe interprétait en même temps. On a entendu un bruit de raclement suivi d'un fracas quand un joueur a bondi de sa chaise ; sortant de nulle part, Virgil l'a obligé à baisser son pistolet, et la musique a continué comme si personne n'avait risqué sa vie un instant plus tôt. Ce qui un moment auparavant me paraissait être un joyeux bazar me semblait maintenant un lugubre chaos. J'ai regardé les gueules beuglantes des ivrognes, les bouches ouvertes aux dents alignées qui débitaient des bêtises, soufflaient des haleines fétides, et les mains grossières posées sur mes amies. J'ai entendu une porte s'ouvrir sur la gauche, et Constance a fait sortir un client de sa chambre ; en passant, il m'a fait un clin d'œil, mais le sourire de Constance s'est effacé dès qu'il lui a tourné le dos. Elle a levé les yeux au ciel et bras dessus, bras dessous, sans un mot, on est reparties au turbin.

9

La tempête a fait rage pendant deux jours et trois nuits, mélange infernal et imprévisible de pluie et de neige. D'abord la pluie venait tambouriner sur le toit et les trottoirs en planches, puis son grondement féroce s'adoucissait en neige, ce qui nous laissait un bref répit avant que le vent se remette à souffler, hurlant comme une meute de loups affamés qui seraient entrés dans Dodge. Pendant quelques jours, une suite ininterrompue d'hommes a jailli par la porte dans une bourrasque d'air froid, de paquets de neige qui fondaient par terre, et de gros rires rauques fusant de toutes parts. En pareille circonstance, on n'avait que le temps pour des siestes, pas de vraies nuits de sommeil, car il fallait tirer parti de la moindre occasion qui se présentait avant que la ville prenne ses quartiers d'hiver. Roscoe avait l'œil vitreux, mais Langley n'avait plus de morphine et il était impossible d'en tirer quoi que ce soit, si bien que Roscoe devait s'occuper seul de la musique.

Je passais le peu de moments libres que j'avais au bar, à essayer de parler à Arabella et Constance, sans y arriver. Ça faisait des jours qu'on était coincées à l'intérieur, et il n'y avait pas grand-chose d'autre à faire que discuter, mais je n'arrivais pas à me résoudre à m'ouvrir à elles de la proposition de Jim. À la place, je la mâchais et la remâchais telle une vache qui rumine, sans digérer ni recracher.

Pour passer le temps, j'essayais d'imaginer ma vie d'épouse. Accepter de me marier avec lui était le choix le plus raisonnable car c'était un type chouette, avec un bon boulot, mais quelque chose restait coincé dans ma poitrine, comme un meuble qu'on n'arrive pas à faire passer par une porte. Quand je tentais d'évoquer les bons moments que cette vie-là pourrait m'offrir, mon esprit se baladait à travers la maison qu'il aurait construite pour moi. Je contemplais la cuisine inondée de soleil, avec une table bien récurée, un poêle dans un coin et plein de bois de chauffage empilé. À travers la porte, je voyais un salon avec des chaises à haut dossier, des consoles que j'astiquerais toutes les semaines, de lourds rideaux pour se préserver des vents coulis, l'hiver. En haut, un grand lit de bois – c'était sûr, Jim voudrait quelque chose d'assez ample – avec des courtepointes et des oreillers. Tout ce que je voyais était solide et ordonné, le genre de maison qu'une femme d'intérieur tiendrait à la perfection. Sauf que ça me paraissait joli tant que je ne me projetais pas dedans ; flottant tel un fantôme à travers ce foyer imaginaire, j'éprouvais le désir d'y vivre. Mais dès que je me représentais réellement à l'intérieur, toutes les corvées me revenaient : qui récurerait la table, qui brosserait les rideaux, qui ferait le lit ? Et avec ces questions revenait l'idée que mes yeux jamais ne quitteraient la porte, que je serais tendue chaque fois qu'elle s'ouvrirait, et redouterais qu'elle ne s'ouvre pas. J'avais beau essayer, impossible d'imaginer une joyeuse scène domestique ; tout ce qui me venait à l'esprit, c'était cette sensation familière et étouffante de devoir suer sur un fourneau sans rien d'autre à faire qu'attendre un bonhomme. Peut-être que j'aurais dû demander à Constance si ce sentiment pouvait disparaître avec le temps, mais en réalité je préférais éviter cette conversation, de peur qu'elle me pousse à accepter.

Pendant la tempête, le travail avait été continu, mais les clients n'avaient rien de remarquable, la plupart venant nous voir faute d'avoir autre chose à faire, et l'ambiance était nerveuse, agitée. La troisième nuit, tout le monde au Queen était au bord de l'explosion. Constance n'essayait même plus de lire, elle tripotait son verre sale du bout des doigts tout en regardant Pierre à l'autre extrêmité de la pièce accumuler une fortune grâce à deux péquenots, mais sans sa gaieté habituelle. Assis à la table de jeu, un type qui avait tout perdu essayait de se refaire grâce à un chat enfermé dans un sac de toile, informant tous ceux qui étaient à portée d'oreille du bon prix auquel il céderait le matou, oubliant qu'ils avaient déjà refusé comme un seul homme de lui acheter l'animal. Nous, les filles, on était accoudées au bar et on se forçait à prononcer des bouts de phrases de temps en temps pour donner l'apparence de la conversation, mais il y avait une tension dans l'air, et tout le monde attendait qu'il se passe quelque chose – n'importe quoi.

Enfin est arrivée une équipe que son chef avait hélas empêchée de s'arrêter dans les deux villes précédentes, donc en débarquant à Dodge, après avoir bravé les intempéries, les gars étaient dans un état second, les yeux rouges, prêts à sauter sur tout ce qui leur paraîtrait plus doux que la caresse de la prairie. Ils se sont engouffrés tous ensemble, vociférants et déjà bien poivrés. Du coin de l'œil j'ai vu Pierre lever les yeux, visiblement ennuyé par leur chambardement, alors qu'ils tapaient leurs bottes crottées sur le plancher. L'homme au chat a relevé son sac, animé d'un mouvement intérieur, à croire que le matou avait envie de suivre la piste des troupeaux. Constance a regardé les cowboys derrière moi.

« Ils ont l'air sauvages, on dirait des bisons. Allons-y – quelques passes avec ces gars-là, ça devrait détendre un peu Kate. » Elle a touché son chignon, fait bouffer la frange sur son front et pivoté sur son tabouret, affichant déjà un grand sourire. Je me suis retournée pour la suivre, et je jaugeais les cowboys quand Lila a surgi à côté de moi.

« Pourquoi t'es pas au turbin ? elle a demandé aussi sec.

— Ah, bonsoir Lila, comment se passe ta soirée ? La mienne est parfaite, merci beaucoup, j'ai répondu sans la regarder en buvant délicatement une gorgée.

— Commence pas avec moi. Kate a sa migraine qui s'en vient et j'arrive pas à trouver Langley.

— Il ne va que d'une fesse. Je crois qu'il est en rade de morphine.

— Bon sang de bon sort, c'est ma veine. Tu sais où il est ?

— Bah, c'est pas très grand ici, il a pas pu aller très loin. »

Elle a ricané. « Essaie pas de m'accommoder à la sauce piquante, je suis pas d'humeur.

— Personne a l'humeur à rien, Lila. On est coincées ici depuis des jours.

— Et qu'est-ce que tu veux que j'y fasse ! Foutre les clients dehors et fermer la baraque en disant à tout le monde que les putes prennent des vacances ? » Elle m'a foudroyée du regard. « Avant que tu t'en rendes compte, tous les troupeaux seront partis et après, tu seras vernie si tu fais deux passes dans ta soirée. On verra alors si tu es toujours aussi mal embouchée. Si je te reprends à faire le paquet de linge sale, je te tannerai le cuir.

— Ça va, ça va, j'y vais. »

Je me suis retournée et elle m'a saisie par le bras pour me parler en face, tout bas. « C'est ça. Va voir ces gars, parce que si ça te plaît pas, tu peux monter faire tes valises et essayer d'aller en faire voir des bleues dans une autre maison. On verra bien si tu es toujours sur tes ergots avec Mr Montgomery. »

J'ai retiré mon bras d'un coup sec, lissé ma jupe et tapoté mes cheveux. Puis j'ai relevé le menton et j'ai souri. « C'est mieux ?

— Beaucoup mieux », elle a fait d'un ton tranchant, et puis elle a filé vers la pièce du fond, sans doute pour constater que Langley n'était pas en état. J'ai cherché Constance parmi la foule pour voir si elle avait été témoin de la scène, mais je n'ai vu que des épaules vêtues de veston et la nuque de mes amies.

Et puis un miaulement épouvantable a jailli, une chaise est tombée par terre et une clameur a retenti au centre de la pièce. Le chat du joueur malchanceux avait enfin réussi à s'évader de sa prison – j'ai aperçu une traînée rousse lorsqu'il s'est échappé des mains de son geôlier pour filer vers le bar. Le soulagement était palpable, comme si tout le monde avait attendu cette espèce d'explosion. Deux équipes se sont constituées car une moitié de la salle s'est précipitée pour attraper le matou qui s'esbignait le long du bar, tandis que l'autre moitié s'est écartée pour ouvrir le passage. Quelqu'un a lancé un verre sur le pauvre animal, et je me suis baissée juste à temps : les morceaux sont retombés en pluie sur ma tête et mes épaules. Sans me relever, je me suis faufilée derrière le bar. Arabella était déjà là, sa coiffure à moitié défaite car quelqu'un avait dû tirer sur son peigne.

« Tout ça pour un chat ? »

J'ai haussé les épaules. « Ils sont durs à trouver par ici. »

Elle a soupiré. « N'empêche, ils pourraient pas laisser cette pauvre bête s'en aller tranquille. » Elle en parlait ainsi que les gens de la ville le font du temps, à croire que les hommes n'étaient qu'un désagrément.

On a entendu un coup, et puis de nouveaux miaulements furieux, suivis par des cris de joie. J'ai regardé par-dessus le bar et j'ai vu le matou soulevé triomphalement par son maître, alors, pendant un instant, j'ai ressenti de l'empathie pour cette petite boule de poils rousse qu'on malmenait ainsi. Au moment où on le remettait dans le sac, la voix de Kate a retenti d'en haut. « Eh bien, messieurs, que se passe-t-il ? » Jamais elle ne criait, sa voix portait à travers l'espace qu'elle avait besoin de couvrir, même si toutefois j'y détectai un léger tremblement cette fois. « Messieurs, je vous laisse tout seuls pendant cinq minutes, et vous vous battez comme des chiens. » Une vague de murmures a suivi, et j'ai pouffé en imaginant cette salle remplie de cowboys ferrés à glace soudain aussi honteux que si on les avait gourmandés à l'église.

« Le chat à Dawkins s'est échappé », a répondu une voix.

Un moment de silence a suivi, où j'ai imaginé la tête de Kate, perplexe.

« Bon. Et vous l'avez rattrapé ? Ou va-t-il encore causer un fracas de tous les diables dès que j'aurai le dos tourné ?

— On l'a eu.

— Très bien. Buvons à la santé de ce pauvre minet alors, voulez-vous ? Et la passe est à moitié prix pendant une demi-heure en son honneur. »

Toute la salle a rugi et j'ai regardé Arabella, qui a frissonné et arraché le peigne de guingois, laissant cascader un paquet de cheveux bruns emmêlés.

Avant que j'aie pu dire quelque chose, une voix par-dessus mon épaule a dit : « Ça va, les filles ? » Je me suis retournée, et là se trouvait la plus belle personne que j'aie jamais vue. Je dis « personne » car, même si j'avais entendu une voix de femme, j'avais devant les yeux un chapeau et un manteau d'homme, et la bizarrerie de la chose sur le moment m'a perturbée. Elle m'a tendu la main et je l'ai saisie, puis elle m'a aidée à me relever.

« Ça va ? elle m'a redemandé. T'as la main qui tremble.

— Ah, c'est rien, je me suis entendue dire. Juste un chat qui s'est échappé. » Derrière moi, j'ai entendu Arabella se relever, puis s'en aller, sa longue jupe emportant des débris de verre.

« Ben, dis donc, j'aimerais pas voir une vraie bagarre ici si vous vous mettez tous dans cet état à cause d'un pauvre matou », elle a dit, même si j'arrivais à peine à l'entendre ; puis tout le reste s'est dissous dans un vague brouhaha de voix assourdies. J'ai retiré ma main de la sienne et je me suis surprise à me frotter là où elle m'avait touchée, comme pour étaler la sensation. Elle avait des yeux marron foncé pleins d'éclat, et j'ai pensé qu'elle devait réussir à voir clair même dans les tempêtes de sable ou sous une pluie battante. Elle avait la peau aussi tannée que les cowboys, avec de fines rides aux coins des paupières et de la bouche, pourtant elle n'avait pas l'air beaucoup plus vieille que moi. Elle avait des traits fins, bien taillés, qui formaient une ligne jusqu'à son menton pointu.

Je me suis aperçue que je ne lui avais pas répondu, et qu'à présent il était trop tard. Autour de moi, l'espace s'était remis en action : les hommes se marchaient dessus pareils à des crabes dans un seau, pour essayer d'attraper leur cocotte à moitié prix. Quelqu'un m'a saisie par le bras, et j'ai senti sur mon visage une haleine de dragon aux relents de whiskey : « Viens par ici, poulette, on monte.

— Eh ! » La femme m'a empoigné l'autre bras et a grondé : « C'est ma pute à moi.

— Et mon nœud ! Pour qui tu te prends ? »

Sans un mot, elle lui a attrapé une poignée de cheveux gras, faisant tomber son chapeau de cowboy. Puis elle l'a pris par l'oreille pour l'approcher d'elle et lui a craché en pleine figure :

« Je vais te dire pour qui je me prends. Je me prends pour Spartan Lee, celle qui a amené Ottis Shy pour qu'il se balance au bout d'une corde, et si tu remets tes sales pattes sur ma pute, je te casse ta maudite mâchoire. » Elle lui a tordu l'oreille en le relâchant, si bien qu'il a reculé en titubant, portant la main à son visage.

Il a abandonné mon bras, et je n'ai plus rien senti à part la main de Spartan, sa paume et ses doigts calleux. J'ai observé son visage tandis que l'autre disparaissait dans le mur de voix derrière moi ; son air de guerrière s'est dissipé et elle s'est remise à sourire en me regardant.

« C'est toi la chasseuse de primes qui a ramené ici ce gibier de potence ? j'ai demandé.

— C'est ça.

— Je t'ai vue quand tu es arrivée. Avant la tempête. Il est aussi mauvais qu'on raconte ?

— Ah pour sûr, c'est pas un gentil garçon.

— C'est vrai que tu as descendu ses frangins ? »

Elle a acquiescé. « Ça s'est terminé comme ça, c'est vrai. » Sa main a glissé le long de mon bras, tous mes poils se hérissant sur son passage. « On monte ?

— Je sais pas si c'est autorisé, j'ai bredouillé.

— Et pourquoi pas ? Est-ce que mon pognon vaut pas autant que le leur ? »

Elle a regardé la porte, à présent fermée. J'ai soudain eu peur qu'un coup de vent ne l'ouvre pour emporter cette créature dans la nuit.

« Je suis pas en odeur de sainteté ici en ce moment, je me suis entendue dire.

— Et pourquoi ça ?

— Oh, toutes sortes de trucs. »

Elle est partie d'un éclat de rire, mais je n'ai pas eu le sentiment qu'elle se moquait de moi. Elle a voulu toucher ma joue, mais j'ai attrapé sa manche.

« Faut que j'y aille. » Je me suis retournée et j'ai laissé un cowboy à peu près propre m'attraper. En montant avec lui, j'ai senti le regard de la chasseuse de primes dans mon dos.

Le juge avait réussi à arriver en ville avant la tempête et, pendant qu'on était toutes enfermées au Queen, Ottis Shy avait été jugé et condamné à être pendu dès que le temps le permettrait. Après trois jours de neige et de pluie torrentielle, l'aube s'est levée, claire et pure comme un matin d'été. Il y avait déjà en ville une batelée de gens venus assister à la pendaison, et puisque la nuit était particulièrement douce, toute la ville était à la fête. La neige avait fondu et nappé les rues d'une boue fine et soyeuse dans laquelle tout le monde glissait en caquetant. Les saloons ont ouvert grand leurs portes, si bien qu'on se serait crus à nouveau en été. Virgil a poussé le piano sur le trottoir, mais Roscoe s'est cavalé avant qu'on l'envoie jouer, et pendant tout l'après-midi, les passants ont pris ça pour une invitation à essayer le piano du bordel.

Alors que le soleil se préparait à se coucher et que l'atmosphère au-dehors était remplie de violoneux et de guitaristes qui accordaient leurs instruments, Kate nous a appelées pour nous dire deux mots, à mi-chemin dans l'escalier, en mère abbesse s'adressant à ses novices. « Allez donc vous amuser un peu, mais n'en donnez pas trop gratis – souvenez-vous, vous êtes des professionnelles. » Elle nous a fait une grimace et on a toutes gloussé. « Et n'y allez pas dans vos vêtements de travail. Nous n'aurons pas le temps de les laver, et s'il y en a une parmi vous qui revient avec des habits de travail crottés, elle ne sera plus là pour la prochaine lessive. »

Elle s'est arrêtée là, laissant un sourire fleurir lentement sur son visage. « Une dernière chose. Vous êtes sept, ce soir, mieux vaudrait que vous soyez encore sept au matin. Ne jouez pas la fille de l'air avec un bel inconnu. » Elle nous a lancé un clin d'œil, et elle est remontée dans ses appartements.

Je ne me souvenais même pas à quand remontait la dernière fois où j'étais sortie m'amuser. Il y avait des bals et des fêtes dans les granges à Fort Smith, mais je n'étais qu'une gamine alors, et mon paternel était tellement nul pour ce genre de choses qu'on avait fini par ne plus nous inviter. D'une certaine manière, vivre au Buffalo Queen, c'était vivre au cœur d'une fête permanente, sauf que je faisais partie du buffet, je n'étais pas une invitée, et en aucun cas je ne pouvais en partir si j'avais mal aux pieds.

Puisque Constance et moi, on nous avait jetées dehors sans qu'on ait pu acheter quoi que ce soit dans la boutique, je n'avais rien qui puisse passer pour une robe de soirée. Je me suis tortillée dans mon ancienne robe – cette vieillerie fanée avec laquelle j'avais traversé les grandes plaines – avec un sentiment de frustration. La dernière fois que je l'avais mise, je nageais dedans ; seulement depuis, on m'avait engraissée comme une dinde de Noël. En plus, c'était une robe de jeune fille, informe et pourtant trop serrée, les boutons tiraient sur les boutonnières dans mon dos, et les coutures me serraient les bras, pareilles à des peaux de saucisses raides et gonflées. Je m'étais accoutumée à la liberté de mouvement que me procurait ma robe sans manches et la mousseline usée. Je me suis regardée dans le miroir et j'ai vu cette fille de la campagne sans le sou qui au printemps précédent nettoyait les étables, dans un état misérable après toutes ces corvées, mon double minable.

Constance a frappé à ma porte. « Dépêche-toi. »

J'ai ouvert pour la laisser entrer. Elle était magnifique dans sa robe vert foncé, avec ses cheveux tressés en chignon bien serré pour durer toute la nuit. Elle avait déjà les joues roses d'excitation : les filles qui adorent lire en secret aiment aussi danser.

« J'irai pas.

— Mais pourquoi diable ?

— Regarde-moi. On dirait que je suis tombée d'un chariot bâché. »

Elle a éclaté de rire. « On dirait que tu es tombée dans du crottin de mule. » Elle a arraché un fil à la couture de mon épaule, ils étaient tous dressés comme les dents d'un peigne en ivoire. « Elle est bonne pour les chiffons, ou peut-être pour garnir un matelas. »

Je me suis sentie rougir. Constance a ri moins fort. « Oh, mais ne fais pas cette tête d'enterrement. Cela a-t-il réellement une importance de quoi on a l'air ? N'as-tu pas envie de ne pas être jolie pour faire relâche une soirée ?

— Facile à dire pour toi. C'est pas toi qui es tombée dans du crottin de mule.

— Bon, allez ! » Elle m'a attrapée par le poignet et m'a emmenée jusqu'à sa chambre. « Tu n'as qu'à prendre mon autre robe. » Au crochet derrière la porte était pendue une robe de coton bleu foncé piqué de fleurs roses. Elle l'a sévèrement secouée et me l'a donnée. « Mais dépêche-toi, Pierre est déjà là-bas. »

Ma vieille robe n'a pas supporté que je l'enlève : les coutures des manches ont craqué dans un méchant bruit de déchirure, à croire qu'elles n'attendaient que ça, et j'ai frissonné en pensant que cela aurait pu m'arriver devant… Je me suis reprise. Devant qui en fait ? Jim Bonnie ne verrait là qu'un signe supplémentaire de la nécessité de me sauver. Le visage de la chasseuse de primes est apparu devant mes yeux, mais je l'ai chassé en secouant la tête et j'ai enfilé l'autre robe. Elle était trop grande, mais Constance m'a prêté une ceinture de cuir qu'elle avait gagnée aux cartes et je l'ai bien serrée autour de ma taille avant de jeter un œil dans le miroir.

J'ai à peine reconnu celle qui me renvoyait mon regard. J'avais l'habitude de me voir sous les traits d'une jeune fille ou d'une putain, mais c'était la première fois que je voyais une femme dans la glace. Peut-être était-ce le col haut et la teinte sombre de la robe, ou simplement la manière dont j'avais tressé et remonté mes cheveux en chignon, ou peut-être encore avais-je enfin appris à me tenir droite. À moins que ce ne soit l'accumulation de toutes ces pérégrinations, les pertes cumulées qui avaient failli avoir raison de moi, mais affichant toujours le même petit nez en trompette et mes taches de rousseur, je paraissais prête à tout.

« Cette couleur te sied à ravir, a dit Constance derrière moi. Tu peux la garder si tu veux, je ne la porte jamais.

— Merci.

— Allez, tu t'es assez admirée – je ne veux pas laisser ta vanité me faire rater une seconde danse ! » Elle a passé le bras autour de mes épaules pour me faire sortir de la pièce. Je me suis regardée une dernière fois dans le miroir en me penchant pour souffler la bougie, et je me suis vue disparaître dans l'obscurité.

C'était comme si la fièvre s'était emparée de la ville, comme si tout le monde savait qu'il fallait jouir de ces derniers moments avant que le vent les emporte. Au bout de la rue, on avait retiré de leurs gonds les portes de deux écuries pour les poser par terre afin de créer une piste de danse qui vibre et résonne sous les pieds pleins d'entrain des fêtards, déjà rouges et ivres d'alcool et de chansons. D'un côté, trois violoneux, deux guitaristes et un accordéoniste frottaient, pinçaient et pianotaient leurs instruments tels des possédés. De l'autre, entourant la piste de danse, une foule d'hommes et de femmes se passaient des bouteilles, buvant au goulot. Dodge était une mer enflammée de bouches béantes, de doigts avides et d'yeux jaunes à la recherche les uns des autres.

Je me sentais submergée et la foule me rendait méfiante, mais Constance godillait. Dès qu'on s'est approchées de la piste, elle m'a faussé compagnie et, l'instant d'après, je l'ai vue sauter sur les planches en donnant la main à un inconnu. Une bouteille s'est retrouvée dans ma main gauche, j'ai pris une bonne lampée, je l'ai tendue vers la droite, et deux doigts crasseux l'ont saisie par le col pour l'escamoter. J'ai regardé derrière moi : des rangées de visages sont apparus et j'ai commencé à suer au milieu de ces corps amassés.

Puis j'ai entendu mon nom, j'ai regardé autour de moi, et j'ai vu Jim Bonnie surgir d'une mer de figures, affichant ce sourire ferme et plein de gentillesse que je connaissais si bien. Il m'a tendu la main ; sans réfléchir, je l'ai prise et je l'ai suivi sur la piste. Je n'avais jamais appris à danser, mais ça n'avait aucune importance. Il était pareil à un ours ensorcelé : il connaissait le moindre pas et me guidait si finement que je m'apercevais à peine qu'il faisait tout le boulot, me tirant d'un côté, de l'autre, et moi, tout ce que je faisais, c'était sautiller et tourner entre ses bras. Je me suis pris les pieds dans ma robe et Jim m'a rattrapée d'une de ses mains immenses, me redressant comme si j'étais une théière. « Eh, attention, Bridget », voilà tout ce que j'ai entendu avant qu'on reparte de plus belle, tourbillonnant sur les planches. La sueur perlait sous mes cheveux, et à chaque pas je sentais mon visage de plus en plus chaud.

Il n'y avait pas de chanson, juste un flot sans fin de musique, et je ne sais pas du tout combien de temps on a dansé. À un moment, on est passés en tournoyant près de Pierre et Constance qui riaient, aussi rouges que deux pommes qui auraient pris vie. Elle a croisé mon regard et m'a tiré la langue au moment où elle passait devant moi, entre les bras de son ami. J'étais tout en sueur car j'avais bien trop chaud dans sa vieille robe qui collait à ma poitrine. Les mois passés au Queen, assise ou debout, avaient fait fondre mes muscles de fille de la campagne, et mon corps était devenu mou et faiblard. Soudain les mains de Jim m'ont paru être des poids de métal, et j'ai eu l'impression d'être restée trop longtemps assise près du poêle, à prendre en pleine figure toute la chaleur qu'il dégageait. J'ai tordu le cou à la recherche d'un point fixe, mais on virevoltait trop vite et mes yeux ne parvenaient à s'arrimer à rien ;

j'avais l'impression d'avoir du coton dans les oreilles. Chaque fois que je ratais un pas et me cognais contre la poitrine de Jim, il me paraissait chaud et solide, telle une maison confortable aux fenêtres éclairées. Mais quelque chose en moi se débattait et griffait comme un animal, un petit animal sauvage dont la place est dehors ; j'ai compris en un instant que la porte de cette accueillante petite maison avait beau m'être ouverte, je n'y serais jamais heureuse. Je me suis soustraite à l'étreinte de Jim pour m'échapper en titubant de la foule des danseurs. Au bord de la piste, j'ai percuté Arabella qui s'est à moitié accroupie pour me regarder dans les yeux, pareille à une grue qui embroche une grenouille tout au bout de son bec.

« Ça va, Bridget ? »

J'ai secoué la tête, sentant mes boucles collées sur mon front. « Où est Constance ? » j'ai demandé d'un ton fiévreux.

Elle a écarté mes cheveux de sa main blanche et squelettique. « Tu es toute pâlotte, viens donc boire un verre de punch », elle a dit en m'entraînant à travers les spectateurs jusqu'à une table où Grace servait des louches de Mixture du dimanche.

« Qu'est-ce qu'elle a ? a demandé Grace.

— Rien, a sèchement répondu Arabella. Y a trop de gars qui sont amoureux d'elle, c'est tout. » Elle a arraché le gobelet à Grace et me l'a mis entre les mains.

« Elle est où, Constance ? j'ai redemandé. J'arrive pas à la trouver.

— Elle va très bien, elle passe une soirée bath aux pommes, et toi, tu vas pas la lui gâcher. Avale-moi ça. »

J'ai fait ce qu'elle me disait. D'habitude, la Mixture du dimanche était dégueulasse, mais celle de cette semaine avait été allongée d'un fond de jus de pomme confite et elle avait ce goût qu'a l'automne dans une région boisée. J'ai pris une gorgée et j'ai senti mon cœur ralentir un peu.

« Merci », j'ai dit en rendant le gobelet.

Arabella m'a emmenée loin de la table même si je sentais toujours les petits yeux de Grace vissés dans mon dos. « Qu'est-ce que tu veux à Constance en fait ? Laisse-la tranquille un moment. »

J'ai secoué la tête. « Je me demandais juste où elle était. » La mélancolie m'est tombée dessus tel un voile. « Je déteste les fêtes, j'ai dit, fâchée.

— Mais non, a répondu doucement Arabella. De toute façon, c'est trop tard maintenant, tu es déjà là. » Elle m'a fermement tapoté la main. « Prête pour retourner danser ? Je me disais que ça me déplairait pas de faire quelques pas avec ta connaissance, même si je suppose que je suis trop grande pour lui. »

Je me suis forcée à rire. « Non, vas-y. J'ai mon content pour l'instant, mais ça fait du bien, si tu tiens le rythme. »

Elle s'est glissée à travers la foule. Je suis restée traîner aux abords pendant un moment, regardant la peur de l'avenir et le plaisir se peindre sur les visages qui rayonnaient comme des torches. Mes yeux se sont laissé emporter par les danseurs qui s'entraînaient d'avant en arrière, les buveurs qui menaient leur propre chorégraphie, remplissant leurs gobelets, trinquant, souriant et montrant les dents à part égale. Puis mes prunelles sont tombées sur un visage que je cherchais sans le savoir et mon cœur s'est arrêté de battre quand Spartan Lee m'a regardée depuis l'autre côté de la rue et m'a souri.

Elle s'est matérialisée dans un nuage de fumée de cigarillo qu'elle m'a presque soufflé au visage. « Qui tu cherches ? elle m'a demandé.

— Mon amie Constance.

— C'est laquelle ? » Chaque fois qu'elle s'apprêtait à parler, elle déplaçait son cigarillo vers le coin de sa bouche, mais le ramenait au centre dès qu'elle était au bout de sa pensée ; au cours d'une conversation, ça donnait une impression d'impatience, tel un petit banquier en costume marron faisant les cent pas derrière son bureau.

« Ben, je la vois pas pour l'instant. » Elle a bougé et j'ai entendu le froissement de la toile huilée de son manteau, le léger soupir de sueur et de fumée qui émanait de sa personne. J'avais peur de la regarder, aussi je faisais semblant de scruter la foule. « Cheveux bouclés, yeux foncés.

— C'est celle qui est avec le Français ?

— C'est ça, j'ai dit en regardant mes mains. Elle est très intelligente.

— Pas trop quand même, j'espère. »

J'ai vu le bout de sa botte creuser la boue entre nous. « Qu'est-ce que ça veut dire ?

— Rien. »

J'ai levé les yeux, mais à présent, c'était elle qui parcourait la foule des yeux. Elle a retiré le cigarillo de sa bouche et l'a écrasé par terre.

« Une petite balade, ça te dirait, la Rouquine ? » Elle s'est tournée vers moi et je suis restée figée comme un daim. « Qu'est-ce qu'y a ? Trop d'émotions ? »

J'ai secoué la tête. Une petite voix intérieure me disait de me réveiller, merde alors, de la traiter soit tel un miché, soit de me débarrasser d'elle, mais rien ne semblait m'atteindre.

« Jamais de la vie », j'ai répondu, juste un peu trop tard.

Elle a éclaté de rire, un rire plus rauque encore que sa voix ; elle m'a lancé un sourire de biais, qui mettait en relief toutes les petites rides que le soleil et les longues chevauchées avaient gravées dans son visage – c'était la plus belle chose que j'aie contemplée depuis longtemps. « Je vois ça. Si on allait admirer le paysage ? »

Et c'est ainsi qu'on est parties ensemble, effleurant la lisière de la foule sans la toucher, mais assez proches pour la frôler. On a dû parler de quelque chose, mais je n'en ai aucun souvenir. Spartan avait sorti une petite bouteille de la poche de son manteau et on buvait chacune son tour une gorgée. Tout autour de nous, la fête semblait vivre sa vie, et j'avais l'impression qu'on n'en faisait pas partie, qu'elle ne pouvait nous toucher. Pareilles à des visiteuses au musée de la Fête, que l'exposition divertissait sans qu'on y prenne part. Ici, une scène charmante de futurs propriétaires rassemblés autour d'une grosse bouteille presque vide. Au tableau suivant, les épouses penchées les unes contre les autres, qui se murmuraient des choses à l'oreille, éclatant de rire en cascade, les enfants ayant depuis longtemps décampé entre les jambes des grandes personnes, en quête de Dieu sait quoi. À l'angle, des danseurs qui s'agitaient dans la boue selon un rythme frappé sur le mur d'un bâtiment ; plus loin, de la viande qu'on mettait à rôtir sur un feu, projetant dans le ciel des volutes de fumée à vous mettre l'eau à la bouche.

« Bridget ! » J'ai entendu crier mon nom derrière moi, je me suis retournée et j'ai vu Jim Bonnie qui venait vers nous.

« Ah, fait chier des baïonnettes, j'ai dit sans y penser. Pas encore lui. » La fête autour de moi est revenue à la vie en fanfare ; j'aurais préféré passer trois jours à déambuler par les rues avec cette inconnue plutôt que trois minutes à danser avec Jim. Même de loin, il était massif et tout en sueur, luisant à la lumière des torches, alors que pendant ces quelques minutes, je m'étais déjà habituée à la présence sèche et poussiéreuse de Spartan, mêlée de douce fumée de tabac. Elle a suivi mon regard.

« Y a un problème ?

— C'est Jim. Le shérif Bonnie », j'ai dit, me sentant soudain minable.

Elle a tendu le cou pour le regarder. « Il te court après ?

— Un peu. »

Elle a souri, m'a attrapé le poignet et m'a attirée dans une ruelle, puis derrière un entrepôt, et soudain le tumulte m'a paru très lointain. Loin des torches et des feux, la lumière est passée d'un orange doré à celle de la lune bleue, et une ombre fraîche a envahi son visage.

« Merci, j'ai dit.

— Tu l'aimes pas trop, ce shérif ?

— Jim est gentil, mais il a l'intention de m'épouser. »

Elle a pouffé et passé la main derrière ma nuque. « Et je parie qu'il a tiré les mauvaises cartes. » Et là-dessus, elle m'a embrassée.

On m'avait déjà embrassée plusieurs fois, mais jamais de cette façon-là. J'avais laissé faire quelques clients qui me payaient plus cher et qui en voulaient pour leur argent, ou qui aimaient pouvoir s'exprimer. Ils n'embrassaient pas forcément mal, mais c'était leur désir à eux, un désir qui allait dans une seule direction, d'eux vers moi. C'était la première fois que je me sentais attirée et que mon désir pour une autre personne s'éveillait. Spartan Lee était la première qui m'embrassait en souhaitant que je lui rende son baiser, moi et personne d'autre.

Sa bouche sentait le tabac, avec un arrière-goût plus âcre qui m'a donné envie d'en découvrir plus. Elle m'a serrée, poussée contre le mur, mes épaules ont râpé contre le bois, mais je l'ai à peine senti. J'ai passé une main autour de son épaule, et j'ai glissé l'autre sous sa veste, puis j'ai tiré sur sa chemise, à la recherche d'un peu de peau, comme si j'étais perdue dans le désert et que j'allais mourir si je ne trouvais pas une goutte d'eau. Ma main s'est glissée au creux de sa taille, j'ai soupiré en sentant sa peau douce, et je l'ai attirée contre moi, si bien que nos hanches se sont heurtées. Elle a semblé y voir un signe et a remonté mes jupes ; la bouffée d'air froid m'a hérissé la cuisse, mais la main qui a suivi m'a fait frissonner tout entière en remontant vers mon entrejambe, qu'aucune culotte ne protégeait des mains avides.

En découvrant cela, la chasseuse de primes a rigolé, murmurant dans mon cou : « Ben vous, les filles de la ville, pour sûr que vous êtes affranchies », et un instant plus tard elle a glissé deux doigts en moi. J'ai retenu un cri, mais je me suis cambrée, à croire que la foudre était tombée une fois, deux fois, et puis encore sur l'étendue des plaines. J'ai senti mes ongles s'incruster dans sa peau, puis son souffle chaud dans ma nuque ; au milieu de tout ça, j'ai été frappée par la solidité de son corps, que ce soit elle entre tous qui se retrouve avec moi, et enfin par le fait que tout ça était réel. Ensuite toute pensée s'est évanouie, j'ai juste eu la bonne idée d'enfouir mon visage dans sa veste afin que mes soupirs de plaisir demeurent entre nous, les étoiles ont disparu, et un instant plus tard, j'étais adossée à une remise inconnue, la peau piquetée de froid là où la sueur fraîchissait dans l'air de la nuit. J'étais incapable de dire ce qui brillait le plus de la lune ou de ses yeux, dont l'éclat transperçait les ombres de son visage. Peu à peu, notre étreinte s'est desserrée, nos fronts se sont touchés et je l'ai de nouveau embrassée de crainte que, lorsque cesserait l'étreinte, toute la ville se dissipe et que je me retrouve seule, perdue au beau milieu de la plaine hostile.

« Chut, allez viens. »

J'ai entendu une voix, et on s'est toutes les deux immobilisées dans notre recoin sombre.

« Et si on nous voit ?

— Personne nous verra, a dit la femme.

— C'est juste que je veux pas que t'aies des ennuis, a dit l'homme.

— C'est si gentil de te préoccuper de ma réputation. »

Je me suis mordu la joue pour ne pas éclater de rire en reconnaissant la voix de Grace qui, avec son galant, prenait le même chemin que nous, ou à peu près.

« Oh, c'est pas ça, il a répondu d'une voix un peu plus affirmée.

— Tu t'inquiètes de trop. »

À présent je les voyais par-dessus l'épaule de Spartan, formes bleu noir se mêlant aux ombres, l'inconnu poussant sa bonne amie contre le flanc d'une remise voisine, exactement comme moi. Après des froissements et gémissements étouffés – guère différents de tous les gémissements et froissements que j'avais déjà mille fois entendus, mais étonnamment furtifs –, un bref silence a suivi et ils ont repris leur respiration.

« Et Lila ? Elle va me tanner le cuir si elle a vent de tout ça. »

Et soudain, je l'ai reconnue : c'était la voix de Roscoe – j'en ai tressailli d'étonnement.

« Pour sûr. Mais elle peut pas s'en sortir sans nous de toute manière. »

Le froissement a repris de plus belle. J'étais médusée, mais Spartan m'a attrapée par le poignet pour m'emmener plus loin, et je l'ai suivie, laissant les amants à leur besogne.

10

Comme le reste de la ville, la douceur s'en était allée à l'aube en titubant, chassée par un vent glacial soufflant du nord à travers la prairie. Une rafale particulièrement violente m'a réveillée en faisant vibrer les carreaux. Dehors, j'ai entendu un homme gueuler sur le gardien de l'étable car une demi-douzaine de moutons s'étaient égaillés et avaient passé la nuit dans le froid.

« Arrête de rouspéter, a répondu l'autre. Y en a que deux qui ont crevé, et pis d'abord, devrait pas y avoir des moutons dans la région. » Je me suis retournée et j'ai mis mon oreiller par-dessus ma tête. La lumière qui filtrait par la fenêtre était aussi blafarde et crasseuse que le reste du monde, et elle ne m'attirait en rien. J'ai serré ma courtepointe autour de moi et je me suis recroquevillée.

Après avoir faussé compagnie au couple d'amants, j'avais tenté d'attirer Spartan Lee dans un autre recoin sombre pour continuer nos affaires, mais la peur d'être découverte avait calmé ses ardeurs, car elle m'a juste lancé son petit sourire rusé, a lâché ma main, soulevé son chapeau puis elle est retournée à la fête. Dès qu'elle a eu le dos tourné, j'ai tapé du pied dans la boue, mais j'ai bien dû reconnaître ma défaite. Qu'est-ce que j'aurais pu faire ? Lui courir après, l'attraper par le bras et… et quoi ? La supplier de refaire ce qu'elle avait fait – quoi que ce soit ? Rien que d'y penser, c'était trop humiliant. Alors je suis revenue d'un pas traînant jusqu'au Queen et j'ai pris la place de Virgil à la table où on servait le punch pour qu'il puisse aller danser. Je souriais, je rigolais, et je servais des louches de Mixture du dimanche, m'accordant à moi-même des doses de plus en plus importantes, jusqu'à ce que les effets conjugués du sucre et de l'alcool s'additionnent en moi et que je commence à voir les fêtards dans le brouillard. Puis le vent s'est levé et les doigts des musiciens se sont raidis. Les torches ont cessé de lutter contre la lumière de l'aube, et enfin il a été temps de retourner dans mon petit nid, où j'étais toujours vautrée, plus morte qu'un opossum, à moitié écrasée sous le poids des deux courtepointes et d'un tourbillon de souvenirs de la nuit précédente.

D'abord, il y avait Jim. On ne s'était jamais vus en dehors du Queen auparavant, mais les réminiscences agitées de notre danse de la veille me plongeaient dans la plus grande confusion. Danser avec un ami qui tenait autant à moi aurait dû être un moment agréable, sauf que je m'étais sentie étouffer. C'était comme si le regard aux aguets que je croisais chez lui parfois lorsqu'il m'accommodait émanait de tout son corps, qu'il essayait de s'approprier quelque chose que je n'avais pas conscience de posséder. Ma tête battait à contretemps avec mon cœur, et essayer de comprendre pourquoi je résistais ainsi ne faisait qu'envenimer les choses, donc j'ai mis la question de côté pour y penser plus tard, quand je me sentirais plus d'aplomb.

Et puis il y avait Grace que je n'avais pas revue de la soirée. En dehors des ragots, je ne m'étais pas beaucoup intéressée à la vie privée des autres filles, encore moins à la sienne à elle. Dans ma tête, c'était juste Grace, qui chignait, balayait et traînait dans les coins, pas une personne dont le cœur pouvait battre pour quelqu'un. Il ne m'était pas venu à l'esprit qu'elle pourrait avoir du désir pour un autre, qu'elle gémirait et se pâmerait, qu'elle perdrait la tête dans les bras d'un homme. J'ai été frappée à l'idée que tout le monde autour de moi avait au moins une fois dans sa vie plongé dans les profondeurs où l'on s'abandonne à quelqu'un. C'était troublant : j'ai passé en revue les filles dans ma tête, et le Queen endormi m'a soudain paru rempli d'une multitude de battements de cœur. J'ai laissé cette pensée se dissoudre car un nouveau vertige m'a engloutie.

Coincé entre ces événements, le souvenir le plus fort de la nuit m'apparaissait, aussi brillant et tranchant que du verre. Je le tenais devant moi telle une pépite d'or, et j'ai senti un nœud dans ma tête commencer à se défaire. Spartan Lee, d'abord un sourire, puis une bouffée de tabac, un sourire, et puis… Je ne savais pas nommer le reste, mais je suis entrée dans ce souvenir ainsi que dans une rivière fraîche par une chaude journée. J'aurais pu y baigner mon visage, m'y plonger, j'aurais pu m'envelopper dedans comme dans un manteau de fourrure à la doublure de soie et aller jusqu'à San Francisco, rien qu'en me remémorant nos hanches serrées l'une contre l'autre et sa main remontant le long de ma cuisse.

Ce frisson était tellement enivrant que je repassais dans ma tête ce moment, juste pour le laisser m'envahir.

De l'autre bout de la rue est arrivé le sifflement plaintif d'un train sur le départ – on aurait dit que même les trains avaient la gueule de bois. Quand j'ai soulevé mon oreiller, la lumière n'était pas différente, mais la querelle au-dehors semblait terminée. Je me suis assise avec précaution, et je l'ai aussitôt regretté – il était notoire que la Mixture du dimanche se rappelait à votre bon souvenir le lundi matin, même si en fait, si ma mémoire était bonne, c'était un jeudi. J'avais à peine posé les pieds par terre que je me suis retrouvée à quatre pattes à dégobiller dans le pot de chambre qui, je m'en suis souvenue trop tard, n'était pas tout à fait vide. J'ai envisagé de me vautrer sur le plancher, mais il était trop froid. Des vents coulis gelés s'infiltraient dans les interstices entre les bardeaux, avec la lumière glaciale qui tombait par les carreaux. Je me suis redressée en m'accrochant au bois de lit, et j'ai lentement remis la vieille robe de Constance, maintenant toute froissée, et à la lumière du jour j'ai vu que le tissu marine était d'un gris cendre passé au niveau des épaules. J'ai remis la ceinture, mon châle sur les épaules. Je me suis regardée dans le miroir un instant, cherchant sur mes joues pâles le signe de tout ce qui s'était passé. Il me paraissait impossible d'avoir pu ressentir tant de choses en si peu de temps et d'avoir toujours la même allure, le même visage entouré de cheveux qui paraissaient carrément criards dans la lumière éteinte.

En bas, on aurait dit que les filles revenaient d'un enterrement, toutes agglutinées au bout du bar, penchées sur leur café fumant. Je me suis traînée jusqu'à elles et Bart m'a gentiment tendu une tasse. Elle n'était qu'à moitié pleine, et il m'a versé une bonne lampée d'eau-de-vie et une cuillerée de mélasse en faisant des manières avant de me la donner vraiment. Les filles se taisaient, le nez plongé dans leur café.

« Oh, regardez-moi ces pauvres agneaux, a dit Lila en descendant. Voilà un joli paquet d'aventurières – on dirait que je vous laisse jamais vous amuser.

— C'est vrai », a rétorqué Arabella en se massant la tempe de ses doigts délicats. Lila s'est approchée d'elle et Arabella a baissé les yeux. « En tout cas, pas assez.

— Et j'ai eu tort, à vous voir dans cet état.

— Dame, a ajouté Henrietta, on n'a pas l'habitude de boire cette saloperie de Mixture du dimanche – pardon, Bart –, avec en plus tous les trucs qu'on nous a refilés. »

Toute la congrégation a acquiescé.

« Ah, ne rejetez pas la responsabilité sur Bart, maintenant. » Lila a pris la tasse de café que Bart lui tendait, a bu une gorgée et s'est arrêtée, tandis que fleurissait son petit sourire coutumier. « C'est pas sa faute si vous tenez pas l'alcool. »

Arabella a levé les yeux au ciel et s'est déplacée pour aller chercher une paix relative près de la cheminée, me laissant face à Lila. Bien évidemment, celle-ci s'est approchée de moi, et je me suis demandé si elle avait l'intention de venir nous chercher toutes, une par une.

« Bridget, je dois dire que je m'attendais pas à te voir debout si tôt et aussi fraîche qu'une rose. Même si c'est vrai que d'habitude, tu passes plus de temps avec le shérif qu'hier soir. »

J'ai senti un frisson de nausée ou d'alarme, et sous ma robe, la sueur a commencé à perler sur ma poitrine.

« Qu'est-ce que tu veux dire ?

— Pour sûr que tu tenais Jim par les couilles à danser avec lui de manière si endiablée et puis en t'esbignant comme ça dans la nuit. À croire que tu voulais lui briser le cœur. »

J'ai poussé un soupir de soulagement et mon estomac s'est suffisamment détendu pour que je boive une gorgée de ce café allongé. Je n'avais pas honte de ce que j'avais fait la veille, mais le souvenir de tout le bastringue que j'avais causé autour de Sallie demeurait dans l'air, pareil à de la fumée une fois l'incendie éteint, et j'étais si faiblarde que j'étais incapable de deviner comment Lila réagirait si elle apprenait ce que j'avais fait derrière cette remise.

Elle s'est penchée vers moi, et à mi-voix, l'haleine chargée de tabac et de café trop sucré, elle m'a dit :

« T'as pas intérêt à avoir un greluchon secret caché dans ton corset, ma poulette. » Elle a pris mon menton entre ses doigts et m'a regardée droit dans les yeux. « On n'a pas les moyens de rendre jaloux ce bon vieux Jim. »

Elle m'a lâchée et je me suis écartée. « J'ai trop dansé, c'est tout.

— Bien.

— Lila, ça suffit, a dit Constance. Il est dix heures du matin, laisse-la tranquille. » Elle a posé la tasse sur le bar. « Merci pour le café, Bart », puis elle m'a prise par la main et elle s'est dirigée vers l'escalier, m'entraînant avec elle. Elle m'a dit de me coucher dans son lit et de dormir tant que je voudrais en attendant la pendaison, tandis qu'elle lisait tranquillement assise à côté, tout en finissant ma propre tasse.

La potence avait été dressée entre le Queen et la voie de chemin de fer. On aurait pu sortir dans la rue et tendre le cou pour suivre la manœuvre, mais puisque c'était une grande occasion, Kate nous avait invitées sur son balcon. On était serrées comme des cailles, à roucouler et frétiller pour avoir la meilleure place. Je n'avais pas de manteau d'hiver ; le précédent était devenu trop petit et je l'avais laissé à Fort Smith, et à présent que je ne vivais plus qu'à l'intérieur, je n'avais pas pensé à le remplacer. Une fois dehors, enveloppée dans mon châle, j'ai bien regretté de ne pas m'être accoutrée différemment. Il faisait un froid de loup et le vent transperçait mes vêtements, piquant jusqu'à ma peau et me donnant la chair de poule.

Je me suis incrustée entre Constance et une fille qui s'appelait Elizabeth, à qui en général je ne parlais pas car elle avait une toute petite voix et que je ne comprenais rien à ce qu'elle disait. Elle était assez large, et empêchait le vent de m'atteindre directement. De là-haut, la rue creusée d'ornières paraissait aussi défaite que le reste de la ville, qui soignait sa gueule de bois. Les gens sont arrivés lentement, d'abord par deux ou trois, en frissonnant et tapant du pied, gris de froid et d'alcool mal digéré, jusqu'à ce que la rue soit remplie de frusques sales et de cheveux gras, qui d'ici avaient l'air encore plus répugnants. Par contraste, la potence paraissait vraie et éclatante, ses planches en pin encore jaunes malgré la fréquence à laquelle elle servait. D'habitude elle était derrière la prison, mais une équipe entreprenante l'avait démontée dès potron-minet pour la réassembler quelques portes plus loin, près du Queen, au beau milieu de la moitié sud de la ville, où le spectacle allait assurément attirer les foules. Les gars qui l'avaient déplacée devaient encore être ivres quand ils l'ont fait, parce que le gibet brimbalait sous le vent. Pourtant, la petite structure brillait au milieu de la boue qui avait gelé et pris la texture d'un toit d'ardoise à cause des empreintes de pas qui l'avaient foulée la nuit précédente. En laissant mes yeux traîner un peu plus loin, j'ai même vu la trace rectangulaire des portes des granges qui avaient servi de piste de danse, et les Z des barres métalliques dessinés sur le sol de plomb.

La cloche du tribunal a sonné midi, chaque tintement faisant taire un peu plus les murmures jusqu'à ce que règne le silence. Depuis l'extrémité nord de la rue, on a entendu le grincement des roues d'un chariot et le bruit sourd des sabots des chevaux. En tête, Spartan, fière et droite sur sa jument, comme si elle avait conquis le Far West. Elle était la seule personne à Dodge capable de soutenir l'éclat d'argent du ciel et je ne la quittais pas des yeux, espérant ne serait-ce qu'un regard en direction du Queen, une vague reconnaissance – en vain.

Derrière elle venait le chariot, conduit par le vieux Sykes, gardien de nuit de la ville, qui amenait Ottis Shy, debout, les mains liées. Il avait l'air aussi méchant qu'un chien dont plus personne ne voudrait, prêt à mordre la première main qui passerait à sa portée. À mesure qu'il avançait dans la rue, une vague de sifflets et de murmures enflait autour de lui. Je l'ai dévisagé, essayant de voir si les crimes dont on l'accusait se lisaient sur lui, mais ses cheveux formaient un rideau de cordes effilochées, dissimulant sa tête à la foule. Assis derrière lui, un prêtre en soutane en lambeaux qui feuilletait sa bible. Derrière le chariot, Jim, sur son grand cheval gris, affichant l'air solennel qu'il convenait d'adopter, et le juge Harris, qui avait prononcé la sentence et demeurait pour la voir appliquée.

La colonne s'est arrêtée devant les marches de la potence, Spartan est restée en selle, mais Jim, le juge et le prêtre ont mis pied à terre, abandonnant leurs chevaux sans les attacher comme n'importe quelle monture fatiguée dans n'importe quelle pauvre ville, rênes lâches, les bêtes agitant les oreilles et oscillant d'une jambe à l'autre. Jim a détaché le condamné du chariot et celui-ci a secoué ses cheveux crasseux pour regarder la foule. Un sourire est apparu lentement sur son visage, ses dents couleur de bois se pressant toutes ensemble sous ses fines lèvres gercées. Il a levé les yeux. En découvrant un balcon plein de filles de joie, il a passé sur sa lèvre supérieure une langue bien luisante et charnue. On a toutes eu un mouvement de recul.

Jim a fait monter à Ottis les quelques marches vers le gibet, où le prêtre et le juge l'attendaient. Ce dernier a lu la liste de ses crimes, et on a toutes tendu le cou pour mieux entendre les affreux détails : avec ses deux frères, à présent morts, il s'était attaqué à un convoi de pionniers, ils les avaient volés, avaient violé les femmes et les filles et mis le feu aux chariots en exterminant tout le monde.

« Juste ciel, a murmuré Henrietta, qui se trouvait de l'autre côté de Constance. Mais qui est capable de faire des choses pareilles ?

— Lui », a chuchoté Constance en désignant du menton la potence avant que quelqu'une lui ordonne de se taire. J'ai regardé le criminel, et je l'ai imaginé non plus devant une foule silencieuse par un matin gris, mais devant un rideau de flammes dans la nuit, avec l'odeur du sang, les hennissements des chevaux courant pour sauver leur vie. Difficile de croire que tant de violence pouvait habiter le corps d'un seul homme, qui maintenant semblait tout petit face aux horreurs qu'il avait commises. Jim l'a placé au-dessus de la trappe, a passé le nœud coulant autour de son cou ; un instant, j'ai imaginé la même entrave autour du mien et je me suis demandé comment je recevrais les dernières paroles qu'on me dirait. Puis le juge a souhaité bonne chance à Ottis Shy dans l'au-delà. La foule frémissait d'excitation quand le révérend a fait un pas en avant afin de prier pour le condamné.

Celui-ci a levé ses bras attachés. Le silence est retombé car tout le monde tendait l'oreille pour capter les dernières paroles d'un bandit notoire. Mais il n'a rien dit. À la place, il a serré ses mains pour former un gros poing qu'il a abattu pareil qu'un tomahawk sur le front du prêtre, avant de le balancer dans la gueule à Jim. Celui-ci s'est écroulé sur la plate-forme du gibet tandis que le condamné passait la corde par-dessus sa tête et d'un bond sautait sur la jument placide du shérif. Elle a rué, henni, mais le hors-la-loi ne s'est pas laissé renverser et l'a éperonnée de toutes ses forces, et l'instant d'après il galopait à travers la rue bondée.

La foule a rugi ; à l'autre bout de la rue, elle a commencé à se refermer telle la mer Rouge sur l'armée de Pharaon. Le juge a dégringolé les marches en hâte, mais il était trop tard. La seule personne à avoir réagi à temps, c'était Spartan, dont la grosse jument s'est aussitôt élancée. Lâchant les rênes, la chasseuse de primes s'est dressée sur ses étriers et penchée en avant, elle a sorti son revolver et fait feu entre les oreilles de sa monture. Les deux premiers coups ont raté leur cible, mais au troisième, une fleur rouge et mouillée s'est épanouie dans le dos d'Ottis Shy, juste entre les omoplates. La jument a rué de nouveau, mais cette fois il n'a pu rester en selle. Il est tombé en tas, comme une poupée de chiffon, mais aussitôt, il s'est remis debout et a empoigné les rênes de la monture de Spartan qui arrivait à sa hauteur. Celle-ci a henni lorsqu'il l'a tirée vers le bas, et pivoté sous la force du geste, envoyant la chasseuse de primes valdinguer dans la rue. J'ai hurlé, et toute la ville a hurlé avec moi.

Spartan a à peine touché terre ; elle a roulé sur elle-même et ses pieds ont aussitôt retrouvé leurs appuis, et avant qu'Ottis ait eu le temps de bouger une oreille, elle avait déjà fait feu sur lui, en pleine poitrine cette fois, et le malfaiteur est tombé en arrière. Elle aurait pu s'arrêter là, car il était sûrement déjà mort, ou en bonne voie, mais on aurait dit que l'arme l'avait tirée de l'avant : il s'est écroulé, elle a accompagné son mouvement, s'appuyant sur un genou, a fait pirouetter l'arme dans sa main, l'a empoignée par le canon, prête à frapper. Alors, elle lui a flanqué un violent coup de crosse en plein front, puis un autre, et encore un autre, qui se sont abattus sur une cible aussi molle qu'une pomme pourrie. Après, elle s'est arrêtée pour regarder autour d'elle. Son chapeau était tombé et, quand elle s'est remise debout, j'ai vu son visage maculé de sueur mais parfaitement calme. Elle a essuyé sur son pantalon la crosse ensanglantée et a rangé l'arme, puis elle s'est penchée pour ramasser son couvre-chef comme un danseur se baisse pour prendre une rose que lui a lancée le public.

« Je vous laisse vous occuper de tout ça », elle a dit en désignant le corps. On aurait dit qu'un enchantement s'était rompu : partout ont éclaté des cris et des hourras, tandis que chacun se précipitait pour demander ou raconter ce qui s'était passé. La foule a bondi pour lui taper dans le dos ou lui serrer la main ; avant que je la perde de vue dans le tumulte, j'ai aperçu Hugh Montgomery dans sa redingote vert bouteille qui lui mettait la main sur l'épaule et l'emmenait vers son saloon.

« Tout le monde en bas, fissa, a dit Lila en nous pressant. Enfilez vos tenues de travail, dans cinq minutes, il fera plus chaud dans ce saloon qu'en enfer un jour de paie ! » J'ai traversé le salon de Kate, puis la coursive ; déjà Roscoe égratignait l'ivoire, et des voix d'hommes excités remplissaient la salle.

« Dommage que ça a pas été une vraie pendaison, a dit Arabella à Constance.

— Pourquoi donc ? Si tu veux mon avis, il n'a eu que ce qu'il méritait. »

Arabella a reniflé. « Quel foireux de se cavaler comme ça. Il aurait dû accepter la sentence.

— L'important, c'est qu'il soit mort. » Constance a regardé la salle par-dessus la rambarde : c'était déjà une mer de chapeaux et de discussions colorées. « Haut les cœurs, tu vas te faire beaucoup d'argent, ma chère. »

J'aurais juré entendre Arabella lever les yeux au ciel en claquant la porte. Moi, je me suis glissée dans ma chambre pour profiter d'un dernier instant de répit. Adossée au mur, j'ai posé les deux mains sur mon cœur pour voir si je le sentais toujours battre. Je repensais à la force tranquille et expérimentée avec laquelle Spartan Lee s'était levée sur ses étriers pour tirer, avec quelle aisance elle maniait son arme. J'ai porté ma main devant mes yeux et je l'ai contemplée en me demandant combien pesait un Colt, et si le canon était chaud ou froid lorsqu'elle l'avait saisi. Au souvenir du coup fatal, j'ai senti mes entrailles se nouer ; j'ai mis ça sur le compte de la cuite de la veille, ignorant le frisson qui me parcourait. J'ai entendu frapper des coups contre la cloison provenant de la chambre de Constance. « Tu es prête ?

— Ouais », j'ai répondu. Tout en boutonnant ma robe de travail pour aller retrouver Constance sur la coursive, j'ai jeté un œil dans la glace pour me confirmer que j'avais bien l'air aussi bigresse que je l'étais intérieurement. J'étais à mi-chemin de l'escalier quand je me suis demandé comment allait Jim.

11

Il a fallu attendre le lendemain pour que Spartan se montre au Buffalo Queen. Je ne quittais pas la porte des yeux ; je savais bien qu'elle était désormais trop célèbre pour entrer et sortir d'un saloon incognito, mais j'avais une fosse aux serpents dans le ventre tellement je redoutais que ce qui s'était passé la veille de la pendaison ne signifie rien pour elle. J'attendais en retenant mon souffle le moment où elle franchirait la porte du saloon, portée par une bourrasque. Le désir n'aime rien tant que la clandestinité, et je n'avais rien dit à Constance de ce qui s'était passé entre nous. Ni de la proposition de Jim, que je rechignais à me rappeler.

Elle et moi, on était au bar, à écouter deux éclaireurs de la cavalerie qui faisaient relâche dans leur campagne de persécution des Sioux. Ils avaient mis au point une bonne stratégie : l'un racontait les exploits de l'autre, qui baissait la tête, aussi timide qu'un écolier, et puis ils échangeaient leurs rôles. Ce petit jeu plaisait à Constance ; du coin de l'œil je la voyais afficher ce grand sourire de celle qui n'est pas dupe, car c'était le genre de facéties humaines qui l'amusaient. Je m'ennuyais comme un brochet dans le tiroir d'une commode, sirotant mon thé froid en regrettant que ça ne soit pas du whiskey, hochant la tête, riant aux bons moments. Entre les deux éclaireurs, je ne perdais pas la porte des yeux, faisant semblant pour la galerie d'attendre Jim, dont les rumeurs annonçaient la venue.

Seulement, quand Spartan est arrivée, elle ne m'a pas du tout regardée. Le vent froid l'avait enfin poussée jusque chez nous, et je suis restée affourchée sur mes ancres, les muscles serrés à en avoir mal, comme gelés par le froid. J'ignorais tout de cette fascination qu'on éprouve communément à observer son amante lorsqu'elle ne sait pas qu'on la regarde, ce mystère qui consiste à épier les manières de l'autre sans qu'elle soit troublée par le poids de votre regard. Malgré l'absence de vent, elle a protégé de ses mains le petit cigarillo qu'elle a allumé en inclinant la tête plutôt qu'en la baissant, si bien que je n'ai rien perdu du spectacle. Elle a jeté son allumette par terre et fourré la boîte dans la poche de poitrine de sa chemise à rayures dorées, repoussant le pan de sa veste pour découvrir son Colt à la crosse désormais tachée de rose. Elle a laissé son regard errer à travers la pièce, et je me suis crispée en attendant qu'elle arrive jusqu'à mon niveau, mais ses yeux sont passés sur moi sans qu'elle réagisse.

Constance m'a flanqué un coup de coude – un des éclaireurs avait dit un truc.

« Ah oui, évidemment, j'ai répondu sans réfléchir.

— Quoi ? » a fait l'autre, tout ébaudi.

J'ai éclaté de rire. « Pardon, qu'est-ce que vous avez dit ?

— Il t'a demandé si tu t'étais déjà pris une flèche », a répété Constance en relevant un sourcil.

J'ai ri plus fort : « Diable, non, et j'espère que ça n'arrivera jamais. » J'ai posé les deux mains sur son bras et je l'ai regardé dans les yeux. Il était à peu près bien de sa personne, marqué par le soleil et le vent de la prairie. « Allez, assez d'histoires. Je sais que vous avez fait un long voyage – pourquoi vous montez pas avec moi pour vous reposer un peu ? » Derrière lui, j'ai vu Spartan Lee s'approcher du bar. Elle a regardé dans ma direction et je suis certaine qu'elle m'a vue, même si elle n'en a rien montré. J'en aurais pleuré de dépit si cela avait pu attirer son attention – mais j'en doutais.

« Lee ! » Elle s'est retournée, et j'ai suivi son regard jusqu'à Branch Cody, l'employé du Western Telegraph, qui lui faisait signe. Il venait presque tous les soirs jouer aux cartes avec Pierre et écouter rire Henrietta, tout en essayant de trouver le courage de se la payer deux fois par semaine. Avec une bouffée d'envie, je me suis demandé comment un gars aussi insignifiant avait réussi à devenir ami avec une chasseuse de primes. L'éclaireur a dit un autre truc que je n'ai pas entendu, mais heureusement pour moi, il nous emmenait déjà vers l'escalier. Je suis partie bras dessus, bras dessous avec lui, et Spartan ne m'a même pas décoché un regard en passant. De là-haut, j'ai vu son chapeau traverser la pièce pour aller prendre place à la table de jeu, les bras de Branch Cody s'ouvrant pareils aux portes d'une grange pour lui faire de la place, tandis que Pierre se levait pour lui serrer la main en souriant sous sa moustache.

Ça a continué ainsi la moitié de la nuit. Surveiller Spartan, en quête du moindre signe de reconnaissance, a bigrement entamé mes revenus, car je n'arrivais pas à m'intéresser à ce qu'on me racontait. Elle était tel un phare, et je me demandais comment les autres faisaient pour ne pas la regarder. J'en voyais qui remarquaient sa présence et allaient lui donner une poignée de main. Elle était déjà assez connue avant la pendaison – Pierre l'avait dit : une professionnelle de la gâchette, c'était pas ordinaire, même au Kansas –, mais après cette péripétie avec Ottis Shy, son sort était scellé.

Depuis la coursive, j'ai vu l'éclaireur que j'avais levé une heure plus tôt aller avec son copain lui taper sur l'épaule et lui serrer la cuillère. Elle se comportait avec grâce, d'après ce que j'en voyais, gardant son chapeau pour les saluer comme un homme. Chacun leur tour, les deux gars ont brusquement retiré leur main, apparemment surpris par la fermeté de sa poigne, ce qui m'a agacée. La plupart de ces types-là étaient nés dans une ferme – beaucoup avaient eu une maman qui leur donnait le sein d'une main assez puissante pour mener un attelage de vingt mules. Et pourtant ils étaient là, chacun regardant sa paume, à croire qu'il venait de serrer la cuillère à Daniel Boone.

Je suis redescendue et j'ai retrouvé Henrietta au bar, qui venait chercher une nouvelle bouteille de whiskey.

« Comment ça se passe, ta soirée ? je lui ai demandé.

— Pareil que d'habitude.

— Ce vieux Branch a l'air au bout du rouleau, j'ai dit, même si je ne l'avais pas observé.

— Il survivra.

— Rends-lui service et invite-le à monter. »

Elle a haussé les épaules. « J'ai essayé une fois, il était tellement gêné qu'il est pas revenu pendant une semaine. Lila dit de laisser pisser le mérinos, qu'il fasse ce qu'il veut.

— Ben, j'espère qu'il va se décider. C'est vrai, t'es restée assise avec lui toute la soirée.

— La partie est tout le temps interrompue à cause de sa célèbre adversaire. » Henrietta a soupiré en regardant la table de poker où Branch Cody, Spartan et deux chasseurs de bisons patibulaires étudiaient leur jeu ; Pierre avait embarqué Constance et s'était retiré pour la nuit. « J'espère qu'elle va pas les ratisser. Cody dira rien, mais j'aime pas l'allure à ces deux-là.

— Tu veux que j'aille chercher Virgil ?

— Nan, ça ira. J'ai mon chéri pour me protéger », elle a ricané en attrapant la bouteille de whiskey, et elle est repartie en froufroutant, roulant des hanches pour que sa jupe se balance comme une cloche. J'ai regardé Branch Cody : il avait vraiment l'air défait – je voyais saillir les muscles de sa mâchoire serrée. Spartan me tournait le dos, mais je la fixais si ardemment qu'elle devait sentir mes yeux vissés sur elle. Ils jouaient au poker et j'ai vu le mouvement du tissu de son manteau lorsqu'elle a donné deux cartes au banquier pour en prendre deux autres, tenant avec nonchalance celles dont elle ne voulait plus.

« Tu peux pas lui foutre la paix ? » Arabella a surgi à côté de moi.

« Et toi tu peux pas foutre la paix aux autres ?

— Un éléphant pourrait s'installer à côté de toi que tu le verrais pas, tellement que t'arrêtes pas de reluquer cette gonzesse.

— Tu débites des fagots.

— Si moi j'ai vu comment tu la lorgnais, tout le monde l'a vu. »

J'ai soupiré et je me suis retournée. Arabella a fait signe à Bart et s'est penchée pour lui murmurer un truc à l'oreille. Il a rougi et hoché la tête ; un instant plus tard, il nous a servi deux cafés arrosés.

« Ah, c'est bon, j'ai dit.

— Je lui ai dit que les Anglais allaient débarquer et que j'avais besoin d'un petit remontant.

— Et c'est vrai ? »

Elle a incliné la tête comme si elle écoutait le tonnerre lointain. « Tu sais quoi ? J'en sais foutre rien. Mais j'ai vraiment besoin d'un petit remontant, et Bart tient pas le compte de ce genre de choses de toute façon. » Elle a pris sa tasse et bu une petite gorgée en souriant au chaud liquide. « Ça fait du bien, hein ? C'est amer.

— Tu es folle. »

Lila est arrivée derrière nous. « Alors les filles, je vois qu'on a gagné assez d'oseille pour s'offrir une petite pause ? elle a dit.

— Et même si c'était pas le cas, Lila, est-ce qu'un bon café ça nous rendrait pas encore plus efficaces ? »

Arabella ne s'est pas retournée vers Lila tout de suite. Celle-ci a eu l'air étonnée, et puis elle a fait un geste à Bart, qui a apporté une troisième tasse. Imitant Arabella, elle a pris une gorgée et inspiré profondément. « Bart fait du bon café. Même si ça coûte des sous. »

Arabella a soupiré. Elle s'apprêtait à dire quelque chose quand un cri a retenti dans la salle. Quatre chaises sont tombées par terre tandis que Spartan, Branch Cody et leurs deux adversaires se relevaient d'un bond. L'un des deux chasseurs de bisons tenait Henrietta contre lui, une main sur sa bouche.

« Lâche-la ! a hurlé Cody d'une voix tremblante.

— Sinon quoi ? » a répondu celui qui tenait Henrietta, ouvrant une bouche où il manquait les six dents de devant, ce qui faisait un trou béant au beau milieu de sa gueule.

« J'ai dit lâche-la ! » Il serrait les poings, seulement c'était un petit gabarit et il n'était pas armé. Les chasseurs de bisons, eux, étaient parfaitement équipés, chacun ayant un pistolet et un grand couteau pliant. Le second a sorti le sien en menaçant Cody.

« Allez, ça suffit, a dit Spartan d'une voix grave et calme. Vous vous êtes assez amusés comme ça, les gars. »

Le couteau s'est tourné vers elle, de même que tous les regards de la salle.

« Assez amusés ? Mais on a même pas commencé. »

Celui qui tenait Henrietta a relevé sa robe, exhibant sa jambe aussi blanche que de la pâte, et il a serré fort. Elle a réagi brusquement, lui mordant la main, si bien qu'il a glapi de surprise et l'a lâchée. Mais avant qu'elle ait pu s'enfuir, l'autre lui a assené un coup de lame qui l'a atteinte en plein visage. Ses mains se sont portées à son nez, qui déjà pissait le sang.

Spartan a bondi vers le premier agresseur et l'a projeté contre son copain. Elle a ensuite sauté sur celui qui tenait le couteau et l'a empoigné par les cheveux, lui cognant la tête contre le plancher. Son compagnon a voulu la prendre à revers, mais elle lui a décoché un coup de coude et l'a atteint juste sous l'oreille – j'ai entendu sa mâchoire craquer. Il a hurlé en se tenant le menton tandis qu'elle pivotait pour lui faire face, mais alors ont surgi Bart, Virgil et un assistant du shérif qui se prélassait près du feu quand tout ce bastringue avait commencé. Virgil a attrapé Spartan ; l'assistant du shérif, un des chasseurs de bisons qu'il a escorté dehors, tandis que Bart se chargeait du second.

« Qu'est-ce qu'on fait d'elle ? a demandé l'assistant du shérif à Virgil qui regardait autour de lui.

— On va s'en occuper », a déclaré Kate de là-haut. Je ne l'avais pas vue sortir de son salon mais elle avait le don d'apparaître chaque fois que ça tournait mal, aussi je n'ai pas été surprise d'entendre sa voix s'élever au-dessus de la mêlée. L'assistant du shérif a hoché la tête et il est parti.

« Vous pouvez me lâcher, a dit Spartan. Ça va. »

Virgil l'a laissée et s'est tourné vers Henrietta, qui pleurait à chaudes larmes sur l'épaule de Branch Cody, le visage enfoui dans sa veste. Virgil n'a pas tenté de les séparer mais il les a guidés jusque chez Kate. Grace est arrivée, elle a redressé les chaises et remis les cartes en place tandis que Spartan ramassait l'argent sur la table.

« Bart, tournée générale, c'est pour la maison ! Roscoe, joue-nous quelque chose ! » s'est exclamée Kate en descendant l'escalier, et « Camptown Races » a jailli autour de nous. Elle et Spartan se sont retrouvées au bar, juste à côté de là où je me tenais en compagnie d'Arabella et Lila. Une bonne bouteille les attendait, avec deux verres propres.

« Merci pour votre intervention », a dit Kate avec une politesse élaborée, sans que j'arrive à savoir si elle était sérieuse ou pas. J'ai laissé mes oreilles traîner pour esgourder ce qu'elles se disaient.

« Désolée pour tout ce bazar, a répondu Spartan.

— Sottises ! Cela aurait pu être bien pire. Un de ces jours, je crains que l'un d'entre eux se fasse poignarder.

— Je peux pas supporter ce genre de comportement égoïste chez les hommes.

— Vous parlez d'or. » Kate a rempli les verres et elles ont trinqué. « Vous êtes la chasseuse de primes qui a tué ce hors-la-loi. Lee, c'est ça ?

— C'est ça.

— Ah, j'ai horreur qu'il arrive des ennuis à mes filles. Merci d'être intervenue.

— C'est rien. »

Kate a rempli de nouveau leurs verres et jeté un coup d'œil à la salle qui grouillait de bambocheurs. J'ai soudain éprouvé le besoin inexplicable de me cacher pour échapper à son regard. « Eh bien, il semblerait que vous attiriez les foules.

— On dirait.

— Serait-il possible de vous convaincre de rester un peu plus longtemps, histoire de faire venir les clients ?

— Vous parlez de me payer pour rester là ? a dit Spartan en ouvrant grand les yeux.

— Pourquoi pas ? Pourquoi ne pas arrondir vos fins de semaine tant que vous êtes là ? »

Spartan a réfléchi un moment, tapotant le bar de deux doigts. « À quoi que vous pensez en fait ?

— Quarante dollars la nuit, et whiskey à discrétion. » Kate a levé son verre. « C'est du bon, vous savez, il vient du Kentucky. Il ne s'agit pas de cette bibine de maïs dont on se contente la plupart du temps.

— Pas mal. Puisque vous en parlez, j'avais l'intention de m'arrêter en ville une semaine ou deux. Ça m'arrangerait d'avoir un endroit où jouer aux cartes. »

J'ai senti mon estomac se nouer.

« Mais je vous en prie.

— Sauf qu'on m'a dit que mon pognon était pas assez bon pour ici, si vous voyez ce que je veux dire. »

Kate s'est penchée en arrière. « Vous parlez des filles ? »

Spartan a acquiescé ; mon sang s'est figé dans mes veines en attendant la réponse de Kate. Elle a plissé les yeux, regardé autour d'elle, et je l'ai vue qui additionnait dans sa tête le nombre de verres qu'elle vendrait uniquement grâce à la présence de cette célébrité dans son saloon. Je me foutais bien de ce qu'elle voyait ; vu la chaleur qui montait de tout mon corps, j'aurais pu m'envoler jusqu'à l'étage comme une montgolfière.

« En temps normal, c'est vrai, elle a fini par dire. J'ai l'esprit large, mais il ne faut pas que les clients se fassent de mauvaises idées sur les goûts de mes filles. Vous comprenez. »

Spartan a vidé son verre sans acquiescer.

« Disons qu'on pourrait faire une exception, à condition que le saloon soit bondé. » Kate a posé son verre. « Mais vous serez discrète, d'accord ? Utilisez l'escalier de derrière, et ne vous faites pas voir quand vous sortez d'une chambre avec un air trop satisfait. »

Spartan a posé son verre. Elle a sorti de la poche de son manteau le tas de billets et de pièces qui dix minutes plus tôt était au milieu de la table de poker.

« Je vais vous dire. Prenez ça, et on va se tenir à carreau jusqu'à l'aube, la petite rouquine et moi. » J'en suis restée baba et j'ai failli prendre feu sur place. « Demain, vous me paierez mes quarante dollars avant que les affaires reprennent, et j'irai pas perdre aux cartes dans un autre saloon. Marché conclu ? » Spartan lui a tendu la main.

Kate a jeté un œil à la pile d'argent. « Marché conclu. » Elles ont scellé leur accord d'une poignée de main. Spartan a pivoté sur sa chaise en attrapant au passage la bouteille de whiskey par le col et, enfin, ses yeux se sont posés sur moi pareil que la foudre frappe une vache.

« Allez, la Rouquine, tu viens avec moi. »

On était à peine entrées dans ma chambre qu'elle m'a plaquée contre la porte et embrassée avec une telle brutalité que nos dents se sont entrechoquées ; j'ai cru qu'elle allait me dévorer vivante, et sans même réfléchir, je l'ai dévorée à mon tour. Je sentais le sang se précipiter dans nos veines comme si on formait un système, s'alimentant l'une l'autre. Je lui ai enlevé sa veste et j'ai commencé à défaire sa chemise, découvrant une combinaison de dessous dont la simple existence m'a fait ricaner d'agacement. J'ai grogné et planté mes dents dans son épaule tandis que mes mains défaisaient les boutons. Je ne me rappelle pas comment elle m'a retiré mes vêtements, mais je me souviens du premier contact de sa peau, irradiant de chaleur, et d'une douceur incroyable, comme deux nuits plus tôt, sauf que maintenant je l'avais tout à moi, et que j'essayais de faire correspondre jusqu'à la moindre parcelle de nos corps. Je n'avais jamais été nue devant un miché – même si Spartan l'était seulement en titre – et je me suis sentie petite, exposée, et en même temps aussi grande que la nature. Je l'ai tirée par le cou et on a dégringolé sur mon lit.

Personne ne m'avait rien appris de tout ça ; rien de ce que j'avais découvert pendant ces mois où j'avais baisé toutes les nuits ne m'avait préparée à faire ça par pure envie, par désir simple et indomptable de me rapprocher le plus possible d'une autre personne, et plus encore. Si j'avais pu me faufiler tout entière en elle, je l'aurais fait. Si j'avais pu nous fondre toutes les deux tels des morceaux de plomb dans un creuset, je me serais liquéfiée si vite qu'on aurait disparu en un clin d'œil. Là, j'ai grimpé sur elle comme un lézard sur un rocher, embrassant tout ce que je touchais. Je suis descendue depuis son cou en m'arrêtant sur ses seins pour respirer leur odeur de cuir et de sueur, derrière laquelle se cachait un arôme de terre, de piste battue. Une pointe de sel m'a piqué la langue et je me suis aventurée plus bas, passant ses jambes autour de mes épaules et attrapant ses cuisses en guise d'appui pour enfouir mon visage dans son con. Ses hanches oscillaient tandis que ses jambes s'enroulaient dans mon dos, serrant plus fort, si bien que je sentais affleurer sous la peau tous les muscles qu'elle utilisait pour monter à cheval, se relever sur sa selle, grimper les escaliers jusqu'à cette chambre. Je l'ai entendue pousser un gémissement, et sa main qui s'agrippait à ma chevelure s'est brusquement accrochée au montant du lit, si puissamment qu'elle a cogné contre le mur, alors j'ai oublié tout ce qui se trouvait autour de nous.

Ensuite, il y a eu cette vague de bien-être, encore une nouvelle sensation. On est restées enlacées, à moitié endormies, plongées dans une douce confusion. Collées ensemble par une couche de sueur et de fatigue sucrée, on s'est nichées sous les courtepointes dans un brouillard lointain de piano et de bribes de conversation, parlant de temps en temps, de tout et de rien. J'aurais pu rester à jamais dans cette position : même si en réalité on était sales et qu'on puait, sa peau me paraissait toute de soie, et en glissant la main sur son corps, au creux de sa taille, j'avais l'impression de caresser une créature rare et fabuleuse, dont les rois du monde entier s'arrachent la fourrure. Quand elle a passé le bras autour de moi, je me suis recroquevillée et je me suis glissée dans le creux de son cou. À travers la porte filtrait par moments une mélodie, ou des cris, mais tout ça paraissait très lointain. J'avais l'impression d'être une créature affamée depuis si longtemps qu'elle en avait même oublié la faim, et qui, enfin nourrie, se sentait arriver à satiété.

Comme promis, on ne s'est pas montrées avant le lever du jour. Au petit matin, je suis descendue par l'escalier de service pour aller chercher un pot de café et des biscuits de la veille que j'ai emballés dans un mouchoir. On s'est jetées dessus en mettant des miettes partout dans le lit.

« Ça veut dire quoi en fait être une as de la gâchette ? j'ai demandé, la bouche pleine.

— En gros, que j'ai tué quelques personnes qui le méritaient. Pourquoi ?

— Ben, tu fais quoi de ton temps ? Moi, j'ai eu qu'une profession, et c'est assez simple. » J'ai désigné la pièce de la main.

« C'est ce que tu as vu. Aller aux pendaisons, jouer aux cartes, détruire des réputations. » Elle s'est penchée et m'a embrassée sous l'oreille. « Tu vois, le train-train habituel. »

Je me tortillais de plaisir, j'avais bien chaud partout, mais ma curiosité était loin d'être apaisée. Sa présence me donnait la sensation d'être en éveil, les yeux brillants, tel un petit lapin.

« Donc tu voyages, à la recherche des types qu'il faut descendre ? » j'ai demandé.

Elle a éclaté de ce rire rauque et rocailleux que j'adorais déjà. « On peut dire ça comme ça.

— Comment tu sais où y faut aller ?

— Je suis le vent, sans doute. » Cette fois elle m'a embrassée entre les seins et elle est descendue vers mon nombril, où elle a posé la tête ; ses cheveux courts me chatouillaient le ventre. À mon tour, j'ai rigolé.

« Et tu faisais quoi avant tout ça ?

— Bah, un truc ou un autre. Moi et mes frangins, on a fait un bout de chemin ensemble, mais on était d'accord sur rien, et à un moment on s'est séparés.

— Paraît que vous travaillez ensemble.

— C'est plus le cas.

— Qu'est-ce qui est arrivé ?

— On a passé trop de temps après deux hors-la-loi. Ces salopards de fils de pute auraient dû remonter vers le nord, même si j'ai entendu dire qu'avec les Sioux, c'est impossible de traverser les grandes plaines après Ogallala. Mais pour Dieu sait quelle raison, ils sont restés au Kansas, à avancer en faisant des cercles, comme s'ils arrivaient pas à se décider. Déjà que c'est dur de suivre des types quand ils vont en ligne droite, mais alors quand ils tournent en rond, c'est pire.

— Tu aurais pu t'arrêter quelque part et les attendre, pour éviter de faire tous ces kilomètres.

— C'est ce que je pense, mais je suis sûre que si je tente ça un jour, ils auront un éclair de génie, et ils trouveront enfin leur chemin. »

De nouveau, j'ai rigolé. « Et qu'est-ce qu'ils avaient fait pour que vous soyez après eux ?

— Rien d'extraordinaire : ils avaient cambriolé quelques banques dans des petites villes. C'était pas grand-chose, parce que là-bas, y a rien que des pionniers qui ont pas un sou en poche, sauf que la dernière fois, ils ont descendu un banquier qui avait de la famille dans l'Est, et la récompense a augmenté. Donc on se met en filature, la plupart du temps, ils suivent un ruisseau, en faisant des petits détours par la prairie, mais en revenant toujours au ruisseau dans la journée. J'ai pensé qu'y en avait peut-être un des deux qui était malade, ou peut-être qu'ils avaient les nerfs agacés.

— Comment ça, les nerfs agacés ? Ils avaient déjà tué un homme.

— C'est ça que je veux dire. Y en a, après qu'ils ont estourbi quelqu'un, ils perdent la boule. »

J'ai haussé les épaules. « Et donc, vous les avez agrafés ?

— À la fin, oui. C'est moi qui ai tout compris. J'ai dit à mon frangin, l'aîné, ils ont plus d'eau, c'est pour ça qu'ils avancent en cercle. Il m'a pas crue, il me croit jamais, mais mon autre frangin, le petit, il était d'accord avec moi. Ils remontaient ce ruisseau qui faisait des tours et des détours, jusque vers la source. Je comprenais pourquoi qu'ils voulaient pas le lâcher : parce que c'était la seule eau à des kilomètres à la ronde, et on sentait bien que ça devait être le dernier endroit où on pouvait s'arrêter. Alors on les a pris de vitesse pour arriver à la source. Un joli endroit, vraiment, avec des jolis peupliers et tout ça. »

La voix de Spartan était plus basse, elle avait changé de registre et me racontait une histoire. J'aimais voir ses mains gesticuler pour me décrire la source ; elles sont descendues très bas pour montrer le creux charmant de la clairière aux peupliers, suivant le même chemin qu'un peu plus tôt sur mes hanches. Tandis qu'elle parlait, je me suis rappelé que les grandes plaines paraissaient plates et nues, même si en réalité, elles avaient les courbures et les creux d'un corps de fille.

« Mais dès qu'on est arrivés là-bas, on a compris pourquoi ils faisaient tous ces détours : ils volaient des chevaux, juste quelques-uns chaque fois, et il y avait déjà un joli petit troupeau près de la source. Sauf que mon frangin, l'aîné, il a dans le nez tous les voleurs de chevaux, il voulait qu'on les attende et qu'on les pende, mais ça c'est le boulot au shérif, et nous, on n'était pas des shérifs. Moi, je voulais les attraper et les ramener à Abilene, et mon petit frère, il disait qu'on devait les descendre et vendre nous-mêmes les chevaux, seulement là, ça aurait fait de nous des voleurs de chevaux, et j'avais pas envie d'être pendue pour ça. Enfin bon, on s'est tellement engueulés, et pendant si longtemps, que les vrais voleurs de chevaux nous ont entendus en revenant. Ils ont joué des fourchettes et ils se sont déguisés en cerfs, même s'ils ont abandonné leur butin. Après ça, chacun de nous trois a décidé que les deux autres étaient mauvais pour les affaires et qu'on ferait mieux d'aller chacun notre chemin un moment.

— Désolée d'apprendre ça. Ils sont toujours forts en gueule ?

— Souvent. Tu sais comment sont les garçons. Ils aiment tellement avoir raison. » Elle a levé les yeux au ciel de manière théâtrale et j'ai éclaté de rire.

« Avant, je regrettais de pas avoir de frère, j'ai dit.

— Ah, la plupart du temps ça donne plus de soucis que ça les vaut. Et pas de frangine non plus ?

— Nan, y avait que moi et mon père, et puis il est mort.

— Qu'est-ce qu'y s'est passé ?

— Il a été mordu par un serpent sur la prairie.

— Nom d'un chien, c'est rude. Et toi, t'as fait quoi ? »

J'ai haussé les épaules. « J'ai marché jusqu'ici.

— Ton chariot a été volé ?

— Y a eu une tempête, une des mules a décampé, alors j'en avais plus qu'une. J'avais peur de la crever à la tâche, même si je savais pas où est-ce que j'allais. » Pendant un instant de tristesse, j'ai imaginé combien tout aurait été différent si j'avais eu un bon cheval – on aurait couvert la distance jusqu'à Dodge en un jour ou deux si on avait su où aller.

« Comment t'as fait pour trouver ton chemin ?

— J'ai avancé tout droit jusqu'à ce que je tombe sur une piste, j'ai pris au sud plutôt qu'au nord, et me voilà.

— Bon sang, la Rouquine, tu as de la veine d'être en vie. » Je ne savais pas si je décelais dans sa voix de l'admiration parce qu'elle était fière de moi, ou juste de la surprise parce que j'avais réussi à survivre. « Et si tu avais raté la piste – tu y as déjà pensé ?

— Non. » C'était vrai, mais j'aimais qu'elle croie que ce n'était rien pour moi.

« C'est dangereux, là-bas. La prairie, elle est sans fin : tu fais quelques kilomètres hors de la ville, et y a plus rien que toi entre le ciel et l'herbe. »

Je me souvenais avoir éprouvé ce sentiment, et j'ai acquiescé.

« Comment tu fais pour pas te perdre ? je me suis entendue dire.

— J'ai toujours un but à atteindre, même si c'est pas un endroit où j'ai envie d'aller. »

J'ai médité cette réponse. « T'as pas l'air du genre à aller où ça te plaît pas. »

Elle a repris sa respiration comme si elle allait dire quelque chose, mais à la place, elle a rigolé. Elle a touché ma joue de sa main qui sentait la fumée de tabac. « Ça va, jusqu'ici. » Elle a approché mon visage du sien et m'a embrassée, alors j'ai remis les courtepointes par-dessus nos têtes et on s'est retrouvées plongées dans une nouvelle obscurité.

12

On a frappé deux coups et Lila s'est écriée : « Bridget ! » J'ai grogné – c'était la fin de l'après-midi, mais j'avais pas plus envie de lui obéir que la première fois. Je me suis étirée, et tout mon corps s'est frotté contre celui de Spartan : bras contre épaule, ventre contre sein, mollet contre cuisse. Elle a gloussé : « Mais t'en as pas eu assez ?

— Je crois pas que ça soit possible », j'ai répondu en me tournant pour la regarder dans les yeux. Elle affichait cette expression de béatitude que je voyais d'habitude chez les hommes qui m'accolaient, et à ma grande surprise, je l'ai sentie aussi sur mon visage.

« Sans doute que non », elle a répondu. Elle m'a attrapé le menton. « N'empêche, on dirait bien que tu dois retourner au turbin. » Elle s'est arrachée du lit et s'est étirée.

« Si tu posais quelques dollars de plus sur la coiffeuse, on pourrait rester là où on est. »

Elle s'est remise à rire. « Non, je crois que j'ai déjà fait assez de mal à ta réputation, elle a dit en enfilant ses vêtements. En plus, j'ai conclu un marché avec ton abbesse, et si je fais pas ma part, comment veux-tu que je paie pour une si douce compagnie ? » Elle m'a lancé un clin d'œil appuyé et espiègle.

On a encore frappé, plus fort cette fois.

« Juste une minute ! » j'ai hurlé en direction de la porte, qui s'est ouverte devant Lila. J'ai remonté les draps sur moi tandis qu'elle jetait un coup d'œil à la chambre.

« Bon sang, c'est une vraie porcherie, ici. Dépêche-toi de descendre, Jim Bonnie t'attend.

— Je vais prendre un moment pour ranger.

— Grace va s'en occuper. Toi, tu gardes Jim en bas pendant vingt minutes.

— Grace ? » D'habitude, elle ne faisait jamais rien pour personne.

« T'habitue pas trop. Jim est triste comme un fondeur de cloches parce que tu l'as oublié alors qu'il était blessé. Maintenant, fous-moi dehors cette as de la gâchette. » Lila a désigné du menton Spartan qui a fait la moue en retour mais a continué de s'habiller sans broncher.

« Et qu'est-ce qui fallait que je fasse ? M'asseoir en pleurant sur son lit de souffrance ?

— Oh, va savoir. Ramène tes fesses en bas avant qu'il décide que tu peux aller te faire foutre et tout le Queen avec.

— Ça va, ça va.

— Je t'attends, a ricané Lila en fermant la porte.

— Est-ce qu'elle est pas bath aux pommes, celle-là ? a aussitôt dit Spartan.

— Pour sûr ! » Je me suis glissée hors du lit, soudain gênée d'être la seule personne nue dans la chambre. J'ai éclaté de rire.

« Qu'est-ce qu'y a de drôle ?

— Oh, c'est juste que je me sens timide tout d'un coup. J'ai pas l'habitude de me mettre à poil devant mes clients.

— Pourtant, tu gagnerais des fortunes. » Elle m'a attrapée et embrassée sur la bouche. Sous mes pieds nus, le plancher était froid, et j'ai senti un morceau rugueux prêt à me coller une écharde, mais je m'en fichais.

« Faut que tu y ailles, elle a dit en reculant. Je voudrais pas mettre en péril l'emploi rémunérateur d'une dame. » Elle a pris son chapeau sur la patère et m'a saluée comme un cowboy en sortant. Le lit était un vrai chantier – en général, j'étais la seule à m'introduire sous la courtepointe. J'ai frissonné et commencé à m'habiller. Un pied sur le tabouret pour attacher ma bottine, j'ai aperçu mon reflet dans le miroir et je me suis arrêtée. J'avais toujours entendu dire que l'amour égare l'esprit, pourtant je me sentais parfaitement lucide, et le pied aussi ferme que celui d'une antilope. Dans la faible lumière du dehors, je regardais le tire-bouton qui scintillait sous mes mains expertes.

Langley prenait du bon temps en jouant le « Loch Lomond » auquel il ajoutait des fioritures et autres notes d'agrément virtuoses partout où il pouvait, tandis qu'autour de lui, le Queen s'éveillait doucement ; deux parties de poker étaient déjà en cours près du feu, et dans la lumière d'ambre, les autres filles avaient l'air de roses piquées sur un papier peint de soie. Sans que je le veuille, mes yeux se sont posés sur Spartan, à l'autre bout du bar, qui buvait un whiskey tout en s'attaquant à un bifteck, mais elle ne m'a pas regardée. Sur le devant,

Jim Bonnie était assis à sa place habituelle, telle une bosse sur une bûche ; à côté de lui, un tabouret et un verre visiblement vides.

« Alors, comment va, shérif ? » Je me suis installée en froufroutant à côté de lui, affichant mon meilleur sourire, inclinant la tête pour être sûre de rayonner jusque sous son chapeau. « C'en est où, votre tête ? »

Il a levé les yeux, affichant un sourire à peine forcé.

« Tiens, te voilà donc. Si c'est pas mon petit porte-bonheur.

— J'espère que je vous ai pas fait poiroter trop longtemps ?

— Pas du tout, il a répondu en remplissant mon verre. Et puis qui c'est qui accepterait pas d'attendre pour avoir si galante compagnie ? » Malgré ses phrases habituelles pleines de gaieté, j'ai senti une espèce de raideur dans ses manières, une distance qui m'a serré la poitrine.

« On dirait que vous allez mieux », j'ai dit dans l'espoir de briser la glace entre nous.

« Ouais, je suis requinqué. C'est juste un coup sur la cafetière, et Dieu sait que je m'en suis pris plus d'un.

— Ah, je suis bien contente que vous soyez retapé. » J'ai posé la main sur son bras et je lui ai fait mes yeux de biche.

« C'est vrai ? » Il m'a lancé un regard oblique, il avait vraiment l'air d'un gros ours mal léché avec un paquet de ronces collées au cul. Sans doute qu'il avait des raisons d'être un peu dépité, puisque j'avais même pas essayé de venir le voir alors qu'il était blessé, mais sur le moment – et c'était pas la première fois – ça m'a paru des gamineries. Imaginez ce costaud tout ratatiné devant une pute de même pas la moitié de son âge !

« Juste ciel, Jim, faut pas dire des choses pareilles ! » Je m'apprêtais à jouer l'indignation coquette, mais on a senti tous les deux quelque chose de dur dans ma voix. Il m'a regardée un moment et a haussé les épaules, laissant le silence retomber. Je ne savais plus quoi dire, aussi j'ai bu un coup. Le whiskey m'a brûlé la gorge, puis il m'est carrément tombé sur l'estomac, me rappelant que j'avais raté le dîner de la veille. J'en pouvais plus, ni de lui ni de moi-même, donc je me suis redressée et je me suis lancée à nouveau.

« Comment ça va, à la prison ? Vous avez de nouveaux dangereux hors-la-loi ? j'ai demandé dans l'espoir d'amener la conversation sur un autre terrain.

— Bah, la routine. Sal Johnson est de retour – il s'est coiffé le cerveau et il a amoché la gueule à un joueur à l'Émeraude, et tu sais comment Hugh apprécie ce genre de comportement…

— Ah, pour sûr que ça lui plaît pas ! j'ai dit avec soulagement, me jetant sur ces commérages de bordel tel un chien sur un os. Vous vous rappelez la fois où ces pilleurs de banques sont arrivés en ville et ont voulu occuper le terrain ? »

Jim a acquiescé avec un petit rire mélancolique. « Ces gars-là, ils avaient une écrevisse dans la tourte.

— Même que vous avez dû enrôler comme assistants la moitié de la ville pour les sortir de là », j'ai ajouté en lui tapant sur l'épaule ; mais vu que Jim ne réagissait pas, je me suis calmée. « On a eu de la chance qu'ils essaient pas de prendre le Queen à la place. »

Jim m'a fixée des yeux longuement. « La chance a rien à voir dans l'affaire. » Un frisson glacial m'a envahie, et je me suis rappelé les avertissements de Lila : qu'il fallait être gentille avec le shérif. Il s'est retourné et a vidé son verre, si petit dans sa grosse patte lorsqu'il l'a porté à ses lèvres que c'en était presque comique. Derrière lui, j'ai vu Lila agiter la tête avec insouciance tout en riant avec un inconnu. Ses yeux se sont posés un instant sur moi, aussi sobres et durs que des pierres au fond d'une rivière, puis elle est revenue à son client. D'instinct, je me suis tenue plus droite.

Jim a reposé bruyamment son verre. « Si on montait ? »

J'ai eu un mouvement de recul, étonnée par ces nouvelles manières très détachées, mais je me suis reprise et j'ai passé mon bras autour du sien pour le suivre. En arrivant à ma chambre, celle-ci était parfaitement rangée, rien ne traînait à part le tire-bouton, toujours posé sur la coiffeuse.

Là-haut, Jim s'est montré moins morose. Il n'était pas plus enjoué, mais sa mauvaise humeur a perdu en raideur quand on s'est retrouvés tous les deux. J'ai fermé la porte et je me suis lancée dans mon numéro habituel, d'abord en le fixant des yeux, puis en laissant un sourire s'épanouir lentement, à croire que j'avais attendu ce moment toute la soirée. Sans perdre des yeux son visage, je suis venue nonchalamment vers lui. Des années plus tard, j'ai rencontré une danseuse qui m'a raconté les tournées qu'elle avait faites avec sa compagnie : elle exécutait le même numéro soir après soir, et à force, elle montait sur scène, clignait des yeux, et pchitt, tout à coup elle se réveillait face au public qui l'applaudissait, tandis que des roses tombaient à ses pieds. Je ne lui ai pas raconté tout ce qu'on avait en commun, car avoir des choses en commun avec les prostituées, ça offense trop de femmes – n'empêche, ça m'a fait rire.

Tout ça pour dire que Jim a eu ce pour quoi il était venu, comme cent fois auparavant. Tout du long, il a cherché mon visage, me regardant à la manière dont on scrute un tapis sur lequel on a laissé tomber une épingle. Ça m'agaçait, mais j'ai laissé courir en me disant qu'il était encore secoué par les événements de la semaine. Après, on est restés allongés sur la courtepointe, moi, les yeux au plafond, lui, sur le côté, aussi large qu'une porte d'étable, la tête dans une main, tandis que de l'autre il me caressait la poitrine.

J'ai regardé son visage mi-endormi, mi-inquiet avec une vague de tendresse. Après tout, c'était pas sa faute si je n'étais pas amoureuse de lui. J'ai souri.

« Te voilà enfin.

— Comment ça ?

— J'ai attendu toute la soirée pour voir ton vrai visage.

— Mais j'en ai qu'une, de frimousse, j'ai dit en rigolant.

— Avant ça, tu étais distraite. » Sa main a glissé sur mon corset puis sous ma chemise pour me caresser les seins.

J'ai soupiré. « Je travaille dur, c'est tout.

— Qu'est ce que ça veut dire ? »

J'ai haussé les épaules. « Ben, le turbin, c'est le turbin. Vous avez jamais eu une longue semaine à pourchasser les bandits et les bambocheurs dans la rue ?

— Tu sais, ça me plaît pas beaucoup de te voir travailler aussi dur.

— C'est la vie.

— Pas forcément, il a dit en me serrant un peu.

— Oh, Jim, je sais pas. »

Sa main s'est immobilisée. « Qu'est-ce que tu ne sais pas ? »

J'ai haussé les épaules à nouveau. « Quel genre de vie ce serait, voilà tout. Je sais pas faire ce que font les épouses. » Je me suis mise à rire. « Je couds pas trop mal, mais pour le ménage, c'est pas terrible, et ma cuisine est dégueulasse.

— Y a d'autres choses dans la vie d'une épouse », il a dit avec un sourire qu'il imaginait coquin.

J'ai levé les yeux au ciel. « Mais vous l'avez déjà, ça, et ça vous coûte moins cher que si vous aviez une épouse. Et je vous promets que je vous donnerais du coton. » Malgré mon ton léger, j'ai eu très peur soudain qu'il lise sur mon visage toutes les autres polissonneries auxquelles je m'étais livrée ces temps derniers. Je ne savais pas de quoi il serait capable s'il apprenait qu'il avait une rivale, et surtout qui c'était.

« Je pense pas que tu sois une bigresse malgré ce que tu dis.

— Oh, vous seriez surpris.

— Qu'est-ce que tu veux dire ? »

Une bouffée d'exaspération m'a échappé. « Je dis pourquoi s'emmerder ? On a une bonne relation tous les deux. Vous êtes mon client préféré, et on est amis. Est-ce que je m'occupe pas toujours de vous en premier ? »

Il a ricané. « Tu t'occupes de moi.

— Oh, vous savez bien qu'est-ce que je veux dire. Est-ce qu'on se donne pas du bon temps tous les deux ? Pourquoi aller gâcher ça avec un pasteur et une maison et tout le bataclan ?

— Pourquoi ? Parce que je t'aime. »

J'ai ouvert la bouche, mais rien n'est sorti. Le silence s'est épaissi comme du sirop, et s'est cristallisé dans l'air entre nous. Jim n'a pas bougé, mais je l'ai senti se crisper à nouveau. Soudain j'ai eu l'impression d'être de la porcelaine sous sa main.

« Il y a quelqu'un d'autre ?

— Non, y a personne », j'ai répondu en hâte. J'entendais le sang se précipiter dans mes oreilles ; tout l'agacement ou la sympathie que j'avais ressentis jusque-là s'étaient évaporés, et je ne désirais plus rien d'autre que le voir prendre la porte.

« Pas de joueur futé qui t'a attiré l'œil ? Ou un officier de cavalerie, c'est ça ?

— Mais non.

— Et c'est pas ce putain d'étranger ?

— Mais je vous l'ai dit. Je suis pas de l'étoffe dont on fait les épouses. »

Il s'est rassis précipitamment, s'est penché, la main sur le front, à croire qu'il avait la fièvre. Il respirait fort, clignait des yeux à toute vitesse ; sur ma poitrine, là où s'était attardée sa main, j'ai ressenti une fraîche absence de pression.

« Ça va ? » j'ai demandé d'une petite voix. Jamais je l'avais vu comme ça. Je me suis redressée moi aussi, mais je suis restée derrière lui, les jambes ramenées contre ma poitrine.

« Je suis surpris, c'est tout. Tu préfères vraiment cette existence avec tous les dangers qu'elle comporte plutôt qu'une vie avec moi ? Est-ce que je suis si dégoûtant pour toi ?

— Mais pas du tout », j'ai répondu. J'ai eu envie de le calmer, de le bouchonner, de l'apprivoiser à nouveau, de lui caresser le museau et de lui donner des sucres ; un instinct plus profond m'a dit de rester tranquille, de me tenir hors de son chemin, de prononcer les mots qu'il fallait. « C'est pas votre faute, c'est juste que je suis pas faite pour la vie que vous voulez. C'est moi qui est pas assez bien pour vous, pas le contraire. »

Il s'est levé, s'est rhabillé en hâte sans me regarder. Ses mains tremblaient en boutonnant son pantalon, mais j'ai rien fait pour l'aider. Il dégageait une chaleur pareille qu'une locomotive, et je voulais pas me prendre un jet de vapeur intempestif. Il a attrapé son manteau, a ouvert la porte, puis il a tourné vers moi son visage d'orage.

« T'as eu de la veine, Bridget, t'as vraiment eu de la veine. Mais la chance finit toujours par tourner. Quand ça t'arrivera, viens me trouver, on verra ce qui se passe. » Et puis il est parti, laissant la porte se balancer sur ses gonds au rythme d'un filet de musique irrégulière interprétée par Langley.

Arabella m'a rattrapée à mi-chemin de l'escalier. « Qu'est-ce t'as fait ? elle a dit à voix basse.

— Comment ça ?

— Je viens de voir ta connaissance qui est partie comme une bombe, à croire qu'il voulait casser la gueule à quelqu'un. Alors, qu'est-ce t'as fait ?

— Mais j'ai rien fait, j'ai répondu avec agacement.

— Ben, si j'étais toi, je surveillerais mes arrières.

— Tout ça, c'est pas tes affaires.

— Oh, fais ce que tu veux », elle a dit en baissant les épaules, pâle imitation de la petite révérence de Sallie. « Mais viens pas me dire que je t'ai pas prévenue. » Elle a fait tout un manège en me croisant dans l'escalier. Je l'ai laissée passer, prête à mettre le feu sous son ventre. Je savais pourtant qu'elle avait raison, que j'allais bientôt me retrouver dans le pétrin jusqu'au cou, mais cette pensée ne servait qu'à voiler en moi une vague d'indignation plus vaste contre elle, contre Jim, contre Lila, contre la terre entière. J'avais l'impression d'être une poupée avec laquelle tout le monde s'amusait et que des enfants insouciants abandonnaient derrière eux ainsi qu'une vieille chaussette – mon père, Lila, Sallie, Jim –, et pourtant j'étais la seule à blâmer, parce que je ne savais pas ranger le coffre à jouets où je me trouvais. J'aurais juste aimé qu'on se mette tous d'accord sur ce qu'il fallait faire de moi.

Mais la soirée ne faisait que commencer et j'avais encore du pain sur la planche avant de pouvoir me glisser dans mon lit en attendant que Spartan vienne m'y retrouver. Depuis l'escalier, j'ai balayé la salle des yeux et je l'ai vue qui présidait la table la plus proche de la cheminée, dos au feu. Elle m'avait dit qu'elle avait passé tellement de temps dehors qu'elle aimait se réchauffer dès que l'occasion se présentait, comme si la chaleur pouvait s'engranger pareille à du grain pour l'hiver. Elle était en manches de chemise, son manteau posé sur le dos de la chaise, et lorsqu'elle a tendu la main pour attraper son verre de whiskey, j'ai vu – ou plutôt imaginé très clairement – les muscles fins de ses épaules qui bougeaient sous le tissu. Elle a soufflé un nuage de fumée dans le visage de son voisin tout en réarrangeant ses cartes, elle en a pris une dans une main pour la glisser entre deux autres, puis deux jetons qu'elle a lancés sur le tas, et ils ont atterri dans un cliquetis que je jure avoir entendu malgré les dernières mesures de « My Bonnie Lies Over the Ocean ».

Elle a levé les yeux et nos prunelles se sont croisées au-dessus des têtes indifférentes. Elle n'a ni souri ni esquissé le moindre signe, ni même lancé de clin d'œil, elle s'est contentée de me regarder. J'avais l'habitude de sentir les yeux des autres posés sur moi, des regards pressants qui s'accaparaient différentes parties de mon corps quand les michés faisaient leur marché. Mais là, c'était différent : sans doute que jamais auparavant personne ne m'avait regardée ainsi, tout entière, ou peut-être que j'avais toujours été trop près pour que quelqu'un le fasse. Son regard m'a percutée d'un seul coup, c'était comme être soudain dans la lumière du soleil après un hiver rigoureux, avec ce sentiment que le printemps était enfin là. Ça n'a duré que quelques secondes avant qu'elle se remette à reluquer ses cartes et que Langley se lance dans un nouveau morceau sous mes pieds. Je me suis alors rappelé où j'étais et je suis repartie à la recherche d'un client en battant des cils.

Un peu plus tard, dans ma chambre, sa main a glissé sur mon épaule, suivie de ses lèvres.

« Tu m'as eue par surprise, tu sais, j'ai dit.

— J'en doute pas, elle a murmuré dans mon cou.

— Ah ? Tu as fait ça avec beaucoup de filles ?

— Une ou deux, ici et là.

— C'est tout ? »

Elle n'a pas répondu et a continué de descendre plus bas.

« Comment tu savais ?

— Quoi donc ? elle a demandé d'une voix étouffée.

— Comment tu savais que je... te suivrais, l'autre soir ?

— J'ai eu de la veine.

— Personne peut avoir autant de chance. »

Elle a levé les yeux, le menton niché dans la pile nuageuse de mes jupons de gaze blanche.

« Je le savais, c'est tout.

— Mais comment ? »

Elle a haussé les épaules. « J'ai vu ça en toi.

— Tu as vu quoi ? »

Elle a incliné la tête pour réfléchir. « Que tu avais eu le cœur brisé, mais tu pouvais pas le montrer. Tu avais parié gros, et perdu gros. » Elle a souri. « Ou peut-être que t'arrêtais pas de me reluquer avec tes grands yeux de biche aux abois. Tu t'imagines pas comment tu dévisages les gens. »

J'ai rougi. « Pardon.

— Tu n'as rien à te faire pardonner en ce monde, la Rouquine. »

« T'as jamais tiré avec un revolver ? » Un moment plus tard, alors qu'il faisait nuit noire et que le ciel ne songeait même pas encore à pâlir, on lantiponnait sur mon lit. Je n'avais pas pris la peine de remplir ma lampe et, dans la quasi-obscurité, je n'avais conscience de sa présence que parce que je pouvais la toucher, l'entendre, la sentir.

« Nan. L'occasion s'est jamais présentée. Et puis sur qui est-ce que je tirerais ? »

Spartan a ricané. « Vu le boulot que tu fais ? C'est plutôt : sur qui tu pourrais ne pas tirer ! »

J'ai éclaté de rire. « La plupart du temps, c'est pas si terrible. Ils comprennent à peu près tous qu'il y a des règles, et ceux qui sont trop jeunes pour savoir, ils sont si excités de se retrouver dans une chambre avec une vraie professionnelle qu'ils feraient des sauts périlleux à l'envers si c'était nécessaire.

— Là, tu m'en bouches un coin. » Elle s'est penchée pour chercher de quoi fumer dans ses vêtements entassés, passant par-dessus moi, aussi lourde et souple qu'un chat. Elle a allumé un cigarillo et s'est radossée à la tête de lit.

« Et puis, descendre les gens, ça apporte que des problèmes, j'ai ajouté.

— D'après mon expérience, ça en résout plus que ça en cause, mais c'est peut-être pas le cas pour tout le monde. »

J'ai observé la cendre de son cigarillo rougeoyer plus violemment, puis elle a soufflé une longue bouffée de fumée douce, au parfum de bois, dont le nuage s'est dissipé dans les ténèbres.

« Ça t'a fait quoi ? j'ai demandé.

— De quoi tu parles ?

— De tuer Ottis Shy ? »

Elle a mis un moment à répondre, et je me suis demandé si je n'étais pas allée trop loin.

« C'était facile, elle a répondu finalement. C'est naturel, pareil que de marcher, et puis d'une certaine manière, ça paraissait logique. » Elle a rigolé, soufflé un nouveau nuage de fumée. « Je l'ai amené là pour ça, après tout. »

Dans le noir, j'ai acquiescé, songeant à tout le travail que j'avais accompli au fil des années et qui m'avait coûté davantage qu'il ne m'avait rapporté. Ça peut paraître très froid, mais je voyais ce qu'elle voulait dire.

« Et ses frères ?

— C'était différent. Ils se sont battus comme des diables.

— Qu'est-ce qui s'est passé ?

— Tout ça, c'est un peu trop confus dans ma tête pour pouvoir te raconter, mais c'était sanguinaire, et dur, dans le sens qu'un boulot peut être dur. Lourd, et je suis sortie de là moulue. C'est peut-être pour ça que ça a été si facile d'empêcher Ottis de s'esbigner. Je déteste que les hommes me fassent perdre mon temps.

— Tu ferais une très mauvaise pute alors.

— Ah merde, tu crois ? » On a éclaté de rire toutes les deux.

« Une amie a descendu un miché », j'ai dit quand on s'est calmées, un peu surprise de m'entendre dire ça, mais toute cette histoire avec Sallie était depuis longtemps oubliée. « Il a commencé à la malmener, et je lui ai sauté dessus, elle a sorti son crachant et elle a tiré. Deux fois.

— Elle l'a estourbi ? »

J'ai hoché la tête, oubliant qu'elle ne pouvait pas me voir. « Il a pas calanché tout de suite. La première balle l'a atteint à l'épaule, la seconde à la base du cou. Ça aurait été mieux pour lui qu'il dévisse son billard tout de suite plutôt que de traîner comme ça.

— Je trouve qu'il le méritait. Y a qu'un foie jaune pour taper sur une pute.

— Ben, c'est aussi ce que je crois, mais je pense que le gars avait de la famille quelque part. Jim Bonnie a tout arrangé, mais elle a dû se trotter. Kate et Lila l'ont envoyée à Cheyenne, pour travailler chez une amie à elles. Quelle tristesse, et tout ça, c'est ma faute.

— En quoi c'est ta faute ?

— Pas le fait qu'il l'ait esquintée, mais j'aurais pas dû intervenir. Elle s'en serait sortie toute seule, qu'elle m'a dit.

— Peut-être que oui, ou peut-être pas. » Elle a passé le bras au-dessus de moi pour faire tomber ses cendres dans la soucoupe posée sur la coiffeuse. « Mais comment t'as su qu'elle était enflaquée ? Y a des judas partout dans vos chambres ? »

J'ai senti tout mon corps devenir d'un rouge incandescent. « Oh non, rien de tout ça. Je passais sur la coursive et j'ai entendu le chambard. »

Elle a poussé un petit rire entendu, et j'ai senti qu'elle secouait la tête, à côté de moi. « Je vais te dire, la Rouquine, t'es trop jolie quand tu mens.

— Merde alors. Mais elle aurait fait pareil pour moi.

— Tu crois ? »

J'ai pas su quoi lui répondre. Elle a passé de nouveau le bras au-dessus de moi et a retiré le bout enflammé du cigarillo, se réservant la seconde moitié pour plus tard. Puis elle m'a attirée contre elle, front contre front. « Dis-moi juste une chose : est-ce que tu t'es enflammée pour elle comme pour moi ?

— Loin de là », j'ai répondu.

On s'est embrassées.

« N'empêche. Une dame doit savoir se servir d'une arme. Dors, maintenant, et demain après-midi, je t'emmènerai dehors et je t'apprendrai. On sait jamais quel genre de chabanais peut se produire dans ce genre d'endroit. » Elle m'a embrassée sur le front et s'est levée. Elle s'est habillée à l'aveuglette, avec une aisance qui résultait d'une longue habitude, et elle a disparu sans un mot, me laissant sombrer dans les bras de Morphée.

13

« Kate veut te voir », a dit Grace de sa voix flûtée. Elle aimait bien se tenir toute droite à la porte quand elle transmettait des ordres, la bouche froissée comme un mouchoir compressé, les mains enfoncées dans les poches de son tablier.

« Pourquoi ? » j'ai demandé en la regardant dans la glace, indirectement. J'ai tiré sur les manches de la robe à Constance pour fermer les boutons.

« Elle a pas dit, elle veut juste te voir.

— Ben, dis-lui que je suis sortie. »

J'ai enfilé un pardessus tout raide que j'avais emprunté à Henrietta, et j'ai mis mon chapeau sur ma tête.

« Je vais pas lui dire des fagots.

— Ce sera vrai dans une minute, et moins si tu me laisses passer.

— C'est à propos de ton shérif. »

J'ai évité de pousser un soupir, car Jim était la dernière personne à qui j'avais envie de penser, sans parler d'en discuter avec quiconque.

« Ça change rien, il faut que je me trotte, et je peux pas attendre. Dis à Kate que je suis sortie et que j'irai la voir en revenant.

— Tu pourras peut-être pas, tu sais comment qu'elle a ses migraines l'après-midi.

— Ben, je vais courir le risque. Sinon Lila pourra me rancarder. »

Une semaine plus tôt, je n'aurais jamais envisagé de ne pas obéir à Kate, mais je savais que Spartan m'attendait pour filer dans le vent, et rien d'autre ne comptait.

« T'es sûre que tu préfères que ce soit Lila ?

— Ce que je préfère, c'est que t'ailles dire à Kate que je suis pas là. » Je me suis approchée de la porte et elle s'est poussée juste à temps.

En bas, la salle était presque déserte ; Pierre et Constance étaient assis au bout du bar, des cartes étalées devant eux. Ils parlaient doucement, passant d'une langue à l'autre ; Constance a acquiescé en l'observant prendre une carte et en mettre une autre à la place. Ils ont levé la tête quand je suis passée et m'ont fait signe juste au moment où la porte de Kate s'ouvrait et se refermait, pour laisser Grace aller transmettre le message.

Dehors, l'air m'a brûlé les narines, et je me suis secouée plusieurs fois pour avoir moins froid. Je suis partie vers la droite en direction des écuries, à la lisière sud de la ville. En avançant sur le trottoir, j'ai senti tous les oripeaux du Queen glisser peu à peu, telles des ardoises qui tombent d'un toit. Le ciel couvert laissait filtrer une lumière éteinte, pareille à du papier, mais je me sentais alerte, en éveil. En apercevant mon reflet dans la vitre d'un bureau de transport, j'ai vu que j'avais l'air parfaitement respectable : sans maquillage, boutonnée jusqu'en haut, j'aurais pu être la fille de n'importe quel marchand sortie acheter du beurre ou une bobine de fil parce que sa mère était coincée à la maison avec les petits. Mon cœur s'est serré en songeant à la vie que j'aurais pu mener, avant que le vent du destin fasse dérailler ma famille. Dans cette existence-là, j'aurais passé l'après-midi à me promener en cabriolet avec le fils d'un ami de mes parents. J'ai secoué la tête pour chasser ces pensées inutiles et j'ai à nouveau regardé mon reflet, notant avec fierté que n'importe où ailleurs, j'aurais été la plus jolie fille de la ville.

Spartan m'attendait devant les écuries, tenant les rênes de deux chevaux sellés. Sa grosse jument grise, Davey, et un cheval noir au pied léger, loué pour l'après-midi.

« Le garçon d'écurie l'appelle Little Blue, a dit Spartan. J'espère que tu sais monter.

— Bien sûr que oui », j'ai dit en prenant mes grands airs, même si en fait ça remontait à un moment. Mon cœur a raté un battement à l'idée que j'aie pu oublier, et que je risque de passer pour une fille de salon. Pourtant, quand j'ai approché Little Blue, il m'a laissé monter sans rien dire, et j'ai gardé la tête haute comme si jamais le doute ne m'avait effleuré l'esprit.

« Bon, ben, on y va », a dit Spartan. Elle est montée à son tour et on s'est mises en route, chevauchant côte à côte.

On est parties vers le nord, direction par laquelle j'étais arrivée, et reprendre ce chemin m'a donné l'impression de revoir ma vie à l'envers. J'avais fait mon entrée dans Dodge les pieds moulus, traînant derrière moi une mule squelettique chargée de toute mon existence, ce qui se montait à pas grand-chose. J'avais du mal à garder la tête droite alors, tout semblait vouloir se refermer sur moi, hôtels, vitrines, saloons, bordels, qui me faisaient l'effet de la coque d'un navire lorsque les planches se rejoignent sous la cale. On est passées devant l'hôtel où j'avais dépensé tout le fruit de la vente de ma mule ; cet endroit qui m'avait paru majestueux et imposant me semblait maintenant miteux, mal tenu, pas un endroit où une jeune fille innocente pouvait passer la nuit, et encore moins une quinzaine de jours. À présent, à cheval, habillée correctement, j'avais le sentiment de faire partie des lieux. Je comprenais les expressions des gens que je croisais : les persilleuses qui s'allumaient mutuellement leurs cigarettes et tiraient sur leurs bas, les vendeurs qui cuisinaient dans la rue et alimentaient leur feu, les cowboys à la gueule de bois qui enfourchaient leur monture en regrettant de ne pas être restés au lit. Tout ça bien sûr, c'étaient les petits trucs qui donnaient corps à la vie de tous les jours, et en être me donnait l'impression de faire partie de la vie même.

Devant nous, un groupe de cowboys se rassemblaient pour retourner s'occuper de leur troupeau, les chevaux se trémoussaient, bloquant la rue. Ils étaient jeunes et ils avaient trop fait la bamboche la nuit précédente : en poussant leurs chevaux en avant, le plus proche s'est penché et a dégobillé sur les jambes de sa monture. Celle-ci a henni d'indignation et fait un pas de côté, bousculant presque Little Blue au moment où je passais.

« Eh, les gars, faites un peu gaffe, là », les a interpellés Spartan.

Tous les cowboys ont levé la tête, à part celui qui était malade. Ils ont regardé Spartan, puis moi, et l'un d'eux a soulevé son chapeau.

« Pardon, mademoiselle, il m'a dit car il ne savait pas comment s'adresser à ma compagne. Jasper, y tient pas l'alcool. »

J'ai hoché la tête. « Ça va, mais emmenez-le où c'est qu'il doit aller.

— Merci, mademoiselle. » Ils ont tous soulevé leur chapeau, tandis que celui qui avait parlé s'est emparé des rênes de Jasper. Puis j'en ai entendu un dire aux autres : « Vous avez vu qui c'est ? »

« Regarde-moi ça comment tu es respectable, a dit Spartan en remontant la rue. N'importe lequel de ces gars t'aurait épousée dès cet après-midi. »

J'ai ricané. « Et il l'aurait regretté toute sa vie. Et toi ? Tu es bigrement connue dans le coin.

— Oh, ça change rien. Tu as vu la tête qu'ils faisaient ? Ils savaient pas s'ils devaient soulever leur chapeau ou bien essayer de m'engager dans leur équipe. »

J'ai ri à gorge déployée en essayant d'imaginer la célèbre chasseuse de primes, Spartan Lee, sur sa jument grosse comme une locomotive parmi les enclos à bestiaux puants, par un après-midi à la chaleur écrasante.

« Qu'est-ce qu'il y a de si drôle ? elle a dit.

— Toi. »

Elle a secoué la tête. « Si tu veux. »

On était arrivées à la lisière de la ville, là où les constructions s'arrêtaient d'un seul coup et où commençait la prairie, aussi vaste et soudaine que l'océan qui lape le rivage. L'herbe de l'an passé était morte, et le vert paysage ondoyant que j'avais vu en arrivant était désormais d'un ton de terre éteint, raide et broussailleux. Spartan a désigné le nord-est.

« Y a un petit ravin par là, à quelques kilomètres. On va les laisser se dégourdir les jambes. »

Avant que j'aie eu le temps de répondre, elle était déjà partie, filant sur la plaine. Je n'ai même pas éperonné mon cheval, j'ai juste un peu relâché les rênes, et il s'est empressé de suivre l'autre, partant aussitôt au grand galop. Au début, j'étais terrifiée, je m'accrochais à ma selle, et je luttais pour garder les yeux ouverts. La peur de la vitesse ne vient pas du mouvement mais du fait que l'allure ne cesse de s'accroître, le cheval martelant la terre dure d'un mouvement rapide et régulier. Mais sa joie de courir si vite était contagieuse ; il faisait exactement ce pour quoi il avait été mis sur terre, et je me suis redressée, laissant le sol se dérouler au-dessous et le froid me mordre, me pincer les joues. Cette sensation d'oripeaux qui tombaient, que j'avais éprouvée en ville, s'est renforcée, transformée en douleur douce-amère en mon sein, remontant jusque dans ma mâchoire. Le vent chantait à mes oreilles, mes mains me piquaient, mais j'aurais laissé ce petit cheval courir jusqu'au bout du monde rien que pour partager avec lui cette sensation de liberté, la paix qu'il ressentait à faire exactement ce pour quoi il était fait tandis que le monde défilait à côté de nous, étranger.

Trop vite, Little Blue a ralenti à l'approche d'un vallon au fond duquel se trouvait le lit d'un ruisseau, avec un bosquet d'arbrisseaux rabougris sous lesquels Spartan s'était arrêtée pour attacher Davey. J'ai mis pied à terre et fait de même.

« On risque de tirer sur personne par ici, mais au moins on est protégées », elle a dit, à croire qu'elle reprenait une conversation qu'on avait laissée traîner. Elle a dégainé son revolver et me l'a montré en gardant toujours le canon pointé vers un coude creusé par le ruisseau.

« En fait, c'est simple. Tu armes le chien, et tu appuies sur la détente. Regarde ma main. »

Elle a relevé le pistolet et armé dans un cliquètement, puis son index s'est doucement replié vers sa paume, comme si elle serrait lentement le poing. Le Colt a rugi et à vingt mètres, un morceau de terre a explosé dans la berge du ruisseau.

« Maintenant, regarde comment le barillet tourne, et te voilà prête à tirer à nouveau. » J'ai jeté un coup d'œil et j'ai vu que la chambre s'était en effet déplacée et qu'une nouvelle balle était en position.

« À toi maintenant. » Elle m'a tendu l'arme par la crosse et je l'ai prise, en maintenant le canon tourné vers la terre ou le ruisseau.

« C'est très lourd, j'ai dit bêtement.

— Et c'est très bien. Parce que c'est une lourde responsabilité. »

Elle a enveloppé ma main de la sienne et s'est placée derrière moi, maintenant ma main droite au-devant. On s'emboîtait parfaitement, pareilles qu'une chaussette dans une chaussure, et j'ai bougé la tête pour que ma joue touche la sienne, mais elle n'a pas bronché ; mon cœur s'est serré, mais je n'ai pas bougé. Je sentais son regard porter au-delà de moi, sur le viseur du pistolet qui miroitait au bout du canon, et même au-delà. Elle a enroulé son pouce et son index par-dessus les miens.

« Tu fais quoi en premier ?

— J'arme le chien », j'ai répondu en relevant nos deux pouces pour armer le revolver dans un cliquetis qui m'a paru plus sonore que la fois précédente, peut-être parce que j'étais plus proche, ou parce qu'on le faisait ensemble.

« Bon, elle a dit doucement à mon oreille. N'arme jamais un revolver si tu n'es pas prête à prendre une vie, tu m'entends ? »

Dans mon dos, je sentais la pression de son corps, le mouvement de sa poitrine qui montait et descendait. En parallèle, mon souffle était irrégulier, superficiel, craintif. Mais elle était solide comme un roc, suffisamment pour me soutenir, et j'ai absorbé un peu de sa fermeté. J'avais beau l'avoir vue quelques jours plus tôt battre à mort un homme, et elle avait beau m'avoir dit la veille que ça avait été facile pour elle, jusqu'à cet instant il ne m'était pas venu à l'esprit que j'étais amoureuse d'une tueuse.

« Quand tu es prête, tu appuies. »

J'ai pressé le doigt d'un seul mouvement, ainsi que je l'avais vue faire. Il y a eu un bruit assourdissant qui m'a projetée contre elle, et une nouvelle explosion dans la berge du ruisseau, juste à côté de la première.

« Parfait, elle a dit à voix basse. Tu n'as pas la main qui tremble.

— Laisse-moi essayer toute seule. »

Elle a fait un pas en arrière. « Plante bien tes pieds. Sinon, le recul va te faire tomber en arrière. »

J'ai secoué la tête, incrédule, et lorsque la détonation a retenti de nouveau, je suis arrivée exactement où elle avait dit : le cul par terre. Elle m'a tendu la main pour me relever mais elle ne s'est pas moquée de moi.

« Regarde, mets un pied un peu en arrière, comme si tu allais coller une mandale à un gars. » Elle a bougé les pieds pareille qu'un boxeur, et je l'ai imitée. « C'est ça. Essaie encore. »

Cette fois je suis restée debout sur mes jambes, et j'étais si contente de moi que j'ai tiré encore deux fois après ça, sans bouger, même si après le dernier coup, j'avais des fourmis dans le bras.

« Joli, la Rouquine. » Elle s'est avancée vers le ruisseau, les jambes arquées, s'éclaboussant un peu au passage, pour inspecter les tirs. « Bravo, tu as l'œil, ma cocotte. »

J'ai souri, éprouvant cette espèce d'assurance que j'avais ressentie la première fois où j'avais fait sortir de ma chambre mon as de la gâchette.

« Montre-moi comment on recharge. Je veux essayer encore. »

On s'est entraînées tout l'après-midi, elle m'a appris à ne pas trembler, à choisir ma cible avec soin, à armer le chien en expirant. J'ai donc choisi plusieurs cibles, que dans ma tête je transformais en objets sur lesquels j'aurais aimé tirer : crotales au nez épaté, casseroles de soupe vides, ce tremblement dans ma voix lorsque j'essayais d'apaiser l'orgueil blessé d'un inconnu – j'ai concentré toutes ces choses en une simple pierre coincée dans le flanc de la berge, que j'ai eue au quatrième tir. Quand le soleil eut terminé de décrire son arc pour atterrir dans un sillage pâle et brumeux à l'horizon, je montrais des dispositions certaines pour devenir une bonne tireuse.

« La clef, c'est de ne pas te laisser perturber par des petits trucs. Oublie le reste du monde pour qu'il y ait plus que toi et ta cible. »

J'ai hoché la tête en frissonnant. Le vent avait forci, et dans les derniers rayons du jour qui se couchait, le froid commençait à m'envahir.

Spartan a pris mon visage dans sa main. « Ma pauvre Rouquine, tu grelottes.

— Ça va.

— T'es à moitié gelée, on ferait mieux de te ramener. »

On est remontées en selle et on est retournées à Dodge. Comme ils avaient assez galopé pour la journée, nos chevaux sont partis au petit trot, prêts pour l'écurie et le foin. La journée tournait et se retournait en moi, ballottée sur la selle, ainsi que des cartouches intactes dans leur boîte, jusqu'à ce que la ville commence à se dessiner dans l'obscurité croissante, et que je me rappelle que j'allais avoir de sérieux ennuis.

14

Il faisait nuit noire quand je suis arrivée au Queen. Lila m'attendait au bar.

« Là-haut. Tout de suite », elle a dit en m'amenant voir Kate comme si j'étais une écolière qu'on avait surprise avec son fiancé dans la voiture familiale.

À son habitude, Kate était nichée sur son sofa, l'air hagard, et pourtant ferme. Elle ne m'a pas demandé de m'asseoir mais m'a laissée debout sur le tapis tandis que Lila arpentait la pièce telle une tigresse.

« Que s'est-il passé entre toi et le shérif Bonnie ? a demandé Kate.

— Rien. »

Lila est venue droit vers moi, elle m'a allongé une torgnole et j'en ai vu trente-six chandelles. « Arrête. » Voilà tout ce qu'elle m'a dit.

« Lila, était-ce vraiment nécessaire ? » a dit Kate.

Elle a fait un pas en arrière. « Peut-être pas, mais c'est amplement mérité. »

J'ai porté la main à ma joue, ça piquait, mais je n'ai rien dit.

« Que s'est-il passé entre toi et le shérif Bonnie ? m'a redemandé Kate.

— Il m'a demandée en mariage.

— Quand ça ?

— Y a un peu plus d'une semaine.

— Je vois. Et que lui as-tu répondu ?

— Quand il me l'a proposé ?

— Oui. » La voix de Kate était basse et régulière. Lila a cessé de faire les cent pas et m'a regardée.

« J'ai dit que je devais réfléchir.

— Et donc, y as-tu réfléchi ?

— Oui.

— Et qu'as-tu décidé ? »

J'ai répondu après un léger silence. « J'ai dit non. » Lila a poussé un profond soupir et s'est remise en marche.

« Pourquoi as-tu refusé ?

— Parce que j'ai pas envie de l'épouser, j'ai dit sans pouvoir réprimer un haussement d'épaules.

— Fais pas ta péronnelle, a fait sèchement Lila.

— Mais c'est vrai !

— Et pourquoi donc ? Tu pourrais tomber sur pire que Jim », a repris Kate.

J'avais l'impression que tout ça n'était pas réel. Je me suis rappelé des scènes de livres que Constance m'avait lues, qui relataient à peu près la même chose, mais il s'agissait toujours de mères s'adressant à leurs filles, jamais de madames parlant à leurs putes.

« Je suis pas amoureuse de lui, j'ai fini par dire penaudement.

— Oh, pour l'amour du ciel, qui t'a dit que ça comptait ? s'est exclamée Lila.

— Lila, je t'en prie », a dit Kate en levant une main. Elle s'est tournée à nouveau vers moi. « Lila a raison, c'est une réponse très puérile.

— Toute façon, ça a plus d'importance. J'ai déjà dit non.

— Comment crois-tu qu'il l'a pris ? »

J'ai réfléchi, me rappelant son grand corps assis sur mon lit, de plus en plus chaud, comme une locomotive à vapeur se préparant à quitter la gare en hurlant.

« Il était déçu. »

Kate a hoché la tête. « J'imagine. » Elle s'est versé un verre de gin de la carafe posée sur la table et s'est mise à le siroter tel un petit oiseau.

« Est-ce que t'as seulement pensé à nous une seule fois ? » a dit Lila.

J'en suis restée baba. Je l'ai regardée, interdite. « Comment ça ?

— Tu veux une autre mornifle ? Parce que je sais pas comment je vais pouvoir t'expliquer à quel point on a besoin de Jim. Il veille sur nous, on lui donne du bon temps et tout le monde est content. À moins que tu te rappelles plus comment Kate t'a amenée à lui sur un plateau d'argent ?

— Je me rappelle.

— Et après, qu'est-ce qui s'est passé ?

— Je vous ai dit, il m'a demandée en mariage, et j'ai dit non.

— Est-ce vraiment tout ? » a fait Kate.

Je l'ai regardée et je me suis aperçue que je ne pouvais rien lui cacher.

« Il a dit qu'il était amoureux de moi », j'ai dit d'une voix calme. Kate s'est tournée vers Lila, qui a écarquillé les yeux. J'ai pris le mors aux dents, débagoulant tout ce que je pouvais avant que Lila puisse en placer une. « Mais il sait pas de quoi il parle, il croit seulement qu'il est amoureux de moi. Il va se calmer, vous verrez, ou bien s'il en a marre de moi, il peut essayer avec une autre fille et…

— Et rien du tout », a dit Kate.

Elle et Lila ont échangé un long regard. Les mains sur les hanches, Lila a renvoyé la tête en arrière et une épingle mal attachée est tombée sur le tapis.

« Je te l'ai pourtant dit, a fait Lila qui scrutait toujours le plafond. Je t'ai expressément demandé de ne pas lui briser le cœur. De faire en sorte qu'il soit heureux, qu'il se sente le bienvenu. Mais putain, y a pas de boulot plus facile au monde ! Et t'as même pas réussi à faire ça ! » Ses yeux se sont posés sur moi. Dans ma tête j'ai entendu la voix de Constance dire : « J'ai vu plus d'une fois la situation tourner au vinaigre, ici… Pire que ce que tu as vu. »

« Mais on n'a pas besoin de Jim, j'ai dit d'un ton désespéré. On a Virgil pour faire régner l'ordre.

— Pas tout seul, merde alors ! Je n'en reviens pas d'être obligée de te le dire à nouveau : tu crois vraiment que c'est une coïncidence si on reçoit des joueurs et des officiers plutôt que des voleurs de chevaux et des chasseurs de scalps ? Si on croule pas sous les amendes et les autorisations obligatoires avec toutes les campagnes de ces bigotes pour la respectabilité de cette ville ? »

J'ai ouvert la bouche : « Je voulais pas…

— Évidemment que tu voulais pas ! a continué Lila. Tu veux jamais rien faire de mal, pas vrai ? » Elle a soupiré et secoué la tête en levant les yeux au ciel, une main sur sa hanche. « Depuis que je t'ai ramassée dans la rue, t'as pas arrêté de nous faire pisser des lames de rasoir en travers, tu le sais, ça ? » Elle a levé les mains en l'air. « Sans doute que tout ça, c'est ma faute, mais pourquoi diantre est-ce que j'ai cru bon de ramener chez nous une fille comme toi ?

— Lila, s'il te plaît, a dit Kate. Mais enfin, Bridget, ma belle, pourquoi ne nous as-tu rien dit ? »

J'ai haussé les épaules à nouveau. En vérité, ça m'était pas venu à l'esprit qu'elles puissent m'aider. Toute ma vie j'avais dû résoudre mes problèmes toute seule, et j'avais l'habitude de trimballer les décisions que j'arrivais pas à prendre, pareilles à des cailloux dans mes poches.

« Ça me paraissait pas nécessaire, j'ai répondu simplement.

— Et pourquoi pas ?

— Je sais pas, c'est juste que... » Ma voix s'est perdue avec ma pensée, et puis j'ai trouvé un argument qui m'a semblé décisif : « C'est vrai, quelle importance, ce que je choisissais ? Est-ce que vous préférez pas que je reste turbiner ici et que Jim continue à venir ? Si on s'était mariés, il m'aurait emmenée ailleurs, et vous seriez dans la même situation où vous êtes maintenant. » J'ai terminé sur une pointe de triomphe.

Kate a secoué la tête avec calme. « Pas nécessairement. C'est une proposition intéressante, et nous aurions compris que tu acceptes.

— Et pis on aurait pu trouver d'autres arrangements, a renchéri Lila. S'il t'aime vraiment, y avait peut-être d'autres solutions pour s'en sortir. »

Kate a acquiescé. « Et si ta réponse est vraiment non, si tu nous en avais parlé plus tôt, nous aurions trouvé le moyen de lui apprendre ça un peu plus gentiment. Là, tu lui as brisé le cœur, donc oui, nous sommes vraiment dans une situation très délicate.

— Comment ça ?

— Ce qu'elle veut dire c'est que rien qu'aujourd'hui, on a déjà eu deux ligues de vertu qui sont venues nous coller des amendes, avec leurs satanées bonnes femmes qui étaient là autour de nous armées de leurs bibles, à essayer de convertir nos filles à la religion. Constance a jeté dehors ces bigresses. Au moins, elle, elle comprend ce qui est en jeu », a craché Lila. J'ai ravalé mes larmes sans rien dire. « On t'a déjà demandé de changer de comportement. Je te l'ordonne une fois encore. Tu te rabiboches avec Bonnie la prochaine fois qu'il vient, tu lui dis absolument tout ce qu'il veut entendre, tu le baises à couillons rabattus, qu'il marche plus droit en sortant, et tu fais en sorte que tout redevienne comme avant au Queen. » Elle s'est approchée de moi au point qu'on s'est retrouvées nez à nez. « Tu es nouvelle dans la profession, donc y a des choses que tu sais pas, mais attends juste un mois ou deux, quand y aura plus un troupeau dans les environs et que la cavalerie sera rentrée avant l'arrivée de la neige : y aura plus un client à passer la porte. Tu rajoutes le pire du pire, les boulets dont personne veut ? Et toi, tu viens de chasser notre meilleur protecteur. Qui c'est qu'on va aller voir maintenant si ça tourne vraiment au vinaigre ? Et qu'est-ce que tu crois qu'il serait arrivé à Sallie si Bonnie s'était pas montré si empressé de passer l'éponge sur tes petites conneries ? »

Elle m'a reluquée des pieds à la tête et elle a soupiré, de même que Sallie lorsqu'elle m'avait engueulée pour des raisons similaires. « Dieu merci, il a pas beaucoup d'imagination, ou bien Sallie serait encore en prison, ou plus probablement pendue. Parce que tu croyais peut-être que les putes ont le droit de descendre les fils de pères aux écus s'ils se montrent un peu fougueux ? »

J'avais les yeux qui piquaient, mais je ne voulais pas pleurer. J'ai tenté de soutenir le regard de Lila, mais je n'ai pas pu et j'ai baissé la tête vers les traces poussiéreuses qu'avaient laissées mes bottes sur le tapis.

« Je vais faire des efforts », j'ai répondu. J'étais à bout d'arguments ; tout ce que je voulais, c'était foutre le camp de cette pièce rance dont l'atmosphère puait le laudanum et la déception.

« Ah, bon sang, pour sûr que tu vas faire des efforts ! » Lila m'a attrapée par le poignet et tirée vers elle ; derrière, j'ai aperçu Kate, semblable à une hache de profil, qui s'était détournée. « Tu vas devenir une pute en or, tu m'entends ! Tu souris, tu es gentille, tu joues la comédie au shérif dès qu'il passe la porte. Et tu fais en sorte que notre as de la gâchette revienne jouer aux cartes ici, et vous faites vos petites affaires sans que personne vous voie jusqu'à ce qu'elle en ait marre de toi. Et si jamais je te prends à lanterner rien qu'une minute, que Dieu ait pitié, je te fiche à la porte si vite que tu en verras trente-six chandelles ! » J'étais si près d'elle que je sentais son haleine, ce musc, telle une signature, mêlant seigle et café fort. Puis elle m'a lâchée, j'ai perdu l'équilibre, trébuché en avant et j'ai marché sur l'ourlet de la robe de Kate ; par réflexe, elle a tiré dessus, et je me suis figée d'horreur en entendant le bruit du taffetas qui se déchirait. Je n'ai pas osé regarder Lila ; j'ai croisé les yeux de Kate, dont tout le visage s'était durci. Elle a soupiré de dépit et fait un petit mouvement sec de la tête pour me donner congé. Je me suis enfuie du salon de la mère abbesse en claquant la porte, et j'ai franchi d'un bond la distance qui me séparait de ma chambre.

« Mais qu'est-ce qui t'arrive ? » a demandé Constance, assise sur son siège, au bar. Après la chicorée que m'avait flanquée Lila, j'avais filé mettre ma robe rouge et fait de l'abattage. On était au mitan de la soirée, à l'heure où ça virait de « tôt » à « tard ». Chaque soir, c'était à un moment différent – enfin, c'était ce que je croyais, vu qu'il y avait pas d'horloge dans le saloon –, mais le point de bascule était immanquable, comme quand on arrive au sommet d'une petite colline, et c'était pile le moment pour tailler des bavettes avec une amie.

« Oh, je frise la corde avec Kate et Lila.

— Encore ? »

J'ai soupiré. « On dirait que c'est une habitude, hein. Mais Lila est toujours à renaud contre quelqu'une. »

Constance a secoué la tête. « Pas contre moi.

— Évidemment, pas contre toi, tu travailles dur, et en plus toi et Pierre, vous faites tourner les affaires.

— Mais tu as ton shérif, ça ne lui suffit pas, à Lila ?

— Je l'ai plus, c'est ça le hic.

— Oh, je vois. Il s'est lassé de toi ?

— C'est plutôt le contraire. Il m'a demandé de l'épouser et j'ai dit non. »

Elle s'est écartée en fronçant les sourcils. « Tu ne m'en as rien dit.

— Je sais. Je suis désolée.

— Mais pourquoi ? » Dans sa voix, j'ai décelé une forme de déception.

« Je sais pas, sans doute que je voulais y réfléchir toute seule. »

Elle a acquiescé. « Ça, je peux le comprendre. » Elle s'est penchée vers moi pour me demander à voix basse : « C'est à cause d'elle ? »

Je suis devenue aussi rouge que ma robe.

« Mais pourquoi tu dis ça ? » j'ai chuchoté.

Elle a vaguement haussé les épaules. « Allons, tout le monde sait qu'elle a conclu un marché avec Kate. Des émoluments en échange de sa présence ici, *plus* une fille ? Elle a fait fort. »

Ma gorge s'est nouée. « Je fais pas partie d'un marché », j'ai répondu sèchement.

Elle m'a dévisagée. « Bien sûr que si. Tu faisais déjà partie du marché conclu avec ce shérif bienveillant, maintenant tu es incluse dans celui qu'on a passé avec une célèbre as de la gâchette. À moins que tu aies oublié ce que tu es ?

— Et c'est quoi ? j'ai demandé d'une voix trop forte.

— Une pute plutôt jolie dans un bordel de bon aloi, elle a répondu à voix basse mais d'un ton plus dur. Ainsi que le reste d'entre nous. »

J'ai ouvert la bouche pour lui répondre, mais aucun mot n'est sorti. La vérité, c'était que j'avais oublié les règles : j'évoluais en effet au sein d'une formation de quadrille. Je me suis sentie bête comme un coin sans i de m'être laissé ensorceler par ma propre chanson, alors qu'en réalité, Spartan ne pouvait accéder à ma chambre que parce que Kate l'y autorisait en raison de sa réputation : je n'étais que la cerise sur le gâteau. J'ai eu envie de lui rire au nez, pour lui montrer combien elle se trompait, mais elle s'est contentée de soupirer et de feuilleter les pages de son livre tout en lissant une égratignure sur la reliure.

« Je n'ai nulle envie de me quereller avec toi, elle a repris en sentant mon humeur. Je veux juste que tu entendes raison. Quand tu es arrivée ici, tu vivais dans la misère depuis si longtemps que tu as eu l'impression que tous tes problèmes étaient résolus, n'est-ce pas ?

— C'est à peu près ça.

— Bon, maintenant que tu t'es habituée à ton nouveau statut, tu oublies que tu peux très vite retomber en bas de l'échelle. Toutes autant que nous sommes, toi, moi, Arabella, Henrietta, et même Sallie, où qu'elle soit, nous avons choisi cette vie. Bien sûr, nous n'avions guère le choix, mais nous avons franchi cette porte, a-t-elle dit en la désignant, et en un sens, nous ne la repasserons plus jamais. Nous irons travailler dans d'autres maisons, ou nous ouvrirons les nôtres, ou peut-être achèterons-nous une petite pension dans une autre ville où nous logerons deux putains en secret, et voilà tout, ma chère. Catin tu es, catin tu resteras. L'homme qui passe cette porte et t'invite à en repartir avec lui est un oiseau rare. Tu aurais dû y réfléchir à deux fois avant de refuser, et tu n'aurais pas dû me le cacher. »

Je me suis sentie aussi triste que le jour où Sallie m'avait fait la leçon – ça me paraissait remonter à une éternité –, et j'ai eu l'impression d'être d'une bêtise écrasante. Mais tout au fond, je ressentais ce bouillonnement d'indignation qui grondait en moi depuis que Jim m'avait demandée en mariage. Partout où j'allais, j'avais l'impression qu'on attendait de moi quelque chose, qu'on sollicitait telle ou telle partie de ma vie. Je m'étais habituée à vendre mon temps par morceaux, je m'étais habituée à me laisser manipuler par les mains d'inconnus qui me traitaient comme si je n'étais qu'un matelas animé. Il s'agissait de simples échanges, comptables et bien définis. Mais ce dont parlaient Jim, Lila et Constance, c'était ma vie tout entière. Le fait qu'ils me disent tous d'en user avec raison me rendait furieuse, à croire que la vie, c'était un paquet d'oseille qu'il fallait investir avec prudence et dépenser avec sagesse. Et si moi j'avais envie de tout claquer pareil qu'un cowboy qui passe tout son pognon dans le poker et les putes ?

« Bridget ? » a dit Constance. Elle me fixait toujours des yeux. Je l'ai regardée à mon tour.

« Je sais que tu as raison, mais j'arrive pas à le regretter. Enfin, le fait de lui avoir dit non. Je suis désolée de t'avoir rien raconté à toi. »

Constance a pris ma main et l'a serrée. « Ça va. Sache que pour ce que ça vaut, je ne suis pas fâchée que tu aies refusé, en vérité. »

Malgré mon sourire, j'étais toujours inquiète.

« Y a un truc que je comprends pas, j'ai dit. Elles arrêtent pas de dire que je nous mets toutes en danger, comme si Jim empêchait tous les hors-la-loi de venir ici.

— Peut-être que c'est vrai. Ou peut-être que ce sont des histoires. J'ai bel et bien chassé ces bonnes femmes des ligues de vertu, mais c'était peut-être une simple coïncidence. Le temps nous le dira, j'imagine. »

J'ai regardé autour de moi. Jusque-là, tout paraissait normal. Roscoe égratignait l'ivoire, Henrietta descendait l'escalier derrière un cowboy, Pierre mélangeait les cartes. Un type s'est assis à côté de moi et a voulu m'offrir un verre. Me souvenant de la promesse faite à Lila, que je serais une bonne petite pute, et songeant que je devais quand même la tenir pendant un soir ou deux, je lui ai souri et je me suis laissé engager dans la conversation même si, obéissant à leurs propres règles, mes yeux ne cessaient de balayer la salle, à la recherche de signes montrant que je n'avais rien à me reprocher.

Hélas, mes espoirs étaient vains, et les choses se sont dégradées fissa. La rapidité du changement n'était guère surprenante car à Dodge, tout allait toujours très vite – et les commérages plus que tout le reste –, et au bout de quelques jours, il était de notoriété publique que le shérif Bonnie se tamponnait le coquillard de Kate et ses filles. Ce qui m'a étonnée, c'est plutôt l'arrivée de trucs que je n'avais même pas imaginés. Au bout d'une demi-semaine, en regardant les têtes des clients au bar, j'avais déjà noté des différences. Comme l'avait prédit Lila, il y avait moins de cowboys bien rasés, au sourire frétillant sous une moustache fraîchement taillée ; moins d'officiers de cavalerie tapant élégamment leurs gants contre leurs cuisses ; les places qu'ils avaient laissées vacantes étaient désormais occupées par des chasseurs de scalps aux vêtements marbrés de coulures sombres, ou des pistoleros aux yeux hâves. Les joueurs qui s'installaient à la table de Pierre portaient des manteaux râpés, des chapeaux marqués de traces blanches, fantomatiques.

Je suis descendue dans la salle et me suis accoudée au bar un moment pour observer la salle, en attendant qu'un homme s'approche. Je n'ai pas eu longtemps à patienter : avant même que j'aie eu le temps de bâiller d'un *ennui** imaginaire – terme que Pierre avait fait adopter à tout le monde au Queen –, je me suis retrouvée face à deux yeux d'un marron éteint, et je me suis aperçue que ce n'était pas le genre de cowboy propre sur lui dont j'avais l'habitude, mais un chasseur de scalps aux vêtements en peau si raidis par la crasse qu'à chaque mouvement, des petits morceaux se décollaient ; quand j'ai vraiment prêté l'oreille à ce qu'il disait, il en était à ce stade de l'histoire où il n'avait pas eu d'autre choix que de trancher la gorge de son associé qui essayait de lui voler son fusil. J'ai émis un bruit qu'il a pris pour un acquiescement, et je l'ai laissé continuer à lantiponner tandis que je passais la salle en revue, à la recherche d'un meilleur client vers lequel tourner mon attention, comme je l'avais parfois fait avec Jim – ce que j'essayais à présent d'oublier. Mon regard est tombé sur Grace, adossée à la porte des cuisines, les bras croisés ; elle m'a regardée à son tour de manière inexpressive en haussant les épaules.

Mon chasseur de scalps a sorti son couteau pour souligner un élément de l'histoire, riant en tenant la lame sous mes yeux telle une modiste essayant de me vendre un chapeau. J'ai poussé un petit cri théâtral, suivi d'un « Oh, là, là ! » sans avoir la moindre idée de ce qu'il essayait de me dire.

Il m'a invitée à tâter le tranchant : j'ai passé mon pouce dessus, et j'ai senti qu'elle avait été aiguisée par quelqu'un qui s'y connaissait, jusqu'à devenir plus fine que du papier.

« Sacrée lame ! » j'ai dit. Il a saisi ma main, pinçant ma paume entre ses doigts. J'ai voulu la retirer en poussant un petit glapissement de douleur qui n'était pas totalement feint, mais il me tenait fermement, les yeux fixés sur mon visage en portant mon pouce jusqu'à sa bouche, où il l'a englouti et sucé, tant et si bien que j'ai senti le trou dans la gencive gluante où naguère s'était trouvée une canine.

« Ah ben, v'là le meilleur truc que j'aie jamais goûté », il a dit.

Serrant toujours ma main dans la sienne, il m'a demandé ce que ça lui coûterait de monter avec moi. Dans l'espoir de l'évincer, j'ai annoncé un prix outrageusement élevé, et il a acquiescé, remontant le long de mon bras et me prenant par la taille. Il était grand mais dégingandé, et entre son regard et sa façon de m'empoigner, j'ai compris qu'il ne paierait jamais.

Il m'emmenait vers l'escalier – je n'avais pas trouvé de raison de lui dire non, ni de meilleure alternative –, quand j'ai vu Spartan s'approcher du bar. Nos regards se croisaient souvent en cours de soirée, s'échangeant la promesse silencieuse qu'elle monterait plus tard, sauf que cette fois, elle a dû lire autre chose dans mon regard, car en trois enjambées, elle s'est retrouvée à mon côté et a passé le bras autour de ma taille de l'autre côté.

« Ah, te voilà, la Rouquine, j'avais presque abandonné l'espoir de te retrouver. »

Le chasseur de scalps a levé les yeux, surpris.

« Et qu'est-ce que tu crois que tu fais, là ? il a grommelé.

— Moi ? Je crois rien du tout », a répondu Spartan d'un ton léger. Sa main était posée plus haut dans mon dos, et j'ai essayé de m'appuyer contre elle, savourant la différence entre les deux. Le chasseur de scalps m'agrippait, tandis que sa main à elle était douce et chaude, aussi ferme qu'un arbre sur lequel le soleil a brillé toute la journée. J'avais envie de m'adosser à elle, de me réfugier entre ses bras, ainsi que sous l'aile d'un grand oiseau, mais je n'ai pas bougé, craignant qu'à tout instant la situation dégénère.

« Alors enlève tes sales pognes de ma gonzesse.

— C'est pas ta gonzesse », a dit Spartan. J'aurais juré qu'elle s'était arrêtée avant d'ajouter : *C'est la mienne.*

« Donc, ça veut dire qu'elle est pas à vendre ?

— Pas à toi, en tout cas. » De sa main libre, elle a désigné les différentes parties désagréables de sa personne. « Plus crasseux qu'un troupeau de mules, voilà ce que t'es, et j'ai entendu ce que tu lui racontais, dans un bel endroit comme ici, y a pas de place pour ce genre de saletés, et tu vas certainement pas mettre la main sur elle comme tu viens de le faire.

— Je dis qu'est-ce que je veux. » Il m'a serrée plus fort.

« Tu peux débagouler tout ce que tu veux, j'ai déjà payé pour la soirée, et plus cher que toi, j'en suis sûre, donc, c'est à mon tour d'emmener cette dame. » La main de Spartan s'est raidie dans mon dos.

Il a grogné : « C'est pas une dame. »

Spartan a éclaté de rire et lui a lancé : « Eh ben, moi non plus ! » Puis avec la grâce d'une danseuse, elle m'a arrachée à l'étreinte du chasseur de scalps pour jouer les filles de l'air.

Au moment où on se retournait, Roscoe a gueulé : « Attention ! »

Spartan a plongé, m'entraînant avec elle, et le poing du chasseur de scalps n'a rencontré que le vide. Elle m'a mise à l'abri d'un geste souple, puis, continuant sur la même lancée, elle s'est retournée d'un seul coup pour l'apostropher en pleine mâchoire. Il a reculé en titubant mais n'est pas tombé, et se saisissant alors de sa lame, il s'est mis à fendre l'air devant lui, avant même d'avoir retrouvé son équilibre. Spartan s'est baissée et s'est jetée sur lui, lui assenant un coup d'épaule dans le ventre, si bien que cette fois, il a volé en arrière. Hélas, elle n'avait pas vu Virgil qui arrivait, sans doute pour mettre fin à tout ce bastringue. Ils lui sont tombés dessus tous les deux, Virgil s'est fracassé le crâne contre le bar dans un bruit terrible, et il s'est écroulé par terre. Sans prendre le temps de voir comment allait Virgil, Spartan a saisi le chasseur de scalps par le col et l'a traîné jusqu'à la porte, qu'elle a ouverte d'un coup de pied pour le flanquer dehors.

« Qu'est-ce qui se passe ? » s'est exclamée Lila en sortant du salon du premier étage, Kate sur ses talons, pour observer la scène d'en haut. Elle a descendu l'escalier au pas de course et repoussé la petite foule qui s'était agglutinée autour de Virgil. Bart était déjà auprès de son frère, appuyant un torchon malpropre sur l'arrière de sa tête. Lila s'est figée et a poussé un petit cri en le découvrant ; le torchon était déjà trempé de sang, mais c'est surtout sa bouche tordue et son regard vide qui m'ont pétrifiée.

« Mais qu'est-ce qui s'est passé ? » a lancé Lila à la cantonade.

Tout le monde s'est mis à parler à la fois, chacun poussant les autres pour raconter ce qu'il avait vu. Je ne bougeais plus, le cœur dans la gorge, soulevé par une vague de culpabilité en songeant que j'aurais dû me contenter de monter avec le chasseur de scalps, jusqu'à ce que Spartan passe le bras autour de ma taille.

« Allez viens, la Rouquine, elle m'a murmuré à l'oreille de son souffle chaud. Vaut mieux qu'on t'emmène voir ailleurs. »

Elle m'a fait monter ; je savais que ce n'était qu'un court répit, et que les ennuis m'attendaient, mais j'ai saisi l'opportunité qu'elle m'offrait.

C'est la seule nuit que j'ai passée avec elle dont j'ai oublié les détails, ne me souvenant de rien que sa peau tiède et son souffle chaud lorsqu'elle soupirait, la manière dont sa voix s'étranglait dans sa gorge lorsque je passais d'une partie de son corps à une autre. Quand on en a eu fini, on s'est laissées glisser, dans un sommeil tendu et irrégulier pour moi, et en me réveillant avec la lumière du jour, j'aurais juré que le temps ne s'était pas écoulé.

« Ça aurait jamais dû se produire, j'ai dit comme si on faisait la conversation.

— De quoi tu parles ? a répondu Spartan en s'étirant, à moitié endormie, passant un bras derrière sa tête tandis que son autre main glissait le long de mon flanc.

— Hier soir. » Ma peau se réchauffait là où elle me touchait, mais dès qu'elle se retirait, tout redevenait froid. « Avec Virgil.

— Il sera requinqué dans une semaine ou deux.

— Comment tu sais ? »

Elle a haussé les épaules. « J'en ai vu, des blessures à la tête. Et puis c'était un accident.

— Mais ça aurait pas dû arriver.

— Tu veux dire que j'aurais dû te laisser monter avec cette racaille qui te soufflait dans le nez ? »

J'ai fermé les yeux et je me suis rappelé le couteau du chasseur de scalps, comprenant tout à coup que je n'avais pas mesuré le danger que je courais réellement et que je devais me méfier de mon propre jugement. Peut-être que j'avais été trop gâtée pendant tous ces mois avec ces hommes plutôt bien mis qui craignaient la colère des abbesses. Je me suis rappelé Sallie, me disant qu'elle avait connu pire que cette canaille qui l'avait malmenée, et que ça m'arriverait à moi aussi.

« Peut-être que c'est une question de territoire. J'ai déjà assez d'emmerdes.

— Assez pour laisser ce fils de pute poser la main sur toi ? »

Je me suis mordu l'intérieur de la joue. « Ça fait partie du boulot, je me suis entendue dire.

— Nom d'un chien, la Rouquine ! » J'ai senti une note de dédain dans sa voix et j'ai frissonné.

« Tu aurais fait autrement ? Si tu étais moi, je veux dire.

— Je ne suis pas toi. »

Je me suis assise. « Et tu t'es jamais trouvée dans la misère ? Tu m'as pas vue quand je suis arrivée ici, mais je faisais vraiment pitié. Lila est une chipie, mais elle m'a toujours traitée correctement. » J'ai passé mes bras autour de mes jambes et je me suis faite toute petite, le menton sur les genoux. « Faut que j'arrête de renâcler comme ça. »

Elle s'est redressée à son tour et m'a regardée, puis elle a écarté les cheveux qui tombaient sur mon épaule. « T'as raison, je t'ai pas vue quand t'es arrivée. Mais je peux pas imaginer que tu puisses faire pitié. »

Mon cœur s'est gonflé, malgré tout le reste. « Faut juste que je m'habitue à des michés dans son genre, c'est tout. Pas la peine de faire sa mijaurée si c'est le genre de client qu'on doit avoir maintenant.

— Qu'est-ce que tu veux dire ?

— C'est une longue histoire. » J'ai hésité à lui raconter le cœur brisé de Jim Bonnie ; lorsque j'étais seule avec elle, je détestais me rappeler jusqu'à l'existence même des autres.

« Ça a un rapport avec ce shérif qu'en avait après toi ?

— Comment t'as deviné ? »

Elle a haussé les épaules et s'est rallongée pour allumer un cigarillo, me laissant voir son flanc lorsqu'elle s'est penchée pour chercher ses allumettes. Je l'ai caressée, puis ma bouche a suivi, dessinant un chemin de baisers jusqu'à sa cuisse.

« Il m'a demandée en mariage, j'ai dit en regardant ses genoux. J'ai refusé. Maintenant il est à renaud contre nous et il vient plus du tout, et il envoie plus ses hommes non plus.

— Et tout ça à cause de toi ?

— On dirait. »

Spartan s'est mise à rire, poussant une série de petits glapissements. « Bien fait pour lui, fallait pas tomber amoureux d'une pute. » Je me suis sentie baisser l'aile en l'entendant traiter ses sentiments avec dédain, mais je n'ai pas compris pourquoi.

« Écoute, elle a dit en se reprenant, j'ai jamais été dans ta situation, mais c'est juste parce que moi, je tiens pas en place. Chaque fois que j'en ai marre d'un endroit, je décarre.

— Juste comme ça ?

— Juste comme ça. » Elle a fait semblant de lancer de la poussière au vent ; je l'ai presque vue danser en l'air et tourbillonner avant de disparaître. Je me suis souvenue de l'air froid qui me piquait le visage, du rythme inlassable des sabots de Little Blue sur le sol, les aiguilles de glace qui pénétraient mes vêtements.

« Tu t'en vas ?

— Je m'en vais. Je monte en selle et je me cavale. » Son regard s'est perdu au loin.

On a frappé à la porte et je me suis levée, enroulant mon châle autour de mon corps nu. J'ai ouvert, et j'ai vu Lila. Je m'attendais à ce qu'elle me fusille du regard, mais elle avait simplement l'air fatiguée ; je me suis rendu compte qu'elle n'avait pas dû fermer l'œil de la nuit.

« Comment va Virgil ? j'ai demandé.

— Dans quelques jours, il ira bien. » Elle a regardé derrière moi. « Laisse-moi entrer, il faut que je lui parle. »

Je me suis écartée pour la laisser passer et j'ai refermé derrière elle. « Habille-toi, toi aussi, j'ai du boulot pour toi », a marmonné Lila en me regardant, tout en se dirigeant vers le lit. Spartan n'a pas bougé, ni cherché à se couvrir.

« Virgil peut pas travailler ce soir et Bart peut pas tenir le fort tout seul. » Elle était debout, bras croisés, ses doigts bougeaient nerveusement.

Spartan a soupiré. « C'était un accident.

— Donc t'en es pas ?

— Comment ça ?

— On a besoin d'un coup de main ce soir. Pour quelques soirs, peut-être, en attendant que Virgil soit sur pied. » Je me suis figée sur place, mon corset à moitié déboutonné, car jamais je n'avais entendu Lila demander quoi que ce soit auparavant ; sa voix était nettement plus grave que lorsqu'elle nous donnait des ordres. Je ne savais pas si c'était par humilité ou si elle voulait seulement éviter d'être entendue.

« À quoi tu penses ?

— À quelque chose de plus que de perdre aux cartes, mais pas beaucoup plus : tu restes assise dans un coin avec un air menaçant, et tu fais en sorte de maintenir l'ordre pour que tout le monde passe une bonne soirée.

— Combien ? »

Lila a secoué la tête. « Tu coûtes déjà quarante dollars la nuit à Kate : c'est plus que suffisant vu les dégâts que t'as causés. »

Spartan s'est redressée : « Les dégâts que, moi, j'ai causés ?

— T'as cassé la mâchoire au frère à mon barman. Ça se paie pas en dollars, ça.

— C'était un accident – c'est pas ma faute à moi s'il est arrivé derrière le chasseur de scalps.

— Accident ou pas, c'est du pareil au même », a fait sèchement Lila, sa voix montant d'un cran dans les aigus, ainsi que je la connaissais. « Est-ce que tu vas turbiner pour une fois dans ta vie, ou tu vas continuer à battre ta flemme ? »

Spartan a secoué la tête en riant doucement. « Vous êtes vraiment désespérées à ce point-là. »

Lila s'est redressée, bras croisés, et je n'ai pu réprimer un sursaut d'orgueil de la voir ainsi tenir sa place. « Tu vas nous aider, oui ou non ? »

Spartan m'a regardée, mais j'ai gardé les yeux baissés. Elle a soupiré. « Dame, pourquoi pas, je suis déjà là de toute façon.

— Et toi, a repris Lila en s'adressant à moi. Avant que tu te mettes au travail, j'ai besoin que tu ailles montrer tes grands yeux de biche innocents au docteur Merriweather et que tu me le ramènes ici.

— Je croyais que Virgil allait bien ?

— Dans l'ensemble, oui, mais il voit double, et je préférerais qu'on l'examine. J'ai pas le temps d'aller moi-même chercher Merriweather. »

Les mille choses dont elle devait s'occuper semblaient vibrionner autour d'elle comme un essaim de mouches, et j'ai failli m'approcher pour les écraser. « Où est-ce qu'il habite ? j'ai demandé à la place.

— En remontant la rue principale, de l'autre côté de la voie ferrée. Son nom est marqué, tu peux pas le louper. »

J'ai rougi en essayant d'imaginer à quoi le nom de Merriweather pouvait ressembler, hésitant à poser la question. Lila s'apprêtait à partir quand elle a remarqué que je n'avais pas bougé, et elle a avisé la couleur qui me montait aux joues.

« Ça s'écrit avec un M, elle a juste dit. C'est une grosse enseigne bleue, à côté d'un magasin de matériel agricole qui a toujours des charrues posées devant, tu vois ce que je veux dire ? »

La température redescendait, j'ai acquiescé : je savais de quelle boutique elle parlait.

Elle a sèchement hoché la tête. « Et tu passeras par-derrière ; là-bas, il aime pas qu'on rentre par-devant. À tout à l'heure.

— Merci », j'ai dit à Spartan dans l'espoir d'adoucir les manières brutales de Lila. J'avais l'habitude qu'on me crie dessus, mais je détestais voir Spartan se faire traiter aussi rudement.

« C'est juste pour une nuit. »

Comme si elle avait tiré sur des rênes, ses mots m'ont arrêtée. Une nuit, c'était pas ce qui avait été conclu avec Kate ou Lila, et c'était loin d'être assez pour moi.

« Mais Virgil est pâmé ? »

Elle a secoué la tête. « Faut que je me trotte demain. » J'ai ouvert la bouche d'horreur à l'idée qu'elle parte – sans même penser à ce que Lila dirait – et elle a pris mes mains entre les siennes. « T'en fais pas, la Rouquine, c'est juste pour quelques jours. Le procès d'un bandit que j'ai arrêté a lieu à Abilene, faut que j'aille témoigner. Je serai de retour avant que tu te rendes compte que j'étais partie.

— Si tu veux, je peux t'accompagner », j'ai dit, nous imaginant toutes les deux chevauchant côte à côte, elle, se retournant pour me regarder tandis que la plaine se déployait devant nous.

Elle a secoué la tête en examinant mon visage. Je ne parvenais pas à lire ce qu'il y avait derrière cette expression ; on aurait dit qu'elle avait tiré un rideau pour rester seule avec elle-même. Puis elle s'est penchée et m'a embrassée.

« Je sais que tu le ferais. Mais t'alambique pas l'esprit, je serai de retour très vite. »

Elle me regardait d'une manière qui n'était pas dénuée de gentillesse, mais son visage était fermé, et je ne voyais pas de recours. J'ai retiré mes mains et je me suis assise au bord du lit.

« Où tu vas ? a demandé Spartan.

— T'as entendu Lila ? Faut que j'aille chercher le docteur, j'ai dit en cherchant mes frusques sans la regarder. Tu peux t'habiller ? »

Je ne me suis pas retournée en entendant le froissement des draps mais j'ai attendu que ses bras se referment sur moi.

« T'alambique pas l'esprit. Ni pour ici, d'ailleurs, tout finira bien par s'arranger. » Elle m'a embrassé l'épaule et a éteint son cigarillo.

Le docteur Merriweather était installé dans une petite maison juste au nord de la voie ferrée ; je l'ai trouvée, comme prévu, à côté d'un magasin de matériel dont le trottoir était encombré d'un tas de charrues sans socs, toutes emmêlées les unes avec les autres. L'enseigne, avec son grand M aux jambes droites, était du même bleu qui apparaissait entre les lambeaux de nuages dans le ciel de l'après-midi. Je me sentais piteuse, mais calmée par le fait que Lila m'avait demandé mon aide, aussi j'ai suivi ses instructions : je n'ai pas frappé à la porte d'entrée, mais je me suis faufilée dans la ruelle pour passer par-derrière. La cour était petite, il y avait seulement de la place pour un tub et une remise. Il n'y avait même pas de poulets, mais j'ai entendu un chien aboyer dans le voisinage, et un coq tout proche lui répondre.

Le docteur Merriweather a ouvert la porte en chemise, les manches remontées au-dessus des coudes, alors qu'il s'essuyait les mains sur un torchon. Son tablier avait naguère dû être blanc mais à présent, c'était une carte de taches couleur rouille qui variaient seulement dans leur forme et leur ton. Il était loin d'être vieux – si j'avais dû deviner son âge, je lui aurais donné guère plus de trente ans – mais il avait le regard lointain, à croire qu'il luttait pour maintenir le monde loin de lui. J'avais entendu dire un jour que la guerre avait été très dure pour lui, qu'il avait dû apprendre son métier beaucoup trop jeune, dans des circonstances très dramatiques.

« Oui ? » a-t-il dit en me dévisageant. J'étais déjà maquillée et habillée pour le soir sous mon châle ; dans la lumière crue de l'après-midi, j'avais exactement l'air de ce que les gens respectables imaginent quand ils parlent des prostituées.

« C'est Lila qui m'envoie », j'ai dit.

Il a acquiescé. « Je t'ai déjà vue. » Une bourrasque a entortillé le bas de ma robe autour de mes chevilles.

« Alors voilà, y a eu du grabuge hier soir, et Virgil – un des gars qui travaillent au Queen – il a pris un méchant coup sur la cafetière. Il s'est cogné contre le bar, et il voit double. Vous pouvez passer le voir ?

— Pas tout de suite », il a dit en s'apprêtant à refermer la porte tout en continuant à se sécher les mains, et là j'ai vu qu'il essayait d'enlever le sang sous ses ongles avant qu'il durcisse.

« Mais pourquoi ? » j'ai protesté en mettant la main sur la porte pour pas qu'il la referme.

Il a soupiré. « Si tu veux tout savoir, je viens juste d'amputer un pauvre cowboy qui a eu la jambe écrasée, et dans ma salle d'attente, l'aîné de Mrs Tippet attend pour m'emmener chez lui car le neuvième enfant de sa mère hésite à venir au monde.

— Ben… j'ai bafouillé en me demandant ce que Lila ferait en pareille situation. Est-ce que vous pouvez pas faire un saut ? S'il vous plaît ? » Je détestais la texture fibreuse et fragile de ces mots dans ma bouche, mais qu'en savait-il ? Ce n'était pas lui qui se ferait tirer les oreilles s'il rentrait les mains vides, ni qui devrait passer devant la pièce où Virgil était allongé, seul, en proie à ses vertiges.

« L'établissement… de Lila, il a dit en prononçant ces mots comme si c'était le nom d'une ville étrangère et pas l'endroit où il passait ses soirées, se trouve dans la direction opposée de la maison de Mrs Tippet. En outre, je ne peux pas y amener son fils. Virgil devra attendre.

— Mais…

— Il n'y a pas de mais qui tienne. Maintenez-lui les mains et les pieds au chaud, et qu'il ne s'endorme pas. Pas de café non plus, il faut qu'une personne lui tienne compagnie. Je passerai plus tard, si je peux.

— Mais qu'est-ce que je vais dire à Lila ? » j'ai fait d'une toute petite voix, et j'ai senti la panique me gagner en songeant à ce qui m'attendait si je revenais sans lui.

Il a secoué la tête et m'a doucement refermé la porte au nez sans un mot.

Seule dans la cour, j'ai serré mon châle plus fort contre moi car le vent avait changé de direction.

Je détestais l'idée de rentrer bredouille au Queen, mais je n'avais pas le choix.

Plutôt que de reprendre la rue principale, j'ai emprunté le chemin le plus long en me faufilant à travers les ruelles tel le chien errant que j'étais. Je marchais lentement en regardant de temps en temps la prairie qui apparaissait entre les bâtiments. À mon arrivée, Dodge City m'avait semblé surgir d'un seul coup, comme si j'avais franchi une frontière invisible entre les grandes plaines sauvages et vides et le monde des humains. Maintenant je voyais bien que cette limite n'existait pas, que la ville émergeait tout simplement des hautes herbes qui oscillaient au-delà, inconscientes du reste de l'univers ainsi qu'elles le seraient toujours. Je me suis arrêtée pour voir une bourrasque plus forte agiter les dernières graminées, qui se sont courbées et balancées avec des langueurs de jeunes filles. J'entendais la voix de Spartan, grave et calme, à l'arrière de ma tête : « Chaque fois que j'en ai marre d'un endroit, je décarre. » Je me suis à moitié demandé ce qui se passerait si au lieu de retourner affronter la colère de Lila et ma petite chambre pleine de courants d'air au Buffalo Queen, je m'engageais dans cette mer d'herbe et les laissais m'emporter le plus loin possible. Est-ce que ce serait pareil que la dernière fois où je m'étais retrouvée seule sur la prairie ? Je ne pouvais m'empêcher de croire qu'après tout ce qu'on avait vécu ensemble, la prairie me reconnaîtrait, qu'elle me distinguerait parmi les autres créatures humaines et me protégerait telle l'une des siennes. L'air froid s'est retourné vers moi en une rafale soudaine, mais en balayant les cheveux sur mes joues, sa caresse était douce ; et au lieu d'imaginer la caresse de Spartan, je me suis surprise à penser à Kate lorsqu'elle avait pris mon visage entre ses mains la première fois où elle m'avait vue, dans l'ombre lourde de son salon. J'ai tourné le dos à la prairie, abandonnant le vent derrière moi, et le laissant me pousser vers chez moi.

Lila m'attendait au bar. Je lui ai répété les paroles du docteur, mais elle ne m'a pas engueulée comme je m'y attendais. J'ai vu un voile de déception amer mais sans surprise dans ses yeux, était-ce à cause de moi ou de Merriweather, je n'aurais su le dire.

J'ai travaillé toute la soirée du mieux que je pouvais, essayant à nouveau de croiser le regard de Spartan chaque fois que c'était possible, mais elle levait seulement les yeux de sa partie de cartes pour toiser méchamment tout potentiel fauteur de troubles, et elle ne s'est pas tournée vers moi plus d'une ou deux fois. À la fin de la soirée, elle n'est pas venue me retrouver dans ma chambre, et quand je me suis réveillée le lendemain matin, elle avait déjà quitté la ville.

Spartan n'est pas revenue pendant trois jours, et chaque nuit m'a paru aussi longue et difficile que la tempête qui avait accompagné son arrivée à Dodge. Chaque fois que je regardais dehors, j'étais stupéfaite de constater que dans le ciel ne roulaient pas de gros nuages d'orage. Qu'il ne tombait pas des cordes, que la grêle ne martelait pas les vitres, et que la neige ne soufflait pas ses grands amoncellements évanescents dans la rue. Au début j'ai juste pensé que c'était parce qu'elle me manquait ; je me rappelais avoir ressenti la même chose après le départ de Sallie, combien les couleurs alors m'avaient semblé fades, et la lumière moche et sans relief. Je ne pouvais même pas m'amuser en passant le temps avec les hommes, car à mesure que les jours passaient, ceux qui payaient en échange de notre temps étaient de plus en plus crevants, avec cet éclat dans les yeux qui montrait qu'ils avaient passé trop de temps loin des salons chauffés en bonne compagnie. Les histoires dont ils nous régalaient étaient toujours des bains de sang qui finissaient sur une tuerie et un scalp ; chaque fois, ça se terminait au moment où le couteau du conteur s'enfonçait dans le ventre, le cœur ou l'œil d'un inconnu infortuné. On essayait de pas trop les laisser débagouler, et on gardait les portes de nos chambres entrouvertes pendant qu'on s'occupait d'eux.

Tôt le premier soir, j'ai bu un verre en vitesse, savourant le feu du vrai whiskey, même si c'était pas le meilleur. Je n'avais pas reposé mon verre que Lila est apparue à mon côté.

« On dirait pas que tu travailles – c'est du vrai ? elle a fait en désignant mon verre.

— Juste une goutte. Regarde ce tas de types, et tu voudrais en plus qu'on pioche sobre ? »

Elle a ricané. « Les autres, peut-être pas, mais tout ça c'est ta faute. J'espère que tu es contente.

— Mais Jim est pas le seul homme de loi en ville. On en trouvera un autre.

— Ah oui, quand ça ? »

J'ai haussé les épaules. Le docteur Merriweather n'était jamais venu, mais la blessure de Virgil n'avait pas été si grave que je m'en veuille encore – il était resté éveillé assez longtemps pour finir par ne plus voir double, et il n'avait plus désormais besoin que de se reposer –, et j'en avais marre des problèmes des autres.

« Et elle est passée où, cette fameuse as de la gâchette ? Y a quelques crâneurs près du feu que j'adorerais voir perdre face à elle.

— Elle est partie. Elle a dit qu'elle revenait dans deux jours. »

Lila m'a fait les gros yeux : « Nom d'un chien, mais qu'est-ce que ça veut dire, ça ?

— Elle est partie à Abilene pour témoigner au procès d'un hors-la-loi qu'elle a agrafé.

— Mais pourquoi t'as rien dit ?

— À qui ? À toi ? » Les mots sont sortis tout seuls. Je m'attendais à recevoir une torgnole, mais elle a fait la moue, m'a regardée longuement puis a attrapé un autre verre et une bouteille. Elle s'est versé une goutte, l'a bue cul sec et a remis la bouteille en place sans m'en proposer.

« C'est juste pour quelques jours, j'ai répété.

— Quelques jours. Alors que Virgil est au lit. Quelques jours, même si on avait un accord, elle a dit en me regardant avec dureté. Ça signifie rien pour toi quand les gens tiennent pas leur parole ?

— Elle travaille pas pour toi, je me suis entendue répondre.

— Elle, non, mais toi si. Donc tu te mets au boulot – puisque je peux pas lui donner un billet d'aller et de retour, je pourrais bien t'en coller un à toi. »

Je me suis redressée un peu et j'ai lissé ma robe. « Tu lui ferais ça que ce serait la dernière fois que tu toucherais quelqu'un », j'ai rétorqué en espérant que mon expression soit aussi dure que la sienne.

Avant que Lila ait eu le temps de répondre, on a entendu un grand chahut à l'autre bout de la pièce, où une table tout entière avait été renversée, verres et bouteilles se fracassant dans leur chute, puis ont suivi une mêlée, deux coups de feu et un mort. Il gisait comme un poisson éviscéré, bouche ouverte, tandis que le sang se répandait sur le plancher. Bart s'est frayé un chemin jusque-là, les yeux posés sur le tireur qui tenait encore en l'air son revolver fumant.

« Il allait tirer », a dit un témoin. Tous les autres ont grommelé leur approbation.

« Je vais envoyer quelqu'un chercher le shérif », a dit Bart. Il a pris le plus jeune parmi les compagnons du tireur, et l'a jeté dehors avec mission de ramener le shérif.

Lila a poussé un profond soupir. « Fais attention à toi », elle m'a dit. Puis, se tournant vers la salle, elle s'est écriée : « Roscoe, musique ! » Il lui manquait la gaieté contagieuse que dispensait la voix de Kate quand elle criait le même genre d'ordre, mais la porte de son salon demeurait fermée. Roscoe est revenu à la vie et s'est lancé dans un morceau avec la même vitalité qui perçait dans la voix de Lila un instant plus tôt.

La deuxième nuit a été pire encore. Le calme a été très tôt troublé par une bagarre à la table de Pierre, d'habitude havre de paix où les gens sérieux jouaient gros. Par-dessus la musique, j'ai entendu des cris, et je me suis retournée pour voir la lame d'un couteau à dépecer briller dans l'air avant de s'abattre sur la table avec un bruit mat, clouant la main de Pierre. Ses yeux ont gonflé pareils à des navets et il a poussé un cri aigu, étranglé. Il a arraché le couteau de sa main pour la libérer, puis il a tendu celle-ci devant son agresseur, ahanant, sous le choc et demandant une explication pour un tel comportement. Constance et Bart se sont précipités à ses côtés depuis l'autre bout de la salle. Cette fois, Bart n'a même pas fait semblant d'aller chercher le shérif. Il a flanqué une mandale dans la gueule du type, lui décrochant la mâchoire, et il l'a pas laissé faire deux pas avant de l'empoigner pour le foutre dehors. Depuis le bar, je l'ai vu voler et s'affaler dans la boue, se redressant juste à temps pour éviter de se faire piétiner par un attelage de mules.

« Ne regarde pas », m'a dit Constance. Quand j'ai enfin levé les yeux, elle aidait Pierre à monter dans sa chambre. Il était blanc comme un linge et la suivait avec obéissance, tenant sa main blessée par le poignet. Je leur ai jeté un coup d'œil, mais je me suis aussitôt détournée, assaillie par une horrible sensation de fourmis qui me remontaient derrière les jambes. J'en avais vu beaucoup, des abreuvoirs à mouches, mais j'avais jamais vu le sang jaillir de cette façon-là, pareil à de l'eau si on lui laissait assez d'espace pour se répandre. Ça devait se voir sur ma frimousse, car Bart a posé devant moi un verre de chasse-brouillard que j'ai vidé sans le goûter. Là-haut, j'ai vu Grace se précipiter vers la chambre à Constance avec sa trousse de couture et un rouleau de gaze, puis la porte s'est refermée derrière elle d'une manière qui n'avait rien d'accueillant.

Me sentant inutile, je suis sortie par-derrière pour respirer l'air de la nuit. Je n'avais jamais vu le Queen dans un tel état. Lila n'a même pas essayé de faire venir le docteur pour s'occuper de la main de Pierre – la veille, le shérif n'avait envoyé personne chercher le meurtrier qui, par devoir ou goguenardise, était resté sur place le temps de finir sa partie, qu'il avait perdue. Puisque ses poches étaient vides et qu'aucun homme de loi ne se montrait, il avait juste remis son chapeau et il était parti sans demander la permission et sans qu'on connaisse son nom. On l'avait tous regardé se trotter, chacun attendant que les autres lui disent de rester, sans trop savoir pour quelle raison ; une douzaine de paires d'yeux l'avaient suivi, n'étant plus que des badauds sur sur notre propre lieu de travail.

La cour boueuse était plongée dans l'ombre, décor noir marbré de bleu sous un ciel où je détectais à peine le mouvement des nuages les plus hauts, poussés et harcelés dans leurs voyages sans fin. Il y avait là quelque chose de lugubre et d'inaltérable que j'ai trouvé réconfortant, et j'ai tout aspiré en moi, laissant les rafales glaciales me frapper l'une après l'autre, transpercer mes vêtements et me flanquer la chair de poule des pieds à la tête. Même mon cuir chevelu sentait le froid, et mes cheveux étaient électrifiés par la nuit, dure comme de l'acier.

Je n'arrivais pas à digérer l'accusation de Lila selon laquelle Spartan n'avait pas tenu parole, et je retournais la question dans ma tête. Est-ce que contribuer à la pendaison d'un bandit était plus important que de veiller sur nous ? Sur moi ? Je passais mon temps à tenter d'imaginer ce qu'elle pouvait faire. Pendant que je me coiffais, que je sirotais mon thé froid dans un verre à whiskey, ou contemplais le plafond tandis qu'un inconnu m'accommodait, j'essayais de me représenter sa vie, seulement c'était trop vague pour moi. Je la voyais à l'aise dans le box des témoins, répondant à un avocat bouffi en le regardant au fond des yeux, mais j'ignorais ce qu'elle disait. Est-ce qu'elle riait à la fin ? Ou bien je l'imaginais nettoyant son revolver – mais était-ce de jour ou de nuit ? Était-elle à l'intérieur ou campait-elle à la belle étoile ? Et est-ce qu'elle commençait par le canon ou le barillet ? Je tentais de compléter les détails avec mes souvenirs du vent qui me cinglait le visage, le poids du revolver dans ma main, mais le nœud de son absence ne se desserrait jamais, il était même de plus en plus dense. J'étais là, debout, visage relevé, mains ouvertes, jusqu'à ce qu'un frisson soudain me remue de part en part, alors je suis rentrée pour aller finir mon service. Le lendemain soir, quand ils sont réapparus, Constance et Pierre avaient l'air pensifs et mal à l'aise. Constance a repris sa place au bar, Pierre à sa table, mais il était plus lent avec sa main lourdement bandée, manipulant les cartes les yeux baissés, avant de les pousser vers les joueurs.

Entre deux clients, Constance et moi, on regardait sa table depuis l'autre bout de la salle. « Comment il va ? j'ai demandé.

— Il se remettra. Grace dit que la lame n'a pas touché les os, donc on verra avec le temps. En fin de compte, il l'a bien pris. »

J'imaginais la scène : Pierre faisant la grimace en marmonnant des jurons, essayant de plaisanter héroïquement avec Constance tandis que Grace le recousait en tirant une tête de trois pieds de long.

« N'empêche, ça aurait pas dû arriver. C'est pas une façon de se comporter, c'est dégueulasse, si tu veux mon avis. » Je n'avais jamais vu Constance aussi triste. Chaque fois qu'on avait joué de malchance, elle avait réussi à se reprendre, à se concentrer sur le boulot, ou du moins à tuer le temps gaiement jusqu'à ce qu'elle puisse retourner à ses livres. Cette fois, elle avait l'air au bout du rouleau, et en la regardant, je n'arrivais pas à savoir si c'était une ride que je voyais entre ses sourcils ou juste la marque de ses déceptions passées.

Elle se mordait la joue en jaugeant les michés potentiels de la soirée. La clientèle était miséreuse et peu nombreuse ; ainsi qu'on l'avait prédit, l'arrivée de l'hiver et l'absence de la protection de Jim se faisaient durement sentir. Ça m'a toujours épatée de voir à quelle vitesse tout peut basculer, comme une maison peut se transformer en prison en un clin d'œil, comment une ville peut passer de l'état de rêve incarné à celui d'océan de regrets en un jour ou deux. À mon arrivée, j'étais tellement contente de trouver un endroit où je pouvais survivre, faire marcher les choses par la simple force de ma volonté. Pour la première fois, j'avais l'impression de faire partie de quelque chose, même si c'était qu'un bordel. Mais maintenant, tout partait à vau-l'eau : j'éprouvais une sensation de fragmentation à force de me frotter aux règles de ce petit univers, ce que la perspective de gagner moins d'argent dans les mois à venir ne faisait qu'empirer.

À croire qu'elle lisait dans mon esprit, Constance m'a dit tout à coup : « Viens dehors, allons prendre un peu l'air. » Elle m'a emmenée par la porte de derrière jusque dans la ruelle qui menait de la rue principale à la cour. Ça puait la bière rance et le pot de chambre, mais Constance appréciait de sentir le vent.

« Pierre s'en va, et il m'a demandé de partir avec lui », elle a dit presque aussitôt.

J'ai ouvert la bouche, incapable de respirer, comme si elle m'avait frappée.

« Mais tu avais dit qu'il passerait l'hiver ici.

— Pas après ce qui est arrivé hier soir.

— Je croyais que tu en avais marre des voyages ? j'ai dit d'une petite voix geignarde qui m'a fait honte.

— C'est vrai, mais j'ai la possibilité de passer à autre chose, et je n'ai pas peur de saisir ma chance. Il part pour La Nouvelle-Orléans dans quelques jours, et il m'a invitée à l'accompagner. »

J'ai eu la sensation de me ratatiner de plus en plus, à croire que le monde partait dans toutes les directions. La Nouvelle-Orléans, pour moi, c'était la lune. J'ai eu envie de lui attraper le bras et de m'accrocher à elle, pareille à une gosse, mais j'ai pas bougé.

« Est-ce que tu vas l'épouser ? » j'ai demandé juste pour la faire parler, pour qu'elle reste là, avec moi.

Elle a ri de ce rire facile, telle une cloche qui retentit – déjà son rire me manquait. « Oh, Dieu du ciel, non. Il en a parlé, mais c'était juste en passant, pas une proposition. Après tout ce chambardement avec Jim, j'aurais peut-être dû le prendre au mot. Mais je préfère être libre.

— Et qu'est-ce que tu vas faire à La Nouvelle-Orléans ? j'ai dit d'une petite voix.

— Jouer, pour l'essentiel. Faire la pute si besoin, ou peut-être monter ma propre maison si l'envie me prend. » Elle a regardé autour d'elle. « J'ai des économies, tu sais, c'est dans le coffre-fort de Kate. Ça me tiendra un moment et ça me donnera le temps de réfléchir à ce que je vais faire.

— Mais, et moi ? »

Constance a tiré une drôle de tête, montrant un peu d'impatience. « Et toi quoi ? »

La question m'a atteinte tel un soufflet. Elle a vu combien j'étais déconfite, alors elle s'est approchée et a pris ma main entre les siennes. « Ce n'est pas ce que je voulais dire, excuse-moi. Mais tu vois, j'ai la chance de partir d'ici : si je ne la saisis pas, peut-être que ça n'arrivera jamais, et je ne veux pas mourir ici. J'espère que tu te réjouiras pour moi. »

En la regardant, j'avais déjà mal. Je les avais si souvent vus, Pierre et elle, qui discutaient, jouaient aux cartes, se souriaient ou plaisantaient tranquillement. Je n'avais jamais l'impression d'être face à un couple d'amants, et ce départ n'était pas celui d'amoureux qui s'enfuient, mais plutôt d'amis qui décident de tenter une aventure ensemble ; un sursaut d'envie a supplanté ma peine.

« Je suis contente pour toi. Mais tu vas me manquer. » J'étais reconnaissante à la nuit de dissimuler mes yeux brillants.

« Toi aussi, tu vas me manquer. Mais on se reverra, j'en suis sûre. »

J'ai acquiescé. Une bourrasque est arrivée de la grand-rue, et j'ai senti Constance frissonner. « Rentrons, elle a dit.

— Vas-y, j'arrive. »

Elle s'est retournée, et puis s'est arrêtée pour me regarder. « Je n'ai encore rien dit à Lila. Tu tiendras ta langue, hein ? »

Je ne me suis pas retournée mais j'ai hoché la tête. « Motus ! »

Elle a voulu ajouter quelque chose, mais elle s'est contentée d'un « Merci », avant de rentrer. À nouveau seule, j'ai contemplé le ciel une fois de plus. La solitude était comme une couvée d'œufs qu'un oiseau aurait pondue dans ma poitrine ; je me suis demandé ce qui arriverait lorsqu'ils écloraient.

15

Enfin, et c'était pas trop tôt, Spartan Lee a réapparu. Il était midi, et j'étais dans ma chambre face à mon miroir, brossant tristement mes cheveux. En dehors des règles de ma profession, je ne voyais pas la moindre raison de prendre soin de moi ou de me faire belle. Une idée m'était venue la nuit précédente, et j'ai entortillé mes cheveux pour en faire une espèce de corde dans mon dos, puis je l'ai ramenée sur ma tête, la roulant en boule, pour voir quelle allure j'aurais. Ensuite, je les ai fixés avec des épingles en un chignon bien haut et serré ; j'ai posé ma brosse, et je l'ai imaginée plus lourde, munie d'un canon et d'une crosse de nacre. Ensuite j'ai attrapé derrière moi un chapeau noir qu'un jeune cowboy très mince avait oublié aux beaux jours, l'été passé, je l'ai enfoncé sur mes yeux, puis je me suis regardée dans le miroir, affichant le plus grand sérieux.

« Pas mal », a dit une voix depuis la porte. J'ai pivoté sur ma chaise et j'ai vu Spartan, appuyée contre le chambranle, les bras croisés, comme si c'était elle, la taulière.

J'ai aussitôt bondi, et puis, en plein élan, je me suis arrêtée pour regarder au-dehors. Devant ma retenue soudaine, elle a éclaté de rire. « Tu t'imagines quand même pas que quelque chose peut rester secret dans une maison de passe ? » Elle est entrée, a poussé la porte derrière elle, et cette fois, je lui ai sauté dans les bras.

Je n'aurais pas pu lui raconter avec des mots tous les changements qui s'étaient produits depuis qu'elle était partie. J'avais subi plusieurs engueulades, été témoin de plusieurs bagarres, et j'avais découvert que ma plus proche amie allait m'abandonner pour aller mener la vie meilleure qu'elle méritait largement. À la place je lui ai donné un baiser pour chacun de ces maux, et puis un de plus en rabiot.

Elle s'est écartée. « Oh, là, là, la Rouquine, tu vas mettre le feu au clapier ! » Elle a décroché mes bras de son cou et pris mon visage au creux de sa main ainsi qu'elle l'avait fait dans la prairie. « Allons bon, qu'est-ce qui se passe ? »

J'ai plongé les yeux dans les siens, m'attendant à y lire de l'impatience, la trace d'une réponse attendue, mais non, elle voulait sincèrement que je lui réponde, ses yeux marron étaient tranquilles, immobiles. Et à nouveau, j'ai eu l'impression qu'elle me voyait comme une vraie personne, tout entière, l'âme grande ouverte telle la porte d'une grange.

J'ai soupiré. « Rien. Tu m'as manqué, c'est tout.

— Ah, très bien. » Et elle m'a amenée vers le lit. Cette fois, elle ne m'a pas dévorée sauvagement. Non, elle a pris son temps, a déboutonné ma robe et m'en a débarrassée, tandis que je faisais la même chose avec sa chemise. Chacune notre tour, on cherchait l'une chez l'autre de nouvelles sources d'émerveillement. Sa chemise retirée, j'ai vu le creux où son cou se fondait dans son épaule, et quand j'ai défait le premier bouton de sa combinaison de dessous, la porcelaine de sa clavicule est apparue au-dessus d'une douce bande de peau nue, qui s'est élargie, jusqu'à ce que j'arrive à sa taille et que je glisse la main sous l'étoffe, tout excitée à l'idée de voir son ventre frissonner sous mes caresses. Elle a détaché le col de ma camisole et embrassé le haut de mes seins, ce qui m'a fait frémir et soupirer.

À ce signal, on a toutes les deux accéléré le mouvement, on était assoiffées, avides l'une de l'autre, s'arrachant mutuellement nos frusques pour les jeter sur le côté. J'ai glissé la main dans son pantalon et accordé mes mouvements à la fermeté avec laquelle elle m'empoignait, demeurant toujours au-devant des vagues qui la submergeaient. Elle a baissé les paupières et m'a attirée tout contre elle, m'étreignant sans réfléchir, et j'ai été envahie par son odeur de sueur et de tabac et du vent de la plaine. Au dernier moment, elle a ouvert les yeux et m'a relevé la tête pour vriller son regard dans le mien, puis elle s'est mordu la lèvre et s'est liquéfiée comme du sucre. Elle a appuyé son front sur ma poitrine, essoufflée, puis elle m'a embrassée, et cela a été mon tour.

Après, on est restées couchées toutes les deux dans mon lit. On était toutes proches, et on se caressait mutuellement sur tout le corps, mais quelque chose avait changé et notre proximité n'était plus la même. J'ai commencé à lui raconter les événements des derniers jours, mais je me suis lancée dans le récit enlevé et dramatique que j'aurais fait à un miché que je voulais tenir à distance, laissant de côté toute notion de peur, de tristesse, et repeignant tout en couleurs vives et laquées. Je n'ai pas évoqué le départ imminent de Constance.

« Bon sang, la Rouquine, on dirait que tu as eu un vrai sale temps, elle a déclaré après que j'ai fini.

— Lila dit que c'est à cause de la saison. Et que c'est ma faute parce que j'ai fait décarrer Jim, mais qu'est-ce que je pouvais faire ?

— Pour moi, t'avais pas le choix. » Un petit silence cotonneux est tombé.

« Et toi, j'ai dit enfin. Tu vas pas t'en aller, toi aussi ? »

Elle a détourné les yeux, puis m'a regardée à nouveau. « Ben en fait, si, je vais sûrement jouer la fille de l'air. Je suis juste revenue pour me réapprovisionner – je préfère passer l'hiver à San Antone, il fait moins froid. »

Je n'étais pas vraiment surprise ; pourtant, quand elle l'a dit, je me suis sentie pareille à une pierre qui tombe au fond d'un puits. Je me suis rappelé Constance, la nuit précédente, me confiant qu'elle ne voulait pas mourir ici, cette fois j'avais entendu la peur dans sa voix et j'avais compris. Mais si Spartan Lee partait sans moi, alors je ne serais plus qu'une pauvre fille abandonnée, le cœur brisé, attendant que l'hiver se passe sans rien d'autre à faire que de ressasser mes propres erreurs.

« Dans ce cas, je pars avec toi », j'ai dit à ma grande surprise – mais dès que les mots sont sortis, j'ai compris qu'ils mûrissaient en moi depuis des jours.

« Tu quoi ? » Elle m'a regardée en cillant, s'écartant un peu.

« Je pars avec toi. Je peux tenir le coup, et tu as dit que je savais tirer, pas vrai ?

— C'est pas ça, le problème. Pourquoi diable est-ce que tu veux venir avec moi ?

— C'est pas évident ? »

Elle a laissé ces mots planer tandis que j'essayais de trouver quelque chose à dire qui ne soit pas la vérité.

« Je suis amoureuse de toi », voilà ce que j'ai fini par dire. J'ai détesté ça, la façon dont les mots se sont épanouis dans l'atmosphère, pareils à des bouffées nauséabondes avant une poussée de fièvre.

Elle m'a brusquement regardée. « Oh, la Rouquine », et c'est tout ce qu'elle a dit. Tendrement, elle a pris mon visage dans ses mains, m'a attirée vers elle et m'a embrassée sur le front. « C'est pas bon pour toi tout ça. Tu crois que c'est ce que tu veux, mais c'est parce que tu sais pas. »

Mon poil s'est hérissé, j'ai senti mon visage devenir rouge. « Tout le monde me dit tout le temps ça. Bridget, fais ceci, fais cela. Chaque fois que je me retourne, c'est "T'aurais pas dû faire ça", ou "Tu ferais mieux d'éviter les ennuis", ou encore "Tiens-toi bien sagement, ma petite", et personne me demande jamais si c'est vraiment ça que je veux. Et là, c'est le cas, et tu me crois même pas.

— Je te crois. Par contre, je pense pas que tu as la moindre idée de ce qui t'attend.

— Et comment que je le saurais si tu me laisses pas venir avec toi pour voir ? »

Elle a soupiré et levé les mains, exaspérée. Puis elle s'est remise debout et elle a commencé à s'affrusquer en silence. Je l'ai regardée, bouillant intérieurement d'un mélange de fureur face à sa réaction et de regret de m'être dévoilée.

Au moment où elle attrapait son chapeau sur la patère, j'ai dit : « Alors ? d'une toute petite voix.

— Alors quoi ?

— T'en penses quoi ? »

Elle a soupiré à nouveau, mais plus doucement, et elle m'a regardée. « Ah, bon sang de bon sang, et pourquoi pas ? »

J'ai senti un immense sourire fendre mon visage, mais je me suis mordu la lèvre pour me contenir. Un instant, dans ma tête, j'ai vu l'horizon béant, sans fin, la trace bleue des montagnes lointaines, j'ai senti la caresse rugueuse des bourrasques de neige sur mes mains ; et j'ai chassé la petite voix dans ma tête qui me disait que « Ah, bon sang de bon sang, et pourquoi pas ? », c'était très loin de « Oui ».

« Mais je voyage à la dure. Pas de matelas ni de bifteck entre ici et le Texas. »

J'ai hoché la tête si fort que j'ai entendu ma mâchoire cliqueter. « Bien sûr.

— Dans ce cas, c'est d'accord. » Elle a ouvert la porte.

« Et à propos de..., j'ai commencé à dire avant d'avoir pu m'en empêcher.

— À propos de quoi ? »

Trop tard. « À propos du reste de ce que j'ai dit ? »

Elle a secoué la tête d'impatience. « Tu viens avec moi, pas vrai ?

— Oui.

— Alors ça devrait te suffire. » Elle a refermé la porte derrière elle, avec une certaine brusquerie.

Dès qu'elle est partie, je me suis levée d'un bond et je me suis glissée dans la vieille robe de Constance. Ce n'était encore que le milieu de l'après-midi, et j'éprouvais le désir fiévreux d'agir avant de changer d'avis. Je me suis hâtée jusqu'aux appartements de Kate et j'ai frappé à la porte. Grace m'a ouvert.

« Chut, elle a dit. Kate est pas bien.

— Dis juste à Lila que je veux ma boîte. »

Grace m'a toisée d'un air soupçonneux, elle a fermé la porte et l'a rouverte une minute plus tard pour me donner la boîte à cigares d'où dépassaient des billets. Je l'ai fourrée sous mon bras, et je suis sortie au pas de charge du Queen avant que quiconque ait seulement eu le temps de me dire bonjour.

D'abord, je suis allée à l'écurie, où j'ai acheté Little Blue, le cheval noir, à un prix correct. J'ai fait halte pour lui donner une pomme et caresser le velours poivre et sel de son museau.

« Toi et moi, on va partir en voyage, je lui ai dit doucement. Avec Spartan et Davey. Tu vas adorer. » Je lui ai caressé la tête, et ses oreilles se sont tendues vers moi. Ses yeux brillaient.

Ensuite, je me suis dirigée vers le nord de la ville, et je suis entrée dans la première boutique où l'on vendait des habits d'hommes. J'ai dit à l'employé que je faisais des courses pour mon frère, qui faisait la même taille que moi. Sa moustache a frémi d'un air sceptique, mais il m'a montré plusieurs vestes, avant de me vendre un costume de solide serge noire.

« Il aura aussi besoin d'une chemise et d'une cravate. Et d'un bon manteau, pis des gants.

— Il part en voyage ?

— Oui », j'ai répondu, embellissant les choses avec cet art de dire aux hommes ce qu'ils voulaient entendre, que je maîtrisais depuis toujours. « Il part pour San Francisco. On a un oncle dans le commerce maritime. Il lui a promis une place.

— Quel jeune homme entreprenant, a dit l'employé platement. Est-ce qu'il est roux, également ? »

J'ai acquiescé. L'homme m'a montré une cravate de soie violette, l'a approchée de mon visage et m'a fait voir ce que ça donnait dans une glace, j'avais un air roué. Sa main a frôlé ma joue au moment où il emballait le tout, et par réflexe j'ai failli lui demander un supplément.

Ensuite je suis allée au magasin d'alimentation générale pour préparer mon voyage : une couverture, une cantine, une assiette en fer-blanc, un gobelet, une cuillère, un petit couteau à la pointe recourbée qui m'a fait penser au sourire paresseux de Spartan. Je me suis demandé à quoi aurait ressemblé notre voyage si mon père avait eu la moitié du pognon que je laissais à présent couler comme de l'eau entre mes doigts. En regardant la boîte à cigares vide, je me suis rappelé combien je faisais attention à mon argent au début quand tout était encore tout neuf, comment j'imaginais que c'était ma petite armée à moi de dollars et de cents. À présent, j'envoyais cette armée au combat ; mes soldats avaient été préparés pour livrer cette bataille, et si je les maintenais en dehors de l'action encore une journée, j'aurais une mutinerie sur les bras. J'ai acheté des sacoches de selle que j'ai remplies de biscuits, de bœuf séché, de fromage dur, d'une livre de café et d'une petite casserole pour le faire bouillir, de pommes séchées, de maïs, et d'un petit pot de mélasse pas plus gros qu'une noix. J'étais plongée dans une frénésie d'achats. C'était à croire que mon argent avait moisi, pourri, et que soudain je ne voulais plus rien avoir à faire avec lui : je l'aurais jeté au feu pour m'en libérer et passer à autre chose. Pour la première fois de ma vie, en éprouvant un vrai plaisir à tout claquer, j'ai ressenti une once de compréhension pour mon père, à qui l'argent brûlait les doigts.

Avec mes derniers dollars, je me suis acheté un revolver et des cartouches. Il n'avait pas fière allure, il avait grand besoin d'être nettoyé et huilé – l'épicier était trop heureux de me le vendre –, mais ça ferait l'affaire. Quelle affaire ? Je n'en savais fichtre rien.

« Et qu'est-ce qu'une petite jeune fille comme vous peut bien vouloir faire d'un pistolet ? il m'a demandé.

— Une dame doit pouvoir se protéger toute seule, j'ai dit simplement. Vous trouvez pas ? »

Il a grogné en guise de désapprobation, mais vu que je dépensais sans compter dans sa boutique, il n'a pas osé en rajouter. Enfin, il ne m'est plus resté que douze cents. J'ai tout vidé sur le comptoir et en échange, j'ai reçu un petit sachet de friandises.

Pendant que le garçon d'épicerie emballait mes derniers achats, son patron m'a dit : « Vous savez, c'est dur de prendre la route à cette époque de l'année. Vous êtes sûre que vous voulez pas attendre le printemps ?

Ma bourgeoise loue une chambre au-dessus, vous seriez un coq en pâte en attendant le dégel. »

J'ai secoué la tête. « Non, merci. J'ai hâte de partir. Vous savez comment c'est, quand on en a marre d'être quelque part, y a rien à faire, que s'en aller. »

L'épicier a grogné de nouveau et ses moustaches blanches se sont agitées, mais du coin de l'œil, j'ai vu que le garçon d'épicerie me regardait, alors j'ai relevé les commissures de mes lèvres, juste assez pour qu'il passe le reste de la journée à se demander si je lui avais bel et bien souri.

Aussi chargée qu'une mule, je suis rentrée au Buffalo Queen, où j'ai tout caché sous mon lit avant d'enfiler ma robe de travail. Je m'y sentais à l'étroit, vulgaire, et j'avais la frimousse encore plus constipée après m'être pincé les joues et fardé les lèvres ; même si Spartan et moi, on n'avait fait aucun projet de départ, je ne pouvais m'empêcher de penser que c'était ma dernière soirée au Queen. Comme j'avais un peu de temps devant moi, j'ai sorti mon nouveau revolver et je me suis mise à le nettoyer. Pendant ce temps je m'imaginais descendre l'escalier, mais cette fois j'allais m'asseoir à la place de Spartan, près du feu, je regardais une fille perdue se préparer avant d'aller se chercher une dernière poignée de clients. Un moment, je me suis demandé ce qui diable avait pu la décider à accepter de m'emmener avec elle, mais j'ai eu tôt fait de repousser cette question. À la place, j'étais tout émoustillée à l'idée d'être celle qui regardait une autre fille descendre l'escalier, celle qui passait la nuit à boire et à jouer aux cartes, insouciante, assise les jambes écartées, à souffler la fumée au visage des hommes en riant aussi fort qu'eux. J'ai rangé le revolver et je l'ai caché sous mon lit. En bas, Roscoe jouait « Red River Valley » avec tant de mélancolie que j'ai failli fondre en larmes en ouvrant la porte pour descendre.

16

Malgré tout ce qui s'était passé, ou peut-être à cause de ça, le lendemain, la paix est revenue au Queen. À croire qu'on avait tous décidé de montrer le meilleur de nous-mêmes, ou peut-être parce qu'on était épuisés après ces désastres ; l'un dans l'autre, on a passé une journée harmonieuse. Voir Spartan de retour à sa place et se faire un peu d'argent en plus a calmé Lila. La main de Pierre ne s'était pas infectée, ce qui soulageait Constance d'un gros poids. Quant à moi, je rêvais à mon futur voyage, ce qui me rendait gaie, l'œil pétillant.

C'était la fin de l'après-midi, enfin le soleil avait décidé d'abandonner la partie et sa lumière orange se déversait par les fenêtres, dont les montants dessinaient des lignes noires sur le sol et les murs. Il ne se passait pas grand-chose ; il y avait toujours un creux à cette heure, et profitant de ce répit, les résidents du Queen s'égaillaient pour l'après-midi. Puisque Kate était toujours enfermée dans son salon, Lila avait autorisé la moitié des filles à aller aux bains, avec ordre de revenir avant le crépuscule, au moment où les affaires reprenaient. Elle-même fumait sur le balcon en regardant le soleil descendre peu à peu ; Roscoe a déclaré qu'il allait s'en griller une, lui aussi, tandis que Grace filait en douce par-derrière avec son manteau et son bonnet ; Langley quant à lui était parti s'adonner à son vice, et comme Virgil était encore au lit, il n'y avait plus que Bart, qui essuyait les verres, tandis que Constance, Arabella et moi, on prenait le café tranquillement. Spartan était près de la cheminée où elle jouait au poker avec Pierre et un employé d'une compagnie de transport dont j'ignorais le nom mais que je reconnaissais à son chapeau melon. En général, Spartan et Pierre présidaient chacun leur table ; Pierre n'aimait pas jouer avec les amateurs, tandis que Spartan attirait les fiers-à-bras et les plumait. Lorsque tout était tranquille, elle s'invitait à la table de Pierre dans l'espoir d'apprendre quelque chose. Cet après-midi-là, elle avait le bar et la porte dans sa ligne de mire, et je me languissais d'elle en attendant de voir se pointer des clients.

« Tu vas arrêter ça, oui ? m'a dit Arabella en me flanquant un coup de coude.

— Arrêter quoi ?

— Tu minaudes.

— Ça va pas ?

— Si, tu minaudes. Tu inclines la tête d'un côté, de l'autre, tu te tripotes les cheveux, et j'en peux plus. Arrête de faire la pimpante !

— Je fais ce que je veux, même ça, si je voulais. Et d'ailleurs, depuis quand c'est pas bien pour une pute de faire la pimpante ?

— Tu fais pas ça comme une pute, tu fais ça comme une ingénue. C'est canulant.

— Ah, mais avec toi, tout est canulant », j'ai répondu en essayant de me calmer un peu. Derrière moi, j'entendais Bart aller et venir, tandis que du coin de l'œil je voyais Constance tourner les pages de son livre. Là-haut sur le balcon, Lila a allumé une autre cigarette. Pierre a retourné sa dernière carte en murmurant quelque chose qui a fait frétiller sa moustache, l'employé a lâché les siennes en soupirant, tandis que Spartan poussait à voix basse un juron qui a roulé à travers la pièce pareil à un caillou rond.

Puis les portes se sont ouvertes devant deux hommes, et une bouffée d'air froid s'est engouffrée avec eux ; ils portaient de longs pardessus en laine sombre qui paraissaient neufs, mais à leurs bottes crottées et leurs ourlets poussiéreux, on voyait qu'ils avaient effectué une longue chevauchée. L'un d'eux portait un cache-col remonté si haut qu'il touchait presque ses lunettes, il fallait donc partir de l'hypothèse qu'il avait bien un visage, alors que l'autre était plutôt beau garçon avec son manteau aux épaules hautes. Ils regardaient la pièce et je me suis retournée pour poser ma tasse de café. J'ai vu Constance refermer son livre sur son doigt et soudain, derrière moi, j'ai entendu une voix haut perchée s'écrier : « Salut, les filles ! »

Mes entrailles se sont figées et je me suis blindée avant de me retourner. C'était Sallie.

Les deux hommes se sont écartés devant elle : éclatante dans les derniers feux de la lumière ambrée qui arrivaient derrière elle, elle était l'incarnation même du coucher de soleil sur la prairie, la poussière sur son manteau noir ne servant qu'à rehausser l'or de ses cheveux ramenés sous un chapeau orné de fleurs en soie jaune.

« Salut, Sallie, a dit Arabella, relevant le menton pour être à la même hauteur qu'elle. Pourquoi t'es revenue ? »

Sallie a éclaté de rire. « Eh ben, toi, t'as pas changé, hein, Mimi Ronchon ? » Son regard et sa voix étaient tranchants comme des lames. « Bart ! s'est-elle exclamée en s'approchant du bar. Sers-moi donc un petit verre de gin, s'il te plaît. »

Elle s'est penchée pour prendre son verre, son bras a frôlé le mien et j'ai senti des aiguilles d'argent me perforer la peau. Puis j'ai entendu des pièces tomber sur le bar derrière moi.

« Bonjour, Sallie, a dit Constance de l'autre côté. Nous sommes simplement surprises de te voir. La dernière fois qu'on a eu de tes nouvelles, tu étais à Cheyenne.

— Oh, Cheyenne, ça allait, elle a dit d'un air détaché. C'est le Far West, mais la chatte y vaut cher. » Elle a lancé un clin d'œil à Constance, puis elle s'est tournée vers moi. « Et comment va mademoiselle Chou-à-la-crème ? À qui tu fais les yeux doux maintenant ? »

Je ne sais pas pourquoi, mais tout à coup, je me suis sentie figée sur place, comme un petit lapin terrifié. À une époque, j'aurais donné n'importe quoi pour que Sallie revienne au Queen. Mais à présent qu'elle était là, j'avais l'impression d'être sortie dans la nuit pour contempler le monde baigné du clair de lune bleu et dansant au chant des criquets, et qu'à la place je l'avais trouvé froid, d'un noir d'encre et plein de bruits bizarres. J'ai regardé à gauche, à droite, dans l'espoir de découvrir un indice pour comprendre d'où venait toute cette tension, mais mes amis ne bougeaient pas.

« Salut, Sallie, j'ai balbutié. Bienvenue.

— Oh, merci ! » elle a dit en faisant son espèce de demi-révérence. Là-haut sur le balcon, j'ai vu Lila disparaître en silence dans le salon de Kate.

« Tu es venue avec ces gars-là ? » a dit Arabella en désignant la porte, même si les deux hommes s'étaient à présent séparés. Le plus beau était à un bout du bar où il avait commandé un whiskey à Bart, celui au cache-col se réchauffait auprès du feu, mains tendues vers les flammes.

« Pour sûr, elle a répondu gaiement. Voici Hector, elle a ajouté en désignant celui du bar. Et ça, c'est Jason, mais on l'appelle Jack. Ça change rien parce qu'il est pas causant. On dirait que le papa était un monsieur instruit. Même si ça sert pas à grand-chose, hein ? »

Elle a adressé à Constance un rictus, mais celle-ci a pas mordu à l'hameçon. J'avais le souffle court et j'arrêtais pas de reluquer les deux compagnons à Sallie. Hector, c'était ce genre de type qui paraît grand de loin. J'ai remarqué la manière dont il prenait délicatement son verre de whiskey, passant le doigt sur le bord, quelque chose me démangeait, de même en regardant son frère, le menton rentré dans son col tout en se réchauffant les mains.

« Qu'est-ce que tu es venue faire là ? a redemandé Arabella, de manière plus abrupte cette fois. Tu sais que Kate va pas te reprendre.

— Ah, mais je cherche pas du boulot, je fais que passer. Je voulais saluer mes amies que j'avais pas vues depuis longtemps – où est le problème ? »

Un instant de silence a suivi. Je sentais qu'il allait se passer quelque chose, je voyais les yeux de Constance et d'Arabella parcourir lentement la salle derrière Sallie, et assise entre elles deux, je me sentais toute petite, inutile, telle une enfant qui écoute les grands parler politique.

« Que je sois pendue ! » a soudain retenti dans l'escalier. Lila était arrivée à la moitié des marches, affichant son plus beau sourire. Une fois tous les regards braqués sur elle, elle a terminé sa descente et serré Sallie contre elle, pâle imitation de leurs précédentes retrouvailles, et cette fois aucune n'a fermé les yeux.

Elles se sont écartées, Lila tenant Sallie à bout de bras. « Bon sang, mais qu'est-ce que tu peux bien venir faire par ici ? Est-ce que tu devrais pas être sacrée reine du territoire du Wyoming à l'heure qu'il est ? »

Sallie a ri aux éclats – ça devenait pénible de les écouter, comme de vouloir serrer un verrou rouillé. « J'y étais presque, quand ce gars-là et son sourire désarmant me sont tombés dessus, et on a décidé de partir voir le monde. »

Elle a tendu la main vers Hector, qui s'est approché et a passé le bras autour de sa taille. Il a regardé Lila des pieds à la tête, à croire qu'elle ne valait pas mieux que le reste d'entre nous, puis il a chuchoté un truc à l'oreille de Sallie qui l'a fait pouffer.

« Allez, Lila. Pourquoi tu nous emmènes donc pas là-haut, qu'on dise bonjour à Kate ? Moi et Hector, on a l'intention d'ouvrir notre propre maison à notre retour dans le Wyoming, je suis sûre qu'ils adoreraient parler boutique. »

Lila a incliné la tête sur le côté, les jaugeant tous les deux. « D'accord. D'ailleurs, j'aimerais en profiter pour discuter avec toi un moment. » Elle leur a montré le chemin, et ils l'ont suivie telles deux ombres jumelles.

« Qu'est-ce qui se passe ? j'ai demandé à Constance dès qu'ils ont été hors de vue.

— Je n'en sais rien. Mais ça ne me plaît pas. » Elle a regardé Arabella. « Que fait donc Sallie ici ? La route est rude depuis les Territoires – pourquoi est-elle revenue ? Pourquoi ne pas avoir plutôt continué vers l'Ouest ? »

J'ai guetté la réponse d'Arabella, en vain. Elle avait les lèvres serrées et les yeux fixés sur la porte fermée du salon de Kate. J'ai de nouveau regardé la table où Spartan et Pierre jouaient toujours après avoir ratissé l'employé. Cache-col-Jack a ouvert son pardessus pour se réchauffer, puis il a fait le tour de la table, comme pour comparer les mains des joueurs. Tous deux avaient levé les yeux quand Lila s'était exclamée dans l'escalier, mais ils semblaient à nouveau concentrés sur leur partie. J'ai essayé de croiser le regard de Spartan, mais elle mélangeait les cartes et ne bougeait pas. Puis d'une main, elle les a mises en éventail, et de l'autre, elle a pris sa tasse de café en enroulant délicatement les doigts autour, ensuite elle a enfoncé le menton dans son col. Et tout à coup, j'ai compris.

« C'est ses frangins, j'ai dit tout doucement.

— À qui ? a demandé Constance. À Sallie ?

— À Spartan. » Mon cœur battait à tout rompre.

Constance m'a regardée en fronçant les sourcils. « Mais ils ne se sont même pas regardés. Ils ne peuvent pas être de la même famille. » Elle a observé Spartan, puis Jack, puis Spartan, la tête penchée pour mieux réfléchir.

Arabella fixait toujours la porte du salon de Kate. Elle s'est ouverte, laissant jaillir le rire cristallin de Sallie, et Lila est descendue. Elle s'est baissée pour passer sous le lourd clapet de bois qui fermait le bar puis elle s'est mise à farfouiller parmi les bouteilles.

« Qu'est-ce que tu cherches ? lui a demandé Arabella.

— Tu te rappelles cet Irlandais qui nous a vendu cette caisse de whiskey ? Il devrait en rester une bouteille, Kate m'a envoyée la chercher.

— Je crois qu'elle est par là, a dit Bart en allant à l'autre bout du bar.

— Que se passe-t-il ? Pourquoi est-elle revenue ? » a demandé Constance.

Lila s'est redressée, l'air soucieuse, et elle a regardé Constance : « Parce que ça te concerne, peut-être ? » Elle aurait pu prononcer ces mots à n'importe quelle occasion, mais cette fois, le ton était doux, animé d'une vraie curiosité, car Constance lui posait rarement des questions. Une ombre fraîche m'a caressé le dos quand Cache-col-Jack est allé se poster à la fenêtre, près de la porte.

À ce moment, un fracas a retenti en haut, des coups sourds, un cri. On a tous tourné la tête dans cette direction. La porte du salon de Kate s'est ouverte et Sallie en est ressortie avec un sac de voyage gonflé, suivie d'Hector, un pistolet à crosse d'ivoire dans la main.

Ils ont refermé derrière eux et ont pris la direction de l'escalier à petits pas contrôlés.

« Mais où est-ce que vous allez ? » s'est écriée Lila un peu trop fort.

Sallie s'apprêtait à répondre mais la porte s'est ouverte derrière eux. Kate s'est penchée, une main appuyée sur son flanc. Du sang la recouvrait tel un gant écarlate, et elle était pliée en deux, la bouche déformée par une grimace qui laissait entrevoir toutes ses dents.

« Le coffre ! elle a dit d'une voix étranglée. Lila, ils ont pris le coffre ! »

Avant que quiconque ait bougé, Hector a pointé son long Colt bleu sur Lila, derrière le bar.

« Que personne ne bouge, il a fait d'une voix profonde et tonitruante, tel un rocher qui dévale une colline. On veut juste s'escamper. »

J'ai senti mes entrailles se nouer. Avec fracas, Bart a laissé choir le plateau avec le whiskey irlandais et les verres, qui se sont écrasés à ses pieds. Il a voulu attraper son fusil, caché dessous, mais Sallie s'est écriée : « Bart, tu bouges pas ! »

J'ai entendu d'autres bruits de chiens qu'on armait : Sallie a sorti un revolver d'entre ses jupes, tandis que depuis la porte Cache-col-Jack levait son pistolet pour couvrir leur retraite. J'ai essayé de calculer à toute vitesse la trajectoire des balles si tout le monde faisait feu en même temps, le cœur battant à tout rompre, pareil à la cloche des pompiers. J'ai senti un cri naître dans ma poitrine, mais ma bouche est restée fermée.

Hector et Sallie ont commencé à descendre l'escalier. « Laissez-nous sortir, elle a dit. Laissez-nous juste sortir. »

Et puis le bruit d'une chaise qu'on recule, et à nouveau un chien qu'on arme, et Spartan a dit : « Reste où tu es, Pierre. » C'était le même ton grave et régulier qu'elle employait d'habitude, mais avec une dureté nouvelle. Je l'ai regardée se lever, pointer son revolver sur Pierre, qui a mis les mains en l'air pour montrer qu'il n'avait pas d'arme, avant de les poser à plat sur la table. Pendant un instant, je suis devenue mon propre fantôme. Bouche ouverte, sans qu'aucun cri en sorte. Je me suis penchée comme pour me lever, mais d'un geste Constance m'a arrêtée, bloquant ma poitrine qui se gonflait horriblement entre le fracas intérieur et les mains de fer de la peur qui me maintenaient en place.

« Posez cet argent ! a crié Lila.

— Allons, ma chérie, sois pas trop gourmande », a répondu Sallie. Elle visait désormais le bar. Le canon était béant, telle une bouche prête à tous nous avaler – Lila, Constance, Arabella, Bart, moi : tous. « Je suis juste revenue chercher l'oseille que tu me devais.

— On te doit que dalle, a ricané Lila.

— Lila, tu veux bien fermer ta bouche ? Ça me plairait pas du tout de devoir te descendre. » Le pistolet aurait dû avoir l'air trop grand pour sa main, pourtant il avait l'air très naturel. Hector et elle étaient presque arrivés au pied de l'escalier et n'avaient plus qu'à traverser la salle pour se retrouver dehors.

Dans un lourd craquement, la rampe que tenait Sallie a explosé dans une pluie de copeaux. On s'est tous retournés pour voir Kate, toujours à la porte de sa chambre, sa robe imbibée de sang, pointant sur Sallie le vieux deringer qu'elle lui avait confisqué. Une autre détonation a retenti, Hector a crié quelque chose d'inintelligible et s'est baissé d'un coup, poussant Sallie devant lui.

« Reviens ici, espèce de salope sans foi ni loi », a dit Kate d'une voix râpeuse.

Nouveau coup de feu, et Kate a poussé un cri. Cache-col-Jack l'avait descendue ; elle s'est écroulée là-haut, dans un soupir de taffetas, les bras en avant, et le deringer a glissé entre les barreaux, atterrissant sur le plancher du saloon avec un bruit sourd.

Lila a glapi et s'est jetée en avant. Sallie a pointé son revolver sur elle, a tiré, manqué, et fait exploser une bouteille en un feu d'artifice d'éclats argentés.

« Je t'ai dit, m'oblige pas à te descendre ! » a gueulé Sallie. Elle a fait feu et raté à nouveau, mais d'un peu moins cette fois, et elle a continué à descendre l'escalier, Hector juste derrière elle, la main en sang ; une des balles de Kate avait dû atteindre son objectif. Bart s'est précipité vers Lila, l'a attrapée dans ses bras, et l'a jetée à terre malgré ses glapissements et soubresauts.

J'ai regardé Spartan qui se dirigeait vers la porte, même si je ne comprenais toujours pas pourquoi. Mon corps était plein d'huile bouillante, mais je restais collée à mon tabouret.

« Mais, qu'est-ce que tu fais ? » j'ai demandé d'une petite voix éberluée.

Elle ne m'a pas prêté attention, aussi j'ai répété la question, plus fort. « Qu'est-ce que tu fais, Spartan ? »

Elle m'a regardée en soulevant son chapeau et m'a lancé une version si froide de son sourire oblique que je l'ai à peine reconnue. « Foutre ! On s'est bien amusées, la Rouquine, mais je t'ai dit que j'allais décarrer.

— Attends ! »

À présent au pied de l'escalier, Sallie a ricané à nouveau d'une voix dure comme la pierre, et elle a dit à Spartan : « Pour sûr que t'as fait ton boulot ! »

Spartan a haussé les épaules : « J'aime mélanger le plaisir et le turbin. »

Mes yeux allaient de l'une à l'autre. « Mais qu'est-ce qu'elle raconte ? » j'ai dit, m'adressant aux deux en même temps. Sallie et Hector étaient presque arrivés à la porte, que Jack leur avait ouverte. Hector nous tenait toujours en joue, mais son coude pissait le sang, et il titubait.

« Normalement, on aurait envoyé un garçon, mais bon, là, ça paraissait mieux engagé dans ce sens-là, a dit Sallie depuis le seuil. Pour sûr qu'Hector aurait pas réussi à te faire tourner la tête et chasser ton shérif pour nous offrir la place sur un plateau d'argent. » Elle m'a lancé un clin d'œil.

J'aurais voulu exploser en une boule de feu pour nous enterrer tous.

« Tu ne t'en tireras pas comme ça, Sallie », a dit Constance. Elle s'était levée et serrait les poings. Un instant, je me suis demandé pourquoi elle était si bleue, et puis je me suis rappelé qu'elle aussi, elle s'était fait voler toutes ses économies.

Sallie s'est retournée et elle a visé Constance. « Qui vivra verra.

— Fous-lui la paix ! » a crié Pierre depuis la table de jeu en se levant.

Sans un mot, Cache-col-Jack lui a tiré deux fois dessus, puis encore une fois, et Pierre s'est effondré derrière la table. Constance a hurlé.

« Salut, la Rouquine », a dit Spartan. Cache-col-Jack les a couverts tandis que toute la bande disparaissait. La porte s'est refermée sur eux : ma vie au Buffalo Queen était terminée.

TROISIÈME PARTIE

LA CHEVAUCHÉE TERRIBLE

17

Après ça, il s'est passé beaucoup de choses en très peu de temps, et j'aurais du mal à dire quelles furent les pires. La nouvelle que le Queen avait été dévalisé s'est répandue à travers Dodge comme une traînée de poudre ; les filles, effrayées, sont revenues des bains au trot, Roscoe et Grace sont rentrés de Dieu sait quelle escapade par la porte de service, puis il a verrouillé l'entrée du saloon pour qu'on reste toutes à l'intérieur, et il a fait des allers-retours en cuisine pour nous préparer du café. Bart a emmené Lila dans sa chambre. Elle était au bout du rouleau et sanglotait telle une enfant. La plupart des gens que j'ai vus affronter le malheur se laissent envahir peu à peu, à la manière d'une tempête qui monte en puissance à l'horizon au fil de la journée ; pour Lila, c'était plus une crue dévastatrice qui l'avait aussitôt emportée.

Bart et Roscoe ont ramené le corps de Kate dans son salon, puis ils ont monté celui de Pierre là-haut et l'ont allongé dans la chambre de Constance. Elle a pris la chaise de sa coiffeuse et s'est assise à son chevet. Je lui ai proposé de dormir dans mon lit, mais elle a secoué la tête. Elle était devenue une sorte de statue en fer forgé, froide au toucher, répondant aux questions d'une voix basse et pondérée, qui de temps en temps seulement montait dans les aigus. Je suis repassée devant sa porte, plus tard dans la nuit, je l'ai entrebâillée et je l'ai vue dans l'obscurité couchée près de lui sans le toucher, en chien de fusil.

Je me sentais éteinte, tel un feu qui couve. C'était pareil à un rêve où des phénomènes étranges se produisent, et régulièrement je devais me remettre en tête que tout cela s'était passé ainsi parce que celles que j'avais aimées m'avaient trompée, manipulée – seulement un moment plus tard, je n'y comprenais plus rien. C'était le genre d'horreur qui brille d'un éclat si violent qu'il est impossible de la regarder directement, et qui continue de danser, de scintiller à la lisière de votre regard.

Alors je me suis mise au boulot ; quand les filles se sont réveillées le lendemain matin, j'ai envoyé Grace voir où en était Virgil, puis j'ai donné à chacune une mission pour qu'on lave Kate et qu'on l'habille. Telles des muses sur la berge d'une rivière, on évoluait à travers le salon dans des vaguelettes de murmures sur fond d'éclaboussures dans la bassine, de linges qu'on y plongeait, qu'on essorait, avec lesquels on essuyait le sang sur sa peau, puis on a peigné ses cheveux châtains pour leur donner tout l'éclat du bronze, et on a boutonné sur son corps froid et inerte sa plus belle robe de brocart rubis. On lui a mis ses bagues, du rouge à lèvres, et on a accroché sa plus belle broche en grenat bien haut sous son menton de papier.

Une fois que Kate a été prête, je suis allée frapper à la porte de Constance. Elle était de nouveau assise sur sa chaise, qu'elle avait rapprochée du lit, et elle me tournait le dos. C'était une scène très chaste : une sœur veillant son frère malade. C'était la première fois que je la voyais assise sans avoir à la main un livre, un verre ou des cartes. Pendant la nuit, elle s'était changée et avait passé la robe foncée qu'elle portait à la fête, la veille de la pendaison.

« Tu veux un coup de main ? » je lui ai demandé.

Elle s'est retournée vers moi, détachant ses yeux du corps. Son visage semblait à nouveau lui-même, mais c'était une autre qui le portait.

« En fait, je ne sais pas », elle a fini par dire.

J'ai fait un pas hésitant à l'intérieur, mais je l'ai vue se tendre comme un cheval qui s'apprête à ruer. Je me suis arrêtée.

« Et si tu descendais pour que Bart te prépare un café ? On va s'occuper de lui », j'ai dit en désignant le lit.

Elle a attendu, puis elle a lissé sa robe et s'est levée, la bouche fermée. J'ai fait un pas en arrière pour la laisser passer. Elle s'est arrêtée à la porte, les yeux posés sur ses mains jointes.

« Dans sa valise, il y a un costume en gabardine bleue. Il faudra le brosser, mais il y a aussi une brosse. » Elle m'a regardée de ses grands yeux humides. « Je ne sais pas s'il lui reste des cols propres.

— On trouvera bien quelque chose. » J'avais tellement envie de m'approcher d'elle, de caresser son visage, de la serrer fort dans mes bras, que son chagrin puisse se déverser en moi afin que je puisse le porter, que ce soit par amour ou en guise de punition, peu importait. Mais elle était si crispée que je n'ai pas osé rompre ce fragile équilibre.

Elle a hoché la tête à nouveau. J'ai attendu qu'elle soit descendue pour appeler les filles. Ça a été plus rapide que pour Kate car les hommes mettent moins de vêtements que les femmes. Henrietta s'est chargée de brosser le costume tandis qu'Arabella et moi, on faisait la toilette de Pierre, et puis on l'a habillé toutes les trois ensemble. Dans la valise, il y avait encore une demi-douzaine de cols blancs parfaitement amidonnés, emboîtés les uns dans les autres dans leur boîte ronde en papier mâché.

Bart et Roscoe ont étendu Kate et Pierre sur le bar, tête contre tête, et on s'est tous assis pour la veillée funèbre. Lila et Constance, dans le rôle des veuves, étaient assises côte à côte au centre. Langley, qui était revenu en douce pendant qu'on s'activait tous, a lu un psaume, et on a chanté un cantique, puis Bart nous a servi des verres pleins à ras bord de whiskey. Grace a aidé Virgil à descendre, puis elle s'est collée à Roscoe sur le tabouret de piano tandis qu'il jouait tous les morceaux préférés de Kate et Pierre, l'un après l'autre, et que nous, on buvait, on chantait. C'étaient les obsèques les plus étranges que j'aie jamais connues.

Autour de moi, les filles se balançaient en chantant, s'appuyant les unes sur les autres, à croire qu'elles s'apprêtaient à monter à bord d'un bateau qui les emmènerait jusqu'à la terre promise. Je me suis assise près du feu et pendant tout ce temps je suis restée à bouillir, me laissant enfin aller à une égoïste colère. Pareille à une comptable, j'ai passé en revue tous ceux et celles qui nous avaient menés jusqu'à cette tragédie, additionnant les torts, telles des dettes dans un registre. Sallie qui était entrée en se pavanant au Queen comme si elle y avait encore sa place, comme si quelqu'un ici lui devait encore quelque chose, alors que tout ce qu'on avait fait, c'était tenter de l'aider. Kate, qui de manière insensée s'en était totalement remise à une pute débutante, n'ayant pas trouvé d'autre moyen de protéger son affaire qu'en demandant à une gamine de faire les yeux doux à un homme de loi facile à acheter. Lila, qui avait fermé les yeux sur le fait que le laudanum avait complètement coiffé le cerveau à Kate, la laissant perdre le cap sans rien dire au moment où on avait justement le plus besoin d'elle. Jim, qui veillait sur nous seulement quand ça l'arrangeait et ne nous laissait jamais l'oublier. Tout était détruit à présent, et pourquoi ? Pour du pognon. Pour un peu d'achetoir qui, entre les mains de cette petite bande de minables, ne leur ferait pas l'hiver, au rythme où Sallie buvait et où Spartan jouait.

En pensant à elle, j'ai serré les dents. J'aurais pu arracher chaque planche du saloon pour chacun des baisers qu'elle m'avait donnés, les éclater pour chaque regard, y mettre un coup de hache pour chaque caresse. J'aurais voulu détruire cet endroit, le réduire en tas, et foutre le feu à tout ce gâchis : un grand brasier rageur pour toutes les fois où elle m'avait baisée, pour m'avoir fait tomber amoureuse d'elle, pour avoir pris mon cœur et se l'être mis dans la poche comme une vulgaire boîte d'allumettes. Et pas seulement pour ce qu'elle m'avait pris, mais aussi pour tout ce qu'elle m'avait laissé croire, pour toute l'énergie qu'elle avait mis à me mentir. Au lieu de cela, j'ai laissé couler l'alcool entre mes dents serrées et j'ai grondé en chantant tandis que la rage se débattait en moi avec la sauvagerie d'une meute de loups pris au piège, se mordant les pattes les uns les autres en se hurlant à la gueule.

Le matin nous a cueillis, et par la fenêtre j'ai vu les lampes des saloons s'éteindre, rendant les armes à la lumière du jour ; il me paraissait impossible que, en dehors du Queen, la vie ait pu poursuivre partout son train-train habituel. Sur une impulsion soudaine, j'ai couru là-haut, j'ai déchiré les paquets que j'avais rapportés là trois jours plus tôt, à l'époque où j'avais encore foi en l'avenir, jusqu'à ce que je mette la main sur mon nouveau pardessus. Je l'ai enfilé et je me suis précipitée dehors, dans un accès de colère furieuse qui me poussait vers le nord. Je devais avoir une allure à faire peur : une fois à mi-chemin, je me suis rendu compte que j'étais complètement brindezingue, n'ayant rien avalé d'autre que du whiskey depuis un jour et une nuit. Aveugle aux visages qui défilaient, j'avançais avec cette aisance étrange qui vient avec l'ivresse. Le trottoir se déployait sous mes pieds et je tirais mon énergie du claquement de mes talons sur les planches. J'ai failli dépasser la prison, heureusement je l'ai repérée au dernier moment et je me suis engouffrée à l'intérieur.

« Jim ! » j'ai crié dans l'obscurité.

Un jeune assistant a levé les yeux de son bureau. « Oui, madame ? » il a dit en appuyant un peu trop sur le « madame » à mon goût.

« Il est où Jim ? Jim Bonnie ?

— Qu'est-ce que vous voulez au shérif Bonnie ?

— Lui parler ! Tout de suite !

— Attendez une minute », il a dit en levant une main. La porte du fond s'est ouverte, presque trop petite pour lui, et Jim est apparu, grand et solide comme un grizzly.

« C'est bon, Stan. Je vais lui parler. »

Il a pris son chapeau sur la patère et m'a emmenée dehors, de l'autre côté du bâtiment, dans un endroit abrité, près de leur petite écurie. Je me suis assise sur une caisse, et lui à côté de moi, allongeant les jambes pour se donner un meilleur appui, puis il m'a demandé d'une voix pleine de sollicitude ce qui se passait. Je ne m'attendais tellement pas à ce ton si doux, si grave, que j'ai fondu en larmes.

Le moment de gêne passé, il m'a serrée contre lui et m'a laissée pleurer, mes sanglots mouillant le col défraîchi de son manteau en peau de bison. Quand enfin je me suis calmée, il m'a aidée à me redresser et a cherché dans sa poche un bandana rouge avec lequel je me suis essuyé le visage.

« Oh, Jim, tout est fini. Sallie est revenue avec ces hors-la-loi, c'est les frères à... à Spartan Lee, tu te souviens d'elle ?

— Oui, je m'en souviens, il a dit doucement.

— Ils ont tiré partout et ils ont descendu Kate...

— Ah, bon sang de bon sort ! » Il a pris son visage dans sa main un instant, et il a secoué la tête tandis que je continuais mon récit.

« ... Elle, elle a toujours été gentille avec tout le monde, et ils ont pris tout notre argent, et ils ont tué Pierre... Tu connais Pierre ?

— Oui, je connais Pierre.

— C'était le type le plus bath au monde, si aimable, et ils l'ont tué ! Comment ils ont pu faire une chose pareille ? La pauvre Constance, elle a le cœur brisé. »

Il a secoué la tête. « J'ai entendu dire qu'il y avait eu du grabuge au Queen.

— Y a du grabuge depuis que tu as arrêté de venir.
— Je suis désolé.
— Mais pourquoi tu nous as abandonnés ? j'ai fait, toujours en pleurs. J'aurais continué à te voir – on s'amusait bien tous les deux, pas vrai ? Et si tu voulais plus de moi, y avait plein d'autres filles avec qui tu aurais pu passer du bon temps.
— Je ne veux pas des autres filles. Et puis c'est toi qui m'as fait comprendre que tu ne voulais plus me voir, voilà pourquoi j'ai arrêté de venir.
— Mais c'est pas vrai. » J'ai posé la main sur son bras, mais il m'a repoussée.
« Qu'est-ce que tu veux, Bridget ? » il a demandé en croisant les bras.
J'ai reniflé et repris le bandana rouge.
« Qu'on les arrête, évidemment ! Est-ce que tu peux pas envoyer tes gars après eux ? Comme t'as fait avec les cambrioleurs à l'Émeraude. »
Il a longuement regardé ses pieds. « Quand est-ce qu'ils se sont esbignés ?
— La bande à Hector Lee ? » J'étais incapable de prononcer le nom de Spartan.
« Ouais.
— C'était avant-hier, mais y en a un qui est blessé, assez amoché, donc ils voyagent pas vite. »
Il a contemplé le ciel. Il était pâle, mais le soleil l'était plus encore : la neige arrivait.
Il a secoué la tête : « Non, je crois que ça va pas être possible. »
J'en ai eu le souffle coupé. « Mais pourquoi ?
— On sait pas par où y sont partis, alors on risque de perdre une demi-journée à chercher leur piste, si on n'a

pas de chance. » Il a désigné le ciel. « En plus, tu crois vraiment que j'arriverai à rassembler des hommes juste avant la neige, pour pourchasser des bandits qui ont plus d'un jour d'avance ? Et pour une cause pareille ?

— Tu le ferais s'ils avaient dévalisé la banque.

— Peut-être que oui. Mais à la banque, y a l'argent à tout le monde.

— Tu crois que Kate le mérite pas ?

— C'est pas la même chose, tu le sais. Tu me dis que moi, mes assistants et un groupe de volontaires, on devrait prendre toutes sortes de risques pour aller traquer des canailles qui ont descendu un joueur et une mère maquerelle ? Tu crois vraiment que c'est ça qu'y faut faire ? » Il a posé sur moi ce même regard éteint que je lui avais vu lorsque je l'avais éconduit.

Je n'ai rien trouvé à lui répondre, je me suis étranglée comme un poisson ivre.

« Rentre chez toi, Bridget, il a dit au bout d'un moment.

— Donc tu vas rien faire du tout après tout ça ?

— Rentre chez toi, tu es saoule. »

Je me suis levée d'un bond. « Ah ça, nom d'un chien, t'as raison, je suis bien poivrée. Et toi aussi tu devrais l'être, vu le temps que tu as passé là-bas. Tu t'en fous à ce point de tout le bon temps que tu as eu grâce à Kate ? De tout le boulot que t'as pas eu à faire parce que Pierre était pas un tricheur ? Et qui c'est qui nous a présentés au départ ? C'est le bon Dieu, peut-être ? »

Il a levé la main, et un moment, j'ai cru qu'il allait me flanquer une beigne, et puis j'ai compris qu'il voulait juste récupérer son bandana. Je le lui ai collé dans la main, en m'assurant de mettre le côté le plus mouillé au creux de sa paume.

« T'as plus d'as dans ton jeu, pas vrai ? » il a dit tranquillement.

J'aurais préféré qu'il me frappe plutôt que de me dire un truc pareil, et je crois qu'il a pensé la même chose. Je me suis redressée de toute ma hauteur en titubant un peu, puis j'ai fait volte-face et j'ai fui la lassitude froide de son regard.

18

Au Queen, les filles traînassaient, trop parties dans les vignes du Seigneur pour chanter, mais trop tristes pour aller se coucher. À l'intérieur, l'air était épais et cotonneux, comme si les exhalaisons de chacune collaient à la peau des autres. Les corps avaient été déplacés et le bar paraissait étonnamment vide ; Constance et Lila étaient toujours au même endroit, inclinées l'une vers l'autre, pareilles à des bateaux qui gîtent l'un contre l'autre dans un port.

« Où t'étais passée ? m'a fait sèchement Arabella quand je suis entrée.

— Je suis allée voir Jim. »

Derrière elle, j'ai vu Constance et Lila relever la tête.

« Et pourquoi donc ?

— Pour essayer de faire quelque chose pour tout ça », j'ai fait en désignant les lieux d'un grand geste.

Arabella a ricané. « Et qu'est-ce qu'il pourrait bien faire ?

— Les poursuivre, récupérer l'argent volé, les ramener et les pendre pour ce qu'ils ont fait. »

Arabella a incliné la tête vers moi, tel un serpent ; soudain je me suis aperçue que les autres se taisaient pour nous écouter.

« Et dis-moi un peu qu'est-ce qu'il t'a répondu, ce bon vieux Jim. » La moquerie dans sa voix transparaissait vraiment à présent.

J'ai secoué la tête, et j'ai voulu parler, mais rien n'est sorti de ma bouche.

« Pardon, t'as dit quoi, là ?

— Rien. Il a l'intention de rien faire du tout.

— Comme on fait son lit, on s'y fait baiser, un truc de ce genre-là, quoi ? »

La honte m'est montée aux joues. « Un truc dans ce genre, ouais. » Je me suis alors adressée à Constance, voulant désespérément qu'elle sache qu'au moins j'avais essayé. « Je pensais que peut-être il pourrait… je sais pas. Faire quelque chose. »

Constance a ouvert la bouche, a repris son souffle, puis au bout d'un moment, elle a dit : « Tu es gentille, Bridget. »

À côté d'elle, Lila a détourné les yeux, remplis de dégoût, et elle s'est enfilé une bonne dose de whiskey. J'ai voulu lui dire quelque chose, mais j'étais à court de mots. Je sentais une pression émaner de toute la salle, les regards comme autant de doigts gras qui meurtrissaient ma chair. Je me suis retournée pour fuir par l'escalier, mais je suis rentrée en plein dans un gros paquet de draps que Grace tenait dans ses bras et qui sont tous tombés par terre.

« Mais regarde donc où tu vas ! » elle s'est exclamée. Elle s'est baissée pour les ramasser ; au comble de l'embarras, je me suis presque jetée à terre pour l'aider.

Les draps étaient mouillés et j'ai compris que c'étaient ceux sur lesquels on avait fait la toilette des corps, la veille. Je les ai bien serrés et calés sur ma hanche.

« Où tu veux qu'on les mette ? » j'ai demandé.

Grace a balayé la pièce des yeux, passant en revue les visages blêmes et gonflés, puis elle a reniflé. « Dehors », et elle m'a précédée dans la cour. Je sentais le feu des regards portés sur moi, et j'ai su gré à Grace de me donner une bonne raison de leur échapper.

Dans la cour, il faisait aussi froid et venteux que dans la rue, mais ça ne me gênait plus. La boue et la poussière de l'été s'étaient maintenant solidifiées autour des touffes d'herbe, pareilles à des dents jaunes sous le ciel couleur d'eau sale, et j'ai eu un ricanement de dérision en me disant que j'étais à l'image du décor. D'un geste bancal, Grace activait la pompe, faisant jaillir l'eau dans un crissement métallique. Du menton, elle a désigné le tub déjà à moitié plein.

« Fous-y tout ça dedans. »

J'ai laissé choir les draps et l'eau a pénétré l'épais coton.

« Tu vas lâcher les écluses maintenant ? » m'a demandé Grace. Je l'ai regardée, éberluée. Après le départ de Sallie, je m'étais sentie déchirée de part en part, et incapable de faire autre chose que hurler ; il semblait donc logique que face à des faits bien plus graves, je sois complètement défaite. Mais au lieu de me répandre et de me mettre à chier des châsses, quelque chose en moi s'est refroidi, durci, à la manière d'une pièce de métal qu'on sort de la forge pour la plonger dans l'eau, passant du feu rougeoyant au noir total.

J'ai regardé Grace en secouant la tête. « Ça vaut pas le coup.

— Faut pas gâcher ses larmes », elle a approuvé d'un petit coup de menton.

Elle s'est placée sur le côté du tub, a remonté ses manches et s'est mise à genoux. D'instinct, j'ai fait pareil, mais j'ai d'abord ôté mon pardessus que j'ai posé sur la pompe.

« Sans doute que je devrais, mais je suis assommée.

— C'est normal », a dit Grace tandis que je m'agenouillais en face d'elle. Elle a jeté une poignée de copeaux de savon dans l'eau, empoigné les draps à deux mains, et a commencé à frotter. J'ai ouvert la bouche pour lui répondre, mais quand j'ai levé les yeux, j'ai vu son doigt qui remontait le long de sa cicatrice, laissant un sillage de bulles derrière lui. « J'étais complètement assommée après ça.

— Tu pensais que t'aurais dû te défendre plus ? »

Elle m'a regardée d'un air dur. « Si j'avais fait ça, il m'aurait estourbie », elle a lancé, comme si elle parlait à une gamine qui s'est déjà fait corriger, mais qui continue à faire des conneries. Elle m'a laissée mariner dans mon jus, moi qui étais pleine de honte en contemplant les draps à moitié dans l'eau, et puis elle a repris : « C'est le fait qu'il s'en est tiré. Il m'a atigée cher, et il a décampé pour aller vivre sa vie et faire Dieu sait quoi d'autre en me laissant crever. Ça, je peux te dire, ça m'a fait beaucoup plus mal que ma blessure.

— Personne t'a aidée ?

— Qui tu crois qui m'aurait aidée ? »

J'ai voulu hausser les épaules, mais je ressentais un poids si écrasant en l'écoutant que j'ai pas pu.

« Les autres filles ? Hugh ? »

Elle a éclaté de rire. « Hugh Montgomery, il a jamais rien fait de sa vie pour une fille. J'aurais aussi bien pu être un cheval avec une jambe cassée qui vaut à peine la balle qu'on lui colle dans la tête. Mais y avait la nouvelle qui était arrivée du Queen – elle avait pas réussi à y faire son beurre, si je me rappelle – et elle m'a dit de venir ici, qu'une des abbesses adorait les histoires tristes. »

Elle s'est arrêtée à nouveau, les mains immobiles, posées au bord du tub. J'ai observé les bulles sur ses avant-bras, qui glissaient doucement jusqu'à ses mains, puis sont retombées dans l'eau, à présent couleur de thé au lait.

« Je risquais plus d'attirer les michés, évidemment, mais Kate a dit qu'elle me laissait rester un moment si je faisais ma part de boulot, et me v'là toujours là.

— Qu'est-ce que tu vas faire maintenant ?

— On va voir, elle a dit en se remettant au travail. Faut pas réagir trop vite dans ce genre de situation.

— Tu veux dire faire le dos rond en attendant que ça passe ?

— Ouais, attendre que ça se calme un peu. Il arrive des trucs, des fois, t'y peux rien, faut juste être patiente. » Le silence est tombé ; pour rendre les choses plus légères, j'ai remonté mes manches et à mon tour j'ai attrapé le linge et j'ai commencé à frotter. L'eau glaciale me piquait le dos des mains, mordait mes articulations ; le vent me faisait larmoyer mais avec les mains pleines de savon, je pouvais pas m'essuyer les yeux.

« Je sais pas si je vais y arriver, à attendre que ça passe.

— Peu importe que tu saches ou pas.

— Je t'ai dit : je suis assommée.

— Ben oui ! »

J'ai eu envie de lui faire une réponse cinglante, seulement elle avait raison. Elle a changé de sujet. « Il est bath, ton pardessus.

— Il est neuf.

— C'est un manteau de garçon, pas vrai ? C'est à toi ? »

J'ai hoché la tête.

« T'allais partir avec elle, c'est ça ? Pour jouer ensemble aux hors-la-loi ? »

J'ai rougi et plongé les mains dans l'eau, qui m'a presque paru tiède tant le vent du nord était gelé.

« Quelle déveine d'avoir misé sur une gonzesse qui m'a donné le baiser de Judas », j'ai dit en guise de réponse.

Grace a pouffé et craché sur la terre dure comme pierre. « La déveine ! » elle a répété. Ça m'a rappelé quand Sallie avait craché par terre dans sa chambre, avec ce même mélange de mépris et d'incrédulité en découvrant que j'entretenais des idées si puériles.

« Et je t'ai pas sonné les cloches, j'ai marmonné.

— Ouais, mais tu es assez grande pour savoir que la veine et la déveine, ça existe pas plus que le père Noël. J'ai entendu ce qu'elle a dit en s'esbignant – pourquoi tu crois qu'elle t'a choisie, toi ? »

Je me suis figée et je l'ai regardée, estomaquée. La vérité, c'est que j'avais oublié, ou tenté d'oublier, tout ce que Sallie avait raconté ce jour-là. « Qu'est-ce que tu veux dire ? »

Grace a pris d'autres morceaux de draps qu'elle s'est mise à frotter. Je ne l'aidais pas vraiment, et elle le savait. « Tu croyais que t'avais tes petits secrets, d'abord avec Sallie, ensuite avec cette as de la gâchette, mais tu sais aussi bien garder tes secrets qu'une tempête. Même si tout le monde s'en fout, hein, y a longtemps qu'on turbine dans ce genre d'endroit. Dame, tu t'es même peut-être attiré plus de sympathie que tu crois – enfin, si ça avait pas fini en queue de rat. »

Le vent me caressait les dents et titillait les endroits délicats – c'est là que j'ai compris que j'avais la bouche grande ouverte. Grace a soupiré et s'est remise à frotter.

« Mais même si t'avais pas écouté, tu devrais te demander combien qu'y avait de chances pour qu'entre toutes les catins du sud de Dodge – non, entre toutes les catins du Queen –, ça soye toi qu'elle ait choisie. Comment tu crois qu'elle savait qu'elle pouvait réussir un truc pareil avec toi ? » Elle me regardait intensément, la bouche vissée, sourcils relevés avec un air de fausse interrogation.

Je me suis assise sur les talons, abandonnant tout faux-semblant de travail, tandis que le vent cinglait mes mains mouillées. Le visage de Spartan Lee s'est dessiné devant moi sous le rebord de son chapeau, dans un nuage de fumée de cigarillo, bleu et or dans la lumière de la lampe derrière elle, sa voix rauque faisant taire toute la musique et tout le brouhaha autour de nous. Sallie avait dit qu'ils auraient dû envoyer Hector, mais grâce à une petite information supplémentaire, elle avait trouvé le moyen de faire fortune, de se venger de Kate et Lila, et de me briser à nouveau le cœur, faisant d'une pierre trois coups. Spartan s'était plantée dans ma vie comme un couteau parfaitement aiguisé, et elle avait frappé là où ça faisait le plus mal. Foutre Jim dehors avait été pour elle aussi simple que de m'arracher à ce bal, et il lui avait suffi de quelques soirs pour accaparer toute mon attention.

« C'était facile.

— Disons que tu lui as rendu ça facile. » Ses mots m'ont atteinte de plein fouet, pareil qu'un pain en pleine face. Elle avait raison, je le savais. Tout à coup, j'ai senti une bouffée de chaleur, et si j'en avais eu le pouvoir, je me serais consumée sur place, ou je serais tombée en poussière et j'aurais laissé le vent m'éparpiller dans le néant. À la place, je me suis couvert le visage des mains, le savon me piquant les yeux.

« Ben voilà, a dit Grace plus doucement. T'as même pas encore commencé à faire les comptes. » Elle semblait réfléchir à voix haute, tenant dans sa tête les registres de la maison. « Lila finira par se remettre. Dame, elle sera peut-être mieux sur le long terme après ça. Y a encore des caisses de whiskey derrière, et les gars bosseront pour le logis et le couvert si y faut, ils feront la même chose que moi – y a pas de meilleur boulot que ça à cette époque de l'année à Dodge, de toute façon. N'empêche, on est dans de beaux draps. » Elle a levé les yeux vers moi. « T'as vu comment on turbinait à l'époque où on avait le shérif de notre côté. Et ta copine Constance : tu la vois accommoder ces racailles ? Je t'ai vue, l'autre soir, tu cherchais un meilleur miché comme si c'était toi qui choisissais – ce temps-là, c'est fini, ma cocotte. L'hiver arrive, et il nous reste de longues nuits à passer. T'as déjà vu une pute affamée ? C'est pareil qu'un chat à moitié noyé qui arrive pas à attraper des poissons. T'as de la chance d'avoir ces belles frusques à vendre, peut-être que tu pourrais acheter un billet de train à ta copine, faire quelque chose pour les autres, pour une fois. »

Elle continuait à frotter, à gestes lents et réguliers, à croire qu'elle avait toute la journée devant elle, alors qu'un voile de nuages menaçants engloutissait le soleil, marbrant d'ombres son visage. Je n'éprouvais aucun ressentiment contre elle ; en fait, une partie de moi lui était même reconnaissante de me dire tout ça car je le méritais. Je me rappelais ce rire ingrat quand Jim avait proposé de m'épouser ; le dédain avec lequel j'avais refusé d'écouter les inquiétudes de Kate ; ma fierté lorsque avec un revolver d'emprunt j'avais plusieurs fois de suite atteint le même point dans la berge d'un ruisseau ; le tas risible de provisions et de nouveaux vêtements amassés sous mon lit, qui à présent me faisaient l'effet de jouets.

« J'ai plus un sou.

— Comme tout le monde, elle a rétorqué avec dureté.

— Non, je veux dire que j'ai tout dépensé. » Je lui ai montré le manteau. « Tu avais raison, je voulais partir avec elle. Rien à voir avec le cambriolage, elle a dit qu'elle allait partir, je lui ai demandé de m'emmener et elle a accepté. » J'ai courbé la tête, à croire qu'on allait me frapper entre les épaules – mais je savais que Grace ne ferait jamais ça, même si je lui demandais.

Elle a ricané à nouveau en continuant à frotter. « Et à quoi diable tu croyais pouvoir servir à ce genre de gonzesse ?

— Je sais monter à cheval et je sais tirer, j'ai répondu en me demandant de quoi je voulais la convaincre.

Et puis, je sais pas. Mais je voulais tellement partir avec elle. »

Grace s'apprêtait à ajouter quelque chose, mais elle s'est tue. Ses mains ont replongé dans l'eau en faisant des éclaboussures.

« Ah, les filles aux grands yeux. Kate, elle aimait les ingénues, ça faisait plus classe, et sans doute que ça marchait avec certains, mais moi ça me plaît pas. Trop dur pour savoir si tu es vraiment innocente ou si tu as juste des grands yeux, et après, on laisse les michés avoir tout ce qu'ils veulent. »

J'ai secoué la tête. Elle avait raison encore une fois, mais quelque chose dans ses paroles a percuté le flot de mes pensées pendant qu'elle me chantait la gamme. Sans le savoir, elle avait tapé en plein dans le mille, et une espèce de nausée m'a envahie en comprenant que Spartan s'en était tirée sans la moindre égratignure. J'ai pensé aux filles, à l'intérieur, qui se tuilaient pour ne pas penser à l'avenir qu'elles n'avaient pas. Je me suis rappelé Lila, me découvrant près des enclos à bestiaux, qui avait pourtant vu mes défauts, mais m'avait donné ma chance ; et moi, tout ce que j'avais fait, c'était répondre, lui manquer de respect et, pour finir, tout foutre en l'air. Et Constance : j'osais à peine imaginer tout ce qu'elle avait perdu à cause de moi. Enfin, flottant au-dessus de tout ça, l'image de Spartan Lee, passant l'hiver dans un autre bordel. Peut-être qu'en ce moment même, elle faisait du grabuge auprès d'une autre mère maquerelle, prenait délicatement son verre de whiskey, et tenait son auditoire en haleine en racontant un de ses hauts faits. Je doutais d'être plus qu'une anecdote dans ce drame, parce qu'en fin de compte, je n'avais été qu'une poupée entre ses mains, elle m'avait attrapée, s'était amusée un moment avec moi, et quand je ne lui avais plus servi à rien, elle m'avait balancée.

La brûlure sur ma peau s'est transformée en bourdonnement et je me suis levée. J'aurais voulu attraper le ciel crasseux et le déchirer tel un vieux rideau moisi.

« Ils s'en tireront pas comme ça cette fois. »

Grace s'est mise à rire à gorge déployée, et j'ai même vu sa langue rose qui s'agitait. « Ouais, Bridget, vas-y, cours-y après ! Attention tout le monde, Bridget montre les grosses dents ! » Elle riait si fort que les larmes lui coulaient des yeux tandis qu'elle se balançait sur ses talons. J'ai pris mon pardessus, posé derrière elle, et je suis rentrée.

Je n'étais pas capable de retourner au saloon alors je suis montée directement dans ma chambre en me demandant ce que j'allais faire maintenant, jusqu'à ce que le soleil disparaisse et me laisse enfin dans le noir. La culpabilité me collait telle une mauvaise odeur, une exhalaison qui passait de ma peau à mes frusques. Je n'arrêtais pas de penser à Pierre et Constance, assis côte à côte au bar quelques jours plus tôt, l'œil de mon amie presque éteint non pas pour se cacher, mais pour mieux écouter et apprendre, tandis que leurs mains et leurs voix se mêlaient en deux conversations parallèles. Savoir que ce moment-là ne reviendrait jamais plus, ça m'a vrillé les entrailles pareil qu'on tord une vieille serpillière.

Aux premières lueurs du jour, j'ai entendu des voix à travers le mur. J'étais encore assommée, j'avais perdu la notion du temps comme quand on s'endort à l'improviste, vautrée sur un lit qui n'est pas défait.

J'avais l'habitude de dormir et de me réveiller dans un cocktail changeant de bruits, les voix des filles qui s'éveillaient et se plaignaient en buvant leur café, le bourdonnement des voix des garçons qui parlaient de la journée à venir, les portes qui en permanence se fermaient et s'ouvraient, le battement régulier des pas sur la vaste surface du plancher. À présent, tout était silencieux. Par un matin normal, je n'aurais jamais pu entendre Constance et Lila discuter doucement dans la pièce à côté. Mais là, dans le lourd silence, leurs voix retentissaient, transperçant mon sommeil, me forçant à me réveiller.

Immobile, encore dans le vague, je n'arrivais pas à comprendre ce qu'elles se disaient. La voix de Constance était un peu plus aiguë que d'habitude, mais elle avait toujours ce rythme souple et pragmatique ; son esprit en revanche semblait aller vite, ou plutôt être dans la nécessité de se hâter. Les remarques de Lila, ici et là, étaient aussi tranchantes que d'habitude, mais on sentait une gravité profonde. Pendant tout ce temps, j'entendais les pas de Constance qui allait et venait, se retournait, ouvrait et fermait la valise de Pierre, s'arrêtant au milieu de la pièce, devant le lit. Puis elle a rangé la valise contre le mur.

« Celui-là est très chaud – avec ton pardessus, ce sera parfait », a dit Constance.

Je ne bougeais pas, à croire qu'elles étaient un couple de lapins que je ne voulais pas effrayer. Parfait pour quoi ? J'ai entendu Lila s'approcher d'elle.

« Ouais, c'est bien. Et toi ?

— Je porterai son costume de voyage – il est très chaud, et puis de toute façon le froid ne me dérange pas.

— Si tu es si forte et en forme que ça, c'est quand la dernière fois où tu es restée dehors plus d'une demi-heure d'affilée ? »

Peu à peu, les pièces du puzzle se sont emboîtées. Elles allaient quelque part. Mais où ?

« Bart t'a donné les cartouches pour ce fusil ? a demandé Constance.

— Ouais, mais y restait qu'une demi-boîte, même si je vais pas avoir besoin de plus. »

J'ai senti mon estomac se nouer lorsque j'ai compris : elles s'apprêtaient à partir ensemble à la poursuite de la bande des Lee en me laissant derrière elles. J'ai fermé les yeux : elles ne pouvaient pas faire ça, tout de même ? Et comment elles s'y prendraient lorsqu'elles les retrouveraient ? Je ne m'inquiétais pas pour Lila – je la croyais capable de tuer quelqu'un si ça lui chantait –, mais qui s'occuperait de Constance ? C'était une dure à cuire la plupart du temps, mais j'avais beau essayer de l'imaginer pointer une arme sur quelqu'un et appuyer sur la détente, mon esprit faisait long feu, et je n'arrivais pas au bout. J'ai ressenti un sursaut à la fois de jalousie et de désir de la protéger : j'étais jalouse qu'elle veuille se venger sans moi, et je désirais protéger non pas sa personne mais son cœur. Elle avait déjà tant perdu à cause de moi ; pourquoi ajouter à son fardeau celui de tuer ?

Je ne me souviens pas d'avoir pris une décision, seulement qu'à un moment, j'étais allongée sur mon lit à les écouter, et l'instant d'après, j'étais debout, je m'engouffrais dans sa chambre sans frapper et j'annonçais : « Je viens aussi. »

Elles m'ont toutes les deux regardée d'un air surpris. Lila était assise à la tête du lit, une jambe reposant par terre tandis qu'elle huilait le fusil de Bart, en position cassée, avec un chiffon noirci. Plus près de moi, debout devant la valise de Pierre, Constance tenait un pantalon en laine renforcé d'empiècements de cuir aux genoux.

« Pardon ? a dit Constance.

— J'ai dit : je viens aussi. » Sous le regard de Lila, mes mains se tortillaient l'une dans l'autre, et j'ai eu envie de faire demi-tour, mais je n'ai pas bougé.

« Venir où ça ? » a demandé Constance. Elle a pris une cigarette posée dans une soucoupe sur la coiffeuse, a tiré une bouffée et soufflé la fumée par le nez.

« Depuis quand tu fumes ? j'ai demandé.

— Depuis aujourd'hui. »

J'ai haussé les épaules. « Bref. Écoutez, je sais que vous allez partir à leurs trousses, et je vais avec vous.

— C'est pas possible, a dit Lila de l'autre bout de la chambre.

— Et pourquoi ?

— Parce qu'on veut pas de toi.

— Mais je m'en tamponne que tu veuilles pas de moi. Je viens tout de même.

— Nous allons récupérer l'argent, y compris le tien, a dit Constance d'un ton las. Donc nous n'avons pas besoin de toi.

— Il s'agit pas de pognon. Il faut que je vienne.

— Pourquoi ? »

Je les ai regardées toutes les deux : « Je veux donner un coup de main…

— Oh, nom de Dieu ! m'a interrompue Lila.

— Si ! J'ai tout foutu en l'air, je sais, mais ça… vous deux…

— Nous deux quoi ? » Lila a pris une cartouche dans un flacon posé par terre à ses pieds.

« Vous êtes tout ce qui me reste. »

Le silence est tombé. Elles se sont regardées l'une l'autre, puis Constance a tiré à nouveau sur sa cigarette, tournée vers le sol.

« Ce sera dur », a déclaré Lila. Elle pensait me dissuader, mais j'y ai vu une ouverture ; j'ai renvoyé mes épaules en arrière pour me tenir plus droite, ainsi qu'elle me le disait tout le temps.

« Tu sais que je suis pratiquement venue jusqu'ici à pied depuis Abilene, hein ? Toute seule. Et avant, j'avais déjà fait un bon bout. Vous avez quoi d'autre ?

— Tu viens pas juste donner un coup de main – quoi que ça veut dire. On va récupérer notre oseille. Avec quoi tu vas les descendre ? Avec ta jolie frimousse et ton charme ?

— J'ai une arme.

— Un joli petit deringer pour effrayer les voleurs de mules ?

— Un revolver. Et je sais m'en servir.

— Ah, cela nous aurait été utile un peu plus tôt », a dit Constance sans méchanceté. Je suis devenue écarlate, mais je n'ai pas bougé.

« Et on a pas de vivres pour toi », a ajouté Lila. J'ai vu poindre sur son visage cette curiosité que j'avais déjà remarquée l'été précédent près de l'enclos à bestiaux. Elle était intéressée, me lançant les arguments les uns après les autres telle une maîtresse d'école qui interroge une élève.

La querelle m'échauffait de plus en plus et, après tout ce chagrin, une petite dispute n'était pas pour me déplaire. « J'ai les miennes. J'avais l'intention de décarrer… avec elle, mais elle m'a doublée.

— Non, sans blague ! » a dit Lila avec un ricanement qu'on a dû entendre jusque dans le Montana. Mais elle s'est à nouveau lancée dans la discussion, et j'y ai vu un bon signe.

« Tu peux pas voyager affrusquée comme ça.

— J'ai un costume et un pardessus.

— Il te faut un cheval.

— J'en ai acheté un l'autre jour.

— Tu sais pas tirer.

— Je t'ai dit que si, et même plutôt bien.

— T'as jamais estourbi un homme.

— Et toi ?

— Des tas de fois. » L'ombre d'un très léger sourire a filé sur ses traits en un éclair, pareil à un visage à la fenêtre d'un train qui passe. J'ai failli rigoler ; sentant que Lila s'adoucissait, j'ai changé de tactique.

« Constance, tu sais rien de tout ça, toi… » Elle a ouvert la bouche pour répondre mais je ne l'ai pas laissé en placer une. « Je parle pas du Queen, je parle des longues chevauchées. Et est-ce que tu sais tirer ? Tu crois que Lila va avoir le temps pour t'apprendre ? » Je me suis retournée vers Lila. « Dès que t'auras repéré Sallie, tu vas lui mettre six balles dans la peau, et y aura rien à faire pour t'en empêcher. Mais qui c'est qui va veiller sur Constance pendant que tu te vengeras de la salope qui t'a fait tout ce mal ? »

Constance s'est mordu la lèvre. Je la voyais penser. « Comment pourrions-nous savoir ce que tu feras lorsque nous les retrouverons ? »

La question m'a prise de court. Le problème n'était pas que je ne me la sois pas encore posée, mais le fait que je ne pourrais en connaître la réponse qu'en me retrouvant face à face avec Spartan Lee. Pendant une demi-seconde, je me suis demandé quoi répondre. Dans la lumière qui filtrait du dehors, les yeux de Constance étaient brillants comme des joyaux, et ils en avaient la dureté.

« Là, la chose que je désire le plus au monde, c'est lui foutre une balle en plein dans le cœur. Mais sans doute que je peux pas savoir si je le ferai pour de vrai tant que je l'ai pas en face de moi. »

Constance a acquiescé. Elle a pris une autre bouffée, a écrasé la cigarette, puis elle s'est tournée vers Lila en lui montrant le mégot : « C'est dégoûtant, ce truc : je ne sais vraiment pas comment tu peux supporter ça. » Elle l'a reposé dans la soucoupe et m'a regardée à nouveau. « Une arme de plus ne serait pas de refus.

— Non », a dit fermement Lila.

Je me suis tournée vers Constance, mais elle avait le visage fermé, les lèvres serrées. Elle a secoué la tête et s'est détournée. J'ai senti le souffle me manquer et, en quittant la pièce, le plancher tanguait à la manière du pont d'un bateau en mer. Je me suis arrêtée devant ma porte mais l'idée de mon lit me répugnait. J'ai cru que j'allais vomir, la nausée montant tandis que je dévalais l'escalier et traversais le saloon désert pour retourner dans la cour. Le vent m'a remise d'aplomb, m'a ramené les idées en place sous le ciel toujours aussi indifférent, qui refusait de me serrer dans ses bras.

Enfin, après toutes ces larmes passées, j'ai pleuré Spartan Lee. Je ne suis pas tombée à genoux, je n'ai pas hurlé, ni enfoui mon visage dans mes mains. Je suis restée droite, les mains le long des flancs, le visage tourné vers les cieux de marbre. Tremblante, j'ai fermé les paupières et deux chaudes rivières ont déferlé sur mes joues, se sont accumulées sous mon menton, et ont dégouliné telle la pluie dans une grotte. Mes larmes prenaient mon visage dans leurs mains ainsi qu'elle l'avait fait ; ses mains me manquaient à en mourir, et je me détestais pour ça, ce qui m'a fait chialer encore plus fort, sans que tout ça diminue aucunement le désir que j'éprouvais toujours d'entendre sa voix râpeuse à mon oreille, tandis que son bras enlaçait lentement ma taille.

J'aurais donné n'importe quoi pour revivre un de ces moments, car à présent c'était tout ce qui me restait. Constance et Lila allaient partir à cheval et disparaître sur la prairie, poursuivant celle qu'on ne reverrait plus jamais. Je les voyais côte à côte, s'éloignant, peu à peu noyées dans les hautes herbes. J'ai laissé échapper un sanglot, un seul, et je me suis adossée au bâtiment, me couvrant le visage des mains. Elles avaient beau être des dures à cuire, Constance et Lila n'avaient pas la moindre idée du pétrin dans lequel elles s'engageaient. Je n'en savais pas beaucoup plus qu'elles sur les hors-la-loi ; en revanche, je connaissais bien Spartan Lee, et je savais qu'elle n'hésiterait pas à les descendre et à laisser leurs corps pourrir dans un recoin oublié sous un quadrant de ciel vide.

C'était une pensée si affreuse que ça m'a calmée, mes épaules se sont décontractées, et j'ai enfin repris mon souffle. J'ai regardé la terre entre mes pieds, j'ai écouté ma respiration, et mon esprit s'est rappelé la dernière fois où je m'étais sentie aussi seule au monde. Pendant un moment, le froid cinglant s'est transformé en brise d'été ; les draps mouillés qui claquaient au vent sont devenus les ombres diaprées de branches de peupliers jouant à la surface d'une charmante petite source. J'ai fermé les yeux, j'entendais presque mon père chuchoter : « C'est rien que de la malchance, Bridget », avant de glisser d'un camp d'ombre à l'autre. Je me souvenais d'être entrée dans l'eau, et de m'être fait cette promesse que je ne me laisserais pas ballotter par le destin ainsi qu'il l'avait fait ; et c'est là que j'ai compris que je n'avais pas encore réussi à tenir ma promesse.

J'aurais voulu éprouver à nouveau la résolution que j'avais ressentie alors, cette façon dont mon cœur s'était refermé comme un poing autour d'un couteau. C'était étrange de penser que le moment où j'avais été le plus sûre de moi était celui où j'étais la plus seule au monde, perdue sur un chemin qui aurait dû être une impasse. La voix de Spartan résonnait dans ma tête : « Bon sang, la Rouquine, tu as de la veine d'être en vie. » J'ai fermé les yeux très fort, en essayant de garder en tête le son de sa voix, mais visiblement je ne parvenais à rien, tout ce que je touchais finissait par m'échapper. J'ai essayé de verser encore quelques larmes, dans l'espoir de ressusciter ses caresses une fois de plus, mais rien n'est venu, et l'humidité dans ma gorge m'a paru froide et inutile. Vaincue, j'ai abandonné son souvenir, pas par sens de la noblesse ou du sacrifice, mais par simple fatigue, sachant que puisque tous mes efforts avaient échoué, toute tentative pour la garder près de moi, ne serait-que dans l'intimité de mon cœur, serait vaine. Et c'est juste au moment où j'avais résolu de lui tourner le dos que sa voix m'est revenue. « Ça devait être le dernier endroit où on pouvait s'arrêter », elle avait dit, et puis : « C'était la seule eau à des kilomètres à la ronde. » Et puis j'ai vu ses mains, gracieuses non pas parce qu'elles étaient belles, mais en raison de tout ce qu'elles avaient accompli. Elles s'élevaient dans l'air pour dessiner le bosquet de peupliers dont elle m'avait parlé au cours de notre première nuit. J'avais honte de penser qu'elle s'était adressée à moi ainsi qu'à une amante, et puis de lui avoir parlé de mon père, et elle de sa dispute avec ses frangins, tout en croyant que ça nous rapprochait, alors que cette histoire sur Hector et Jack n'était qu'un mensonge de plus. Et puis dans ma tête, j'ai suivi ses mains une fois de plus de l'autre côté des arbres, jusqu'à la source, et là, je suis tombée sur quelque chose dont elle n'avait pas parlé, mais qui était gros… comme une maison : une petite porte en bois, que le temps avait rendue grise, devant une habitation creusée dans la colline. « Tu sais comment sont les garçons, je l'ai entendue dire. Ils aiment tellement avoir raison. »

J'ai rouvert les yeux d'un coup, et je me suis redressée. Un instant, j'ai été choquée de voir la cour devant moi au lieu de la façade herbue où mon vieux avait rencontré la mort, mais ça n'avait pas d'importance. Dans un claquement de bottes, j'ai couru à l'intérieur, j'ai remonté les marches, j'ai ouvert la porte et je me suis engouffrée dans la chambre de Constance. Elles n'avaient pas bougé d'un pouce, même si Lila avait fini de nettoyer le fusil et comptait à présent les munitions.

« Vous allez prendre quelle direction ? » j'ai demandé, hors d'haleine.

Lila n'a rien dit et, avec Constance, elles se sont regardées. Finalement, elle a répondu : « On demandera, je suis sûre que quelqu'un a vu quelle direction ils prenaient.

— Et tu crois qu'y vont te rancarder ? Tu crois qu'un commis, ou peut-être ce forgeron qui est un peu plus bas, tu crois vraiment qu'ils vont te dire dans quelle direction ils ont vu se cavaler ces canailles ?

— Oui, ils me le diront. »

J'ai ricané. « Me fais pas rigoler. À la minute où tu vas mettre le pied dehors, tous ceux qui savent quelque chose feront comme s'ils te voyaient pas, sans parler de t'aider. Catin tu es, catin tu resteras, pas vrai ? »

J'ai regardé Constance, qui a ouvert la bouche, mais s'est mordu la langue.

« Je sais où c'est qu'ils sont allés, j'ai dit d'un air triomphal qui n'a hélas pas réussi à impressionner Lila.

— Comment le sais-tu ? a demandé Constance.

— Ben, des fois, on trouvait le temps pour parler, quand même. »

Constance a levé les mains au ciel, exaspérée, et Lila a pris la relève. « Pourquoi tu nous le dis pas alors ? »

J'ai secoué la tête, mâchoire serrée. « Je peux pas expliquer.

— Essaie.

— Non. » Mes larmes avaient séché, laissant des traces collantes sur mon visage, et j'ai regardé Lila sans ciller. Elle a incliné la tête et fixé les cartouches alignées sur le lit. « C'est vrai, Lila. C'est trop difficile à décrire, mais je vous emmènerai si vous me laissez venir avec vous.

— C'est de la connerie. T'as bien trouvé le chemin vers Dodge, pas vrai ?

— C'était un vrai coup de chance. La prairie, elle est sans fin, j'ai dit en me rendant soudain compte que je répétais les paroles de Spartan. Tu fais quelques kilomètres hors de la ville, et y a plus rien que toi entre le ciel et l'herbe.

— Ah, me sers pas cette poésie de cowboy comme un as de pique, t'es pas un miché !

— Et ce que je te dis, c'est pas des symphoneries. Je te jure que je peux les retrouver.

— Sauf qu'on veut pas que tu viennes.

— Dans ce cas, j'irai toute seule. Je filerai les cueillir tout droit où qu'ils sont allés, et je les agraferai avant même que vous ayez décidé quelle direction prendre.

— Ils te tueront, a dit Constance.

— Peut-être que oui, mais qu'est-ce que j'ai à perdre ? J'ai pas de maison, j'ai pas d'argent, j'ai pas… » J'ai marqué un temps d'arrêt. « J'ai pas d'amies. Autant aller tenter ma chance dans les grandes plaines. »

Constance a regardé Lila ; son visage était un nœud de douleur et de deuil à travers lequel un brin de douceur avait réussi à survivre malgré tout.

Lila a soupiré, refermé le fusil, regardé à l'intérieur du canon. « Faut que tu comprennes un truc. Je rentrerai à Dodge avec ou sans toi, mais je rentrerai pas sans le pognon à Kate. » Elle a levé les yeux : « Tu entraves, la Rouquine ? »

J'ai fait la grimace en l'entendant m'appeler par ce surnom, mais j'ai acquiescé. « Ouais.

— Très bien. Alors, dans ce cas, sois prête dans une heure, a dit Constance.

— Je serai prête », j'ai répondu, et j'ai fermé derrière moi avec un petit bruit sec, les laissant face à la porte.

19

Avant de revenir dans ma chambre, je suis descendue chercher un pichet d'eau froide dans le tonneau qui recueillait la pluie et, dans la cuisine, je me suis arrêtée pour piquer à Bart ses cisailles à volaille. Là-haut, devant le miroir, j'ai pris ma longue tresse rousse. Je l'ai contemplée un moment, ces mèches d'un feu cuivré qui brillaient même dans la morne lumière du matin, et j'ai songé à toute la misère que m'avait causé le simple fait d'être jolie. Les cisailles en main, j'ai attrapé la natte derrière ma tête, et je l'ai tranchée, les lames découpant peu à peu mes cheveux comme un chien qui termine de ronger une côte de bœuf. J'ai récupéré la tresse, je l'ai contemplée une dernière fois, puis je suis allée à la fenêtre, et j'ai balancé mes pauvres cheveux dans la cour boueuse. Bon débarras.

J'avais grand besoin de me laver, alors j'ai fait tomber la robe de Constance en tas autour de moi, puis j'ai retiré mes bas que j'ai roulés en boules noires. Dans une suite de cliquetis, j'ai détaché mon corset sur le devant, puis je me suis arrêtée un instant pour prendre une grande, une profonde inspiration. J'ai eu l'impression d'avoir absorbé tout l'air du Queen dans mes poumons : toute la fumée du feu, des lampes, des torches, toutes les cendres de tabac et de bois, toutes les exhalaisons épaisses des bouteilles d'alcool et des verres vides, tous les coups d'œil lancés sans jamais avoir été reçus et qui gisaient morts quelque part dans l'air, toutes les déceptions, tous les chagrins, toutes les joies, toute la musique. J'ai tout pris et j'ai retenu mon souffle un moment, savourant ce que la cupidité de Sallie, la traîtrise de Spartan et ma propre bêtise avaient détruit. J'ai senti que mes lèvres commençaient à me picoter, et je les ai entrouvertes pour expirer.

Je me suis entièrement déshabillée et une fois nue, j'ai commencé à me laver avec une étoffe rugueuse. Je me suis frottée, récurée à l'eau glaciale des pieds à la tête, si bien que quand je me suis regardée dans le miroir, la peau de mes cuisses et de mon cul, de mes bras et de mes épaules, de mon cou et de mon torse était toute rose, avec des traînées rouges. Frissonnant dans le froid, je me suis séchée avec une serviette en flanelle, et je me suis affrusquée comme j'avais eu l'intention de le faire dans une autre vie, quelques jours plus tôt.

D'abord, j'ai enfilé la combinaison toute neuve en flanelle rouge, merveilleusement chaude après ma toilette gelée. Puis la chemise de calicot noir à rayures violettes qui d'après le vendeur irait avec les cheveux roux de mon frère, et enfin le pantalon. C'était la première fois que j'essayais un pantalon, mais j'ai aussitôt compris à quel point c'était bath : jamais je n'avais connu une telle liberté de mouvement. Ensuite, j'ai noué ma cravate assez lâchement, puis j'ai passé mon gilet de laine noir, le laissant flotter pour qu'on ne voie pas ma poitrine. Non que j'aie l'intention de me déguiser, car j'allais poursuivre des gens qui me connaissaient, mais du moment que je partais, autant partir loin. Pour l'heure, l'idée de revenir dans cette pièce m'insupportait. J'ai déballé tous mes paquets achetés l'autre jour, j'ai fait un grand tas dans un coin avec les emballages, puis j'ai plié la vieille robe de Constance, que j'ai posée sur le lit. J'ai attaché mon nouvel-ancien revolver et son étui de manière à ce qu'il descende sur le bas de ma hanche, exactement là où Spartan Lee m'avait attrapée pour me faire basculer. J'ai enfilé ma veste de costume et mon pardessus, fourré mes gants de cuir tout neufs dans mes poches, juché mes sacoches de selle sur mon épaule, et pris ma couverture sous le bras.

J'ai ouvert la porte, regardé ma chambre une dernière fois. Au mur, les patères où étaient encore accrochés ma robe de travail et mon châle, rouge et brun, tel un sac de pommes qui commencent à se gâter. La fenêtre qui vibrait quand le vent la frappait, et laissait entrer juste assez de lumière pour que je sache quelle heure du jour il était, mais pas assez pour m'éblouir. Le miroir qui m'avait vue me transformer, de petite orpheline de la prairie couverte de poussière en pute trop maquillée, puis en jeune fille amoureuse, et enfin en cette personne que j'étais à présent. Le lit où j'avais dormi, rêvé, travaillé, où j'avais fait tant de passes avec des inconnus que je ne pouvais les compter, où je les avais vus extirper leur vit de leur pantalon, puis le ranger, penauds, après l'accolade ; le lit, enfin, où j'étais tombée amoureuse. J'ai refermé la porte derrière moi et je suis allée retrouver mes compagnes d'armes.

Elles étaient magnifiques. Constance avait passé le costume de voyage de Pierre, d'un gris de pierre sombre, ainsi que son long pardessus qui balayait le sol, tandis que Lila avait revêtu un assemblage de nippes recouvert d'une large capote noire. Elle a enfilé ses gants, et on aurait dit l'incarnation humaine d'une malle de frusques ; pourtant ce mélange hétéroclite lui seyait mieux encore que son élégante tenue habituelle.

Roscoe était le seul qui soit réveillé, en bas. Il avait l'air déplacé ainsi assis sur une chaise au beau milieu de la salle, à regarder par la fenêtre. Lila a mis un doigt devant sa bouche pour lui dire de ne pas faire de bruit, et il a hoché la tête. Elle a désigné la porte, et il s'est levé. Lila a sorti la clef de sa poche, a ouvert, puis elle l'a mise dans la main de Roscoe.

« Dis à Grace de pas s'inquiéter, je serai de retour dans quelques jours au plus tard.

— T'as besoin d'un coup de main ?

— Veille sur le Queen, ça suffira. »

Roscoe a hésité, puis il a acquiescé. Il m'a regardée : « Salut Bridget, Constance. Faites attention, les filles. »

Je lui ai adressé un petit sourire, puis on a tourné les talons et j'ai entendu la porte se refermer à clef derrière nous dans un claquement.

Serrées les unes contre les autres, on est parties au beau milieu de la grand-rue, alors que d'habitude on aurait avancé en file indienne sur le trottoir. Un nouveau matin insipide s'était levé, une pâle lumière blanche filtrait au-dessus de nos têtes, tombant comme par des fissures à la surface d'un lac gelé. L'hiver était arrivé, et il s'était acagnardé, froid et immobile, sur le paysage.

On a réveillé le garçon d'écurie en frappant. J'ai vite sellé Little Blue. Je me suis retrouvée la première dehors, et je me suis arrêtée pour contempler la rue derrière nous. Le Buffalo Queen était complètement fermé, et j'ai eu du mal à le repérer parmi les autres bâtiments. La ville était presque déserte, le froid avait chassé tout le monde à l'intérieur, mais au bout d'un moment, j'ai vu une silhouette qui s'en venait vers nous.

C'était Jim. Il a pris corps peu à peu, différents morceaux de gris s'assemblant les uns aux autres à mesure qu'il remontait la rue. J'avais repoussé mon chapeau en arrière pour ajuster un étrier, et mes cheveux devaient se voir à un kilomètre à la ronde. Il a eu un mouvement de recul en me voyant, mais il s'est approché quand même.

« En voilà, un costume. » Il se tenait un peu à l'écart, un pas en arrière par rapport à la dernière fois ; j'ai été étonnée de constater que cette distance entre nous me chagrinait, que ça retentissait à mes oreilles comme une balle qui ricoche sur un crachoir.

J'ai lâché le quartier de la selle et je me suis redressée. « Ça te plaît ? » j'ai demandé.

Il m'a regardée des pieds à la tête, frétillant de la moustache. « Pas du tout. »

J'ai lissé mes cheveux en arrière de ma main gantée et j'ai remis mon chapeau, ne sachant si je devais rigoler ou pas.

« Vous allez les poursuivre, alors ? »

J'ai acquiescé.

« Je me disais bien.

— C'est vrai ?

— Ben, t'as jamais su rester tranquille, toi », il a simplement dit.

J'ai hoché la tête à nouveau ; pour une fois, il avait raison à mon sujet.

« Constance et Lila viennent aussi.

— C'est mieux. Cette bande que vous allez pourchasser, c'est des mecs à la colle forte : soyez prudentes.

— Est-ce que je suis pas toujours prudente ?

— Toi, t'as jamais été prudente un seul jour de ta vie ! »

On a rigolé tous les deux. C'était très bizarre, mais ça allait.

« Souhaite-moi bonne chance.

— Je m'en vais faire mieux que ça. » De son manteau il a sorti un ceinturon en beau cuir noir, avec des motifs de guirlandes de fleurs. Enfoncé dans l'étui, un revolver à canon court et à la crosse de nacre irisée, si bien huilé qu'il en luisait.

Je l'ai saisi à deux mains.

« Je le tiens d'un ranger qui l'a pris à un bandit mexicain. Enfin, c'est ce qu'il m'a raconté, mais tu sais comment les rangers aiment lâcher des symphoneries.

— C'est pour moi ? » j'ai demandé, ignorant son histoire.

Il a acquiescé. « Je donnerais n'importe quoi pour trouver les mots pour te dissuader de faire ça, mais je suis sûr que tu m'écouterais pas, de toute façon. »

J'ai pris le pistolet que j'avais acheté et je l'ai rangé dans ma sacoche, puis j'ai passé le nouveau ceinturon offert par Jim autour de ma taille. Il s'est parfaitement calé contre ma hanche. Il était un peu plus lourd que l'autre, mais c'était le poids d'un bel artisanat.

J'ai regardé Jim, il avait un muscle qui palpitait à moitié sous un œil. « T'es bien sûre ? il m'a dit.

— Je préférerais pas l'être », j'ai répondu, comme pour nous pardonner à tous les deux de pas être ce que l'autre attendait.

On est restés plantés là un moment, jusqu'à ce que, dans une nouvelle bourrasque, la porte de l'écurie s'ouvre, laissant Constance et Lila sortir avec deux chevaux sellés.

« Qu'est-ce qu'il fout là ? a demandé Lila.

— Rien, a répondu Jim. Je passais juste par là.

— Des nèfles. T'es prête, Bridget ?

— Ouais, allez, on y va. » On est montées en selle et on est parties en direction de la prairie. Quand je me suis retournée, Jim était toujours là, se fondant dans la rue boueuse.

Dès qu'on a quitté Dodge, j'ai pris la direction de la source. Même si j'étais arrivée en ville après moult détours, maintenant qu'il fallait retourner là-bas, le chemin à suivre m'apparaissait de manière évidente. J'y allais davantage à l'instinct qu'à la réflexion, mais même si j'avais eu une carte, j'aurais pas pu emprunter une autre route. C'était comme si dans mon cœur une flèche avait pointé droit sur eux, comme si je pouvais les voir malgré les kilomètres qui nous séparaient, et que d'un seul coup de feu, j'avais pu nous en débarrasser pour toujours.

La question, c'était pas de savoir où ils étaient, mais s'ils seraient encore là lorsqu'on y arriverait. Ce suspense-là était dix fois plus dur à supporter que le froid, et si mon cheval en avait été capable, je l'aurais lancé au galop tout droit jusqu'au bout, sauf que mon bon sens me retenait de faire ça et j'ai adopté une allure normale. C'était ce même bon sens qui m'avait suggéré de me cacher chaque fois que je m'arrêtais à l'époque où je traversais la prairie, puis de baisser la tête et de rire sans me soucier de ce que me disaient les michés. Pourtant, je me retrouvais sans cesse penchée en avant, tirée par un hameçon planté dans mon cœur. On était si déterminées que ça faisait une sorte d'électricité entre nous ; les chevaux devaient sentir notre état d'esprit car ils avaient beau rester ensemble, ils n'avançaient pas toujours à la même allure et se parlaient entre eux, à croire qu'ils échangeaient des commérages dans leur propre langage.

Dès le départ, il a été clair que Lila avait en effet dû voyager en son temps, et qu'elle en avait gardé l'endurance nécessaire. Jamais elle ne quittait l'horizon des yeux ni ne faiblissait, elle menait sa monture à un pas cadencé, pas comme nous autres. Constance, au contraire, était bien une fille de la ville dénuée de toute expérience de ce genre. Au bout d'un moment, j'ai vu qu'elle se ramollissait sur sa selle, pareille qu'une marguerite dont les pétales tombent autour d'un vase. Je l'interpellais, je la touchais avec ma cravache, et elle se redressait d'un coup, mais il était clair qu'elle était déjà à bout. La quatrième ou cinquième fois, j'ai proposé de faire halte, et au moment où le soleil approchait du zénith, on s'est installées dans l'herbe pour se reposer un peu. Lila faisait la tête, elle était nerveuse et mangeait ses biscuits et son fromage en regardant constamment autour d'elle ; Constance, elle, fixait les racines des graminées devant elle, mastiquant avec la force régulière d'une vache qui rumine.

« Que ferons-nous lorsque nous les retrouverons ? » elle a dit quand elle a recouvré ses forces.

Je ne savais pas à quel moment Constance s'était transformée en accompagnatrice, et Lila non plus visiblement. On s'est regardées, Lila et moi, et sans un mot on a compris que c'était à nous de prendre les décisions, désormais.

« On les descend et on récupère notre pognon », a dit Lila. Elle s'est levée, a épousseté son pantalon, détaché son cheval, puis elle est remontée en selle. « Ça te va ?

— C'était une question sérieuse », a dit Constance en se remettant debout elle aussi.

Lila n'a pas répondu, et elle est repartie dans la direction du nord-est. Lorsque Constance et moi, on est enfin remontées sur nos chevaux, elle était déjà à quatre cents mètres devant nous. On a chevauché quelque temps côte à côte toutes les deux.

« Qu'est-ce que tu veux faire ? » je lui ai demandé au bout d'un moment.

Elle a soupiré. « En vérité, je ne sais pas ce que je veux. Mais je ne pouvais pas rester assise dans ma chambre, les bras croisés – je n'ai jamais éprouvé un tel chagrin de toute ma vie. »

Je l'ai regardée par-dessous mon chapeau, mais elle avait la tête haute, tournée droit devant elle. « Et toi ? »

J'ai réfléchi une minute. « Je veux lui faire regretter le jour où elle m'a abandonnée. »

J'ai balayé du regard la prairie autour de nous. On était assez loin maintenant pour ne plus voir Dodge, et la plaine se déployait à l'infini dans toutes les directions. On n'était que des miettes sur un mouchoir, attendant qu'une main gigantesque nous secoue dans le vent. Brunes et brisées, les hautes herbes mortes gisaient inertes sous un ciel blanc, uniforme. Un instant, je me suis retrouvée de retour au Queen, à ce moment pas si lointain où je me tenais dans l'escalier, et où j'avais senti que Spartan me regardait, qu'elle me voyait tout entière, telle que j'étais, et c'était peut-être la première fois de ma vie que j'avais existé totalement pour quelqu'un d'autre. Mais ici, maintenant, il n'y avait plus rien à voir, où que mes yeux se posent, même en les plissant. J'ai éperonné Little Blue et il a bondi de l'avant, soulagé de pouvoir courir un peu. Je lui laissais la bride sur le col, mais jamais il ne changeait de trajectoire, et pendant un moment, mes pensées ont été noyées par le bruit de ses sabots sur la terre et le vent régulier qui sifflait à mes oreilles, jusqu'à ce qu'elles bourdonnent et battent de froid.

Les jours étaient courts à présent ; après avoir franchi une grande partie de la distance, on a bivouaqué pour la nuit et on a fait du feu. Constance s'est endormie avant même d'avoir fini son repas. Elle s'est recroquevillée sur elle-même, dans ses vêtements d'emprunt, enroulant le manteau de Pierre si étroitement autour d'elle qu'on ne distinguait plus que son visage.

Lila a alimenté le feu, mais ni l'une ni l'autre on a bougé. Elle a sorti une bouteille de sa sacoche et arraché le bouchon avec les dents. Pour la première fois, je voyais les années sur son visage, non qu'elle soit beaucoup plus âgée que moi, mais il était évident que chacune de ces années avait été longue et mémorable.

« Tu fais vraiment tout ça pour Kate ? »

Elle a regardé au loin dans la nuit, tellement plus noire au-delà de notre feu que depuis la fenêtre de ma chambre au bordel. « Tu sais comment on en est arrivées à turbiner ensemble ? »

J'ai secoué la tête. Elle m'a tendu la bouteille et j'ai pris une lampée avant de la lui rendre.

« On est toutes les deux du Missouri. Même si elle venait d'une famille plus huppée que la mienne, comme tout le monde pouvait le comprendre vu comment qu'elle parlait – mais ça change rien. Moi, je suis née dans la pauvreté, dans une famille avec douze chiards. Mes parents ont essayé, mais bon, tu sais ce que c'est.

— Ouais, je sais. »

Elle a pointé le doigt vers le goulot de la bouteille et elle a hoché la tête. « On habitait sur la route de Saint-Louis, et un soir, y a un voyageur qui s'est arrêté. Cravate en soie, les mains propres, les meilleures manières que j'avais jamais vues. Et je lui ai plu tout de suite, et je reconnais que lui aussi, il me plaisait. Il a payé mes parents vingt dollars pour m'emmener avec lui le lendemain, même si à l'époque, j'avais que quatorze ans. » J'ai réprimé un frisson en me rappelant ce matin à Dodge où j'avais vendu ma pauvre mule pour vingt dollars, et où je m'étais sentie flouée. Lila a avalé une gorgée et m'a repassé la bouteille, attendant que je la lui rende avant de continuer.

« T'imagines ce qui s'est passé ensuite. La troisième fois qu'il m'a attigée, j'ai reculé et je lui ai foutu un pain dans la gueule, ça a calmé le jeu pendant un moment. Mais bon, c'était pas un si mauvais bougre. Il nous a pris une chambre d'hôtel pour pouvoir aller jouer aux cartes, il m'a acheté quelques jolies robes, payé quelques gueuletons, on a fait les amoureux pendant une semaine ou deux. Et puis il a eu de la déveine au jeu, et tu devineras jamais quelle solution il a trouvée pour payer ses dettes. » Elle a relevé un sourcil en me regardant par-dessus le feu. « Voilà comment je suis tombée dans la profession. Enfin, j'ai compris le truc assez vite. Ce que je savais pas, c'était comment on faisait pour éviter d'attraper une fluxion de neuf mois, ni comment m'en sortir après – on apprend pas ça en turbinant toute seule dans son coin. Hooper – c'était son nom –, il connaissait peut-être une gonzesse qu'aurait pu aider, mais j'ai attendu trop longtemps, et quand il a compris, ça se voyait déjà que j'avais un polichinelle dans le tiroir. Il m'a frappé la tête avec des tenailles de forgeron – aujourd'hui encore, je peux te dire si une tempête s'amène parce que ça bourdonne encore, là. » Elle a agité son doigt sous son oreille.

« Et donc, me v'là le cul par terre, avec une oreille éclatée, deux yeux au beurre noir et trois dollars en poche. C'est une des filles à Kate qui m'a ramassée, un peu comme moi le jour où je t'ai trouvée, toi, et elle m'a ramenée avec elle. J'avais un bon boulot : je m'occupais des filles, je raccommodais leurs frusques, je les coiffais, des petits trucs faciles, quoi. Kate avait une belle maison à Saint-Louis, rien à voir avec le Queen. C'est là que j'ai connu Sallie : elle a passé plusieurs mois avec nous, quelques années plus tard, et pour sûr qu'on s'en est donné à gogo. La première fois, chez Kate, j'en croyais pas mes mirettes tellement que c'était rupin : des tapis épais, des lourdes tentures et des filles bath aux pommes. J'étais leur chouchoute pendant un moment, toute nouvelle et jeunette. Quand le bébé est né, Kate l'a emmené chez les sœurs pour moi. T'en as jamais eu, toi, tu sais pas ce que c'est d'abandonner son mioche. Je savais que c'était mieux pour lui, bien sûr. Mais si j'avais dû le porter moi-même aux enfants trouvés, c'est sûr que j'aurais pas pu, et lui et moi, on serait restés plantés sur place jusqu'à la saint-glinglin. Donc c'est Kate qui l'a fait. Elle a attendu que je dorme, alors elle l'a emballé dans son manteau et l'a mis en route vers une vie meilleure. » Lila a pris une nouvelle lampée. « Il va bientôt avoir neuf ans. Il doit être beau – son père avait des beaux cheveux épais comme les miens. »

Elle m'a regardée, les yeux cernés de longues ombres bleues. « Ce que je veux dire, c'est que n'importe qui peut prendre sous son aile une fille à moitié morte de faim et lui expliquer comment s'allonger sur le dos. C'est pas très dur d'apprendre la profession, tu le sais. Mais n'importe qui d'autre nous aurait envoyé chier, ou m'aurait forcée à aller au couvent moi-même. Kate m'a épargné ça, et aussi la séparation. Voilà comment qu'elle était, surtout avant que tu la connaisses : elle voyait l'autre qui chancelait et elle venait à sa rescousse, elle prenait le fardeau sur ses épaules à elle, si vite et si simplement qu'on se rendait même pas compte de ce qu'elle avait fait jusqu'au moment où on pouvait à nouveau tenir debout et sentir le soleil sur sa figure. Elle prenait soin des autres sans en profiter en retour. » Le silence est tombé. J'ai hoché la tête et tendu la main vers la bouteille.

« Qu'est-ce qui est arrivé à la maison de passe de Saint-Louis ? j'ai dit après avoir bu une longue gorgée.

— Tout a brûlé. Quelqu'un a renversé une lampe, les beaux rideaux ont pris feu, et en cinq sec, c'était fini. À l'époque on racontait que le prix de la terre était pas cher, et le commerce des bovins était en pleine expansion, alors Kate a pensé que ce serait une bonne idée d'être la première à ouvrir une maison là-bas, pour vendre du plaisir à tous ceux qui s'occupaient des troupeaux. » Elle a contemplé les ultimes flammes du feu et elle a ri doucement. « C'était bath pendant un bon moment, je dirais. Et moi aussi, je vais m'en tirer, tu vas voir ça. » Elle a rebouché la bouteille en appuyant bien fort avec sa paume. « Mais d'abord, faut que je récupère son oseille. Peut-être qu'elle est morte, mais je laisserai pas la première putain venue la voler comme ça. »

20

On est arrivées à la masure creusée dans le flanc de la colline en milieu de matinée. On avançait le vent dans le dos ; on a gravi une pente si douce qu'on s'en est pas aperçues avant d'avoir atteint le sommet ; de là, on voyait le bosquet de peupliers penchés sur la source d'où partait le ruisseau. On s'est arrêtées et on a contemplé ce doux creusement à la surface de la terre.

La cabane était exactement là où je l'avais laissée, avec sa porte en bois tout abîmée sur les côtés. Devant, les arbres étaient nus, l'écorce noire, et les branches s'agitaient à mesure que le vent passait de ses gémissements habituels aux hurlements cinglants du blizzard imminent. Des traces de pas menaient de la maison jusqu'à la source, où une zone boueuse montrait que quelqu'un venait régulièrement puiser de l'eau depuis au moins une journée. Près de la baraque, quatre chevaux étaient attachés ensemble, mélange misérable d'oreilles frétillantes et de queues flottant au vent. Alors que les premiers flocons s'abattaient sur mon visage, j'ai repéré Davey, la grosse jument grise de Spartan. En la voyant, j'ai senti mes entrailles se nouer, et je suis restée figée en songeant que la chance ne m'avait pas abandonnée : pour une fois dans ma vie, j'étais au bon endroit au bon moment.

« Que je sois pendue, a dit Lila. Tu savais vraiment où t'allais.

— Je te l'ai dit », j'ai répondu, agacée.

On avait le vent dans le dos, aussi Davey a dû nous renifler, car elle a levé sa grosse tête et flairé le vent glacial. Little Blue a grogné, remué sous moi, mais je tenais fermement ses rênes. On a reculé de quelques mètres pour discuter.

« Et maintenant ? » a dit sèchement Constance.

Lila m'a regardée. « Y a une autre porte ?

— Non, mais y a une fenêtre dans le mur au-dessus des chevaux.

— Très bien. » Lila a observé de nouveau la cabane, levant le nez au vent, la neige formant déjà un voile léger entre nous.

« Ah, bon sang, je sais pas. Et si on se contentait de passer par cette foutue porte ? » j'ai proposé.

Lila a acquiescé en se mordillant l'intérieur de la joue. « Merde, j'ai pas de meilleure idée. Toi et moi, on prend la porte. Constance, tu fais le tour et tu détaches leurs chevaux, après tu restes dehors et tu couvres la fenêtre.

— Je couvre la fenêtre ? »

Lila a soupiré. « Tu vois cette damnée fenêtre ? Tu te mets devant et si quelqu'un sort et que c'est ni moi ni Bridget, tu tires dessus.

— OK. Dans ce cas, donne-moi ce fusil.

— Et moi, qu'est-ce que j'utiliserai ?

— Tu m'as dit de leur tirer dessus, mais tout ce que j'ai, c'est un couteau.

— Nom de Dieu », a dit Lila en serrant les dents. Elle lui a donné le fusil et une boîte de cartouches. « Au moins, passe-moi le couteau.

— Attends », je lui ai dit. Je me suis retournée et j'ai fouillé dans ma sacoche, d'où j'ai sorti le revolver que j'avais acheté en ville, et je l'ai tendu à Lila.

« Et pourquoi tu me l'as pas donné plus tôt ? elle a dit.

— J'ai oublié, j'ai répondu penaudement. Et pis d'abord, t'aurais pu me demander.

— Diantre, elle a murmuré en l'attrapant. Est-ce qu'on est vraiment les catins les plus bêtes de toute cette putain de prairie ?

— Je ne sais pas, a répondu Constance. La prairie est immense.

— Et y a beaucoup de catins », j'ai ajouté.

Lila a levé les yeux au ciel. « Bon, allons-y alors, avant qu'ils nous repèrent. Et oubliez pas : cette salope de blonde est à moi. »

Et elle est partie au petit trot, franchissant le sommet de la butte pour descendre vers la source.

Je suis restée un instant en arrière à regarder Constance, puis je me suis penchée, j'ai serré sa main dans la mienne, et je suis partie sur les traces de Lila. Derrière moi, j'ai entendu le cheval de Constance décrire un demi-cercle en direction des montures des hors-la-loi, qui piétinaient dans la brume de leur souffle.

Lila et moi, on a mis pied à terre en arrivant au bosquet et accroché les rênes des chevaux à la branche d'un arbre. On s'est avancées lentement vers la maison, en faisant attention de pas mettre le pied sur les herbes sèches ou sur un paquet de neige, et on s'est postées de chaque côté de la porte. À l'intérieur, ils s'engueulaient. C'était encore plus bizarre que dans un rêve d'entendre ces voix que je connaissais si bien dans un lieu si étrange.

« Peste, est-ce qu'on a pas assez attendu ? Je veux retourner en ville. » C'était la voix geignarde de Sallie.

« Tu veux aller au saloon, c'est ça que tu veux dire », a coupé Spartan. Étonnamment, je ne m'étais pas attendue à entendre sa voix ; j'ai eu la sensation qu'une main me serrait la poitrine, étreignant tout ce qu'elle touchait.

« C'est pour ton frangin que je m'inquiète, a crié Sallie.

— Il a connu pire. En fait, c'est pas pour lui que tu te morfiles le dardant ; par contre, y a plus de whiskey, et ça, ça te rend maboule.

— Me dis pas qu'est-ce qui me rend maboule !

— Allez, calmez-vous toutes les deux, a fait la voix rauque d'Hector. Vous avez pas entendu que le blizzard arrive ? Y serait même capable d'enfoncer cette maudite porte. On ira nulle part tant que la tempête sera pas passée.

— J'aimerais bien qu'il enfonce la porte, a repris Sallie. Tout ce qu'on fait, c'est rester assis sur not' cul à regarder les murs. »

Lila m'a jeté un coup d'œil, et j'ai acquiescé. Mon cœur battait à tout rompre ; mon corps entier vibrait de manière si régulière que je me trouvais étonnamment calme. J'ai sorti mon revolver, et armé le chien. Lila m'a imitée, et lorsque nos yeux se sont croisés à nouveau, ses prunelles n'étaient plus que deux morceaux de glace noirs. J'ai hoché la tête et fait un pas en arrière ; elle a levé un pied et enfoncé la porte.

Sallie était dans le coin, assise sur la paillasse près d'Hector, qui était allongé, le bras bandé là où Kate l'avait touché. Près de la fenêtre, sur la table, Spartan et Cache-col-Jack jouaient aux cartes. Tout le monde a levé la tête quand la porte a volé et s'est écrasée par terre, mais seule Sallie a semblé surprise.

« Ah merde », a dit Spartan du même ton que lorsqu'elle perdait aux cartes. Elle n'avait pas prononcé la dernière syllabe que déjà toutes les armes dans la pièce étaient braquées, les canons pointant dans toutes les directions. Ils étaient tous les quatre crasseux, l'œil vitreux ; il y avait partout des bouteilles vides éparpillées et l'odeur âcre des plumes brûlées d'une dinde dont les os noircis gisaient dans une assiette devant l'âtre.

« Ah merde, c'est le mot juste », j'ai dit en pointant mon revolver dans l'espace entre Spartan et son frère, ne sachant sur lequel tirer en premier.

« Tu es sérieuse ?

— Foutre oui ! » Du pouce, j'ai cherché le chien pour l'armer ; j'avais oublié que je l'avais déjà fait.

« Fermez vos bouches, vous tous », a crié Lila. Elle a dirigé son pistolet droit sur Sallie. « Rends-moi l'oseille, espèce de sale pocharde de menteuse.

— Va te faire foutre avec ton oseille », a répondu Sallie. Alors, la baraque a explosé.

Lila et moi, on a tiré en même temps. J'ai fait feu deux fois et j'ai raté, touchant la table à laquelle j'ai arraché des copeaux. Des balles ont fusé depuis la paillasse, et Lila a glapi ; je me suis tournée vers la droite, j'ai pressé la détente deux fois encore, éberluée de voir Hector faire un soubresaut en arrière, son bras valide s'envolant comme s'il avait perdu l'équilibre en traversant un ruisseau. Je sentais mon souffle laborieux dans ma poitrine, mais je ne l'entendais plus. Du coin de l'œil, j'ai vu Jack s'esbigner par la fenêtre, puis j'ai entendu Constance tirer avec les deux canons. Y a eu tout un boucan du côté des chevaux terrifiés, et Spartan est passée à son tour par la fenêtre. J'ai tiré mes deux dernières balles sur elle, mais elles ont atterri dans le mur, près du volet, dans un bruit assourdi par le fracas des chevaux.

« Foutre ! » a crié Constance. Puis, le bruit d'un fusil qu'on casse pour le recharger, suivi de deux autres détonations. J'ai regardé Lila, accroupie dehors près de la porte. Elle tenait son bras gauche juste sous l'épaule, serrant les dents.

« Ça va ? je lui ai demandé.

— Je te dirai dans une minute », elle a grogné.

En titubant, elle s'est traînée à l'intérieur ; une chaise s'est renversée, je l'ai suivie, revolver en main.

Hector et Sallie gisaient sur la paillasse ; Hector avait clairement avalé sa cartouche, et son corps était d'une immobilité surnaturelle ; par contre, Sallie respirait encore.

« Fais attention, elle a pas encore déchiré son tablier.

— Ça va pas tarder, a dit Lila alors que ma vision ne s'était pas encore habituée à l'obscurité. Où tu l'as mis, espèce de salope, qu'est-ce que t'as foutu de notre pognon ? » elle a murmuré en fouillant un tas de frusques près de l'âtre, où un feu sans ardeur brûlait encore sous une marmite. Je ne voyais pas son épaule, mais tout son flanc gauche luisait d'un étrange éclat.

Je me suis retournée vers Sallie. Son visage de lait caillé était maculé de rouge à partir du cou ; toute sa poitrine rutilait du même éclat que Lila. Je me suis lentement approchée et j'ai mis un genou à terre. Elle s'est vaguement tournée vers moi et a ouvert les paupières à demi.

« Eh, comment ça va, monsieur, elle a dit d'une voix faible. On dirait que vous avez besoin d'un peu de compagnie.

— C'est moi, Bridget, du Buffalo Queen », j'ai dit en retirant mon chapeau. J'ai passé la main dans ma nuque pour libérer mes cheveux, et puis je me suis rappelé que je les avais coupés.

Ses prunelles avaient presque perdu leur couleur, comme le ciel à l'extérieur. Elles ont parcouru mon visage avant de se fixer sur un point. « Dieu me damne, Bridget, elle a dit enfin avec peine. Qu'est-ce tu fous là ?

— On est venues chercher notre pognon.

— Oh, c'était à toi ? » Elle m'a adressé son sourire de pocharde, et mécaniquement je me suis penchée.

« C'était l'achetoir à tout le Queen.

— Ah, dommage pour vous. »

J'aurais peut-être dû avoir pitié d'elle, mais en fait elle appuyait sur la chanterelle : même à présent, alors qu'elle était près de déménager, elle se montrait toujours aussi égoïste. Elle avait été touchée en pleine poitrine, juste là où naguère elle m'avait montré qu'elle rangeait son deringer. J'ai posé la main sur une déchirure dans sa robe qui laissait pisser le sang à petits bouillons. Elle a fait la grimace.

« Ça m'aurait pas dérangée si tu m'avais seulement volée, moi. Mais tu as volé mes amies, et ça, c'est insupportable. » Je me suis légèrement penchée en avant et elle a poussé un râle aigu, pareil à un train qui freine. Ma main était chaude et gluante ; je l'ai regardée et j'ai vu le sang qui s'amassait entre mes doigts.

Ses yeux se sont tournés vers l'âtre. J'ai suivi son regard en direction des pierres mal ajustées. « C'est à moi, elle a chuchoté. C'est ce qu'on me doit.

— Qu'est-ce qu'elle dit ? » a demandé Lila.

J'ai levé les yeux vers elle, puis je suis revenue vers Sallie. Elle ne respirait plus. Je lui ai fermé les paupières, y laissant des traînées rouges – elles étaient d'une douceur choquante, comme des ailes de papillon.

« Elle a calanché », j'ai dit.

Lila est restée muette. Elle s'est penchée en vacillant, puis elle s'est assise à côté de moi pour contempler son ancienne amie.

« Elle a jamais pu poser ses valises. Elle a jamais accepté sa condition en ce bas monde. »

Le silence qui aurait dû suivre a été rompu par un court sanglot venant de l'extérieur, puis par un bruit de dégueulis.

Lila a aussitôt tourné la tête vers la fenêtre. « Va voir qu'est-ce qui se passe, tu veux ? »

J'ai acquiescé et je suis sortie en faisant le tour de la maison. Constance se tenait devant un tas de bras et de jambes appartenant à Jack Lee ; ses lunettes étaient tombées et gisaient aux pieds de Constance, dans une mare de sang et de bile qui déjà commençait à geler.

« Constance ? » je l'ai appelée doucement.

Elle a tourné la tête d'un seul coup au son de ma voix.

« Ça va ?

— Si je vais bien ? » elle a dit en faisant volte-face vers moi, puis elle a répété en criant : « Si je vais bien ? » Brandissant ainsi le fusil à la manière d'une canne, elle avait l'air d'une folle : elle avait perdu son chapeau et ses cheveux retombaient tout autour d'elle, sur ses épaules.

« Tu peux poser ton fusil, s'il te plaît ?

— Oh, va te faire foutre, Bridget ! elle a hurlé.

— Ouais, t'as raison, je ferais mieux d'aller me faire foutre. Mais tu peux poser quand même ton fusil ?

— Il est vide, idiote ! »

J'ai tendu les mains vers elle. Elle avait l'air d'avoir complètement perdu la boussole et roulait des yeux pareil qu'un cheval.

« Tout va bien, Constance. Raconte-moi qu'est-ce qui s'est passé.

— Je l'ai descendu, ainsi que vous me l'aviez dit.

— C'est bath. Et Spartan ?

— Elle s'est enfuie. Je voulais la tuer elle aussi, mais je n'avais plus de munitions. Elle a réussi à attraper sa jument avant que celle-ci file avec les autres chevaux. Le temps que je recharge, elle était partie, alors j'ai fait feu de nouveau sur celui-là, pour être sûre.

— Tu as eu raison. On va pas la laisser s'en tirer comme ça, mais d'abord, on va aller voir Lila. »

Elle a acquiescé.

« Tu peux me donner le fusil ? »

Elle l'a regardé, abasourdie, a été prise d'un tremblement, tel un chien qui s'ébroue en sortant de l'eau, puis elle me l'a tendu et a lissé ses cheveux.

« Et les autres ?

— Hector et Sallie sont morts. Mais Lila s'est pris une balle dans l'épaule – je crois que c'était Sallie. »

Tout à coup, Constance a recouvré ses esprits. « Mais pourquoi tu ne le disais pas ? » D'un mouvement gracieux, elle s'est penchée pour ramasser son chapeau et elle est partie vers la maison, se retournant pour m'adresser un regard réprobateur, à croire que je tirais ma flemme. Avant de la suivre, je n'ai pu m'empêcher de scruter la plaine à la recherche d'un signe, d'un reflet qui m'indiquerait la présence de Spartan tel un feu lointain, mais tout ce que j'ai vu c'était l'herbe et le ciel infini.

Dedans, Constance était déjà agenouillée au chevet de Lila et elle examinait les couches de vêtements poissés de sang.

« Je suis désolée, Lila, les choses n'auraient jamais dû en arriver là », elle a dit.

Lila a grogné et bougé. « T'as réussi à toucher quelque chose dans toute cette pétarade ?

— J'ai eu celui qui a tué Pierre.

— Bon débarras.

— Est-ce toi qui as descendu Hector ?

— Je crois que c'est moi, j'ai coupé. Et je crois que je sais où ils ont camouflé l'argent. »

Lila s'est redressée tel Lazare. « Où donc ?

— Dans la cheminée. Doit y avoir une pierre descellée, ou une cachette.

— Finalement, t'as réussi à te rendre utile », a dit Lila en se relevant à demi. Mais elle a gémi et elle est retombée. « Ah, nom de Dieu, ça fait mal.

— Bridget, débarrasse la paillasse de ces deux-là, a dit Constance en désignant les cadavres. Il faut allonger Lila, et c'est le seul lit.

— Et mon pognon ?

— Tu as attendu quatre jours, tu peux bien encore attendre quatre minutes », a dit sèchement Constance.

Qu'elle redevienne maîtresse de la situation a été un vrai soulagement ; j'ai vu le visage de Lila se détendre un peu à mesure que Constance lui retirait son manteau trempé de sang. J'ai attrapé Sallie par les chevilles et je l'ai traînée jusqu'à la porte. Sa robe est remontée en bouchon au-dessus de ses hanches, ses fins genoux s'entrechoquant. Même morte, elle avait les jambes toujours aussi parfaites, avec cette courbure délicate des chevilles et des mollets. En transportant son cadavre dans la lumière blanche de la tempête approchante, tout ça m'a paru être un immense gâchis : gâchis de temps, de vie, de beauté.

J'ai laissé Sallie devant la maison et je suis revenue chercher Hector. Il était plus dur à trimballer, et je n'avançais pas vite ; j'ai pris une jambe sous chaque bras et je l'ai tiré dehors. Tout en me débattant avec cette masse informe, j'ai eu du mal à me rappeler que c'était moi qui l'avais estourbi ; c'était plus qu'un boulet. Je me suis demandé si ma conscience attendait que le calme revienne pour me tourmenter, et puis je me suis souvenue qu'il était déjà blessé à un bras et ne pouvait tirer de ce côté-là, alors j'ai été reconnaissante que ce soit à moi de le traîner dehors et pas l'inverse.

Derrière, j'entendais Constance déplacer la table et les chaises, bouger et secouer la paillasse en marmonnant. Quand j'ai enfin réussi à amener Hector à bon port, le cadavre de Sallie était déjà couvert de neige. Je les ai laissés côte à côte près de la porte, comme la base d'une pile de bois noircie par l'humidité montant du sol. J'ai pensé à traîner Jack près de son frère, mais le froid se faisait vicieux, et je n'en voyais pas l'intérêt.

Je me suis redressée et tournée vers la source où les peupliers se dressaient, nus, leurs branches secouées par le vent. Pendant quelques secondes, j'ai scruté le sol à la recherche d'un signe de la tombe de mon père, mais rien : ni bosse au-dessus de son corps, ni trou là où les coyotes auraient pu le déterrer. La terre était couverte d'une couche de neige vierge, aussi lisse qu'un lit qu'on vient de faire. Ça m'a plus donné les foies blancs que s'il avait encore été là, ou avait visiblement disparu : c'était à croire qu'il n'avait jamais été là. À présent, la seule preuve que j'avais d'être déjà venue dans cet endroit, c'étaient mes souvenirs, et les nouveaux cadavres rangés le long de la masure.

J'avais à peine franchi le seuil que Constance m'a donné d'autres ordres. Je suis donc allée chercher nos trois chevaux et je les ai attachés devant la porte, où la façade de la cabane les abriterait des pires rafales. Ils se sont regroupés et ont regardé par l'ouverture. Constance avait ranimé le feu qui pétillait joyeusement, et elle était agenouillée auprès de Lila, dont elle avait réussi à nettoyer et à bander l'épaule tandis que j'évacuais les macchabées. Ça faisait une crèche étrange ; Lila aurait fait un drôle de Petit Jésus, mais Constance rayonnait d'un calme tranquille dans la lueur du feu. J'ai pris ce qu'il restait de la porte et j'ai essayé de la remettre en place, en bouchant les trous avec ce que je trouvais de frusques dans la pile, et on a attendu à peu près au chaud que la tempête passe.

21

L'argent était exactement là où Sallie l'avait indiqué du regard – il nous a fallu passer quelques minutes à triturer les pierres de l'âtre pour en trouver plusieurs qui étaient seulement posées et pas cimentées. Derrière, un paquet de billets et un petit sac en toile sont apparus, tels qu'ils étaient déjà dans le coffre de Kate. J'ai mis tout le butin dans un sac en grosse toile que j'ai pris dans la pile de frusques, tandis que Lila tendait le cou pour observer toute l'opération.

« Donne-moi ça », elle a dit quand j'ai tout sorti, tendant son bras valide de là où elle était nichée sur la paillasse. J'ai tout fourré sur elle, et elle l'a serré contre elle comme un bébé.

« Merci », elle s'est contentée de dire.

Sa blessure n'était pas trop méchante, avait déclaré Constance. Rien de cassé, pas d'organe à proprement parler à cet endroit, et du moment que ça ne s'infectait pas, Lila s'en tirerait et survivrait suffisamment longtemps pour avoir le plaisir de raconter toute l'histoire.

J'ai hoché la tête et je me suis assise à table, où Constance avait déballé les provisions de mes sacoches.

On a mangé et on s'est reposées un moment en écoutant la tempête qui faisait rage au-dehors.

« Que vas-tu faire à présent ? m'a demandé Constance.

— Attendre la fin de la tempête.

— Et après ? »

Une balle que j'avais tirée s'était fichée dans la table, et je la gratouillais telle une croûte. « Partir à sa poursuite. » Je m'inquiétais de ce morceau de plomb en songeant qu'il était censé lui transpercer le cou, là où elle aimait rentrer le menton, ou la frapper en haut de la poitrine, où les muscles de l'épaule cèdent la place à ceux qui descendent vers les seins. À force, j'ai réussi à extraire la balle et je l'ai prise entre mes doigts, observant son extrémité un peu aplatie après avoir percuté le bois.

« Tu en es sûre ? » Constance me regardait toujours. Elle avait l'air fatiguée.

« T'as pas aimé descendre celui qui a tué Pierre, hein. »

Elle a croisé les bras, mordillant sa lèvre inférieure gercée.

« Ça aurait pu être pire. Mais ça aurait vraiment pu mieux se passer. Je n'avais pas anticipé tout ce désordre. » Je n'ai pu me retenir de rire, tout en posant la balle sur la table. « Je sais, je sais, elle a continué. Mais c'est ainsi. Je dirai ceci : tout ça ne me ramènera pas Pierre. Il me semble à présent que mon cœur risque de ne jamais s'en remettre, et c'est peut-être aussi bien ainsi. Mais je ne peux te dire à quel point je suis contente que cette misérable canaille ne soit plus dans la nature à dépenser mon argent, à faire rire des putains en leur racontant cette histoire rocambolesque du jour où il a descendu un joueur de poker français à Dodge. La vie de Pierre s'est arrêtée, mais à présent, il en va de même pour celle de Jack Lee, il n'est plus rien et c'est tout ce qu'il mérite. »

J'ai approuvé. Rien, voilà où tout aboutissait. C'était peut-être vrai, mais je ne pouvais me résoudre à le croire. J'ai regardé autour de nous, et pendant un moment c'était comme si tout ce qui s'était passé dans cette pièce s'y déroulait à nouveau, couche après couche, pareil à des panneaux de verre empilés. Ma main appuyant sur la blessure de Sallie afin de la faire crier ; plus tôt, notre furieux échange de coups de feu, lors duquel j'avais tué un homme dont je me souciais si peu que j'avais déjà du mal à me rappeler l'avoir fait. Avant cela, mon père dansant dans la faible lueur de l'allumette, se tordant, hurlant, tirant sur le crotale accroché à son cou avant que je l'emmène dehors, lui aussi, et que ses yeux glissent loin de moi, cherchant un havre où se poser dans l'horizon lointain. Rien, et c'était tout.

« Tu sais que c'est ici que mon père a passé l'arme à gauche ? »

Constance m'a regardée, éberluée. « Non, je l'ignorais.

— On était en chemin, et on s'est arrêtés ici une nuit pour bivouaquer. Il arrêtait pas de bouger quand il dormait, alors à force de se tortiller, en pleine nuit, il a dû effrayer un serpent à sonnette qui est sorti et l'a mordu méchamment au cou. Je l'ai tiré jusqu'à la source, là-bas, et j'ai attendu toute la sainte journée qu'il rende l'âme. Je me suis retrouvée à faire presque tout le chemin à pied jusqu'à Dodge, même si j'arrêtais pas de me perdre en suivant le lit de ce putain de ruisseau », j'ai terminé en désignant la direction du sud.

« Je suis sincèrement désolée. C'est affreux.

— La suite, tu la connais, Lila m'a trouvée et m'a ramenée, et je me suis dit, foutre, pourquoi pas ? Plutôt ponifle que boniche, voilà ce que j'ai dit, ou en tout cas, je le dis maintenant. » J'ai rigolé, mais elle est restée silencieuse. « Et en fait, ça été chouette pendant un moment. » J'essayais de ne pas parler trop vite, mais j'étais obligée d'accélérer car je sentais que ma gorge se rétrécissait terriblement, à croire qu'elle était enveloppée de coton. « Et pis… y a eu Sallie, qui est partie, à cause de moi et de mes foutues symphoneries.

— Lila aurait fini par la jeter dehors un jour ou l'autre, a dit Constance.

— Sans doute, n'empêche que ça m'a brisé le cœur. Et là, juste quand ça allait mieux, entre toutes les personnes que j'ai rencontrées au cours de ma pauvre petite vie, arrive… cette femme. » Je ne l'avais jamais appelée ainsi jusqu'ici, et le mot emplissait toute ma bouche. « Je sais bien que ça avait l'air inconvenant, ou en tout cas que je paraissais un peu niquedouille, vue de l'extérieur, et que j'aurais pas dû lui céder, je sais. Mais j'avais jamais rencontré quelqu'un comme elle. Et ça arrivera probablement plus jamais. »

Constance n'a pas bougé. « Ça n'avait rien de stupide. »

Je l'ai regardée, ses yeux étaient pleins de douceur.

« Elle m'a raconté qu'elle en avait marre de ses frangins, mais j'imagine qu'elle me contait des piaux. Et je crois pas qu'elle laissera s'en tirer les filles qui ont descendu Hector et Jack sans rien faire.

— Non, a acquiescé Constance. Mais tu ne crois pas que cette tempête aura raison d'elle ?

— Peut-être que oui. Peut-être que non.

— Et on ne peut pas prendre le risque de la laisser revenir inopinément au Queen. »

J'ai hoché la tête ; il n'y avait plus rien d'autre à dire. « Tu sais, vous êtes censées me pourchasser aussi. Non pas que je l'aurais aidée à cambrioler le Queen, mais elle avait dit qu'elle m'emmènerait avec elle. Pourquoi qu'elle l'aurait dit si elle le pensait pas ? »

Constance a secoué la tête. « Je n'en sais fichtre rien. Mais elle n'aurait pas dû dire cela.

— Pour sûr. »

La pièce se fragmentait devant moi en points de lumière et traces de couleur. J'ai posé la tête sur la table.

« Pourtant elle l'a fait.

— Ouais, elle l'a fait », j'ai répété.

On est restées à nos places, Lila assoupie, Constance montant la garde, moi, la tête posée sur les planches mal dégrossies. Au bout de quelques minutes, le crépitement du feu et l'odeur de terre tiède qui émanait des murs m'ont fait recouvrer mes esprits, j'ai regardé autour de moi, et tout était redevenu exactement tel qu'auparavant.

La tempête n'a pas duré longtemps. J'ai somnolé sur ma chaise, les pieds relevés devant le feu comme si j'avais construit cette cabane moi-même, jusqu'à ce que le vent revienne à son rythme habituel. Quand j'ai ouvert les volets pour regarder dehors, déjà l'averse de neige commençait à ralentir.

« C'est maintenant ou jamais », j'ai dit à Constance.

Elle s'est assise au bord de la paillasse où elle avait dormi à côté de Lila. « La tempête est-elle terminée ?

— Ouais, c'est fini. Et je suis pas une bonne pisteuse, donc si on veut y aller, faut y aller fissa.

— Tu es sûrement plus douée que moi.

— Ben, je sais par où est-ce qu'elle est partie, puisque c'est le chemin que j'ai emprunté moi-même sans savoir où j'allais. On va démarrer d'ici, et si c'est pas la bonne route, je le saurai bientôt. » Je ne lui ai pas dit que je me rappelais tout petit à petit, toutes ces choses que j'avais désiré oublier : les méandres du ruisseau à travers lesquels je m'étais tant de fois perdue me revenaient tous, un par un. Je n'aurais pas pu tracer une carte, mais dans mon cœur, la flèche pointait toujours vers Spartan Lee ; dès qu'on se mettrait en chemin, la prairie me la rendrait, j'en étais certaine, car elle me la devait.

Constance était trop ignorante pour se rendre compte qu'il ne fallait pas me prendre au mot, et elle a hoché la tête. Auprès d'elle, Lila a bougé. Puis elle s'est relevée sur son coude.

« Tu vas descendre cette salope qui t'a brisé le cœur ? elle a demandé.

— Sans doute. »

Elle a roulé la tête comme une pocharde, puis m'a fixée d'un œil. « Bon, ben, tu me diras quand tu sauras. »

Elle s'est laissée retomber dans un soupir tandis que je rassemblais l'essentiel de la nourriture contre une boîte sur la paillasse, à portée de main de Lila.

« Ça devrait te suffire. Si on n'est pas revenues dans un jour ou deux, tu rentres. »

Elle a hoché la tête tandis que Constance boutonnait le pardessus de Pierre et enfilait ses gants.

« Y serait fier de toi, tu sais, lui a dit Lila.

— Bien sûr que non, mais merci tout de même.

— Et vous deux, vous faites pas baiser par la camarde ! a dit Lila à demi assommée. Revenez avant que je doive vous abandonner. Et donnez-moi mon crachant. »

J'ai posé le revolver de Lila et une boîte de cartouches à proximité de sa main valide. Ainsi couchée sur la paillasse, entourée de nourriture, on aurait dit une sainte anonyme de la prairie, avec son auréole de biscuits et de cartouches.

« Au deuxième matin, quand tu te réveilles, si on n'est pas revenues, tu grimpes sur ce cheval et tu décarres », j'ai dit fermement en regardant droit vers ses yeux fermés. Elle a vaguement hoché la tête et s'est retournée.

« Allez, viens », a dit Constance en m'emmenant vers la porte ; puisqu'elle ne tenait plus sur ses gonds, Constance l'a soulevée et posée sur le côté. « Plus vite on sera parties, plus vite on sera revenues. » Elle a remis la porte en place derrière nous et elle est allée seller son cheval.

« Tu dis ça comme si on allait à l'épicerie », j'ai fait en installant la selle de Little Blue et en attachant les sanglons sous son ventre.

Elle a simplement haussé les épaules. On est montées et j'ai dirigé Little Blue de l'autre côté de la cabane. Je me suis retournée vers mon amie.

« T'es bien sûre que tu veux venir ?

— Pourquoi ne le serais-je pas ?

— Ça t'a pas trop plu, je crois, cette dernière bagarre, si ça te gêne pas que je dise ça.

— Tu ferais la même chose pour moi. Alors, on y va cette fois ? »

Sans un mot, j'ai éperonné Little Blue, qui, à son habitude, a bondi de l'avant comme s'il avait attendu ce moment-là toute la journée. Il est parti à grandes enjambées souples exactement dans la direction que j'aurais choisie, à croire que lui aussi sentait cette flèche dans ma poitrine qui pointait douloureusement vers le nord-ouest. Je plissais les yeux pour essayer de voir plus loin, jusqu'à ma cible – même si la neige n'était pas tombée longtemps, le vent avait été féroce et elle n'avait pas pu aller très loin. On a suivi le ruisseau et sa berge envahie de buissons et bosquets d'arbres nus, et pendant un moment, on s'est laissées porter pareil que dans un rêve à travers l'étendue blanche et austère. Les seuls bruits sous le vent étaient le souffle de Little Blue, le craquement de la selle, le crissement des sabots sur la neige qu'il piétinait en trottant.

La tempête avait coupé la journée en deux, si bien qu'en tout début d'après-midi, des empreintes de sabots sont soudain apparues tel un mauvais augure, demi-cercles plus sombres gravés dans la neige, longeant le lit du ruisseau en serpentant. On a mis pied à terre et on a pris vers le nord. La douleur fiévreuse dans ma poitrine, qui m'avait amenée jusque-là, avait grandi et envahissait désormais tout mon corps ; j'avais le sentiment que j'aurais pu mettre le feu aux herbes sèches rien qu'en les frôlant.

Les fourrés s'épaississaient à mesure qu'on se rapprochait du cours d'eau, et j'ai perdu la trace de la jument.

La dernière fois que je l'avais vu, le ruisseau était luxuriant, envahi de buissons feuillus, d'arbres aux ramures tombant très bas : à présent tout était dénudé, enchevêtrements gris et noirs de branches pointant dans toutes les directions. J'ai scruté cet entrelacs inextricable ; où que je pose les yeux, il n'y avait rien d'autre que la végétation, le bord dentelé de la prairie qui finissait par épouser le ciel. À défaut d'autre solution, j'ai observé Little Blue pour voir si on se rapprochait de notre cible, notant chaque oscillation de ses oreilles et changement de direction de sa tête.

C'est là que j'ai repéré Davey, enfoncée dans les fourrés, les oreilles vibrantes. J'ai levé la main, et derrière moi, Constance s'est arrêtée. On est descendues de cheval et on a attaché nos montures à un arbre tout proche.

Accroupie tout près de là, j'ai désigné à Constance l'endroit où j'avais aperçu la jument. On a sorti nos armes et on s'est avancées. On avait beau y aller sur la pointe des pieds, on faisait craquer les herbes mortes éparpillées sur la neige. J'étais reconnaissante au ruisseau de ne pas avoir gelé, son gai gazouillis laissant croire que tout allait bien. J'ai entendu un froissement sur ma gauche et j'ai regardé derrière moi, apercevant le bas du manteau de Constance au moment où elle disparaissait parmi les buissons pour prendre Spartan à revers.

J'ai fait deux nouveaux pas en avant. Au troisième, j'ai écrasé un cadavre de tétras qui a craqué comme un coup de feu. Je me suis immobilisée.

« Bouge plus », a dit Spartan. Elle était tout près, mais à travers la végétation, je ne la voyais pas. Même d'un ton aussi bas, sa voix tranchait dans l'air ; elle m'a frappée tel un coup de marteau sur du métal, et j'ai été surprise de ne pas résonner à la manière d'un bourdon. Je me suis accroupie et, lentement, j'ai armé le chien de mon revolver.

C'est ça qui m'a trahie, en fin de compte. Même en me mouvant si lentement, malgré le murmure obligeant du ruisseau, le chien a claqué pareil à un fouet dans l'air frais.

« J'ai dit : bouge plus », a répété Spartan.

22

Je ne la voyais pas. Encore accroupie, je regardais partout à la fois, piégée tel un petit lapin qui entend le cri du faucon mais ne s'est pas encore fait attraper. J'ai distingué un craquement, et quand sa voix a de nouveau retenti, elle était toute proche.

« Pose ton arme, la Rouquine. »

J'ai levé le nez vers le canon de son Colt et je suis remontée jusqu'à la figure de Spartan Lee. C'était toujours le plus beau visage que j'avais jamais vu. Pendant un demi-battement de cœur, j'ai envisagé de me jeter dans ses bras, lui pardonnant tout. Je sauterais sur son cheval, et on partirait toutes les deux, chevauchant jusqu'à ce qu'on ne soit plus que poussière. Et puis j'ai lu cette expression sur son visage, combien elle était froide et complètement dans son élément. J'ai rangé mon revolver dans son étui.

« Bien. Maintenant lève-toi, tout doucement. Les mains en l'air, s'il te plaît. »

Je me suis donc redressée, les mains à la hauteur des oreilles. Elle a reculé d'un pas, son arme toujours pointée sur moi.

« Qu'est-ce que tu fous ici ?

— À ton avis ? »

Elle a secoué la tête. « On dirait que tu t'es un peu égarée sur le terrain des autres. » Elle m'a regardée des pieds à la tête. « Mais au moins, tu as le costume de l'emploi.

— C'est mieux pour monter.

— Ouais, pour sûr. N'empêche, dommage pour tes cheveux. »

Je n'ai rien répondu, j'éprouvais toujours la fureur rampante qui m'avait poussée à quitter Dodge. Même en cette circonstance, elle ne pouvait se départir de cette inflexion moqueuse dans la voix ; elle avait beau avoir l'air détendu, j'ai noté qu'elle ne me perdait jamais des yeux. J'ai reconnu cette tension subtile des épaules qu'elle avait lors de la pendaison, puis à nouveau pendant la bagarre à Dodge. Cela montrait qu'elle était prête, que pareille à un fusil elle était capable de tirer à tout instant. Et pourtant, je n'arrivais pas à me débarrasser de cette certitude que même à présent, elle ne me prenait pas au sérieux.

« Qu'est-ce que tu fous là, la Rouquine ? T'as tué mes frangins, t'as eu ton pognon, mais bon sang de bon sort, qu'est-ce que tu me veux encore ? »

J'ai fermé les yeux, cherchant soudain mes mots. J'aurais voulu ouvrir la bouche pour laisser sortir un essaim d'insectes assassins – ça aurait été plus facile que d'essayer de faire des phrases.

Et soudain, l'absurdité de la situation m'a frappée. On était là à se geler les miches, elle me tenait en joue, et moi à quoi je pensais ? J'avais cru que je pourrais arriver derrière elle et lui tirer dessus ? Ou qu'elle comprendrait, sans parler de reconnaître, tout le mal qu'elle avait fait ?

« Je peux te poser une question ? » j'ai dit au bout d'un moment.

Spartan a haussé les épaules. « S'il le faut vraiment.

— Tu m'as blousée tout du long ou seulement par moments ? »

Elle a légèrement changé de position. Sans jamais me perdre des yeux, elle a cherché un cigarillo dans sa poche, l'a placé entre ses lèvres, puis elle a pris une allumette qu'elle a enflammée d'une pichenette. Elle a pris une longue bouffée, a soufflé et s'est retrouvée environnée d'un nuage bleu – et moi, tout ce que je voulais, c'était le lui arracher de la main et l'écraser sur le sol mouillé. Ses prunelles allaient de mes mains à mon visage, et quand nos regards se croisaient, elle repartait aussitôt aux aguets.

« Non, pas tout le temps.

— La plus grande partie du temps ou juste un peu ? »

Elle a secoué la tête et levé les yeux au ciel. « Mais enfin, c'est quoi, cette question ? »

Deux cliquetis sonores ont retenti dans les buissons derrière elle, et Constance est apparue, fusil relevé. Elle était magnifique : les yeux écarquillés, la peau rougie, l'air à la fois morte de peur et d'une totale détermination.

« Réponds à sa question », a dit Constance.

Spartan s'est à moitié retournée pour la regarder. « Que je sois pendue ! Est-ce qu'au moins tu sais t'en servir ? »

Constance a baissé le canon et tiré un coup dans le sol, faisant exploser un petit tas de terre et de neige.

L'écho s'est répercuté à travers la plaine. « Je reconnais que je débute, mais je te préviens, j'apprends très vite, alors lâche ton arme. »

Spartan a poussé un profond soupir, telle une mère qui en a marre de ses chiards en fin de journée, mais elle a lâché son revolver. « Cela sied-il à *mademoiselle** ? » elle a dit d'un ton plein d'ironie.

Constance n'a pas relevé et elle a fait un pas en avant. « Réponds à sa question : combien as-tu passé de temps au Queen à raconter des mensonges pour tromper mon amie ?

— Ah, la barbe ! » Voilà tout ce qu'elle a répondu. Elle m'a regardée, et j'ai vu un éclair sur son visage, le même que je lisais dans ses yeux au beau milieu de la nuit, émergeant des ténèbres. Et puis c'était fini, son visage – son cœur – est redevenu impénétrable. Cela se résumait à ça.

Je ne sais quelle expression s'affichait sur mes traits, mais j'ai senti l'air dans mes narines, plus dur que l'acier, et le battement rapide et têtu de mon cœur.

Constance m'a regardée. « Et donc ?

— Et donc quoi ? » a dit Spartan.

Soudain, elle a fait volte-face, le bras tendu, a percuté le canon, et de l'autre main l'a saisi. Puis elle a tiré dessus, s'est accroupie et tout à coup, elle l'a poussé vers Constance, en lui flanquant un bon coup dans le menton. Celle-ci a reculé en trébuchant, avec de grands moulinets du bras ; mais son autre main s'est agrippée à la détente, et le second coup est parti. Une pluie rouge s'est abattue sur la neige et Spartan a poussé un cri rauque, à croire que les mâchoires d'un piège s'étaient refermées sur la patte arrière d'un ours.

Comme le jour de la pendaison, tout mon corps s'est raidi, et un hurlement a jailli de ma poitrine. Spartan a tourbillonné sur elle-même, à moitié à terre.

« T'en as pas eu assez ? » elle a glapi. Elle a posé la main au-dessus de son genou, le sang s'écoulait entre ses doigts, le long de sa jambe, trouant la neige de rouge. Elle a regardé autour d'elle un instant, telle une bête folle, et elle s'est enfuie, se dirigeant, chose inexplicable, non vers la couverture végétale du ruisseau, mais vers les étendues nues de la prairie, grognant et poussant les fourrés.

J'ai regardé Constance qui déjà s'était assise en frottant son menton.

« Vas-y », elle m'a dit.

J'ai sorti mon revolver et je suis partie à la poursuite de Spartan Lee. Devant moi, elle paraissait méchamment déséquilibrée, la jambe pleine de plomb. Elle laissait derrière elle une trace désordonnée : empreintes de bottes, traînées dans la neige, chemin de sang irrégulier, de longues coulures suivies d'une dentelle de gouttelettes qui bizarrement m'ont fait penser aux fioritures musicales dont Langley aimait à orner certains vers quand c'était son tour au piano, petits trilles qui enjolivaient la mélodie.

Je me suis mise à courir. Rien de rationnel en moi ne croyait qu'elle puisse s'en tirer, pourtant je ne pouvais ralentir. Entre nous, le vent faisait tourbillonner la neige, créant des tornades parmi les touffes d'herbe.

« Halte-là ! » j'ai hurlé.

Elle a continué, alors même que la distance entre nous se réduisait. J'avais chaud à force de courir, ainsi vêtue de mes frusques d'hiver, mais l'air glacial me brûlait les poumons et rendait mon souffle laborieux. Je me suis rappelé que je tenais une arme à la main, je l'ai levée en l'air et j'ai fait feu.

Elle n'a pas ralenti. Et tout à coup, j'ai commencé à craindre que la prairie soit de son côté, qu'elle ne cesse d'accroître la distance entre nous, et une nouvelle bouffée de fureur m'a envahie à l'idée que le monde la choisisse, elle, plutôt que moi. Je me suis arrêtée, j'ai pointé mon arme sur elle, et tout ce qu'elle m'avait appris m'est revenu : regarde seulement ta cible, laisse tout le reste s'effacer. Le ciel, la neige, les traces de sang, tout s'est dissous dans l'ombre. Je suis restée immobile, j'ai inspiré, armé le chien, expiré, et j'ai tiré.

Elle s'est tordue, et elle est tombée. L'univers que j'avais bloqué l'instant d'avant m'est revenu en force dans une rafale de rouge et de blanc, et à nouveau j'ai bondi en avant. J'ai couvert la distance qui nous séparait en quelques secondes, m'arrêtant en dérapant à côté d'elle, le cœur battant à tout rompre.

« Spartan », j'ai dit, prononçant juste son nom, et réalisant alors que c'était la première fois. Agenouillée près d'elle, j'ai regardé partout autour de moi, prise de panique, ne sachant plus soudain ce que je devais faire, ni même si ça avait encore de l'importance.

Elle était allongée sur le dos, saignant méchamment en deux endroits. Le sang formait sous elle une flaque qui grandissait à une vitesse terrifiante à mesure que son visage blêmissait. Elle a posé la main sur ma cuisse, et pendant un instant, je n'ai plus rien senti d'autre. Mon souffle était court et rapide, tout mon corps tellement crispé que mes nerfs auraient dû exploser – mais je suis restée en un seul morceau.

« T'aurais dû m'emmener avec toi », j'ai dit.

Elle a retiré la main de ma cuisse et m'a touché la joue de son gant trempé de sang ; j'ai senti une empreinte humide qui maculait ma peau. « Ouais, t'as peut-être raison », elle a dit. Ses yeux sont partis vers le ciel, animés de soubresauts, puis elle est revenue vers moi, le regard brillant de fièvre. Elle a redressé le menton. « Un baiser d'adieu ? »

Sans hésiter, je me suis penchée, glissant ma main libre sous ses épaules, et la tirant vers moi, goûtant à cette amère saveur de fumée et de chevauchée sans répit sous l'ineffable douceur, sous la sueur, à présent mêlées à l'âcreté froide et métallique du sang. Ce goût-là était tout : la première fois où elle avait posé la main sur ma cuisse, sa voix qui soufflait des nuages de fumée dans l'obscurité bleutée de ma chambre, la claque du vent sur la prairie lorsque j'avais pointé son pistolet, et la fermeté tiède de son corps contre le mien alors qu'elle m'enseignait tout ce que j'avais besoin de savoir. Elle m'a rendu mon baiser avec férocité, enlaçant ma taille si fort que j'ai cru qu'elle allait me casser en deux – et je l'ai sans doute espéré.

Et puis j'ai pensé que mon vœu était exaucé car une douleur a fusé dans mon flanc, brûlante d'abord, puis plus froide que la glace.

« Désolée, la Rouquine, elle a murmuré contre mes lèvres. T'aurais dû être plus prudente. » Je ne sais pas si j'ai senti ou entendu le glissement humide du couteau qui ressortait de mon côté.

« J'ai jamais été prudente un seul jour de ma vie », j'ai répondu. Et une dernière fois, j'ai relevé mon revolver, et je l'ai glissé entre nous. Il a dû luire dans la lumière, et peut-être qu'elle attendait cela depuis un moment, car elle a seulement poussé un petit gémissement en m'entendant armer le chien. Le recul m'a atteinte en pleine poitrine et je suis partie en arrière. Le sang coulait de mon flanc, s'étendant et nappant la neige, pareil à une couverture, entourant les touffes d'herbe telles de petites îles. Je me suis affalée sur le dos, et j'ai regardé le ciel blanc et vide comme si je voulais la voir s'en aller, s'évanouir au-dessus de ce dernier horizon. Mais déjà, elle n'était plus là.

ÉPILOGUE

C'est Constance qui nous a ramenées au Queen, Lila et moi ; elle nous a attachées sur nos selles et nous a traînées tels deux paquets de linge sale trop souffrants pour se plaindre. Je ne me souviens pas très bien de ce trajet, en dehors de la douleur au côté qui oscillait entre mal lancinant et explosion au fer rouge. Mon esprit était dans le coton, sans la moindre pensée à part m'accrocher au pommeau de ma selle pour laisser Constance me ramener là où je serais en sécurité.

J'ai passé l'hiver au Buffalo Queen. Les premières semaines, Lila et moi, on a poursuivi notre convalescence ensemble, côte à côte dans le grand lit de Kate, à nous quereller comme des vieilles filles qui jouent au cribbage. Elle s'est remise plus vite que moi ; le bras toujours maintenu par une attelle sous son épaule cassée, mais resplendissante dans sa plus belle robe de soie incarnate, elle a rouvert les portes du Queen la veille de Noël afin d'accueillir tous ceux qui ne trouvaient ni joie ni réconfort dans les chants de Noël et les réveillons en famille au nord de la ville. Allongée là-haut, j'ai écouté Roscoe se délecter en jouant ces mêmes chants que les catins reprenaient en chœur dissonant avec leurs michés. Je me les représentais tous les uns sur les autres, trébuchant, tandis que Virgil – sa tête depuis longtemps remise du choc – passait des tasses de la nouvelle bière aux épices de Bart, qui se répandait et tachait leurs frusques, tandis qu'ils échangeaient des baisers humides en une guirlande de sourires rêveurs. Régulièrement, une des filles venait me voir en douce en m'apportant un biscuit ou un verre. Chacune m'a proposé de m'aider à descendre, mais je préférais ma solitude : le couteau de Spartan avait atteint mon foie, et même au bout de plusieurs semaines, j'avais terriblement mal dès que j'essayais de faire plus que m'asseoir pour respirer, et encore.

Pour une fois, le docteur était venu et il avait mérité ses honoraires. J'avais une petite cicatrice épaisse comme une lèvre protubérante sur le côté, mais à mesure que je la regardais passer de croûte noircie à trace rutilante, puis au rose luisant, je sentais les organes et les muscles sous-jacents commencer à se rabouter, préférant être d'un seul morceau que fendus en deux. Après des semaines passées à la contempler ainsi, je me suis rappelé piteusement la mise en garde de Sallie selon laquelle tous les michés étaient armés d'un couteau. J'ai rigolé alors, et le souvenir de Spartan Lee m'a poignardée à nouveau.

À la nouvelle année, je suis descendue dans la chambre que Pierre avait naguère fait semblant d'occuper, et j'ai passé le restant de l'hiver à apprendre à jouer correctement au poker. Il s'est avéré que je favorisais les affaires du saloon car, même si en tant que joueuse je ne valais pas les quatre fers d'un chien, faire une partie avec la fille qui avait descendu une célèbre as de la gâchette et ses bons à rien de frangins, ça, c'était bath. Donc, je me suis inspirée de la manière dont Constance me faisait la lecture : accélérant et ralentissant dans les moments cruciaux, m'arrêtant aux instants propices, laissant mon regard se perdre au loin quelques secondes. Les premières fois, il m'a fallu vraiment m'arrêter, car je sentais ma gorge se serrer – puis elle se dénouait après une gorgée de whiskey réchauffé auprès de l'âtre. Mais au bout de cinq ou six fois, j'avais compris le truc, et rapidement j'ai mis au point une version de ma vie digne d'un bateleur de foire, que je débitais tranquillement aux étrangers tout en gardant la version déchirante et intime pour moi.

Et à ma grande surprise, plus je la racontais, plus j'avais envie que cette histoire se répète, plus ma main désirait retrouver la courbure rigide de mon revolver, plus mes joues souhaitaient à nouveau être fouettées par le vent froid au lieu d'être réchauffées par le feu, et plus je brûlais d'accumuler les kilomètres derrière moi en lançant mon cheval au galop. J'ai commencé à m'intéresser aux conversations autour de moi – aux rumeurs des villes nouvelles qui naissaient dans les montagnes Rocheuses, où des marginaux faisaient toutes sortes d'affaires – et peu à peu, centimètre par centimètre, en même temps que la prairie, j'ai commencé à dégeler.

Juste au moment où je croyais ne plus pouvoir supporter l'hiver, la terre est redevenue molle, prête pour les semailles, et la cicatrice que m'avait infligée Spartan n'était plus qu'une autre partie de ma peau. J'ai commencé à passer de longs moments assise sur le balcon de Lila à renifler le vent en attendant que Dodge se réveille de son sommeil hivernal ; enfin, un jour, l'herbe a jailli sur la plaine, et en tordant le cou pour regarder au bout de la rue, j'ai vu une mer verte lécher les berges de la ville. Je me suis penchée sur la rambarde et j'ai laissé Dodge se dissoudre jusqu'à ce que je ne voie plus rien d'autre que la prairie. À l'horizon, une traînée couleur ardoise : les montagnes au loin vers l'ouest ; je ne savais pas vraiment si je les voyais ou si je les imaginais, mais dans un cas comme dans l'autre, il était temps de m'en aller.

Constance m'a accompagnée jusqu'à l'écurie. Elle avait fait en sorte que Little Blue passe un hiver confortable grâce à la vente de Davey ; quand je suis venue le seller, il a balancé la tête et tapé du pied, me reprochant de l'avoir si longtemps négligé. À la porte, la silhouette sombre de Constance se détachait sur la rue, qui grouillait à nouveau de vie : déjà, régnait un grand chambard tandis que le bétail, les chevaux et les gens s'interpellaient dans l'air du matin, plein d'une poussière à couper au couteau. J'ai sorti mon cheval et Constance s'est retournée pour me suivre, le vent chassant les mèches sur son front que le soleil a éclairé d'un coup.

« Tu as beaucoup d'allure », elle m'a dit en me caressant la nuque. Bart m'avait coupé les cheveux correctement, et de loin, Constance et moi, on devait sans doute ressembler à une mère qui envoie son fils préféré en pension.

« Merci.

— Nous nous reverrons, elle a dit en plissant les yeux dans la lumière. Je sais que je t'ai déjà dit ça, je le pensais alors et je le pense toujours. Mais suis mon conseil, elle a poursuivi en me tapotant la poitrine. La prochaine fois que ton cœur te suggère de faire quelque chose, essaie d'abord une autre solution. »

J'ai hoché la tête, et je n'ai pu réprimer un sourire. « Je parierais pas là-dessus.

— Sans doute que moi non plus. » Elle a levé une main pour se protéger du soleil et a souri à son tour.

On s'est tues toutes les deux. Ça me faisait mal de la quitter, mais contrairement à ces nœuds intérieurs auxquels je m'étais accoutumée, ma poitrine était désormais remplie de cordes de violon, chacune bien accordée et capable de résonner du son juste ; aussi, dès que la prochaine musicienne s'amènerait avec son archet, j'émettrais un son clair et doux-amer capable de remplir une salle de musique. J'aurais voulu trouver quelque chose à dire à Constance, mais je me suis contentée de la serrer dans mes bras pendant une longue minute, enfouissant mon visage dans son cou. Puis j'ai sauté en selle, et j'ai pris vers le sud, me retournant juste une fois pour la voir repartir vers le Queen.

À la lisière de la ville, j'ai dirigé Little Blue vers l'ouest – loin de Dodge, du ruisseau, de la maison creusée dans la colline, de l'Arkansas –, loin de tout endroit où j'avais mis les pieds. Puis j'ai lâché les rênes, et on est partis au galop.

REMERCIEMENTS

Nombreuses sont les personnes sans lesquelles ce livre n'aurait jamais vu le jour, et auxquelles je souhaite exprimer ma plus profonde gratitude. Mon agente, Alexa Strak, pour sa foi immédiate et totale en ce livre dont elle s'est fait l'avocate infatigable ; mon éditrice, Katy Nishomoto, pour avoir lu le roman que j'ai écrit, mais aussi pour en avoir entendu une meilleure version, et avoir su réduire l'écart entre les deux ; l'incroyable équipe de The Dial Press : Whitney Frick, Maya Millett, Rose Fox, Andy Ward, Avideh Bashirrad, Debbie Aroff, Donna Cheng, Rebecca Berlant, Leah Sims, Michael Morris, Cara Du Bois, Maria Braeckel, Ralph Fowler, Corinna Diez, Michelle Jasmine, Sarah Feightner. Vous avez fait de cette aventure un moment de joie, et je vous suis tellement reconnaissante de tout votre travail et de votre soutien.

J'ai eu la chance de ne pas avoir à écrire ce livre seule : merci à ma professeure, Lynn Steger Strong ; à mes camarades d'étude pleins de suggestion et de patience ; à l'incroyable équipe de chez Catapult qui a continué de faire tourner le groupe même au pire moment de la pandémie. Je n'aurais pu demander ni même imaginer meilleure compagnie.

Mes parents, Mark et Mary Cravens, qui ont cru en moi dès le premier jour : merci de m'avoir toujours encouragée à persister, et de m'avoir offert pour mon onzième anniversaire *Harriet the Spy*, ce livre a changé le cours de ma vie ! Ma sœur, Katie Cravens, mes oncles, Mark Harbick et Jon Kastl : où serais-je sans votre confiance insensée et sans faille ? À Kevin Gessmer, qui est arrivé sur le tard mais, comme toujours, pile au bon moment : son enthousiasme total et immédiat a été un vrai cadeau. Aux amis qui m'ont écoutée parler inlassablement de ce roman, m'ont soutenue tout du long en lisant les premières versions et en me proposant leurs idées : Louise Bauso, Whittney Klann, Ryan Ruby, Theadora Tolkin, Emily Anne Vaughn, Lauren Wilkinson, Alex Zafiris. Je ne sais même pas par où commencer.

Peut-être qu'en effet, il y a d'autres facteurs en jeu dans l'existence que la chance et la malchance, mais quand je pense à toutes les personnes qui m'ont aidée, aimée et soutenue au cours de l'écriture de ce livre, il est difficile d'imaginer ce que ces « autres facteurs » peuvent être.

Composition et mise en pages
Nord Compo à Villeneuve-d'Ascq

#lisez! engagé
www.lisez.com
Pour plus d'information :
Imprimé sur du papier issu de forêts gérées durablement.

Imprimé en France par MAURY IMPRIMEUR
en mai 2025
N° d'impression : 284723

POCKET – 92, avenue de France, 75013 Paris

S35070/01